DRÁCULA

O MORTO-VIVO

Dacre Stoker
e Ian Holt

Drácula
O Morto-Vivo

Tradução
Alexandre Martins

Título original:
Dracula: *The Un Dead*

Publicado em acordo com o autor, sob responsabilidade de BAROR INTERNACIONAL, INC., Armonk, Nova York.

Editora: Marcia Batista

Coordenação de produção: Daniele Cajueiro e Cristiane Marinho

Produção editorial: Mariana Elia

Preparação de texto: Tuca Faria

Revisão: Eduardo Carneiro, Eni Valentim, Luciana Duarte e Maria Clara Jerônimo

Capa e projeto gráfico: Leandro B. Liporage

Imagem de capa: Hans Neleman\Getty Images

CIP-Brasil. Catalogação na fonte
Sindicato Nacional dos Editores de Livros, RJ

S883d Stoker, Dacre
Drácula, o morto-vivo / Dacre Stoker e Ian Holt ; tradução Alexandre Martins. - Rio de Janeiro : Ediouro, 2010.

Tradução de: Dracula : The Un-Dead
Apêndice

ISBN 978-85-00-02489-4

1. Vampiros - Ficção. 2. Romance americano. I. Holt, Ian, 1964-. II. Martins, Alexandre. III. Título.

CDD 813
CDU 821.111(73)-3

Texto revisto pelo novo Acordo Ortográfico

Ediouro Publicações Ltda.
Rua Nova Jerusalém, 345
Bonsucesso Rio de Janeiro RJ CEP: 21042 235
Tel.: (21) 3882 8200 Fax: (21)3882 8212/8313
www.ediouro.com.br / editorialsp@ediouro.com.br

Prólogo

De Mina Harker para seu filho, Quincey Harker.

(Carta a ser aberta no caso de morte súbita ou sem causas naturais de Wilhelmina Harker.)

9 de março de 1912

Querido Quincey,

Meu amado filho, desde sempre você suspeitou de que havia segredos entre nós. Temo que tenha chegado o momento de revelar-lhe a verdade. Negá-la por mais tempo seria colocar em risco tanto sua integridade física quanto sua alma imortal.

Seu querido pai e eu escolhemos esconder de você os segredos de nosso passado de modo a protegê-lo da escuridão que envolve este mundo. Esperávamos proporcionar-lhe uma infância livre dos medos que nos assombraram por toda nossa vida adulta. À medida que você crescia e se tornava o jovem promissor que é hoje escolhemos não contar o que sabíamos para que não nos achasse loucos. Perdoe-nos. Se estiver lendo esta carta é porque o mal do qual buscamos tão desesperada e talvez equivocadamente protegê-lo retornou. E agora você, como seus pais antes, corre um grave risco.

No ano de 1888, quando seu pai e eu ainda éramos jovens, descobrimos que o mal se esconde nas sombras de nosso mundo, esperando para se lançar sobre os descrentes e despreparados.

Seu pai, quando ainda um jovem advogado, foi enviado às florestas da Transilvânia. Sua tarefa era ajudar o conde Drácula a adquirir uma propriedade em Whitby, um antigo mosteiro conhecido como abadia de Carfax.

Durante sua estada na Transilvânia, seu pai descobriu que seu anfitrião e cliente, o conde Drácula, era na verdade uma criatura que se pensava apenas existir no folclore e em lendas, que se alimentava do sangue dos vivos de modo a alcançar a imortalidade. Drácula era o que os mortais chamavam de Nosferatu, o morto-vivo. Talvez você reconheça a criatura por seu nome mais comum: vampiro.

Temendo que seu pai revelasse a verdade sobre quem ele era, o conde Drácula o prendeu em seu castelo. Em seguida, o próprio Drácula comprou uma passagem no navio Demeter e passou os muitos dias de viagem escondido em uma entre dezenas de caixas no porão. Ele se protegia desse modo estranho porque, embora um vampiro possa ter a força de dez homens e a capacidade de assumir muitas formas, se desfaz em cinzas caso atingido pela luz do sol.

Nessa época eu estava em Whitby, na casa de minha mais querida amiga, Lucy Westenra. Uma tempestade se abatia sobre o mar e os traiçoeiros penhascos de Whitby estavam ocultos por uma névoa densa. Sem conseguir dormir, Lucy viu da janela o navio ser lançado contra as pedras. Ela correu para a noite numa tentativa de dar o alerta antes que o navio naufragasse, mas era tarde demais. Eu acordei e, em pânico, vi que Lucy não estava a meu lado na cama. Assim, corri para a tempestade a sua procura. Encontrei-a na beirada do penhasco, inconsciente e com dois pequenos furos no pescoço.

Lucy ficou mortalmente doente. Seu noivo, Arthur Holmwood, filho de lorde Godalming, e um amigo, um texano em visita que você conhece como seu homônimo, Quincey P. Morris, correram para perto dela. Arthur chamou todos os médicos de Whitby e de fora da cidade, mas nenhum conseguiu explicar a doença de Lucy. Foi nosso velho amigo, dono do asilo Whitby, o dr. Jack Seward, quem solicitou a presença de seu mestre holandês, o dr. Van Helsing.

O dr. Van Helsing, um sábio homem da medicina, também familiarizado com o oculto, reconheceu que Lucy sofria as consequências da mordida de um vampiro.

Foi então que eu, enfim, recebi notícias de seu pai. Ele havia escapado do castelo de Drácula e se refugiara em um mosteiro, onde também se achava mortalmente doente. Fui obrigada a deixar Lucy e viajar para encontrá-lo. Foi lá, em Budapeste, que nos casamos.

Seu pai me falou dos horrores que vira, e foi assim que tomamos conhecimento da identidade do vampiro que atacara Lucy e então ameaçava todas as nossas vidas: o conde Drácula.

Ao retornar de Budapeste, soubemos que Lucy havia morrido. Mas o pior estava por vir. Dias após sua morte ela se erguera do túmulo. Minha amiga se tornara uma vampira e se alimentava do sangue de crianças pequenas. O dr. Van Helsing, Quincey Morris, o dr. Seward e Arthur Holmwood viram-se diante de uma terrível decisão. Eles não tinham escolha a não ser cravar uma estaca de madeira no coração de Lucy, de modo a libertar sua pobre alma.

Pouco depois, à noite, o conde Drácula retornou para me atacar. Após esse ataque todos fizemos um juramento de caçá-lo, destruir o vampiro e livrar o mundo de seu mal. Assim, transformamo-nos em um grupo de heróis e fomos atrás de Drácula em seu castelo na Transilvânia. Quincey Morris morreu lá em combate, mas como era um herói conseguiu cravar uma faca no coração de Drácula. Vimos o vampiro explodir em chamas, transformando-se em pó à luz do sol que se punha.

Então ficamos livres, ou pelo menos foi o que pensei. Porque, cerca de um ano depois de você nascer, comecei a ter terríveis pesadelos. Drácula me caçava em meus sonhos. Foi então que seu pai me recordou o alerta do príncipe das trevas e de como ele dissera: "Eu terei minha vingança. Ela se estenderá ao longo dos séculos. O tempo está do meu lado."

A partir daquele dia, seu pai e eu não tivemos paz. Passamos os anos olhando por sobre os ombros. E agora temo que já não sejamos fortes o bastante para protegê-lo de seu mal, e acho que ele é capaz de fazer as piores coisas.

Portanto, saiba, meu filho, para que possa sobreviver ao mal que agora o persegue, abrace a verdade que revelo nestas páginas. Procure bem fundo dentro de sua juventude, como seu pai e eu fomos um dia obrigados a fazer, e encontre ali o corajoso herói. Drácula é um inimigo inteligente e ardiloso. Você não pode fugir, e não há onde se esconder. Terá de resistir e lutar.

Boa sorte, querido filho, e não tema. Se Van Helsing estiver certo, vampiros na verdade são demônios, e Deus estará a seu lado enquanto você lutar.

Com meu amor imortal,
Sua mãe, Mina.

Capítulo I

Oceanos de amor, Lucy.

A inscrição era a única coisa na qual o dr. Jack Seward conseguia se concentrar enquanto sentia a escuridão tomar conta de si. Na escuridão havia paz, sem luzes frias iluminando os restos dilacerados de sua existência. Durante anos ele se dedicara a combatê-la. Naquele momento, simplesmente se entregava a ela.

Apenas à noite Seward conseguia encontrar paz com a lembrança de Lucy. Em seus sonhos ainda sentia seu abraço quente. Por um momento fugaz ele podia retornar a Londres, a uma época mais feliz, quando via sentido em seu lugar no mundo e em sua pesquisa. Era a vida que quisera partilhar com Lucy.

O alarido de início de manhã, com carros de leite, peixeiros e carroças de outros vendedores passando apressados pelas ruas calçadas de Paris, invadiu o sonho de Seward e o arrastou de volta ao duro presente. Seward se obrigou a abrir os olhos. Eles doeram mais que iodo puro em uma ferida aberta. Com o teto trincado do quarto da casa de cômodos parisiense que ele alugava entrando em foco, refletiu sobre como sua vida mudara. Ficou triste ao ver como perdera os músculos. Seus bíceps murcharam, e agora faziam lembrar aqueles novos saquinhos de chá de musselina costurada a mão recém-tirados de um bule. As veias em seu braço eram como rios em um mapa gasto. Ele era uma sombra de quem havia sido um dia.

Seward rezou para que a morte chegasse rapidamente. Ele deixara em testamento seu corpo para a ciência, a ser usado em uma sala de aula de sua *alma mater*. Consolava-se com o fato de que na morte ajudaria a inspirar futuros médicos e cientistas.

Após algum tempo, lembrou-se do relógio, ainda aninhado em sua mão esquerda. Virou-o. Seis e meia! Por um instante foi tomado de pânico. *Inferno!* Dormira demais.

Seward se levantou cambaleando. Uma seringa de vidro vazia rolou da mesa e se estilhaçou no piso de madeira encardido. Uma pequena garrafa de vidro marrom de morfina estava prestes a ter o mesmo destino da seringa, mas ele rapidamente pegou o líquido precioso, soltando o cinto de couro de seu antebraço esquerdo com um movimento treinado. A circulação voltou ao normal, e Seward desenrolou a manga, recolocando em seguida a abotoadura de prata com monograma em sua camisa social gasta. Abotoou o colete e vestiu o paletó. Wallingham & Sons eram os melhores alfaiates de Londres. Se seu terno tivesse sido feito por qualquer outro, teria se desintegrado dez anos antes. *A vaidade não morre fácil*, pensou Seward com um risinho sem humor.

Teria de correr, caso ainda quisesse pegar o trem. Onde estava o endereço? Ele o havia colocado em um lugar seguro. Naquele momento, quando mais precisava, não conseguia recordar exatamente onde o pusera. Seward virou o colchão de palha, inspecionou os fundos da mesa com pernas desiguais e olhou sob os caixotes de verdura que serviam de assento. Vasculhou pilhas de recortes de jornal envelhecidos. As manchetes revelavam a preocupação de Seward: histórias horripilantes sobre Jack, o Estripador. Fotos de autópsia das cinco vítimas conhecidas. Mulheres mutiladas posavam de pernas abertas, como se estivessem esperando por seu assassino perturbado. O Estripador fora classificado como um açougueiro de mulheres, mas um açougueiro é mais misericordioso com os animais que abate. Seward relera inúmeras vezes os relatórios de autópsia. Páginas soltas de suas teorias e ideias escritas em papel rascunho, papelão rasgado e caixas de fósforos desdobradas flutuavam a seu redor como folhas levadas pelo vento.

O suor que escorria da testa de Seward começou a arder em seus olhos injetados. *Maldição, onde o tinha colocado?!* O Benfeitor correra um enorme risco para fornecer-lhe aquela informação. Seward não suportava imaginar-se desapontando a única pessoa que ainda acreditava nele. Todos os outros — os Harker, os Holmwood — achavam que havia perdido o juízo.

Seward sabia que se vissem aquele quarto considerariam justificada essa crença. Examinou as paredes com revestimento rachado que comprovavam seus delírios induzidos pela morfina, suas ideias alucinadas escritas a tinta, carvão, vinho, até mesmo com o próprio sangue. Nenhum louco seria tão óbvio. Ele estava certo de que aqueles escritos um dia se revelariam lúcidos.

Em meio a tudo, havia uma página arrancada de um livro, cravada na madeira com uma faca de caça com cabo de osso cuja lâmina estava suja de sangue coagulado. A página tinha um retrato de uma bela jovem elegante de cabelos negros. Abaixo da imagem, uma inscrição: "CONDESSA ELIZABETH BATHORY, CIRCA 1582."

Claro, foi onde escondi. Seward riu de si mesmo enquanto arrancava a faca da parede. Pegou a página e a virou. Encontrou, escrito com sua caligrafia quase ilegível, o endereço de uma vila em Marselha. Seward pegou a cruz, a estaca de madeira, as réstias de alho penduradas junto ao retrato de Bathory e uma faca de prata que estava no chão. Colocou tudo no fundo falso de sua bolsa de médico e cobriu com instrumentos e medicamentos comuns.

O trem deixou a Gare de Lyon pontualmente. Ao vê-lo partir no instante em que pagava a passagem, Seward disparou pelo prédio marcado pela enchente para alcançar o monstro resfolegante que deixava a plataforma sete. Conseguiu agarrar o último vagão e subiu antes que o trem ganhasse velocidade. Seu coração se encheu de orgulho ao dar o salto ousado. Ele havia feito esse tipo de coisa na juventude com o texano Quincey P. Morris e seu velho amigo Arthur Holmwood. *A juventude foi desperdiçada com aqueles dois*, riu Seward consigo mesmo ao relembrar os dias irresponsáveis de sua inocência... e ignorância.

O médico se acomodou no sofisticado vagão-restaurante enquanto o trem bufava rumo ao sul. Não se movia rápido o bastante. Seward consultou o relógio de bolso; apenas cinco minutos haviam transcorrido. Lamentou não poder mais se dar ao luxo de passar o tempo escrevendo em seu diário. O trem só alcançaria Marselha dali a dez horas. Lá, ele finalmente teria como provar suas teorias e mostrar àqueles que o haviam evitado que não estava louco; que estivera certo o tempo todo.

Seriam as dez horas mais longas da vida de Seward.

— *Billets, s'il vou plaît!*

Seward fitou de olhos arregalados o condutor, de pé acima dele com um frio olhar de impaciência.

— Desculpe-me. — E Seward deu sua passagem ao condutor, ajeitando o cachecol para cobrir o bolso rasgado do peito.

— Britânico? — perguntou o condutor, com forte sotaque francês.

— Sim, por quê?

— Médico? — O funcionário apontou com a cabeça para a maleta entre os pés de Seward.

— Sim.

Seward viu os olhos cinzentos do homem avaliando a pessoa andrajosa diante de si, o terno grande demais e os sapatos gastos. Não era a imagem de um médico respeitável.

— Deixe-me ver sua maleta, por favor.

Seward entregou a maleta, pois não tinha muita escolha. O condutor retirou metodicamente garrafas de remédio, leu os rótulos e as recolocou sem muito cuidado. Seward sabia o que o funcionário procurava, e esperava que ele não vasculhasse fundo demais.

— Morfina — anunciou o condutor em um tom tão alto que outros passageiros espiaram. Ele ergueu a garrafa marrom.

— Algumas vezes tenho de receitar como sedativo.

— Quero ver sua licença, por favor.

Seward procurou nos bolsos. No mês anterior havia sido assinada a Convenção Internacional sobre Ópio, proibindo a importação, venda, distribuição e importação de morfina sem registro médico. Ele demorou tanto para encontrar que, quando por fim achou a licença, o condutor estava prestes a puxar a corda para deter o trem. O homem examinou o papel franzindo o cenho, depois voltou o olhar duro para o documento de viagem. O Reino Unido fora o primeiro país a usar identificação fotográfica em seus passaportes. Desde que tirara aquele retrato, Seward perdera muito peso. Seus cabelos estavam muito mais grisalhos, a barba, desgrenhada e malcuidada. O homem no trem não passava de uma sombra do homem na foto.

— O que vai fazer em Marselha, doutor?

— Eu trato um paciente lá.

— De que sofre seu paciente?

— De distúrbio de personalidade narcisista.

— *Qu'est-ce que c'est?*

— É um desequilíbrio psicológico que leva o paciente a demonstrar um controle predatório, autoerótico, antissocial e parasitário sobre quem o cerca. Assim como...

— *Merci* — cortou o condutor, devolvendo a Seward seus papéis e a passagem com um gesto hábil. Então virou-se e falou com os homens da mesa seguinte no vagão-restaurante: *Billets, s'il vous plaît.*

Jack Seward suspirou. Recolocando seus documentos no paletó, tornou a verificar o relógio de bolso, um hábito nervoso. Parecia que o interrogatório durara horas, mas só haviam se passado outros cinco minutos. Ele baixou a cortina com franjas da janela para proteger os olhos da luz do dia e reclinou-se na luxuosa poltrona borgonha de encosto alto.

Oceanos de amor, Lucy.

Seward segurou o adorado relógio junto ao coração e fechou os olhos para sonhar.

Foi um quarto de século antes. Seward erguera o mesmo relógio à luz para ler a inscrição: "Oceanos de amor, Lucy."

Ela estava lá. Viva.

— Você não gostou — disse Lucy, amuada.

Jack não conseguia desviar o olhar de seus olhos verdes, suaves como uma pradaria no verão. Lucy tinha a estranha idiossincrasia de fitar a boca do interlocutor como se tentasse sentir o gosto da palavra seguinte antes que passasse pelos lábios. Ela sentia uma ânsia pela vida. Seu sorriso conseguia aquecer o coração mais frio. Com Lucy sentada no banco do jardim naquele dia de primavera, Seward se encantou com o modo como a luz do sol iluminava os cachos soltos de cabelos ruivos que dançavam à brisa, emoldurando seu rosto. O cheiro de lilases frescos se misturava à maresia salgada do porto de Whitby. A partir de então, sempre que sentisse cheiro de lilases ele se lembraria daquele belo e amargo dia.

— Só posso concluir... — Seward pigarreou antes que sua voz falhasse. — ...que, como gravou "Querido amigo" em vez de "Noivo", você decidiu não aceitar meu pedido de casamento.

Lucy desviou os olhos úmidos. O silêncio dizia muito.

— Achei que seria melhor que soubesse por mim — disse Lucy finalmente, suspirando. — Eu aceitei me casar com Arthur.

Arthur era amigo de Jack Seward desde que eram garotos. Seward gostava dele como de um irmão, mas sempre invejara a maneira como Art conseguia tudo com tanta facilidade. Ele era bonito e rico, e jamais deparara com preocupação ou esforço. Ou coração partido.

— Entendo — disse Seward, sua voz soando um guincho em seus ouvidos.

— Eu amo você — sussurrou Lucy. — Mas...

— Mas não tanto quanto ama Arthur.

Claro que ele não poderia competir com o rico Arthur Holmwood, nem era tão arrojado quanto o outro pretendente de Lucy, o texano Quincey P. Morris.

— Perdoe-me — continuou ele em tom mais suave, de repente temendo magoá-la. — Esqueci meu lugar.

Lucy se esticou e deu um tapinha em sua mão, como se fosse um animal de estimação.

— Sempre estarei aqui.

De volta ao presente, Seward se agitou no sono. Se pelo menos pudesse ver a beleza nos olhos de Lucy... Na última vez em que os fitara, naquela noite terrível no mausoléu, não vira nada além de dor e angústia. A lembrança dos gritos de morte de Lucy ainda dilacerava o cérebro de Seward.

Após saltar do trem, Seward caminhou sob uma tempestade torrencial pelo labirinto de prédios brancos de Marselha amaldiçoando a ocasião. Claro que sua busca o levara à Riviera Francesa em março, o único mês chuvoso.

Caminhou adiante pesadamente, olhando para trás de modo a ver o Fort Saint-Jean se erguendo como uma sentinela de pedra no porto de um azul profundo. Então virou-se para estudar a cidade provençal, que havia sido construída em torno de uma cidade com dois mil e seiscentos anos. Artefatos dos fundadores gregos e romanos de Marselha eram encontrados em todos os bairros medievais ao estilo parisiense. Seward lamentou estar naquele porto pitoresco por um objetivo tão sinistro. Embora não fosse a primeira vez que a maldade se fizesse sentir ali: durante o século anterior, aquela cidade litorânea havia sido assolada por peste e piratas.

Seward parou. A sua frente se erguia uma típica vila mediterrânea de dois andares com grandes venezianas de madeira e barras de ferro batido nas janelas. A lua de inverno, atravessando as nuvens de chuva, lançava um brilho fantasmagórico sobre as tradicionais paredes brancas. O teto era coberto por telhas de barro vermelhas que o faziam lembrar-se de algumas das velhas casas espanholas que vira ao visitar Quincey P. Morris no Texas, tantos anos antes. Elas conferiam um clima muitíssimo agourento, nada receptivo a uma vila luxuosa da Riviera Francesa. Parecia inteiramente destituída de vida. Seu coração se apertou com o pensamento de que poderia ter chegado tarde demais.

Tornou a verificar o endereço.

Era ali.

De repente, ele ouviu a chegada ruidosa de uma carruagem puxada por cavalos espalhando água sobre o calçamento. Jack se escondeu em um vinhedo em frente ao prédio. Não havia uvas nos galhos gotejantes que lembravam uma teia. Uma carruagem negra com remates dourados subia a colina puxada por duas éguas negras brilhantes. Os animais pararam sem receber um comando. Seward ergueu os olhos e, para sua surpresa, viu que não havia cocheiro. *Como aquilo era possível?*

Uma figura vigorosa saltou do veículo. As éguas morderam uma à outra e guincharam, os pescoços curvados. Depois, novamente para surpresa de Seward, partiram em passo perfeito, sem cocheiro para guiá-las. A figura ergueu uma bengala com uma das mãos calçando luva preta e enfiou a outra no bolso para pegar uma chave, e, então, parou de repente, como se percebendo algo.

— Maldição — murmurou Seward para si mesmo.

A pessoa junto à porta curvou a cabeça, quase como se tivesse ouvido a voz de Seward em meio à chuva, e se virou lentamente na direção do vinhedo. Seward sentiu ondas de pânico e adrenalina tomarem seu corpo, mas conseguiu prender a respiração. A mão enluvada foi na direção da aba da cartola de veludo, e Seward quase engasgou ao ver a cartola ser retirada, revelando sensuais cachos de cabelos negros caindo sobre os ombros daquela pessoa.

Ficou eufórico. *Era ela!* O Benfeitor estava certo.

A condessa Elizabeth Bathory estava junto ao umbral da vila, parecendo exatamente como estava no retrato pintado mais de três séculos antes.

Capítulo II

Raios cruzaram o céu, iluminando as gotas de chuva como pedras preciosas em um veludo negro. Seward sabia que devia buscar proteção, mas não conseguia fazer nada além de olhar, hipnotizado, para a beleza exótica e perigosa diante de si. A pele clara de Bathory contrastava fortemente com seus cabelos de meia-noite, e ela se movia com a elegância silenciosa de um predador. Seus olhos azuis, gelados, buscaram algum movimento na rua, enquanto outro relâmpago iluminava o terreno diante dela. Quando virou-se para o vinhedo, Jack se jogou na lama para não ser localizado.

Ele prendeu a respiração, tentando não se mover e ignorando as câimbras nas pernas. Estava desesperado para olhar para cima, mas o relâmpago refletido em seu rosto claro o revelaria de imediato. Assim, continuou grudado no chão, o nariz a dois centímetros da lama. Depois do que pareceu uma eternidade, enfim permitiu-se erguer os olhos, meio que esperando ver Bathory junto a ele como uma cobra pronta para atacar. Mas ela não estava à vista.

Lutando contra o medo crescente, Seward se limpou da lama grudenta com um ruído repulsivo. *Alto demais*. Seus olhos correram ao redor. Ele precisava se mover, mas tinha de esperar que o sangue voltasse a circular por suas pernas. Sentia-se como estopa molhada, as roupas grandes demais pesando sobre seu corpo.

O vento soprou, e ele se virou de repente. Ainda ninguém à vista. Recuperando a determinação, deu um passo decidido na direção da construção de pedra e sentiu a lama molhada encharcando seu pé nu. Seward olhou para trás e viu um de seus sapatos preso no lodo. Resmungou pragas e quase caiu tentando se equilibrar para calçá-lo. Tropeçando, cruzou a trilha pantanosa e foi até uma palmeira. Seward sabia que estava fazendo um barulho terrível, mas esperava que a chuva o abafasse. Finalmente, chegou à árvore próxima da vila. Quando criança ele era bom em subir em árvores, mas cinco décadas depois esse não era mais o caso. Mas não tinha escolha. Ele respirou fundo e se ergueu até o galho mais baixo.

Da árvore, Jack conseguiu passar para a marquise da calçada dianteira. As telhas de barro estavam escorregadias com a chuva. Seward se aprumou agarrando a grade decorativa de ferro batido e olhou ao redor, aterrorizado com a ideia de a condessa Bathory poder estar rindo nas sombras enquanto ele fazia papel de tolo. Viu uma abertura acima de uma das janelas do segundo andar e buscou proteção a sua sombra, parando para recuperar o fôlego. Apurou a audição, mas não escutou nada além da chuva caindo, no ritmo de seu coração.

Espiou pela janela e descobriu que ela dava para o que um dia deveria ter sido um grande salão de baile. Naquele momento, vazio e mergulhado em sombras, aquele ambiente o enervava. Era como olhar para um museu à noite. Ou pior... para uma tumba.

Seus pensamentos foram interrompidos por duas figuras brancas reluzentes se movendo pelo piso do salão. Elas deslizavam sem esforço e pareciam estar carregando algo que lembrava uma canastra ou arca. Temendo ficar tempo demais em um lugar e ser visto, Jack agarrou a grade, se ergueu de um balcão para o seguinte e passou para outra janela.

Nesse andar só havia a luz de algumas poucas velas espalhadas e das brasas na lareira. O suficiente para Seward ver que o que lhe parecera dois espíritos eram na verdade belas jovens vestindo túnicas brancas ondulantes. *Onde estava Bathory?* Seward não conseguia se livrar do medo terrível de que ela estivesse atrás dele.

Seu coração quase saltou do peito com o barulho das portas francesas se abrindo. A condessa Bathory entrou no salão de baile. Seward, aliviado, se escondeu nas sombras.

Bathory soltou a capa do pescoço e a jogou descuidadamente sobre o ombro, revelando sua forma escultural. Ela vestia traje a rigor, com camisa branca engomada com colarinho de ponta virada e gravata preta. Em suas linhas severas, o alfaiate descobrira um meio de acentuar sua voluptuosa figura feminina, ao mesmo tempo que projetava uma força masculina.

A condessa caminhou na direção das duas mulheres.

— Meus amores... — cumprimentou ela.

E pelo tom de voz lânguido Seward identificou algo infinitamente mais sinistro. Ele sentiu um arrepio quando Bathory beijou nos lábios apaixonadamente cada uma daquelas Mulheres de Branco.

— Que brinquedinho vocês me trouxeram?

A loura quebrou o grande cadeado da arca com as mãos nuas, um gesto perturbadoramente natural para alguém de aparência tão delicada. Ela abriu a tampa com um floreio, como um garçom orgulhosamente apresentando o prato principal. Dentro da caixa havia uma mulher jovem, amarrada, amordaçada e, sem dúvida alguma, aterrorizada.

Bathory levou a mão à bota e sacou uma lâmina metálica e curva. Seward reconheceu a faca no mesmo instante: um bisturi de amputação.

Os olhos da jovem se arregalaram à visão da lâmina. Em um movimento rápido demais para que Seward pudesse ver, Bathory levou o bisturi na direção da jovem. A mordaça e as cordas que prendiam suas mãos caíram no fundo da arca. Bathory colocou a ponta da lâmina sob o queixo da garota. Seward agarrou o punho de sua faca de prata de arremesso.

Em vez de fazer um talho sangrento, Bathory usou a lâmina para guiar gentilmente a garota para fora da caixa. Seward relaxou o punho. A garota tocou o rosto e os punhos para ver se a lâmina a ferira. Não parecia haver sequer um arranhão. Seward viu a condessa contornar a jovem, avaliando seus trajes. Ela usava um vestido de lã verde-azulado que a cobria com recato do pescoço aos tornozelos. Jack se enfureceu ao pensar no que os olhos de Bathory deviam estar vendo — um belo pacote esperando para ser desembrulhado.

A garota permanecia totalmente imóvel. O bisturi cortou novamente. O vestido e as roupas de baixo caíram como peças de um quebra-cabeça, deixando a pele delicada ilesa. Apesar dos esforços desesperados da jovem para recuperar o tecido, mais ele caía, deixando-a completamente exposta.

Bathory não piscou uma só vez; sem dúvida embriagava-se com a visão. Tremendo de medo, a garota se escondeu nas sombras, escondendo o corpo. As Mulheres de Branco riram.

Seward seguiu até a janela seguinte para poder ver melhor. Dali, notou que Bathory apertava os olhos. A luz tremeluzente das velas se refletia no pequeno crucifixo de ouro no pescoço da jovem. O bisturi de Bathory avançou e recuou tão rápido que Seward quase duvidou que houvesse se movido. Mas era inconfundível o som do metal batendo no piso de mármore, a corrente partida se acumulando em uma pequena pilha. A jovem engasgou de surpresa — uma pequena gota de sangue brilhou como uma pedra preciosa na base de sua garganta. As Mulheres de Branco saltaram sobre ela como cães selvagens.

— Maria, mãe de Deus, protegei-a! — rezou Seward, as palavras saindo em um gemido triste.

Ele viu, horrorizado, as Mulheres de Branco erguerem a moça nua e a pendurarem de cabeça para baixo pelos tornozelos em uma polia, deixando-a suspensa no teto. O demônio de cabelos escuros deu a Bathory um chicote de couro preto de nove tiras com ganchos de metal curvos em cada ponta. Os lábios vermelhos da condessa se curvaram em um sorriso sem humor, seus olhos sobrenaturais ainda concentrados na única gota de sangue, que então escorria pelo pescoço da vítima. Com um golpe preciso, Bathory feriu-lhe a carne com o chicote, vendo, ansiosa, o sangue começar a escorrer mais livremente.

Seward desviou os olhos, mas não pôde deixar de ouvir os gritos. Agarrou a cruz pendurada em seu pescoço, sem que isso o confortasse. Seu instinto era entrar para salvar a pobre garota, mas essa certamente teria sido uma decisão tola. Um velho não era páreo para aquelas três. Elas o fariam em pedaços. *"Independentemente do que você veja ou sinta, nada pode distraí-lo de sua obrigação."* Essa fora a última mensagem do Benfeitor.

Seward, enfim, tomou coragem para olhar de novo pela janela e testemunhar a insanidade depravada da vila.

Bathory mantinha um ritmo firme, com as pontas metálicas zunindo no ar. A força de cada golpe fazia sua jovem vítima balançar como um pêndulo. O sangue que brotava dela formara rios. Enquanto isso, as Mulheres de Branco, no piso abaixo dela, abriam a boca para apanhar as preciosas gotas carmim que caíam como uma espécie de chuva infernal.

Seward sabia que estava assistindo a uma verdadeira loucura. Quando o sol se erguesse, aquelas três criaturas estariam deitadas em seus caixões, adormecidas e vulneráveis, e essa seria sua única oportunidade de livrar o mundo daquele mal. Ele iria cravar a lâmina folheada a prata em seus corações, cortar suas cabeças, encher as bocas com alho e queimar os restos.

Mas Jack era atormentado pela culpa de se manter parado enquanto aquela garota inocente era torturada. Ele apertou a mão sobre a lâmina até gotas de sangue escorrerem entre seus dedos. Se ele não podia poupar aquela jovem da dor, pelo menos podia senti-la junto com ela.

Os gritos da garota por fim cessaram, mas continuaram ecoando fantasmagoricamente na cabeça de Jack, evocando lembranças dolorosas da segunda morte de Lucy. Uma morte que ele próprio ajudara a provocar. Mais uma vez, as recordações precipitavam sobre ele: a raiva que sentira pela profanação do túmulo de sua amada; o choque de descobrir seu corpo ainda quente e rosado, parecendo cheio de vida; a visão de Arthur cravando a estaca em seu coração enquanto a criatura que se parecia com Lucy dava gritos de gelar o sangue; e as lágrimas que em silêncio derramara enquanto enchia a boca do monstro de alho e soldava sua tumba para sempre. No entanto, nenhuma dessas emoções era tão vergonhosa quanto a que Jack escondera por todos aqueles anos, até de si mesmo: a secreta satisfação de ver Arthur perder Lucy. Se não podia tê-la, pelo menos ninguém mais poderia. Era uma emoção horrenda, e toda a escuridão que se abatera sobre sua vida depois disso fora merecida. Aceitar aquela missão final era seu ato de contrição.

Seward foi arrastado de volta ao presente pelo repentino silêncio. No salão de baile embaixo, a jovem desmaiara de dor. Ele podia ver seu peito se movendo, portanto ela ainda não morrera. Bathory jogou longe seu chicote, irritada como um gato quando o rato deixa de brincar após seu pescoço ter sido quebrado. Seward, sentindo uma umidade quente no rosto, tocou a face: estava chorando.

— Preparem meu banho! — ordenou Bathory.

As Mulheres de Branco empurraram a jovem pelo trilho metálico do sistema de transporte, levando-a para outra sala. Bathory se virou para acompanhar, pisando intencionalmente na cruz de ouro, girando o pé e esmagando-a com o calcanhar. Satisfeita, seguiu para a sala adjacente, tirando as roupas, uma a uma, pelo caminho.

Seward se inclinou no balcão procurando por outra janela que desse para a sala adjacente. A chuva havia parado. Seu barulho não iria mais abafar os passos dele nas telhas de barro. Lenta e cautelosamente, ele seguiu para a janela seguinte e olhou por ela. O sistema de trilhos terminava bem acima de um banho ao estilo romano. Dúzias de velas iluminavam Bathory, que, delicadamente, tirava as calças. Pela primeira vez Seward tinha uma boa visão dela, nua em pelo. A condessa não se parecia em nada com as prostitutas que encontrara nos quartos dos bordéis de Camden. As curvas luxuriantes de seu corpo, branco e suave como porcelana, teriam impedido a maioria dos observadores de sequer vislumbrar a crueldade calculista de seus olhos — mas não Seward. Ele vira um olhar como aquele antes.

Mas nada no passado negro do médico poderia tê-lo preparado para a cena macabra que veio em seguida. A jovem, emitindo gargarejos patéticos, estava suspensa acima da beirada da banheira de mosaicos vazia. Bathory, dentro da banheira, de braços esticados, com a cabeça curvada para trás, magnificamente nua, voltou as palmas das mãos para cima. Era um sinal. Naquele instante, a Mulher de Branco de cabelos escuros usou a unha para cortar a garganta da jovem e a empurrou até o final do trilho, no ponto acima de onde Bathory esperava. Seward viu a boca com presas de Bathory se escancarar, para se banhar, cheia de lascívia, em um chuveiro de sangue.

Que vão todas para o inferno! Tomado de exaltação, Jack enfiou a mão no fundo falso da maleta médica para pegar uma pequena besta, carregando a arma com uma flecha de ponta de prata. Se essa decisão imprudente significaria sua morte, que fosse. Melhor estar morto que permitir que aquele terrível mal se prolongasse por qualquer segundo.

Seward apontou a besta entre as barras de ferro e se preparou para disparar em Bathory. Foi quando percebeu algo. Seus olhos se arregalaram. Havia um grande cartaz na mesa junto à janela, que parecia brilhar de um modo sobrenatural, como se pintado pela lua. As enormes letras em relevo se destacavam:

> *A vida e a morte do rei Ricardo III*,
> de William Shakespeare
>
> 7 de março de 1912
> Teatro Odéon
> Rua de Vaugirard, 18
> Telefone para reservas: 811-42
> Vinte horas
> Paris, França
>
> Estrelando o ator romeno
> Basarab

Ele involuntariamente deu um passo atrás, esquecendo-se da inclinação do telhado. A telha sob seu pé quebrou e deslizou, estilhaçando-se na calçada de pedras. Ele congelou.

⚜

No grandioso salão de baile, a Mulher de Branco loura se virou ao som que vinha do lado de fora. Ela disparou para a porta, seus olhos sem alma examinando o horizonte em busca de algum sinal de vida. Não viu nenhum. Permanecendo nas sombras, seguiu até a lateral da casa, de onde tinha ouvido o som. Mais uma vez, nada. Estava prestes a voltar para casa quando notou uma telha quebrada no chão manchada com uma gota de sangue fresco. Sangue humano. Seu aroma pungente era inconfundível. Ela o provou, ansiosa, e imediatamente cuspiu. O sangue estava poluído com substâncias químicas.

Com agilidade reptiliana, a Mulher de Branco escalou a parede para inspecionar melhor a vila. No teto, avistou uma faca de prata suja de sangue abaixo de uma das janelas. Apenas um caçador de vampiros inexperiente seria ingênuo o bastante para carregar uma lâmina de prata.

Mas a Mulher de Branco compreendeu que sua senhora já não estava mais segura. Teriam de fugir de Marselha naquela noite. Assim, voltou apressadamente para dentro da casa.

⚜

Seward sabia que Bathory e suas *banshees* deixariam Marselha naquela noite. Elas decerto fugiriam para Paris, e de avião a morte viaja rápido. Mas graças ao anúncio que tinha visto, Seward se deu conta de que estava mais uma vez em vantagem. Conhecia os planos delas. A condessa Bathory e suas companheiras estariam no teatro na noite seguinte.

Ele se permitiu um sorriso soturno. *É onde terá lugar a batalha.*

Capítulo III

— Eu vos ordeno que retornai e mudai vossa forma! — gritou um jovem de chapéu-coco, braços esticados em súplica, falando em um tom de voz determinado, embora trêmulo. — Tal é a força da mágica e de meus feitiços: não, Fausto, laureado criador de artes. Isso não pode comandar o grande Mefistófeles: *Quin regis Mephistophilis fratris imagine.*

Um silvo. Uma parede de fumaça. Então chamas tomam o ar. Ao redor, lâmpadas de gás, nas quais haviam sido colocados pedaços de papel embebidos em nitrocelulose, disparam um rugido adicional. A pequena multidão reunida nos Jardins de Luxemburgo prende a respiração.

Quincey Harker, de costas para a plateia, sente orgulho de sua engenhosidade. Com um sorriso rápido, ele arranca o chapéu-coco, coloca um cavanhaque postiço, enfia um chapéu cônico sobre a testa, joga uma capa sobre os ombros e, no que parece um movimento contínuo bem treinado, dá um salto e gira para a beirada da Fontaine Medicis. O cenário perfeito para uma pantomima solo de *Fausto*, pois os Médici haviam sido uma proeminente família florentina, santos padroeiros de artistas de vanguarda, e muitos suspeitavam que se associavam com o Diabo. Absolutamente à vontade em seu palco improvisado, Quincey se deliciava não apenas com sua apresentação, mas também com sua inteligência.

Ele fazia o que era chamado de *chapeaugraphy* — trocar de chapéus para mudar de personagens —, uma técnica cênica bastante conhecida, mas pouco usada em função do alto grau de habilidade necessário. Portanto, costumavam lançar mão dela apenas os atores mais talentosos... ou os mais arrogantes.

Quincey usou a sombra projetada pelas figuras na fonte para criar um efeito ameaçador enquanto abria sua capa, adotava uma postura ameaçadora e rugia em uma voz profunda e diabólica:

— E agora, Fausto, o que queres de mim?

Quincey fez uma pausa, esperando aplausos da plateia. Não houve nenhum. Isso era estranho. Quincey ergueu os olhos e se surpreendeu ao ver os espectadores distraídos. Algo na extremidade norte do parque atraía sua atenção. Quincey tentou não deixar que essa distração momentânea prejudicasse sua concentração. Sabia que seu talento estava à altura do desafio. Afinal, já desempenhara aquele papel, e se saíra tão bem que conseguira até mesmo garantir ser a segunda atração, imediatamente antes da principal: Charles Chaplin, um mestre da comédia física. Corriam boatos de que Chaplin iria deixar Londres e tentar a sorte na América. Quincey esperara ocupar o lugar de Chaplin, mas seu pai superprotetor, Jonathan Harker, destruíra esse sonho subornando o gerente do teatro e mandando o filho para uma prisão parisiense sem grades: a faculdade de direito da Sorbonne.

Quincey entrou em pânico quando sua pequena plateia começou a se dispersar, indo investigar a confusão na extremidade norte do parque. Verificando se seu cavanhaque falso continuava no lugar, Quincey, apressado, iniciou um dos solilóquios de Mefistófeles, enquanto descia correndo os degraus da fonte em uma tentativa desesperada de reconquistar a atenção das pessoas.

— Sou um servo do grande Lúcifer e não posso seguir-te sem seu consentimento. Nada além de suas ordens devemos obedecer!

Por um momento, parecia que o poder de sua interpretação iria reconquistar os espectadores, mas todas as esperanças desapareceram quando Mefistófeles escorregou na pedra molhada da fonte, caindo sentado. O restante da plateia caiu na risada enquanto partia.

Quincey socou o chão e arrancou a barba, grato pela primeira vez por, com a idade madura de vinte e cinco anos, não haver pelos por baixo. Foi quando ele o viu, rindo com aquele conhecido escárnio. O mais desprezível desperdício de carne: Braithwaite Lowery, colega de Quincey em seus alojamentos na Sorbonne. *O que ele estava fazendo ali? O idiota não tinha interesse em nada artístico.*

Braithwaite olhou por cima dos óculos para as poucas moedas que o público jogara no calçamento.

— Tolo como uma porta. Tem consciência de quanto um advogado de verdade ganha por dia, Harker?

— Estou me lixando para dinheiro.

— Porque você nasceu com o conforto e a proteção de uma herança. Eu descendo de um pescador de Yorkshire. Eu terei de *ganhar* minha fortuna.

Se pelo menos Braithwaite soubesse do que Quincey abrira mão para garantir o apoio financeiro de sua família...

— O que você quer? — Quincey apanhou seu faturamento.

— Isto chegou para você. Outra carta de seu pai — respondeu Braithwaite, com um prazer venenoso. O sujeito adorava ver Quincey ficar constrangido ao receber as cartas críticas do pai.

— Sabe do que gosto em você, Braithwaite?

— Não posso imaginar.

— Nem eu — disse Quincey, arrancando o envelope da mão de Braithwaite com um floreio e o dispensando com a outra.

Jonathan Harker, Exeter, ao jovem Quincey Harker, Universidade Sorbonne, Paris.

29 de fevereiro de 1912

Querido filho,
Recebi uma carta muito perturbadora detalhando seu progresso, ou a absoluta falta dele, em seus estudos e fui avisado de que você mais uma vez está dedicando tempo demais a suas atividades extracurriculares fora do campus. Isso é inaceitável. Embora você não tenha vindo para casa nesses três últimos anos, um fato que feriu profundamente sua querida mãe, devo lembrá-lo de que é meu dinheiro que está pagando seus estudos e seu alojamento. Caso você fracasse neste período, mesmo meus contatos não poderão impedir sua expulsão. Claro que isso significará o imediato fim de sua diária e...

Quincey parou de ler. Cada vez mais pessoas passavam apressadas na direção norte, e ele ficou aliviado de poder se distrair do som da voz arrogante de seu pai, vinda de cada palavra escrita na carta. Seus dedos folhearam o restante da missiva. *Maldição! Treze páginas!* A família Harker era famosa por suas cartas extensas, embora em sua mesa de jantar não houvesse qualquer conversa. Outro grupo de pessoas passou.

— O que está acontecendo?

Sem se deter, um homem gritou por cima do ombro:

— Basarab! Ele está chegando. Aqui! Agora!

Basarab? Quincey se lembrou de ter lido algumas semanas antes no *Le Temps* que Basarab, o famoso ator shakespeariano que se anunciava com um só nome, iria se apresentar em Paris. E, embora ansiasse ver o ator de fama mundial no palco, descartara a ideia por saber que nunca poderia justificar o custo de um ingresso no relatório de gastos que todo mês preparava para verificação de seu pai. Quincey mentira tantas vezes antes que Jonathan conhecia todos os seus golpes.

Que sorte! Ou teria sido o destino que fizera Quincey estar ali no momento da chegada de Basarab a Paris? De repente ele se sentiu sossegado, ao se dar conta de que não havia sido sua atuação que afugentara a plateia. Ele simplesmente havia sido superado por um verdadeiro astro. Esquecendo seus elementos cênicos e suas roupas na fonte, ele se viu correndo com a multidão, esperando vislumbrar a magnificência do grande Basarab com os próprios olhos.

Quincey saiu do parque em direção à rua de Vaugirard e encontrou uma multidão tomando a via. Ela estava virada para o teatro Odéon, um prédio branco com colunas romanas decorando os degraus fronteiriços. A luz da lua fazia o nome do teatro em letras de bronze brilhar como se iluminado de dentro.

Ao tentar se aproximar, Quincey se viu preso na rotunda, apertado contra o monumento ao dramaturgo francês Émile Augier. Sem pudores, escalou o pedestal para conseguir uma visão melhor.

Um automóvel Benz Tourer contornou a rotunda na direção dos degraus da frente do teatro. O motorista buzinou, abrindo caminho em meio à multidão. Quincey subiu ainda mais. O carro parou perto da escadaria e o motorista deu a volta até o lado oposto, a fim de abrir a porta para seu passageiro. Ao longo dos dois anos de luta para se estabelecer como ator, Quincey compreendeu que desde os dias de Shakespeare a profissão era considerada vocação de pecadores, bêbados, prostitutas e vagabundos. Mas diante de seus olhos achava-se um ator que era tido como a realeza, e toda a França parecia ter comparecido a sua chegada.

O jovem e vistoso romeno saiu do carro e ficou de pé no estribo. Quincey reconheceu os cabelos escuros e o rosto cinzelado de Basarab do retrato no *Le Temps*. O ator vestia uma capa semelhante a uma usada pelo príncipe Edward, mas a dele era feita de couro carmim, muito decadente para um mero ator. Repórteres com câmeras em tripés de madeira esperavam nos degraus para capturar as primeiras imagens de sua chegada. Quando Basarab se virou para eles e sorriu, o pó incandescente dos *flashes* se acendeu como relâmpagos. Após alguns momentos, Basarab afastou-se do automóvel e atravessou a multidão com os braços esticados, as palmas para cima, permitindo que o público, encantado, o tocasse. Quincey riu quando uma mulher tocou seu cotovelo e desmaiou. Quisera ele poder provocar esse tipo de reação em uma multidão.

A figura imponente de André Antoine, gerente do teatro Odéon, esperava no último degrau para saudar seu astro. Um homem com uma câmera filmadora de madeira estava perto e girava a manivela como um tocador de realejo. Ao lado das belas formas de Basarab, o pequeno rosto simpático de Antoine parecia um tanto desproporcional em relação a sua grande cabeça redonda. A multidão gritava o nome do astro. Apanhado no meio da energia frenética, Quincey se viu cantando junto com ela: "Basarab! Basarab! Basarab!"

Não espanta que todos o adorem, pensou Quincey. Até mesmo ele estava impressionado. Basarab não dissera uma única palavra, mas controlava todos diante de si. Como devia ser magnífico vê-lo no palco. Ele daria vida às palavras de Shakespeare.

Basarab fez um gesto para Antoine, e os dois desapareceram no teatro. A multidão permaneceu um pouco mais, como se esperando um bis. Um homem pequeno saiu do Odéon para anunciar que a bilheteria ficaria aberta à noite, vendendo ingressos para as apresentações de *Ricardo III*.

A multidão se transformou em uma parede humana e foi abrindo caminho até a porta. Quincey ficou deprimido. Nunca mais conseguiria tirar aquilo da cabeça. Ele queria desesperadamente ver a apresentação de Basarab, mas não tinha um só franco disponível. A diária que seu pai dava era calculada para cobrir apenas o essencial — de modo a impedir Quincey de gastar dinheiro naquilo que Jonathan Harker considerava frivolidades. *Que inferno! O que é a vida sem o teatro?*

Quincey contou as moedas que ganhara mais cedo na apresentação. Era jovem o bastante para correr riscos, mesmo que isso significasse usar sua diária e gastar seu último franco; mesmo que significasse enfrentar a ira de Jonathan Harker. Ele veria a primeira apresentação de Basarab no teatro Odéon na noite seguinte.

Capítulo IV

Trinta anos haviam se passado desde que Seward atravessara aquelas águas, e, na época, fora à luz do dia. Ele remou o barco que "adquirira" no porto de Villefranche-sur-Mer após viajar de carroça de Marselha a Antibes. Só seria classificado de roubo caso ele fosse apanhado.

Ele tinha de chegar a Paris. Mesmo que tivesse dinheiro suficiente para a passagem, o trem só partiria de Marselha às dez horas, chegando a Paris às vinte e três horas. Era imperativo que chegasse ao teatro Odéon às oito horas da noite seguinte.

Usando um nó corrediço para prender o barco, Jack cambaleou pelo cais de madeira até suas pernas se reacostumarem à terra. A visão da velha Lazaret o fez brilhar. Quando era um jovem médico idealista, Seward se envolvera com uma pesquisa financiada pelo governo francês, e trabalhou com cientistas brilhantes como Charles Darwin. O estudo buscava correlacionar o comportamento de animais como chimpanzés, ratos e camundongos com o dos humanos, esperando confirmar ainda mais a teoria da evolução de Darwin. Durante seu período ali, Seward ficou fascinado com a parcela de um ou dois por cento dos voluntários para o teste cujos atos podiam ser considerados anômalos. Por que existiam aquelas anomalias? O comportamento anômalo podia ser corrigido? Seward sorriu ao se lembrar de caminhadas junto ao mar com outros cientistas de Lazaret durante as quais eles debateram e questionaram a visão arcaica da Igreja sobre o Criacionismo. Seus estudos eram tão controversos que o governo decidira encerrar o trabalho, e transformou o prédio em um laboratório oceanográfico. Para manter silêncio, os cientistas receberam uma compensação financeira. Esse foi o dinheiro que Jack usou para comprar seu asilo em Whitby.

Seward continuou a subir a colina próxima do porto. Inspecionando a conhecida cidade litorânea que pouco havia mudado desde que ele partira, recordou o trabalho revolucionário que realizara no caso de R.N. Renfield. Seward diagnosticara em Renfield o raro quadro mental de zoofagia, ou "ingestão de presa viva". O fato de que o sr. Renfield passara toda sua juventude sendo "normal" antes de apresentar sinais de doença mental fazia dele o caso de estudo perfeito.

— Renfield... — murmurou.

Jack sentiu-se muito esperançoso quando Renfield foi para o asilo Whitby. Antes um advogado promissor, Renfield de repente se tornou um alucinado lunático devorador de insetos. Se Seward conseguisse curá-lo, provaria que a perturbação mental era uma doença, e não hereditária, o que confirmaria suas teorias da época de Lazaret e fortaleceria os argumentos de Darwin de que todos os mamíferos evoluíam de um ancestral comum. O pobre Renfield, infeliz peão colocado no jogo cedo demais, infelizmente se tornou mais um em uma longa lista de fracassos de Seward.

A uma pequena distância do porto, Seward encontraria seu velho amigo Henri Salmet, que conhecera na virada do século, quando acabara de perder tudo: seu asilo, sua clínica e sua família. Seus caminhos haviam se cruzado pouco antes, na periferia de Le Mans, em um inacreditável acontecimento histórico: a demonstração pelos irmãos Wright de sua bem-sucedida máquina voadora. A série de voos durara apenas dois minutos, mas uma nova época nascia na Europa. Seward sacudiu a cabeça, perturbado com o mundo que mudava tão rápido a seu redor. Os franceses podiam ter um sistema ferroviário antiquado, mas estavam investindo pesado na corrida ao céu.

A fadiga da abstinência começava a tomar conta de seu organismo. Jack podia sentir cada contusão e corte adquiridos em sua queda do telhado da vila. Estava ficando velho. Corajoso, resistiu à necessidade de uma dose, certo de que precisaria de todas as faculdades para a batalha que estava por vir.

No alto da elevação, ele contemplou a visão familiar da casa de fazenda de Henri aninhada no sopé dos Alpes. O vinhedo, que fora certa vez próspero, havia sido derrubado para se criar uma pista. O celeiro abrigava aviões e uma oficina, em vez de gado. No teto do celeiro, o cata-vento fora substituído por uma torre de radiotelegrafia.

Uma luz tremeluzia na janela da cozinha de Henri.

— Graças a Deus, meu amigo está em casa.

— Jack Seward! — disse Henri Salmet, abrindo a porta de sua modesta casa. — Onde está o resto de você? *Mon dieu*, o que aconteceu com sua mão?!

— *Bonsoir*, Henri. — Olhando para baixo, Seward viu que o sangue encharcara o lenço. — Sei que é tarde, mas...

Ele não pôde deixar de perceber que Henri quase não mudara. *Seu bigode de pontas viradas estava um pouco mais comprido*. Foi este o último pensamento a passar pela cabeça do médico antes de ele sucumbir à fadiga e desmaiar.

A luz do dia obrigou Seward a abrir os olhos. Estava empapado de suor. Viu a bandagem nova enrolada em sua mão. *Tenho de chegar ao teatro*. Seward se arrastou para fora da cama e saiu do quarto, cambaleando.

— Henri? — chamou. — Por quanto tempo eu...

Ao entrar na cozinha, ele se viu na companhia de Henri, sua esposa, Adeline, e três crianças que haviam crescido muito desde que estivera ali pela última vez. As crianças riram ao vê-lo; Seward não estava apresentável. Ele se sentiu corar.

— *Regardez*, Adeline — Henri deu uma risada. — Ele finalmente se levantou da morte.

— Preciso chegar a Paris — conseguiu dizer Seward em meio aos sintomas de abstinência que faziam todo seu corpo tremer. Rezou para que Henri pensasse que ele estava apenas cansado.

— Você quer voar até Paris?

— Sei que é impossível chegar lá, mas o mais perto aonde seu aeroplano puder ir... Talvez Lyon.

— Acho que você não sabe o que está pedindo. Mas eu sempre disse que faria qualquer coisa por um amigo em necessidades. Mas primeiro você fica e descansa alguns dias. Deu-nos um belo susto na noite passada.

— Aprecio sua hospitalidade, mas preciso chegar a Paris esta noite.

— Esta noite! — gritou Henri, trocando um olhar incrédulo com Adeline. — Está tão abatido que mal consegue ficar de pé, Jack. O que poderia ser tão importante?

— É uma questão de vida ou morte, um paciente — disse Seward, a mentira saindo fácil demais de seus lábios. — Se ele não receber um elixir especial de minha maleta médica às dezenove horas de hoje... temo pelo pior.

Henri tornou a fitar a esposa. Ela anuiu.

— Muito bem. — Henri meneou a cabeça. — Uma vida está em perigo, e é nossa obrigação de cristãos agir. Sente-se e coma, Jack, recupere as forças. Partiremos em uma hora.

Seward se sentou à mesa, aliviado, rapidamente se rendendo à sabedoria de Henri.

— Não tenho como agradecer o bastante, meu amigo.

Adeline o calou colocando a sua frente um prato abarrotado de comida.

Henri se virou para os filhos.

— Venham ajudar seu pai a se preparar para o voo.

Uma hora mais tarde, Seward levou sua maleta médica para o celeiro. Não comia tanto fazia muitos anos. Esperava que a comida lhe desse a força necessária para suportar sua agravada abstinência de morfina.

Um mecânico carregava latas metálicas de combustível para o campo. Henri, curvado sobre seu telégrafo sem fio, ergueu os olhos quando Seward apareceu a seu lado.

— Estou telegrafando a um amigo para nos esperar em seu campo, em Vichy — explicou. — Fica na metade do caminho, e precisaremos reabastecer lá.

— Também posso mandar uma mensagem? — perguntou Seward.

— Claro.

Seward tirou um pequeno cartão de seu livro de bolso.

— Isso precisa chegar a uma pessoa em sua estação sem fio particular no teatro Odéon. O código está no cartão.

Henri bateu a chaveta sem fio.

— E a mensagem?

Dr. Jack Seward para Basarab, teatro Odéon— Paris.
Condessa Bathory em Paris. Cuidado.

Momentos depois eles caminhavam na direção do monoplano Bleriot de Henri. A distância, Seward achou que parecia um dos projetos de Da Vinci, montado com papel machê e cordas. Ele podia ver que o revestimento era de compensado. Duas rodas de bicicleta sustentavam o *cockpit*, e a hélice tinha apenas duas pás.

— Aí está ela — disse Henri, radiante. — Cinquenta cavalos de força e capaz de chegar a uma altura de seiscentos metros.

Seward evitou responder, vendo o filho de Henri pegar sua maleta e prendê-la no compartimento de carga no fundo do *cockpit*, para em seguida ajudá-lo a ocupar o assento do passageiro, atrás. Seward ficou encantado ao ver Henri beijar a esposa e as duas filhas pequenas, e marchar decididamente na direção do avião. Mal podia acreditar que em instantes estaria no ar.

— Coloque os óculos! — avisou Henri, colocando os seus sobre os olhos, no que foi imitado por Seward. — E fique de boca fechada enquanto decolamos. A não ser que goste de comer moscas.

O filho de Henri girou a hélice, e o motor ligou devagar com um resmungo. O mecânico segurou a cauda enquanto Henri impulsionava o aparelho para a frente. *Essa pode ter sido uma péssima ideia*, pensou Seward, trincando os dentes, aterrorizado, ao ver a máquina chegar cada vez mais perto de um perigoso precipício. Mas, poucos segundos antes de chegar à beirada, a aeronave saltou para cima sem cerimônia, causando em Seward a sensação de que todos os seus órgãos internos haviam sido arremessados em suas pernas.

Observando o litoral, ele reconheceu a forma do Chateau d'If, a famosa prisão em frente a Marselha. Jack levara horas remando de Marselha a Villefranche-sur-Mer, e em questão de minutos estavam voando acima dela. Ele sabia que Bathory, como todos os mortos-vivos, desfrutava o poder do voo. Naquele momento, também ele.

Quatro horas depois, eles estavam no campo de uma fazenda em Vichy, reabastecendo o monoplano. Foram necessários três homens para rolar de lado o barril de combustível desde o celeiro até o campo onde a aeronave de Henri pousou. Após o esforço de colocar o barril de pé, coube a Seward a tarefa de usar a bomba manual para abastecer o monoplano. O fazendeiro segurou o bico da bomba com firmeza no tanque da aeronave, controlando cuidadosamente o nível do combustível.

O vapor de petróleo misturado à parafina fez arder os olhos de Seward. Ao desviar a cabeça, ele viu Henri caminhando ao redor da aeronave, verificando cada virote e o delicado revestimento de compensado em busca de danos. A mente de Seward vagou, sua atenção atraída pela assustadora sombra projetada pelo monoplano à medida que o sol percorria o céu do meio-dia. A sombra das asas da aeronave lembrava um grande morcego deslizando pelo chão. Foi quando a escuridão tomou conta dele outra vez.

— Não pare de bombear, Jack! — gritou Henri. — Precisamos estar no ar antes que o vento mude de direção. Não teremos combustível suficiente para chegar a Paris caso peguemos vento de frente. Não sei quanto a você, *mon frère*, mas eu não quero que meu destino seja morrer me chocando contra o celeiro de algum estranho.

O combustível transbordou do tanque da aeronave. Henri acenou para que Seward parasse de bombear e afirmou:

— *C'est tout!*

Seward foi arrancado de seus negros pensamentos.

Capítulo V

Depois que o avião fez um pouso difícil no pasto de uma fazenda de criação de cavalos, Seward se soltou, se jogou e beijou o chão.

— Não tornarei a voar mais enquanto estiver vivo — disse ele, trêmulo, enquanto o motor silenciava. Jack ergueu os olhos e viu Henri Salmet dançando na fuselagem como uma criança na manhã de Natal.

— Estimo que desde nossa última parada para reabastecimento tenhamos voado quatrocentos quilômetros. Nós conseguimos! — Henri começou a fazer contas em voz alta. — E agora, o que fica a quatrocentos quilômetros de Paris?

— Londres, acredito — respondeu Seward, sombrio, pensando em sua casa, indo buscar a maleta médica.

— Agora que tenho certeza de que ela pode cobrir a distância, voarei até Londres e convocarei a imprensa para documentar que serei o primeiro homem a cruzar o canal da Mancha e voar de Londres a Paris. Isso me fará *très fameux*! Tenho de correr para a cidade e comprar muito combustível. Como diabos trarei isso para cá?!

— Obrigado por tudo, Henri — disse Seward, forçando um sorriso.

— *Bonne chance, mon ami.*

Henri beijou Seward nas duas faces e apertou-lhe a mão.

Seward ficou vendo o amigo correr na direção da estrada. Sabia que poderia muito bem ser a última vez que iria ver o rosto alegre de Henri. Não conseguiu pensar em nada mais significativo, por isso escolheu um adeus simples e gritou, enquanto ele acenava:

— Adeus, velho amigo!

Jack se virou na direção oposta e conferiu o relógio de bolso. Mal havia tempo para retornar a seu quarto, reunir seu arsenal e seguir na direção sul, para o teatro. Iria se encontrar com Bathory e suas harpias completamente armado.

Com o sol se pondo, Jack parou para olhar a cor magnífica daquele céu divino. Vivendo sozinho na escuridão, ele durante tempo demais considerara garantida a grandiosidade do mundo natural. Naquela noite, Seward estava contente porque, de um modo ou de outro, enfim iria se aquecer ao lado de Deus em Sua luz.

⚜

Quincey chegou cedo ao Odéon para comprar seu ingresso e passou o tempo caminhando pelo saguão do antigo teatro. Cada parede era decorada com bustos, medalhões e retratos de atores. Ele absorveu tudo, reconhecendo um grande retrato de Sarah Bernhardt em uma moldura folheada a ouro. Sob a foto estava seu nome e o título: *La reine de l'Odéon*. Quincey parou na fotografia de sir Henry Irving, de sua produção itinerante de *Hamlet*. Muitos consideravam Irving o maior ator a encenar a prosa de Shakespeare. A maioria dos atores usava seu talento para tocar as emoções da plateia por intermédio da força das próprias emoções. Eles esperavam oportunidades para rasgar o coração de quem os ouvia. Irving, em contraste, abordava um personagem de um ponto de vista intelectual, levando em conta a intenção do autor e a história pessoal do personagem. Embora muito ridicularizada por outros autores, a nova abordagem de Irving conquistara o público. Boa parte da imprensa dizia o mesmo de Basarab; um crítico até mesmo delirara, afirmando que Basarab herdara o manto de "Maior Ator do Mundo" de sir Henry Irving.

Quincey se deu conta de que ainda segurava o envelope que preparara com todo o cuidado. Comprara um belo papel de carta e pagara alguns francos para que um artista de rua decorasse o envelope com máscaras teatrais em vermelho sangue. Com uma bela caligrafia, arte que aprendera com a mãe, Quincey endereçara o envelope: "A Basarab. De Quincey Harker." Após ver o pandemônio de fãs enlouquecidos na véspera, Quincey precisava fazer com que seu envelope se destacasse das outras incontáveis cartas de admiração que Basarab certamente receberia. Ele esperava que parecesse importante, e rezava para não ter se excedido.

Quincey viu um homem uniformizado baixo e idoso com um grande molho de chaves em uma das mãos e uma lanterna elétrica na outra. Devia ser o chefe dos lanterninhas.

— Desculpe-me — disse ele, estendendo o envelope para ele. — Poderia pedir que entregassem isto nos bastidores para mim?

O chefe dos lanterninhas leu o nome no envelope, balançou a cabeça e respondeu apenas:

— *Non*.

Quincey pensou rapidamente.

— Muito bem, tenho de falar imediatamente com *Monsieur* Antoine.

— André Antoine? Ele não pode ser incomodado.

— Acho que o gerente do teatro gostaria de saber por que Basarab não irá se apresentar esta noite.

O chefe dos lanterninhas estudou Quincey.

— Do que está falando?

— *Monsieur* Basarab espera por esta carta. Ele está muito ansioso; temo que possa ficar bastante perturbado para se apresentar, caso não receba...

— Muito bem — interrompeu o chefe dos lanterninhas, esticando a mão. — Eu levarei a ele.

— *Merci*.

Quincey entregou o envelope, mas a mão do chefe dos lanterninhas continuou esticada até Quincey dar a ele algum dinheiro. Em seguida, o homem se retirou. A mentira fora fácil para Quincey.

Ao se virar, ele viu que os ricos e cultos, vestindo seus melhores trajes de noite, começavam a chegar ao opulento teatro. Quincey sabia que a maioria deles estava lá mais para ser vista do que para ver a peça. Muitos partilhavam a opinião de seu pai de que os atores eram vagabundos e pagãos. *Hipócritas*... Jonathan Harker era o pior deles: ele parecia se esquecer de que era filho de um trabalhador braçal, um simples amanuense que teve a sorte de herdar a firma com a morte do dono, o sr. Hawkins. O sócio principal, o sr. Renfield, que estava destinado a herdar a empresa, cometera suicídio em um asilo de insanos.

Quincey de repente sentiu frio, como se a temperatura na sala houvesse caído significativamente. Olhou ao redor, querendo descobrir de onde poderia ter vindo tal corrente fria, quando uma visão chocante chamou sua atenção. Uma mulher entrara no saguão, destacando-se de todas as outras. A multidão perto dela a fitava com desaprovação. Ela se vestia como um homem, em um *smoking* muitíssimo bem-cortado.

Elizabeth Bathory mal conseguia acreditar que aquele era o teatro Odéon. Apoiou a mão na coluna dourada, olhando a construção. Estivera lá pela última vez em 18 de março de 1799. A noite do grande incêndio. O teatro reconstruído parecia menor. Elizabeth ergueu os olhos para a pintura no teto, iluminada por trás pelas novas luzes elétricas. Ao estilo de Michelangelo, a obra mostrava dançarinas que pareciam flutuar no ar. Algumas delas vestiam flutuantes túnicas brancas virginais, castas e angelicais, mas a maioria apresentava diferentes formas de nudez, e ainda assim pareciam mais menininhas que mulheres capazes de desejar. Claro que o artista não compreendia que as mulheres eram seres sexuais, com necessidades como os homens. Apenas um homem temente a Deus retrataria uma mulher com tal desprezo.

O olhar de Bathory estava fixo na imagem de uma jovem donzela de cabelos negros que corria, sua túnica branca sendo descuidadamente arrastada atrás de si como se não tivesse nenhuma preocupação no mundo. A condessa sabia muito bem, pelo próprio passado, que tal criatura não existia.

Uma Elizabeth Bathory de quinze anos de idade engasgara, horrorizada, ao ver seu vestido de casamento coberto de joias ser violentamente rasgado em seu corpo. Quando em pânico encarou seu agressor, ele agarrou seus seios — seu novo marido, o conde Ferenc Nádasdy, um palerma gordo e bêbado vinte anos mais velho.

"Você é minha esposa, e como tal tem uma obrigação para com Deus de consumar este casamento... *Bathory*!", disse então Nádasdy, com voz pastosa e seu hálito de vinho rançoso. O modo como ele enfatizou seu sobrenome confirmou que Nádasdy ainda se sentia ultrajado por ela ter podido manter o nome de solteira, já que sua família era mais poderosa que a dele.

Elizabeth não se moveu rápido o bastante, e o marido bateu em seu rosto com as costas da mão, aplicando ao golpe toda a força possível. O anel com sinete em seu dedo cortou seu lábio. Ela tentou gritar, mas o desgraçado tapou-lhe a boca. A jovem ainda pôde sentir o cheiro de esterco, pois Nádasdy não se preocupara em lavar as mãos após deixar os campos. Aquela fora a primeira vez que ela provara sangue, e havia sido o seu.

Na juventude, Elizabeth lera inúmeros livros e poemas escritos em húngaro, latim e alemão. As histórias sempre retratavam o "romance" como um conto de fadas mágico selado com um beijo. Aos quinze anos, ela não sabia nada sobre intercurso sexual ou a dor de perder a virgindade. Tais coisas deveriam ser feitas com gentileza e cuidado. Toda jovem sonhava com o dia de seu casamento. Mas para Bathory o sonho se transformara em um pesadelo do qual não conseguia despertar.

Aquele fora um casamento arranjado, para garantir terras e alianças militares; o romance não tinha lugar naquela união. Para o conde Nádasdy ela não passava de uma égua selvagem que tinha de ser domesticada. Todos os orifícios de seu corpo se tornaram seu brinquedo. Sua carne não significava para ele mais do que papel a ser lacerado e rasgado.

Depois que o gordo ignorante finalmente caiu em um sono ébrio, Bathory deixou os aposentos matrimoniais e tentou fugir na noite. O castelo de Csejthe, seu presente de casamento, ficava nos montes Cárpatos. Ao contrário da propriedade viva e edificante na qual ela havia sido criada em Nyírbátor, Hungria, aquele ambiente pitoresco era uma tapeçaria bucólica de pequenos campos e muralhas sinuosas de pedra. O castelo propriamente dito ficava no alto, em meio às elevações escarpadas das montanhas congeladas. Era o mês de maio, mas naquela altitude fazia frio como no inverno.

Bathory estava nua, exposta, o ar gelado aplacava suas feridas, seu sangue congelava na pele. Congelar até a morte sem dúvida seria melhor que viver com o monstro grotesco ao qual ela havia sido dada. Mas nem mesmo assim Deus demonstrou misericórdia para com ela. Os empregados saíram correndo do castelo e a cobriram com cobertores. Quando Elizabeth lutou com eles, foi dominada e obrigada a retornar para seu senhor. Não havia escapatória. Bathory era uma prisioneira de sua própria vida.

— O que há, senhora? — perguntou a Mulher de Branco de cabelos claros, preocupada. Seu toque trouxe Bathory de volta ao presente.

A condessa nada disse, mas enquanto sua raiva fervia ela era assombrada pela mentira da garota de cabelos negros alegremente ignorante que corria na pintura acima. *Sangue se aplaca com sangue, mas tudo a seu tempo. Minha vingança apenas começou.*

Poderiam mesmo ter se passado quase dois dias desde que Seward tomara pela última vez seu "remédio"? Suas mãos tremiam violentamente. O tempo estava se esgotando. Ele precisava com urgência de sua dose, ou estaria doente e fraco demais para um ataque eficaz a Bathory.

Jack ficou grato ao Benfeitor por ele ter deixado em seu nome na bilheteria uma entrada complementar — um lugar na seção da orquestra. O Benfeitor devia ter recebido o telegrama e antecipado a necessidade. Em suas péssimas condições teria sido impossível para Jack entrar sorrateiramente no teatro. No entanto, a despeito do lugar excelente, ele não teria o luxo de desfrutar a peça como espectador.

Seward suava muito e sentia náuseas quando cambaleou até a porta sob o aviso "Personelles du théâtre seulement". Estava trancada. Estava prestes a procurar outra passagem que levasse aos bastidores quando viu Bathory e as duas Mulheres de Branco nos fundos do teatro.

Ele não estava pronto! Seward espiou por trás de uma coluna românica, as mãos úmidas agarrando-a em busca de apoio. Ele viu Bathory fitando o teto e seguiu seu olhar até uma magnífica pintura no estilo renascentista. Uma figura pálida pintada chamou sua atenção. Era mais alta que as outras mulheres na cena, com olhos azuis penetrantes contrastando com sua cabeleira negra graciosa. Uma Afrodite de cabelos escuros, a dublê perfeita para Bathory. Parecia que a Parca determinara que aquele teatro seria o ambiente ideal para a imortal encontrar seu fim.

O som de chaves chacoalhando o assustou. Jack se virou e viu um homem baixo se aproximar levando um envelope decorado com ilustrações vermelhas. O homem parecia nervoso ao destrancar a porta e entrar. Seward enfiou a ponta do pé na porta antes que ela se fechasse. Confirmando que ninguém observava, entrou com naturalidade, como se fosse dali.

Atores semivestidos circulavam apressados. Homens carregavam rochas de papel machê para o palco. Uma costureira costurava um traje em um ator enquanto ele fazia exercícios vocais. Seward tinha de encontrar um lugar seguro antes de ser descoberto e posto para fora.

— O que está fazendo aqui? — perguntou uma voz com sotaque russo.

Seward se virou tão rápido que a visão ficou momentaneamente desfocada. Teria sido apanhado?

Seus olhos injetados e úmidos se concentraram no russo, que olhava para o homem baixo com as chaves, obviamente o chefe dos lanterninhas. Seward estava seguro... Por ora. Não querendo abusar da sorte, ele se escondeu nas sombras atrás de um trono cenográfico de espaldar alto.

O chefe dos lanterninhas ergueu os olhos para o grande russo e disse:

— Tenho uma entrega para *Monsieur* Basarab. Ele parece estar esperando por isso.

— Eu levo para ele.

O russo arrancou o envelope decorado e caminhou a passos firmes até uma porta marcada com uma estrela e o nome "Basarab" gravado, enquanto o chefe dos lanterninhas voltava apressado pelo caminho pelo qual chegara. O russo bateu na porta e passou o envelope por baixo dela. Seward, quase a ponto de desmaiar pela falta de droga, continuou escondido atrás do trono. Com sua força desaparecendo rapidamente, ele ergueu os olhos para os caibros, cobertos por cordas, polias e sacos de areia. Iria esperar pela sorte da Parca em cima, mas antes precisava de uma dose.

Ocorreu-lhe uma citação adequada da peça que estava prestes a começar enquanto silenciosamente pegava sua maleta médica, que estava oculta pelo sobretudo: "Que nossos sonhos infantis não atemorizem nossas almas; a consciência não passa de uma palavra usada por covardes." Seguramente escondido no chão atrás do trono, Jack retirou um cinto de couro e o apertou no bíceps flácido. Encheu uma seringa de vidro com morfina. *Apenas meia dose desta vez. Só o suficiente para acabar com a náusea.* Seward sabia que se dopar era uma aposta, mas já não podia funcionar sem a morfina. Sentiu a droga percorrer suas veias. Demorou apenas alguns minutos para que recuperasse o controle do corpo, e assim que voltou a sentir as pernas firmes, começou a subir para os caibros.

Enquanto a Guerra das Rosas se desenrolasse no palco embaixo, com espadas de madeira e sangue doce de mentira, Seward prepararia o palco para a batalha verdadeiramente sangrenta. Ele tirou suas armas de um compartimento oculto em seu casaco. As peças foram preparadas, e o jogo começou.

Capítulo VI

Faltavam vinte minutos para as vinte e uma horas. Apenas dois minutos haviam se passado desde que Quincey tirara o relógio da algibeira e verificara a hora. A cortina deveria ter se aberto às vinte horas em ponto, e a plateia estava ficando inquieta. Tendo trabalhado algum tempo em um teatro, Quincey estava bem consciente de todas as possíveis complicações que atrasam a abertura das cortinas. Ideias terríveis passavam por sua cabeça. E se Basarab não pudesse se apresentar? Eles poderiam estar ajustando o figurino de Basarab para um substituto. Em circunstâncias normais seria um golpe de sorte para o substituto, mas naquela noite o público pagara para ver Basarab. Quincey pagara caro para ver Basarab. Um substituto não seria bem-vindo. Se o ator não pudesse se apresentar seria uma frustração.

Um cavalheiro se queixou com a esposa em francês, idioma que Quincey conhecia bem:

— Esse Basarab é ruim como aquela inglesa Sarah Bernhardt. Eu vi uma apresentação dela que começou com quase uma hora de atraso. Um francês nunca...

Quincey estava prestes a dizer algo em defesa dos atores britânicos quando as luzes se apagaram, setor por setor, e o teatro mergulhou na escuridão. Quincey esperou que um refletor se acendesse, mas nada aconteceu. A plateia se remexeu nos assentos. Ainda nada, e Quincey estreitou os olhos na esperança de ver na escuridão.

Sem qualquer aviso, uma suave voz de barítono reverberou pelo teatro semelhante a um coliseu:

— Agora o inverno de nossa desesperança é transformado em verão glorioso por este filho de York.

Uma única luz se acendeu, iluminando por baixo o rosto pálido de Basarab com um brilho sinistro. Quincey se espantou com a impressionante transformação do belo ator no hediondo Ricardo III. Ele, claro, estava inteiramente vestido de preto, o braço esquerdo murcho e com uma corcunda. A despeito do figurino pesado, seus modos e seu tom de voz não deixavam dúvida de que a figura no palco era um aristocrata.

— Mas eu, que não sou talhado para proezas folgazãs, nem dado a cortejar um espelho amoroso...

A luz do palco se tornou pouco a pouco mais brilhante. Quincey podia ver a dor nos olhos de Basarab. Ele não estava simplesmente recitando as palavras de Shakespeare, mas apresentando a ideia e o significado por trás delas.

— Não me regozijo de passar o tempo a não ser espionando minha sombra ao sol e decantando minha deformidade.

Basarab parou, concentrando-se em um dos camarotes. Quincey ergueu os olhos, reconhecendo imediatamente a mulher de *smoking* do *lobby*.

— E, portanto, como não posso me revelar amante, estou determinado a me revelar um vilão.

⚜

Bathory ficou surpresa ao ver Basarab olhando tão diretamente em sua direção. Com as luzes brilhantes do palco cegando-o, ele de fato poderia vê-la ou teria sido puro acaso? A condessa encarou o ator com frieza. A Mulher de Branco de cabelos escuros sussurrou:

— É ele, senhora?

— É ele — respondeu Bathory sem piscar.

Ela arranhou o braço da poltrona com as unhas, jogando ao chão pequenas lascas de madeira, ao se dar conta de que o desgraçado arrogante estava apresentando a versão integral daquela peça horrenda. Ter de suportar quatro horas daquela porcaria seria muito mais torturante do que qualquer artefato da Inquisição espanhola que Bathory havia comprado. As ações dos atores no palco lembravam demais sua casa.

⚜

Ferenc Nádasdy não era um homem inteligente. Elizabeth logo aprendeu que nenhuma de suas ideias brotava acima da cintura. Fora essa falha de caráter que no final permitiu que ela o superasse. Elizabeth o atraiu para uma falsa sensação de segurança fingindo gostar de seu sadismo sexual e sua violenta depravação. Três anos após terem se casado, na esperança de se livrar dele para sempre, ela usara a vaidade do marido contra ele mesmo, manipulando o conde para comandar pessoalmente as tropas húngaras em uma guerra contra os otomanos. Elizabeth disse que com a vitória da guerra Ferenc engrandeceria o nome da família Násdady, e garantiu que em seu desfile da vitória mudaria seu nome para condessa Nádasdy diante de toda sua família.

De início, durante a ausência do conde, seus guardas a vigiaram com atenção, mas ela também os enganara, levando-os a crer que estava menos interessada em fugir que em cuidar dos negócios da propriedade. Elizabeth deu assistência aos camponeses húngaros e eslovacos, até mesmo oferecendo cuidados médicos. Em várias oportunidades intercedeu em favor de mulheres desvalidas, incluindo uma mulher cujo marido havia sido capturado pelos otomanos e outra cuja filha havia sido estuprada e engravidara. Todas as noites, sozinha em seus aposentos, Elizabeth rezava em segredo a Deus pela morte do marido no campo de batalha.

Estudiosa de ciência e astronomia, Bathory esperou pelo momento certo. Tendo como aliada a noite de um eclipse da lua e total escuridão, vestiu uma capa preta com capuz sobre um manto de veludo e desapareceu do castelo. Com a ajuda dos camponeses, cuja lealdade comprara e pagara com a riqueza do marido e a própria generosidade calculada, Bathory escapou, encontrando proteção com sua tia Karla.

Karla era vista como uma mulher devota. Na segurança da casa da tia, Elizabeth esperava, enfim, encontrar o amor mitigador e a proteção do abraço de Deus.

Tia Karla se orgulhava de sua sombria aparência conservadora. Suas roupas eram opacas, pretas da cabeça aos pés, com exceção da grande cruz de ouro no pescoço. A jovem Bathory imaginava que ela estava apenas de luto por um de seus maridos. A tia se casara quatro vezes; e cada marido tivera uma horrível e inexplicável morte. Quando Bathory chegou, vestindo um manto de veludo carmim, tia Karla, em vez de dar uma recepção calorosa, a censurou:

— Usar cores brilhantes é para os vaidosos. A vaidade é um dos sete pecados capitais. Deus não aprovaria.

Embora em público tia Karla parecesse fria e distante, em particular era muito mais gentil e carinhosa. Ela escutou com atenção a história da sobrinha e consolou Bathory. As duas se tornaram próximas, a ponto de tia Karla confessar, certa noite em que beberam o que pareciam ter sido galões de vinho, que assassinara seus maridos porque eles haviam descoberto a verdadeira razão pela qual os recusava na cama. Não era porque tia Karla estivesse tão apaixonada por Deus que levasse a Bíblia ao pé da letra e acreditasse em fazer amor só para ter filhos. A verdade era que não se excitava com a forma masculina. Tia Karla só conseguia se satisfazer com outras mulheres.

Bathory fitou a cruz no pescoço de Karla, chocada com sua hipocrisia assassina. Mas, como resultado da revelação da tia, finalmente ficava claro para ela muito sobre si mesma que não compreendia. Quando jovem, Bathory havia "brincado" com várias meninas servas até ser flagrada pela mãe e severamente repreendida. Seus pais chamaram um padre para rezar com sua filha pecadora. O casamento com Nádasdy aconteceu pouco depois.

Vendo a confusão no belo rosto da jovem Bathory, tia Karla a consolou acariciando seus cabelos, ao mesmo tempo olhando ansiosamente em seus olhos azul-marinho. Antes que Bathory entendesse o que estava acontecendo, os lábios de Karla estavam nos seus.

Bathory a empurrou. A ideia de tocar sua tia idosa daquela forma lhe parecia repulsiva.

— A Bíblia não diz que assassinato e esses desejos são pecados? Você não está pecando perante Deus?

Karla se levantou, indignada e furiosa.

— Criança tola e ingênua! Eu não podia correr o risco de algum de meus maridos me denunciar! Na melhor das hipóteses teria perdido minha fortuna e sido mandada para a floresta sem um níquel, minha carne marcada em brasa com o sinal do herege. Na pior, teria sido queimada viva na fogueira. Não foi assassinato, mas autopreservação! É melhor que não me julgue com tanta severidade, Elizabeth. De meu ponto de vista, você tem três opções: fique comigo, me ame e eu a protegerei de seu marido; vá para um convento e desperdice sua beleza sem igual até ficar tão gorda, velha e enrugada quanto eu; ou retorne para a brutalidade de Nádasdy. A escolha é sua.

Bathory precisava de tempo para pensar, mas tia Karla não era uma mulher paciente. Assim, não viu escolha a não ser satisfazer todos os desejos de sua tia.

Bathory nunca fizera amor daquele modo. Por que seu marido não podia aprender a tocá-la daquela forma? Quando chegou ao orgasmo pela primeira vez na vida, parou de pensar no que estava fazendo e com quem o fazia. Bathory finalmente havia se encontrado. Como algo tão prazeroso podia ser chamado de pecado contra Deus? Deus não era amor? Foi nesse momento que teve início a rebelião de Bathory contra Deus.

⚜

Bathory deu um salto em sua poltrona quando um ator gritou no palco. Não podia suportar mais um momento daquela encenação. Levantou-se.

— O que houve, senhora? — perguntou a Mulher de Branco loura.

O olhar de Bathory estava fixo no personagem de Christopher Urswick, o padre.

— Preciso sair deste lugar.

— E quanto a Basarab?

— Você sabe o que tem de ser feito. Não me decepcione.

⚜

Quincey não tinha ideia de qual extravagância fortuita aquela noite podia oferecer. Nunca vira uma montagem integral de *A tragédia de Ricardo III*, nem sequer imaginara que fosse tão espetacular. Os figurinos pareciam autênticos, o cenário, detalhado e grandioso. Os atores eram magníficos. O mais maravilhoso de todos era Basarab, que interpretava o rei maquiavélico com tal convicção que, por um instante, Quincey se esqueceu de que estava assistindo a um ator. Basarab fazia os versos soarem como se fossem as primeiras palavras que lhe vinham à mente. Quincey decorara a peça inteira anos antes, mas haviam sido apenas palavras em uma página. Naquele momento, elas viviam e respiravam.

A peça se aproximava de seu clímax. A figura de Basarab parecia tão tomada pelo remorso que Quincey realmente acreditava que se arrependera de suas maldades. Ele podia sentir a tragédia do personagem, que se dava conta de que era tarde demais. Como o rei Ricardo, Basarab explodia no palco, agitando sua espada. "Um cavalo! Um cavalo! Meu reino por um cavalo!" O coração de Quincey batia como um tambor de guerra. Não fazia a menor ideia de que agarrava a poltrona a sua frente com tal força que quase puxava para trás o infeliz espectador que a ocupava. Soou um grito de guerra. Vários atores interpretando soldados invadiram o palco para atacar Basarab, que brandia sua poderosa espada com a habilidade e agilidade de um verdadeiro cavaleiro combatente. Envolvido, Quincey estava prestes a se pôr de pé e aplaudir quando mais soldados apareceram. Parecia que um exército de cem homens atacava o rei Ricardo. Quincey estava assombrado com a mais impressionante demonstração de coreografia com espadas que já vira. Não havia palavras para descrever a terrível reencenação da batalha que pusera fim à dinastia Plantageneta.

Ele engasgou quando Richmond cravou a espada no peito do rei. Todos os personagens no palco congelaram em um quadro, com todas as luzes do palco se apagando, com exceção da solitária luz do chão. Quincey sabia que a morte do rei Ricardo encerrava a peça, mas se viu congelado junto com o restante da plateia. Ninguém respirava. Basarab cambaleou e, de forma esplêndida, morreu.

A plateia aplaudiu, enlouquecida, de tal modo que o solilóquio final de Richmond não podia ser ouvido. Ninguém aplaudiu mais alto que Quincey.

Basarab retornou ao palco, fez a última reverência e então estabeleceu contato visual com Quincey, que aplaudia selvagemente. O coração do jovem se elevou. A atenção de Basarab se desviou para o camarote da mulher de *smoking*. Estava vazio. Quem eram aquelas mulheres? Basarab as conhecia? Quando ele voltou os olhos para o palco a cortina já havia se fechado, separando Basarab da apaixonada plateia. Quincey não podia esperar para ver pessoalmente aquele homem magnífico.

Já não havia nenhuma dúvida na mente de Quincey. Ele pertencia ao teatro, não a um opressivo escritório de advocacia. Precisava encontrar o caminho mais rápido para os bastidores, de modo a descobrir se Basarab recebera sua carta. Esperou que a multidão começasse a se dispersar antes de tentar ir para o corredor. Quando começou a sair de sua fileira, percebeu o chefe dos lanterninhas identificando-o para o gerente do teatro. Antoine se aproximou do final do corredor, interceptando Quincey.

— *Allons* — sussurrou Antoine. — *Monsieur* Basarab o verá agora.

Capítulo VII

Quincey se sentiu um novo Teseu ao acompanhar o gerente pelos bastidores labirínticos do opulento teatro Odéon. Ele percebeu os "cavalos", homens que naquele momento pareciam centauros lutando para se libertar de seus figurinos elaborados. Atrizes seminuas com corpos de ninfas corriam por toda parte. Antoine parou em frente a uma porta com o nome de Basarab. Ele bateu na porta.

— *Excusez-moi, Monsieur* Basarab? O jovem cavalheiro está aqui.

Houve um longo momento de silêncio. Quando Quincey começava a pensar que no final das contas não iria conhecer Basarab, a voz de barítono soou do outro lado da porta:

— Mande-o entrar.

Quincey respirou fundo, tentou se controlar e passou pela soleira. Basarab estava sentado diante de seu espelho de maquiagem, lendo a carta de Quincey. O ator não ergueu os olhos, mas, continuando a ler, fez um gesto gracioso, dizendo:

— Entre, por favor.

Obedecendo o mais rápido possível, Quincey fechou a porta atrás de si. Ele examinou o camarim espaçoso. Uma pilha arrumada de baús de viagem se erguia em um dos cantos como uma pequena fortaleza. Cartazes emoldurados de produções anteriores de Basarab estavam pendurados simetricamente no tecido da parede. Móveis opulentos decoravam a sala, muito mais luxuosos que o habitual conjunto de cadeiras que não combinavam que costumava ser encontrado no camarim de um ator. Uma extravagante *chaise longue* que parecia egípcia ficava junto a uma pequena mesa elegante preparada para o chá. Basarab continuava a ler. Quincey ficou pensando se estaria lendo a carta pela primeira vez.

— Desculpe-me, jovem Harker — disse Basarab em tom amigável. — Fui conquistado por sua missiva; de fato, fiquei tão honrado que quis lê-la uma segunda vez com muito cuidado.

Era como se Basarab pudesse ler a sua mente. Quincey disse apressadamente:

— Não posso acreditar que estou em sua presença. Não consigo explicar, mas eu o vejo e de repente toda minha vida faz sentido.

Quincey ficou pensando no quão idiota tinha sido sua frase, mas, para sua surpresa, Basarab sorriu calorosamente.

— Perdoe meus maus modos. — Basarab deu uma risada. — Meu pai me deserdaria. Por favor, sente-se e me acompanhe no chá.

Quincey estava quase com medo de se sentar na delicada e antiga *chaise* egípcia, mas não queria ofender seu anfitrião. Ele se instalou na beirada enquanto Basarab servia chá em duas elegantes xícaras de vidro. Quincey pegou uma com delicadeza para estudar sua base revestida em prata e a asa gravada com as iniciais I.L. O bule, o pote de creme e o açucareiro tinham o mesmo monograma. *Quem será I.L.?*, Quincey gostaria de saber.

— Ivan Lebedkin — disse Basarab.

Quincey o encarou, espantado; mais uma vez o ator parecia estar lendo sua mente. Então se deu conta de que estava inconscientemente traçando as iniciais em sua xícara. Basarab não era clarividente, mas um observador atento do comportamento humano. Sem dúvida, uma das grandes razões pelas quais era um ator tão magnífico.

Basarab continuou:

— Ele era o avaliador-chefe do tsar. Suas iniciais atestam que de fato é ouro.

— O tsar?

— Sim. Este conjunto de chá e o próprio chá, *lapsang souchong*, foram um presente do tsar Nicolau. Aproveite. *Za zdarovia* — brindou Basarab. Ele estava prestes a tomar um gole quando se deu conta de que seu nariz, ou para ser mais preciso, o nariz de Ricardo III, estava no caminho. Sorrindo, pousou a xícara. — Dê-me licença um momento.

Enquanto Basarab retornava à mesa de maquiagem, Quincey não conseguia deixar de pensar em como o mundo era estranho. Na véspera, ele estava preso na Sorbonne. Naquele momento, tomava chá — escolhido pelo governante da Rússia — com o mais festejado ator da Europa.

— Eu já o vi antes, jovem Harker. — Basarab tirou o nariz artificial, feito de cera de embalsamador.

— Verdade? — Quincey temeu que se lembrasse dele pendurado na estátua, na noite anterior.

— Foi no London Hippodrome. Você estava em uma montagem solo de *Fausto*.

Quincey engasgou tão repentinamente que o chá quase saiu pelo nariz. O grande Basarab estivera naquele pequeno teatro de variedades despretensioso um ano antes?

— Você me viu atuar?!

— Sim, e o achei bastante divertido. Muito original, e isso não é algo fácil neste negócio. Fui aos bastidores congratulá-lo, mas o encontrei em meio a uma discussão acalorada com um cavalheiro mais velho.

Ele sabia exatamente a qual ocasião Basarab se referia. Naquela noite, seu pai, Jonathan Harker, também estivera na plateia. Quincey não tinha ideia de que estava lá até ser tarde demais. Tentara escapar depois do espetáculo, mas Jonathan já havia chegado aos bastidores e gritava com o gerente da casa:

— ...e se você acha que pode ficar no meu caminho...

— Papai, por favor!

— Pegue suas coisas, Quincey! — rosnara Jonathan. — Você não voltará a este lugar.

— Você não pode impedir...

— O que eu *não posso* é permitir que você siga essa trilha. Você chama atenção demais... No palco você está exposto... Não é seguro.

— Exposto a quê? Não sou criança. Posso escolher o que fazer da minha vida.

— Muito bem. Se é o que deseja, está certo — dissera Jonathan, abaixando a voz friamente. — Mas se escolher esse caminho terá de sobreviver como seus colegas atores, sem nenhuma ajuda financeira minha.

Quincey quisera resistir, mas ainda não estava em situação financeira para aceitar o desafio do pai. Assim, foi derrotado. Seu silêncio foi a resposta à pergunta de Jonathan.

— Foi o que pensei. Enquanto estiver vivendo com meu dinheiro, você fará a minha vontade.

O pai de Quincey não perdera tempo para entrar em contato com velhos conhecidos e ex-colegas e pedir alguns favores impressionantes. Na semana seguinte, Quincey se viu mandado para a Sorbonne.

Quincey franziu o cenho diante do exótico chá. A noite estava amena até que a lembrança daquele encontro com seu pai a estragasse.

— Obrigando-o a estudar direito? Suponho então que seu pai seja ele mesmo advogado.

— Perdão? Ah, sim... — disse Quincey, se dando conta de que pensara em voz alta.

— Agora entendo por que não o vi ou ouvi falar de você desde então. Não é incomum um pai querer que seu filho siga seus passos. Infelizmente é uma história tão antiga quanto o controle deste mundo pelo homem. Você não teria talvez um irmão mais interessado no direito que pudesse assumir seu lugar?

— Sou filho único. Ninguém com quem dividir o fardo.

— Considere-se feliz — retrucou Basarab. — Você poderia ter um irmão mais novo que todos preferissem. Comparações entre irmãos sempre geram rivalidades.

Nunca ocorrera a Quincey que Basarab poderia ter um irmão. Praticamente não havia informação alguma sobre a vida particular do grande ator. Ele pigarreou e indagou, com delicadeza:

— Suponho que seu irmão não seja ator.

— Acertou. Ele e eu somos antípodas — disse Basarab. Ele apontou para a coroa que usara no palco. — Ouso dizer que o rei Ricardo e seu irmão tinham um relacionamento melhor... E mesmo Caim e Abel.

Quincey e Basarab riram.

— O destino sem dúvida tem um modo estranho de aproximar pessoas com laços comuns.

Quando ele estava prestes a tomar um gole de chá, o uivo de um espírito soou do lado de fora. Basarab se levantou de um pulo.

Alguém esmurrou a porta e uma voz masculina gritou:

— Sr. Basarab! Salve-se!

⚜

Com muito poucas pessoas nos bastidores para vê-las, as duas Mulheres de Branco se moveram sem fazer ruído pelo corredor, parando junto à porta marcada com a estrela dourada. Com os rostos distorcidos por sorrisos predatórios, elas lamberam os lábios, desembainhando suas cimitarras. Os olhos ficaram negros; os caninos se alongaram. A morena esticou a mão para a maçaneta e a harpia de cabelos claros se encolheu como um gato se preparando para atacar.

De repente um saco de areia caiu do alto e atingiu a loura, jogando-a de queixo no chão. No mesmo instante, Seward desceu das vigas acima por uma das muitas cordas. Ao se aproximar, ele abriu uma garrafa de vidro com uma cruz gravada, aspergindo água benta sobre as Mulheres de Branco. A pele delas chiou e formou bolhas. Seus uivos terríveis ecoaram pelo corredor.

Enquanto as Mulheres de Branco corriam, se agitando de dor, Seward se lançou na direção da porta de Basarab e a esmurrou.

— Sr. Basarab! Salve-se!

⚜

Basarab se virou para Quincey e apontou para as grandes arcas de viagem.

— Para sua segurança, fique atrás delas.

Quincey sem perda de tempo o obedeceu. Gritos e barulhos vinham do outro lado da porta. Basarab agarrou uma grande espada atrás da escrivaninha. Se Quincey não soubesse, juraria que a lâmina era mortiferamente real, não uma arma cenográfica cega. Basarab escancarou a porta do camarim, ergueu a espada e saiu, pronto para lutar. Mas, a não ser por alguns técnicos aterrorizados, o espaço parecia livre de perigo. O ator se concentrou no saco de areia caído e ergueu a cabeça para os caibros.

Olhando à esquerda e à direita do salão, moveu-se cautelosamente, como se esperasse outro ataque: será que os gritos e os murros na porta poderiam ter sido apenas tática de distração?

Quincey ficou pensando que segredos Basarab escondia.

⚜

Seward perseguiu as Mulheres de Branco pelo corredor dos bastidores e as apanhou no palco atrás da cortina fechada. Ao ver uma sombra surgir no chão, ele se abaixou no instante em que a cimitarra de uma das diabas zumbia junto a sua cabeça. A diaba loura correu até ele, vindo de outra direção.

Desembainhando seu punhal de cabo de osso, Seward o lançou no coração dela. Com reflexos e velocidade muito superiores ao de qualquer humano, a Mulher de Branco conseguiu evitar o golpe mortal da lâmina, que errou o coração, mas cravou fundo em seu ombro. A vampira de cabelos escuros agarrou Seward pelo pescoço, mas sem querer tocou na corrente de prata pendurada, que tinha uma variedade de pequenos ícones religiosos por toda sua extensão. Um vapor quente se desprendeu da mão com bolhas na área tocada pela corrente, e Seward sentiu um enorme prazer. Ele usava o acessório para situações como aquela. A dupla, ferida, fugiu, atravessando a cortina principal, e Seward sentiu orgulho. No momento, o velho frágil estava em vantagem.

As Mulheres de Branco passaram pelo meio da cortina de veludo vermelho do teatro e saltaram do palco para as poltronas, pulando de um encosto para outro com os quatro membros, como gatos selvagens. Seward saltou do palco, torcendo o tornozelo ao aterrissar. Ele continuou a perseguição mancando corredor acima.

O chefe dos lanterninhas, que Seward antes seguira até os bastidores, surgiu no alto do corredor e perguntou, compreensivelmente perturbado:

— *Qu'est-ce qui ce passe?*

A mulher de cabelos claros o tirou do caminho esmagando seu corpo em uma coluna próxima. Enquanto fugia, arrancou do ombro o punhal de cabo de osso. Seward parou um momento junto ao homem, mas ao constatar que o sujeito não estava muito ferido continuou a caçada.

Seward parou no degrau mais alto da entrada do teatro Odéon. Saía vapor de sua boca, pois o ar frio entrava em contato com seu hálito quente. Em meio ao denso cobertor de névoa que tomava a noite de Paris, Jack mal conseguia perceber as figuras indistintas das Mulheres de Branco do outro lado da rua; mas podia ver, pelo reflexo de suas facas de aço nas lâmpadas de gás, que elas esperavam para emboscá-lo atrás de um monumento com um busto de pedra no pilar central. Enfim chegara a hora de Seward. Ele acariciou seu adorado relógio para reunir coragem. Iria matar um daqueles demônios em nome de Lucy, e o outro morreria em memória da pobre garota assassinada em Marselha. Seward sacou a espada. Ele era novamente o louco de Deus. O soldado de Deus.

Dando um grito de guerra, Seward ergueu a espada acima da cabeça e desceu correndo os degraus de pedra com surpreendente agilidade, ignorando a dor no tornozelo. As duas vampiras acompanharam sua investida, sem se mover. Elas sorriram quando ele chegou ao último degrau e atravessou correndo a rua de Vaugirard.

Um cavalo relinchou, e Seward girou para ver, horrorizado, o erro de sua estratégia. Estivera tão preocupado em apanhar os dois peões que se esquecera de que a rainha negra podia atacar de qualquer direção. Saindo da névoa, a carruagem sem cocheiro seguiu rapidamente em sua direção. Sem tempo de reagir, Seward foi derrubado sob cascos a galope e rodas de carruagem.

Caído, destroçado e derrotado, ele soube imediatamente que não fracassara apenas com o Benfeitor, mas também com Deus. A vergonha que sentiu era ainda maior que a dor de seu corpo esmagado. Em meio a lágrimas ardentes, viu as Mulheres de Branco alcançarem agilmente a carruagem em disparada e subirem nela sem esforço. O demônio de cabelos escuros se virou para rir de Jack antes de entrar na cabine.

Seward viu seu relógio caído no chão perto de si. Tentou pegá-lo, mas quando se moveu a dor foi grande demais. Tossiu sangue, lutando para gritar. Um homem surgiu acima dele, e Seward tentou acenar para que lhe devolvessem seu relógio. O homem acompanhou o olhar de Seward e pegou a lembrança querida. Ele disse suavemente em francês:

— Você não vai precisar disto no lugar para onde está indo.

Com a vida se esvaindo depressa, Seward viu, impotente, o homem fugir com seu bem mais valioso.

Capítulo VIII

Antoine conduziu Quincey apressadamente para a frente do teatro, onde o jovem, chocado, deparou-se com o corpo retorcido de um homem em uma poça de sangue no calçamento. Pedestres corriam, chamando a polícia e um médico.

— Meu Deus, o que aconteceu? — perguntou Quincey.

Apitos soavam em todas as direções, com policiais chegando à cena. Antoine arrastou Quincey escada abaixo, tentando se livrar dele o mais rápido possível.

— Pelo que entendo, um homem enlouquecido atacou duas mulheres no teatro.

Quincey viu um vagabundo se curvando para falar com o homem ferido na rua e ficou alarmado ao vê-lo agarrar o relógio da vítima e correr. Sem pensar, ele gritou, partindo atrás do sujeito, passando por Antoine.

— Ladrão!

Era tarde demais. O ladrão havia subido a rua correndo, fora do alcance de Quincey. Perturbado com sua chance perdida de heroísmo, Quincey foi obrigado a se juntar aos demais pedestres, mais calmos, que apontavam o ladrão para os policiais que chegavam. Em instantes, dois patrulheiros o agarraram e prenderam o vagabundo, recuperando o relógio de prata.

Antoine agarrou Quincey pelo braço e o arrastou dali.

— O sr. Basarab me encarregou de levá-lo de volta à Sorbonne em segurança. Venha comigo agora mesmo, jovem. Este não é lugar para você.

Como Antoine, Quincey não ousaria desobedecer aos desejos de Basarab. Ao passarem pela multidão, ele sussurrou:

— E quanto ao sr. Basarab?

— Você certamente não espera que uma personalidade pública conhecida como Basarab seja vista em uma tragédia assim. Pense em sua reputação.

Quincey anuiu, mas não conseguia deixar de se perguntar o que realmente teria acontecido nos bastidores e por que o grande ator ficara para trás podendo ainda estar em perigo.

Os policiais estavam esvaziando a área, dando espaço para o homem ferido respirar. Quincey olhou para trás, conseguindo enfim ver o rosto da vítima. O homem lhe pareceu estranhamente familiar.

⚜

Erguendo os olhos para o céu noturno, Seward se deu conta de que já não sentia dor. No seu último suspiro, ele pronunciou uma única palavra:

— Lucy.

⚜

A carruagem preta sem cocheiro atravessou o Sena em disparada pela ponte do bulevar du Palais. A Cidade Luz cintilava na noite. Poetas haviam escrito que quando aquelas luzes brilham "Paris é uma cidade para amantes". Mas Bathory vivera tempo demais e sabia que a cintilação não passava de ilusão, como o próprio amor.

A condessa Elizabeth Bathory se tornara aluna dedicada de sua tia Karla, fazendo tudo o que esta pedia por medo de que o treinamento terminasse. Mas quando a condessa aceitou o que era e finalmente se descobriu feliz, segura e contente, se deu conta de que poderia encontrar mais prazer com alguém de sua idade, particularmente Ilka, a empregada da cozinha. Ilka era jovem, bonita, inocente e doce. Ainda mais importante, Ilka sempre falava do futuro, ao contrário de Karla, que com frequência vivia no passado. Bathory encontrara em Ilka alguém com quem dividir sua jovem energia, correr pelos campos e procurar aventura. Bathory não queria nenhum mal a sua tia, e justificava a libertinagem acreditando em sua recém-descoberta, a filosofia de que o amor nunca poderia ser errado.

Tia Karla começou a suspeitar e questionou Ilka. Cega de ciúme e fúria, ela denunciou Ilka como ladra e fez com que fosse logo enforcada por seus crimes. Quando Bathory retaliou banindo Karla de sua cama, a tia revelou o paradeiro de Bathory a sua família.

Dias depois, chegou uma escolta armada. Quando Bathory resistiu, foi amarrada, amordaçada, encapuzada e jogada no lombo de um cavalo. Disseram-lhe que sua família a estava devolvendo a seu marido para manter os votos matrimoniais perante Deus e dar um herdeiro ao conde Nádasdy.

Foi quando Bathory passou a acreditar que o amor era apenas uma ilusão temporária criada por Deus para impor mais sofrimento a seus filhos.

Naquele momento, vendo a chamada Cidade dos Amantes pela carruagem preta sem cocheiro que se afastava em disparada do teatro Odéon, Bathory jurou que um dia iria incinerar Paris e esmagar suas cinzas com as botas.

Desviou os olhos da pequena abertura nas cortinas que escondiam as janelas da carruagem.

— Precisamos colocar nosso plano em prática mais rapidamente.

— Sua armadilha foi engenhosa, senhora — disse sua companheira de cabelos claros, com um toque de preocupação na voz.

— O caçador de vampiros está morto e nunca poderá revelar a ninguém o que viu em Marselha — acrescentou a Mulher de Branco morena, com sua bela testa franzida.

— Eu o conhecia — retrucou Bathory. — Ele não passava de um entre muitos. Agora os outros virão. *Nós* temos de atacar primeiro.

Capítulo IX

Mina Harker, em pé na pequena varanda, olhava para a noite, ansiando por algo, sem saber o quê. Sentiu um arrepio com o som dos sinos tocando na catedral próxima, ainda que não sentisse frio. Acima da catedral, descia das nuvens o que parecia uma névoa carmim antinatural, como se o próprio céu sangrasse. A névoa se moveu com rapidez em sua direção, contra o vento. Ela arregalou os olhos, recuou para dentro do escritório do marido e fechou as portas com venezianas. Sentindo uma onda de pânico, foi de janela em janela, batendo-as. Em instantes, um vento feroz açoitou com tanta força o vidro que Mina recuou, temendo que ele se partisse.

O uivo da ventania ficou cada vez mais alto. Então, em um instante, não havia nada, apenas um silêncio ensurdecedor. Mina se concentrou, tentando ouvir qualquer ruído, detectar qualquer movimento. Finalmente, ousando olhar pela veneziana, viu que a casa estava totalmente coberta. Não conseguia enxergar um centímetro além da vidraça.

Uma batida seca e alta na porta da frente reverberou nos caibros no alto do saguão, e Mina deu um pulo. Outra batida, e mais uma. As batidas se tornavam mais altas, mais exigentes.

Ela não se moveu. Não podia se mover. Queria correr, mas se viu congelada pelo medo negro de que pudesse ser ele, de volta. Sabia que era impossível. Ele estava morto. Todos o tinham visto morrer.

Som de vidro sendo quebrado no andar de baixo. Mina ouviu as portas da frente se abrindo e o som de algo sendo arrastado pelo piso de mármore. Jonathan havia saído, como de hábito. Manning, o mordomo, fora dispensado à noite. Mas alguém — ou algo — estava na casa com ela.

Mina recuou para um canto, encolhendo-se de medo. Sentia raiva de si mesma por ser tão fraca; ela não seria uma prisioneira na própria casa, de alguém ou de algo, menos ainda de si mesma. Suas experiências anteriores com o sobrenatural haviam ensinado que se encolher como uma menina assustada não fazia o mal recuar. Enfrentá-lo era a única forma de combater as trevas.

Ela pegou da parede uma espada cerimonial japonesa, um presente de um dos clientes de Jonathan. Ironicamente, Mina sempre desprezara o lugar de destaque que Jonathan dera à arma na sala. Aproximando-se do alto da grandiosa escadaria, Mina se ajoelhou para espiar pelas grades de ferro trabalhadas da balaustrada. A porta da frente estava escancarada. Uma trilha sinuosa de sangue manchava o piso partindo do umbral, atravessando o saguão e chegando à sala de desenho. A ideia assustadora de Jonathan voltando para casa de alguma forma ferido espantou seus medos; então ela desceu as escadas correndo e entrou na sala de desenho. Mina acompanhou a trilha sangrenta até um canto e encontrou um homem encolhido debaixo do retrato que escondia o cofre da família. Um relâmpago cortou o céu, iluminando a sala. Ela engasgou, chocada com a horrenda aparência de um homem que ela conhecia.

— Jack?!

Não apenas Jack Seward estava coberto de sangue da cabeça aos pés, como parecia muito frágil e doente, totalmente diferente do rapaz robusto que ela conhecera. Ele ergueu os olhos para Mina, abriu a boca e tentou falar. Saiu um gargarejo de sangue no lugar de palavras. Largando a espada, Mina se ajoelhou ao lado dele.

— Jack, não tente falar. Vou chamar um médico.

Quando ela se ergueu, Seward agarrou seu braço e balançou a cabeça vigorosamente. Apontou para o chão, onde tinha escrito com o próprio sangue: "C-U-I-D-A-D"...

— Cuidado? — perguntou Mina, suplicante. — Cuidado com o quê... Com quem?

Seward gritou, mas foi ab-ruptamente silenciado. Ele caiu para trás, o rosto congelado de horror.

Jack Seward estava morto.

Mina acordou do pesadelo com os próprios gritos.

Ela estava em segurança em seus aposentos, em sua cama, enrolada em seus lençóis. Naqueles poucos segundos de desorientação entre o sonho e a realidade, Mina teve certeza de que vira a névoa carmim se afastar da janela do quarto e desaparecer na noite. Embora estivesse certa de que sentira uma presença no aposento, descartou isso como sendo o último fragmento de sua visão. Suspirou e jogou a cabeça no travesseiro, vendo as cortinas tremulando ao vento.

Ela havia fechado a janela antes de se deitar. Lembrava claramente de ter passado a tranca.

Os sinos da catedral tocaram, e Mina consultou o relógio sobre a lareira. Meia-noite e quinze.

Correu para a janela e esticou a mão na direção da tranca. Ficou paralisada. A névoa carmim estava em seu jardim, esgueirando-se entre as sebes e as árvores à medida que se retirava da casa.

Após fechar as cortinas, Mina correu pelo saguão até o quarto de Jonathan a fim de encontrar conforto nos braços do marido, mas ficou desalentada ao encontrar o dormitório vazio. A roupa de cama continuava esticada. Ele ainda não havia voltado.

— Maldito! — praguejou Mina.

Jonathan deveria ter apanhado o trem das 18h31 em Paddington, chegando à estação de St. David às 22h05. Mina olhou novamente para a noite, pensando se deveria telefonar para Mark na Half Moon, perto dali, para descobrir se Jonathan passara lá ao sair da estação. Então lembrou-se do incidente constrangedor da última vez, quando Jonathan trocara socos com outro bêbado numa disputa por favores de uma velha prostituta tuberculosa. Mina tivera de suportar a vergonha de ir à cidade para pagar a fiança e soltar seu marido das celas da delegacia de polícia.

A despeito daquele terrível incidente, ela ainda queria que Jonathan estivesse lá. Nos últimos tempos, ele raramente estava em casa. Com seu filho Quincey na Sorbonne, Mina com frequência se via sozinha naquela enorme residência vazia. Naquela noite, sua solidão era pungente, e a casa era como um túmulo.

Ela olhou para a fila de fotografias emolduradas sobre a lareira. O que acontecera com todas aquelas pessoas? Algumas haviam morrido, mas a maioria simplesmente se afastara. *Como minha vida inteira se chocou contra as pedras?* Os olhos de Mina pousaram em uma de suas fotografias preferidas, e ela a pegou, um retrato dela e de Lucy, tirado antes que as trevas tomassem conta de suas vidas. Antes que ela tivesse feito sua escolha fatal. A ingenuidade da inocência juvenil naqueles sorrisos a consolou. Ainda se recordava muito bem daquele belo dia de agosto em 1885 em que conhecera o amor de sua vida, Jonathan Harker, na Feira de Verão de Exeter.

Lucy estava radiante em seu novo vestido parisiense de verão. Esperara meses para estreá-lo. Mina teve a sorte de caber no vestido que Lucy usara dois anos antes, embora o achasse sufocante. Ela não tinha a cintura de 45 centímetros de Lucy, e o corpete a fazia sentir como se seus seios estivessem sendo empurrados sobre seu queixo. O *decolleté* revelador era muito mais o estilo de Lucy. Embora deixasse Mina desconfortável, ela não podia deixar de apreciar os olhares que recebia dos jovens quando passavam.

Lucy tentava apresentar Mina a convidados de Londres, em especial Arthur Fraser Walter, cuja família era dona e comandava o jornal *Times* havia um século. Enquanto elas procuravam pela família Walter, Lucy de repente se viu cercada por um bando de belos pretendentes pedindo que fossem incluídos em sua caderneta de danças do baile noturno. Com risinhos agudos e uma falsa sinceridade, Lucy sem dúvida sabia desempenhar bem o papel. Se eles pelo menos a conhecessem como Mina conhecia... Mina acreditava que Deus marcara Lucy com cabelos vermelhos flamejantes como um sinal para que os homens tomassem cuidado com sua natureza insaciável.

— Nossa sociedade irá perecer caso não façamos logo as necessárias melhorias sociais — disse uma voz masculina próxima.

Ela se virou e viu um jovem com uma cabeleira negra desgrenhada, vestindo um terno de lã puído, que sacudia um punhado de folhas soltas em frente a lorde Henry Stafford Northcote. O nobre sólido, membro da Câmara dos Comuns do Parlamento por Exeter, parecia tão cauteloso com o jovem enérgico quanto estaria com um cão rosnando.

— Casas de correção não são a resposta — continuou o jovem. — Muitas crianças carentes vivem de roubos ou pior. Algo tem de ser feito em relação ao sistema educacional para preservar tanto a moralidade quanto a lei e a ordem.

— Sr. Harker — retrucou lorde Northcote —, a Lei da Educação tornou compulsória a frequência escolar para crianças entre cinco e treze anos de idade.

— Mas ela custa nove pence por semana por criança. Muitas famílias não dispõem dessa quantia.

— Há maneiras de as crianças ganharem dinheiro.

— Sim, trabalhando em uma fábrica que é basicamente escravidão oficial de dezoito horas por dia, deixando muito pouco tempo para a escola ou os estudos. Surpreende que nossos jovens pobres apelem para o roubo ou a prostituição?

Lorde Northcote ergueu, em choque, uma sobrancelha para Harker, que pressionou:

— Elas não têm a mesma sorte que você, que nasceu rico, e você ainda prefere que eles se vendam para conseguir o que lhe foi dado por Deus.

— Como ousa?!

— O sr. Harker sem dúvida é um homem apaixonado — interrompeu Mina, apertando o braço do jovem Harker para impedi-lo de falar. — Estou certa de que o que o sr. Harker quis dizer foi: imagine se fosse incapaz de ler ou escrever. Nunca teria estudado em Oxford, nunca teria sido nomeado para o Ministério das Relações Exteriores e nunca poderia ter conquistado seu cargo eletivo. Uma educação livre para nossas crianças seria um grande investimento no futuro, daria a todas a oportunidade de melhorar a si mesmas e ao mundo ao redor. Todo pai deseja o melhor para seus filhos; é por intermédio deles que conquistamos a imortalidade. Não concorda, senhor?

— Como poderia discordar de tal sabedoria? — disse lorde Northcote, dando uma risada. — Mas realmente, srta. Murray, uma mulher tão atraente como você está perdendo tempo enchendo a cabeça com assunto tão pesado. Seria melhor seguir o belo exemplo de sua amiga srta. Westenra e usar seu tempo procurando um marido decente.

Sem dar ao jovem Harker tempo de dizer mais uma palavra, lorde Northcote ofereceu o braço a sua recatada esposa, e ambos desapareceram na multidão. Harker se virou para Mina com um olhar de divertido espanto.

— Agradeço por tentar. Eu não teria dito melhor, mas esses tolos se recusam a ver a razão disso. Estava tentando forçar lorde Northcote a considerar imperativo apresentar um projeto à Câmara dos Lordes para seguir o exemplo do que os Estados Unidos da América iniciaram em 1839 com uma educação gratuita comum. Se não enfrentarmos esse desafio, nossa sociedade será deixada para trás. Não conseguiremos competir nessa nova era industrial de descobertas científicas. Grave minhas palavras.

Mina sorriu.

— Com seu conhecimento das leis, apostaria que é um aspirante a político ou advogado.

— Na verdade, não passo de amanuense no escritório do sr. Peter Hawkins. Tenho tentado convencer um dos sócios, o sr. Renfield, a pegar o caso de duas garotas de treze anos presas por prostituição. *Pro bono*, claro. A menos que consiga transformar esse em um grande caso, digno de notícia, talvez com o apoio de uma nova legislação, duvido que tenha muita sorte. E mais duas jovens almas estarão perdidas.

Mina ficou impressionada com a paixão do jovem. Ela se lembrou de um velho provérbio judaico de que sempre gostara, embora não se lembrasse de como o conhecera: "Aquele que salva uma alma salva o mundo inteiro." E ali estava um homem tentando salvar duas.

— Você leu o trabalho de William Murray no *Daily Telegraph*? Ele parece pensar como você. Poderia ser um valioso aliado para sua causa.

— Srta. Murray... Seria possível que tivesse alguma relação com William Murray? Tenho tentado encontrá-lo há algumas semanas, mas ao que tudo indica ninguém o conhece. Ele nunca está à mesa quando vou a seu escritório. Parece ser um homem misterioso. Se pudesse conhecê-lo, ficaria muito feliz em apertar sua mão em agradecimento por levar essas questões sociais para a imprensa.

Mina estendeu a mão. O olhar confuso de Harker lentamente se transformou em um sorriso surpreso.

— Você é William Murray?

— Wilhelmina Murray. Mas meus amigos me chamam de Mina.

— Jonathan Harker — disse, tomando a mão enluvada de Mina e apertando-a como a de um homem, espantado a ponto de se esquecer dos modos. — Certamente é um prazer conhecê-la, srta. Murray.

— Por favor, me chame de Mina.

Jonathan a encarou, e o olhar de respeito que Mina viu ali a fez acreditar que aquele era um homem que poderia facilmente amar. Anos depois Jonathan contou a Mina que havia sido naquele momento que se apaixonara por ela.

— O senhor dança, sr. Harker?

— Não — respondeu Jonathan de pronto. — Temo que não seja um dançarino.

Ele é tímido, pensou Mina.

— Bom. Prefiro conversar sobre como salvar duas jovens dos horrores das ruas. Gostaria de me acompanhar em uma xícara de chá?

— Seria um prazer.

A maioria dos homens teria recusado a oferta ousada de Mina. A ansiedade de Jonathan de se juntar a ela a levou a amá-lo ainda mais.

Mina não conseguiu voltar a dormir após sua visão macabra de Jack Seward. Vestiu um recatado vestido de lã até os pés e foi tomar um café da manhã antecipado na sala de estar.

Os empregados retornaram ao nascer do sol e serviram-lhe um chá. Mina ficou olhando para seu reflexo na bandeja de prata. Ainda não haviam aparecido olheiras de insônia sob seus olhos inquietos. Ela havia lido um dia que um filósofo, cujo nome não recordava, dissera: "A sombra que um homem projeta pela manhã retorna para assombrá-lo no final da tarde." Para Mina, o passado parecia envolver sua vida em uma escuridão eterna.

Nos anos anteriores, Mina ouvira incontáveis vezes nas *soirées* que deveria haver um retrato seu que envelhecia no sótão, como Dorian Gray na história picante do sr. Wilde publicada na *Lippincott's Magazine*. Para o pobre Jonathan, isso não era motivo de riso, mas uma constante lembrança da traição dela. Mina via como ele odiava tudo nela, embora tentasse agradá-lo vestindo-se de forma mais madura do que parecia. Mesmo com roupas de solteirona sua aparência jovem brilhava. Jonathan estava com cinquenta anos de idade, mas parecia dez anos mais velho. Mina entendia como ele sofria e por que bebia. Nunca poderia saber precisamente o horror que o marido suportara quando preso naquele castelo, tantos anos antes. Em uma oportunidade ela o ouvira chorando dormindo, mas ele não partilhava seus pesadelos. Será que ainda não confiava nela?

Jonathan evitava sempre que possível estar em casa com Mina, mas aquela ausência era pior que de hábito. Ele nunca ficara fora tantos dias sem avisar para onde tinha ido.

Manning colocou diante dela as edições matinais do *Daily Telegraph* e do *Times*, e Mina pôs-se a ler. Estava grata por se distrair da noite terrível lendo a manchete sobre um aviador francês chamado Henri Salmet que estabelecera um novo recorde mundial voando sem escalas de Londres a Paris em menos de três horas. Mina ficou maravilhada com a engenhosidade sem limites do homem e pensou quanto tempo demoraria para que as realizações de uma mulher ocupassem a primeira página de algum jornal.

Às 10h45, Jonathan entrou na sala cambaleando, com a barba por fazer, de ressaca e vestindo um terno de *tweed* cinza que estava tão enxovalhado quanto sua aparência. Ele deu um grande gemido e desabou em sua cadeira.

— Bom dia, Jonathan.

Com olhos injetados, ele tentou colocar a esposa em foco.

— Bom dia, Wilhelmina.

Ele foi cordial, como sempre, o que, a seu modo, era mais doloroso do que a raiva.

Manning retornou à sala, colocou discretamente um novo bule de chá e uma cesta de pão fresco na mesa lateral e fechou a porta em silêncio atrás de si. Ao longo dos anos em que trabalhou para os Harker ele se acostumara com o casamento difícil, e podia sentir a tensão sutil.

O som da porta se fechando fez Jonathan se encolher. Tentou equilibrar-se na cadeira.

— Ainda está embriagado?

Jonathan ergueu os olhos para Mina como se surpreso por ela ainda estar ali. Esticou a mão na direção do chá.

— Meu Deus, espero que sim.

— Onde passou essas últimas noites? Em um beco? Ou com uma de suas... companhias?

— Eu não estava em um beco, isso eu posso lhe garantir — disse ele, se servindo sem firmeza.

— Por que se tornou tão cruel?

Jonathan ergueu a xícara como se em um brinde.

— O mundo é cruel, minha querida. Eu não passo de um reflexo dele.

Ele estava debochando dela e do reflexo jovem que projetava em um espelho.

— Então reflita sobre isto, Jonathan — disse Mina, resoluta. — Nosso casamento pode não ser o que tínhamos esperado. Podemos até mesmo dormir em quartos separados. Mas algumas vezes eu ainda preciso de você aqui!

— Você se esquece, sra. Harker, que uma vez eu precisei de você.

Mina mordeu o lábio inferior.

— Tive visões novamente.

— Sonhos com ele? — perguntou Jonathan, pegando o *Times*.

— Não são sonhos. É diferente.

— Acredito que você queira ter esses *sonhos*, Mina, que no fundo ainda o deseja. Você tem por ele uma paixão que nunca consegui suprir.

Paixão! Furiosa, Mina retesou as costas como uma cobra prestes a atacar.

— Espere um momento...

— Por quê? — interrompeu ele. — Por que ele sempre tem de estar entre nós, Mina, invadindo nosso casamento como um câncer?

— É você, Jonathan, e não eu, que o coloca entre nós. Eu escolhi você.

Jonathan se virou lentamente e a fitou com tal ânsia que Mina pensou que pela primeira vez realmente ouvira suas palavras.

— Ah, minha querida, querida Mina, ainda tão bela e tão jovem quanto no dia em que a conheci. É por isso que você ainda chama o nome dele à noite? Porque me ama tanto?

Mina desmoronou.

— Até quando continuará a me punir por meus erros, Jonathan? Eu não passava de uma jovem tola. Não conseguia ver o monstro por trás da máscara.

— O que ele lhe fez? Enquanto eu envelheço, você... — Apontou para seu corpo jovem, balançando a cabeça de desespero e tomando seu café.

A paixão, o fogo, a preocupação com os outros, tudo havia sido afogado em litros de uísque. O homem para o qual Mina olhava havia matado seu marido, o amor de sua vida. Ela detestava aquela ruína diante de si. Ele não parecia em nada com o homem pelo qual se apaixonara.

Se aquele era o jogo que Jonathan queria jogar, que assim fosse. Disfarçando suas emoções por trás de uma máscara serena de polidez, Mina se sentou e voltou para seu jornal. Um pequeno título na coluna social do *Daily Telegraph* chamou sua atenção: "Ex-diretor do asilo Whitby morre em Paris."

Horrorizada, ela leu o primeiro parágrafo.

— Jack Seward está morto!

— Sobre o que você está gritando agora?

— Minha visão da noite passada. A morte de Jack! — gritou Mina, jogando o jornal na mesa em frente ao marido. — Não é uma coincidência.

Uma luz surgiu nos olhos de Jonathan enquanto ele se esforçava para conter seu aturdimento alcoólico. Parecendo quase lúcido, comentou:

— Que Deus cuide de sua alma atormentada. — E inclinou a cabeça para ler a matéria inteira.

Quando tornou a erguê-la, havia uma pergunta tácita entre eles: *Ele voltou para se vingar?*

Jonathan ficou um instante sentado em silêncio, como se tomando uma decisão. Então seus ombros caíram e sua mente retornou ao vazio. Devolveu o jornal a Mina.

— Atropelado por uma carruagem. Diz aqui que foi um acidente — disse, batendo o dedo na linha para enfatizar.

Mina ficou furiosa.

— Você se transformou em um velho idiota, cego e bêbado, Jonathan!

E lamentou no mesmo instante ter dito aquelas palavras. Mina estava tentando fazê-lo tomar uma atitude, mas sua dureza apenas feriu aquele homem frágil.

— Eu invejo Jack — sussurrou Jonathan, com lágrimas enchendo seus olhos turvos. — A dor dele finalmente chegou ao fim.

Ele se levantou e foi em direção da porta.

Mina sentiu um arrepio novamente. Suas visões eram reais. Havia algo terrível no futuro deles. E ela sabia que dessa vez teria de enfrentá-lo sozinha.

Em pânico, Mina foi atrás de Jonathan, alcançando-o do lado de fora.

— Desculpe-me, Jonathan. Eu amo você. Sempre amei. Quantas vezes mais terei de dizer isso?

Jonathan não olhou para trás ao entrar em seu carro e colocar os óculos.

— Preciso entrar em contato com a ex-mulher e a filha de Jack em Nova York. Pelo que sei, ainda sou o testamenteiro e preciso tomar providências.

Jonathan pisou no acelerador, soltou o freio e acelerou a impressionantes dezesseis quilômetros por hora.

Mina viu o automóvel do marido desaparecer na direção da estação. O objetivo de sua partida provocou lágrimas em seus olhos. Ela piscou, subitamente tomada pela convicção de que estava sendo observada. Alguém se escondia nos arbustos próximos.

Capítulo X

O inspetor Colin Cotford caminhou pela Fenchurch Street na direção do coração de Whitechapel, o mais detestável local da Terra. Após trinta anos de trabalho na Scotland Yard, Cotford vira o pior da humanidade. Ele já não acreditava nos conceitos de céu e inferno que aprendera quando criança. Vira o inferno na Terra, e Whitechapel era ele. Um dos distritos mais pobres do East End londrino, atraía os libertinos na esperança de conseguir emprego em suas fábricas, mas havia mais pessoas que empregos, o que resultava em pobreza extrema e superlotação. Todo o distrito tinha um cheiro característico, uma mistura de resíduos corporais, sujeira e carne apodrecida.

Caminhando pela Commercial Street, Cotford buscou não respirar pelo nariz em uma tentativa de evitar o fedor. Era cedo; o sol começava a nascer, e os vendedores levavam suas carroças de frutas, leite e água para Covent Garden. A carroça de um serralheiro passou por Cotford retinindo na rua calçada. O inspetor continuou, fingindo não ver as abjetas velhas que a pobreza e o vício haviam reduzido à absoluta degradação. Elas já não tinham forças para pedir comida. Em vez disso, amontoavam-se em busca de calor e esperavam que a fome desse fim a sua infeliz existência.

Cotford recebera um telefonema matinal do superintendente-chefe "pedindo" que, assim que possível, ele investigasse a morte de um vagabundo em Paris. Cotford falara com o tenente Jourdan, o oficial francês responsável pelo caso, embora não entendesse o porquê da investigação. Homens enlouquecidos e miseráveis eram atropelados por cavalos e carruagens pelo menos doze vezes por dia em Londres. Ele tinha de imaginar que a estatística fosse semelhante em Paris.

Mas Jourdan parecia achar que havia algo mais no caso. A vítima levava uma espada banhada a prata, e segundo os registros públicos um dia recebera da França uma bolsa de pesquisa científica. Diferentemente da Polícia Metropolitana de Londres, a Sûreté Nationale de Paris não era municipal, mas um órgão do governo francês, e queria estar certa de que não havia nada suspeito na morte do dr. Jack Seward.

Cotford erguera os olhos para o teto, escutando a tagarelice de Jourdan em um inglês capenga. O homem parecia estar insinuando a existência de alguma estranha conspiração, e quando Cotford demonstrou seu desprezo por tal absurdo, ameaçara passar por cima de Cotford.

Ele parou diante da casa de cômodos em frente ao enorme armazém da Wentforth Street. Tomou um gole de sua garrafa de prata para se aquecer antes de entrar no prédio dilapidado.

Quando ingressara na Scotland Yard, Colin se via como um sabujo irlandês. Nos anos anteriores ele se sentira mais como um *retriever*. Naquela altura da carreira, esperava ser no mínimo superintendente. Afinal, ele fora o homem mais jovem escolhido para trabalhar como detetive, selecionado vinte e cinco anos antes pelo próprio grande inspetor Frederick Abberline. Mas Cotford ainda era apenas inspetor e continuava na divisão H. Em vez de se sentar em um escritório quente e espaçoso no prédio Norman Shaw da New Scotland Yard, levantava elementos para casos inúteis e sem solução.

Entrou no apartamento fedorento do último andar. Não havia luz elétrica, e as janelas tinham sido fechadas por dentro com tábuas. Cotford tirou uma lanterna do bolso do sobretudo. O facho cruzou o ar empoeirado, revelando vários livros espalhados pelo quarto. Cotford estudou os títulos: todos eram sobre ocultismo. Artefatos e símbolos de dezenas de religiões estavam pendurados do teto. Recortes amarelados tirados de jornais londrinos se achavam enfiados na moldura de um espelho, a tinta tão desbotada que, sem os óculos de leitura, Cotford não conseguia ler as matérias. Um inseto bastante grande correu, fugindo da luz da lanterna.

Em poucos minutos o sargento Lee e dois policiais chegaram para ajudar a embalar tudo e enviar para La Sûreté Nationale, o equivalente francês da Scotland Yard.

— Maldição! — imprecou Lee quando deu a primeira olhada no quarto.

Cotford não entendeu se a observação fora feita pelo estado do aposento ou pela assustadora tarefa pela frente. Em função de sua enorme altura, Lee batia com a cabeça nos vários artefatos, fazendo com que eles balançassem como uma horrenda paródia de uma decoração de Natal.

O sargento Lee via Cotford com uma espécie de idolatria, porque o velho inspetor um dia trabalhara no mais famoso caso da história da Scotland Yard, e a publicidade em torno disso dera a Cotford alguma fama. Infelizmente, como o caso nunca foi solucionado, acabou sendo também o maior fracasso de Cotford, manchando sua reputação entre seus colegas, assim como aos olhos do público. Colin julgava imerecida a admiração que Lee nutria por ele. Considerava o sargento muito promissor, e esperava que Lee conseguisse o sucesso que lhe escapara. Diferentemente dele mesmo, Lee era um homem de família. Fora isso, o inspetor sabia muito pouco sobre a vida pessoal de Lee, e preferia que fosse assim.

O facho da lanterna de Cotford iluminou paredes que eram revestidas com páginas arrancadas da Bíblia. A luz revelou um toque de vermelho na parede mais distante. Cotford se aproximou. Escritas com o que parecia ser sangue, lá estavam as palavras: "*Vivus est.*"

— Louco de pedra... — disse Lee, balançando a cabeça, incrédulo. — O que isso significa?

— Não estou certo, companheiro — respondeu Cotford. — Acho que é latim.

Cotford pegou um livro encadernado em couro, soprou a poeira e o abriu. Uma fotografia caiu da capa. Lee a pegou enquanto Cotford folheava as páginas escritas a mão. Virando a foto, o sargento mostrou a inscrição a Cotford: *Lucy Westenra, meu amor, junho de 1887*. Cotford balançou a cabeça. Nada interessante. Lee jogou o retrato na caixa que um dos policiais começara a encher para enviar a Paris.

Cotford fechou o livro e estava prestes a seguir em frente quando algo chamou sua atenção. Não podia acreditar no que vira nas páginas daquele volume. Será que ter retornado a Whitechapel estava fazendo sua mente pregar-lhe peças?

— O que é, senhor? — perguntou Lee.

Cotford tornou a abrir o livro, localizou a página e releu o trecho. Estava lá, preto no branco. Seria possível? Bateu o dedo na página e, sem olhar para baixo, recitou as palavras já gravadas em sua memória: "Foi o professor quem ergueu a serra cirúrgica e começou a separar os membros de Lucy de seu corpo."

Cotford correu na direção da caixa e pegou o retrato de Lucy Westenra. Fez uma pausa de luto por uma garota que nunca conhecera. Mesmo depois de tanto tempo, ele ainda se culpava:

— O passado paira como um pesadelo sobre o presente.

Mais um segundo e Colin corria na direção da porta.

— Acabe de juntar o resto daqueles diários e me acompanhe imediatamente com a caixa, sargento Lee.

Uma hora mais tarde, Cotford e Lee estavam de volta ao Victoria Embankment. Eles chegaram ao prédio gótico de tijolos vermelhos e brancos da New Scotland Yard. Sem trocar uma palavra, desceram para a sala de registros, também conhecida como "o outro necrotério", para vasculhar os arquivos.

Horas depois, seu ânimo diminuíra sobremaneira.

— Que droga, onde estão aqueles arquivos?! — praguejou Cotford.

— Alguns parecem ter sumido, senhor.

— Eu sei disso! Por que sumiram? O caso inteiro deveria estar exposto no saguão para nos lembrar de nossa tolice.

— Perdoe-me, senhor. Mas aquele caso foi no escritório de Whitehall.

— Sei que foi no escritório de Whitehall. Eu trabalhei no maldito caso!

— Bem, quando nos mudamos da Scotland Yard para este prédio, os arquivos... Nem todos os arquivos foram transferidos. Alguns não foram encontrados.

Cotford resmungou.

— Aquele caso foi uma nódoa para esta instituição e me assombra como uma peste. Se alguém souber que perdemos os arquivos não vamos sair ilesos.

— Eis alguma coisa, senhor.

Lee tirou uma alta caixa de arquivos de papelão preto. As beiradas estavam rasgadas, e a própria caixa era presa com uma fita vermelha. Cotford a reconheceu de imediato. Tirou a caixa de Lee como se fosse uma antiguidade inestimável. A etiqueta, amarelada pelo tempo, ainda estava firmemente colada. Ela dizia, em letras datilografadas: "Assassinatos de Whitechapel, 1888." Abaixo dela, com a caligrafia de Cotford, o número do arquivo: 57825.

Mais abaixo: "Jack, o Estripador."

De 31 de agosto a 9 de novembro de 1888, Londres sofreu com o horror do assassinato brutal de cinco mulheres no distrito de Whitechapel por um criminoso desconhecido. O assassino nunca foi pego. Ele atacava à noite e desaparecia sem deixar vestígios. Fora por causa desse caso que Abberline, o investigador-chefe, promovera o jovem e promissor policial Cotford de modo a que ele pudesse se juntar à investigação. A área de Cotford era o distrito H — Whitechapel —, e com suas muitas comendas Cotford era a escolha óbvia. O maior arrependimento da vida de Cotford era que em uma noite fatal ele não conseguira prender o assassino por poucos centímetros. No dia 30 de setembro, Cotford aparecera em Dutfield's Yard, onde a terceira vítima, Elizabeth Stride, havia sido assassinada. Cotford vira uma figura escura fugindo da cena do crime e deixando uma trilha de sangue. Ele soprara o apito para convocar outros policiais e saíra em perseguição. Mas quando se aproximou do suspeito em fuga, Cotford tropeçou em um meio-fio que não havia visto em meio ao nevoeiro que toda noite subia do rio. Quando Cotford se levantou, tinha perdido o suspeito de vista e não conseguia enxergar um palmo à frente do nariz. Chegou mesmo a se perder nas ruas, sem conseguir encontrar o caminho de volta ao local do assassinato de Stride.

A noite terminara com outro assassinato. A quarta vítima foi encontrada na Mitre Square, perto de onde Cotford tropeçara. Quando ele caiu, o mesmo aconteceu com sua carreira. Se tivesse sido mais cuidadoso, poderia ter ficado conhecido como o homem que prendera Jack, o Estripador. Como sua vida teria sido diferente! Colin nunca admitiria a Abberline que caíra. Cotford idolatrava o grande detetive e temia perder seu respeito. Algo dizia-lhe que Abberline sabia, ou que no mínimo suspeitava, que ele estivesse escondendo algo, mas isso não o impediu de ficar do lado de Cotford e dos demais investigadores quando o público queria linchá-los por sua aparente incompetência. O gesto generoso de Abberline não significara nada para o público e provavelmente até mesmo precipitara a queda do grande homem na Yard, mas significara tudo para seus homens.

Cotford se sentia voltando no tempo ao tirar as pastas com as transcrições dos interrogatórios dos suspeitos. O dr. Alexander Pedachenko, um médico russo, também usava o apelido de conde Luiskovo. Na época do assassinato da quinta vítima, Mary Jane Kelly, o dr. Pedachenko era paciente do asilo Whitby, e por isso Abberline o descartara como suspeito.

Cotford apanhou outra pasta, identificada como "confidencial". Ao abri-la, lembrou-se de por que era marcada como tal; o suspeito era o dr. William Gull.

— O dr. Gull? O médico pessoal da rainha? — perguntou Lee, lendo por sobre seu ombro.

— O próprio. Nós estávamos investigando uma pista em segredo que levou a um beco sem saída. Em 1888, o dr. Gull tinha setenta anos de idade e sofrera um derrame. Estava com o lado esquerdo quase todo paralisado. Definitivamente, não era quem eu estava perseguindo naquela noite.

— Qual noite?

Cotford ignorou a pergunta. Tirou outra pasta. *É esta!* Sua chance de redenção. O destino lhe dera uma nova oportunidade. Ele estava tão excitado que começou a rir.

Lee estranhou o comportamento exuberante atípico de Cotford.

— Não compreendo, senhor.

Cotford não precisava que Lee entendesse. O sonho de revelar a identidade de Jack, o Estripador e entregá-lo à Justiça estava ao alcance da mão. O professor que Seward identificara em seu diário de fato era o mesmo homem que havia sido um dos principais suspeitos de Abberline. Embora nunca houvesse sido descoberta nenhuma prova de que esse suspeito estivesse em alguma das cenas de crime, sua hedionda biografia não permitira que fosse inteiramente descartado. Era um médico e professor caído em desgraça. Ele tinha grandes habilidades cirúrgicas e perdera tanto sua licença médica quanto seu cargo na universidade por fazer procedimentos médicos experimentais em seus pacientes e roubar cadáveres da instituição para horrendas mutilações rituais.

Triunfante, Cotford deu a seu auxiliar a pasta daquele suspeito enlouquecido.

— Guarde minhas palavras, sargento. Todo mundo tem sua hora.

O sargento Lee olhou confuso para Cotford antes de ler em voz alta o nome na pasta do suspeito:

— "Dr. Abraham van Helsing".

Capítulo XI

— Durante quanto tempo você pretende se esconder nesses arbustos ridículos, querido? — perguntou Mina.

Ela olhou diretamente para ele, como se conseguisse ver através da vegetação.

Tentando não ficar preso em um espinho, Quincey saiu lentamente da sebe.

— Vi o automóvel do papai. Estava esperando que ele saísse — respondeu, limpando a terra do casaco. — Como sabia que eu estava aqui?

— Eu sou sua mãe, tolinho — disse Mina, rindo. Ela o abraçou com ternura e depois afastou-o para examiná-lo. — Já faz muito tempo. Quero dar uma boa olhada em você. Senti sua falta.

— Também senti a sua, mamãe — disse Quincey, fazendo em seguida uma pausa. Percebeu que ela tinha chorado. — O que há de errado? O que houve?

— Não se preocupe comigo. — Mina tirou folhas do cabelo dele.

— Foi o papai? Ele voltou a beber?

— Por favor, Quincey, isso é muito desrespeitoso.

— Desculpe, mãe.

— Entre. É bom vê-lo, meu belo rapaz. Você parece não fazer uma refeição decente há semanas.

Nos três anos em que Quincey passou longe, ele percorreu todo o Reino Unido e a Irlanda com um espetáculo itinerante, e ficou o último ano preso em Paris. Experimentou mundos completamente diferentes.

Entrar na casa em que havia crescido foi uma experiência surreal. O saguão familiar o fez sentir como se o tempo tivesse parado. Lá estava o balaústre da grandiosa escadaria pela qual adorara deslizar quando menino, ignorando as advertências do pai de que iria se machucar. Quincey espiou a sala de desenho. Tudo continuava exatamente como quando a vira pela última vez, quase como se nunca houvesse partido. Lá estava o jogo de chá preferido de sua mãe com os jornais matutinos empilhados junto a ele. Quincey reconheceu o decantador de cristal do pai com seu uísque preferido até a metade. Ele se lembrava da reprimenda severa que recebera quando criança ao quebrar o decantador original. Será que o pai ficara mais aborrecido com a perda de um cristal caro ou do uísque nele contido?

Enquanto o filho examinava a sala, Mina foi até a mesa e pegou um dos jornais abertos. Quincey achou ter visto a mão dela tremer enquanto dobrava o jornal e o colocava sob o braço.

— Mãe, tem certeza de que está tudo bem?

— Estou bem, Quincey — disse Mina, com um sorriso resignado. — Por que não se limpa enquanto peço à cozinheira para fazer-lhe um prato?

Depois da dureza de viajar ininterruptamente desde Paris, Quincey se sentiu renovado ao vestir roupas limpas. Examinou seu antigo quarto. Era o quarto de um garoto. Sentia-se deslocado dentro dele.

Passou pelo escritório e viu sua mãe perdida em pensamentos, olhando mais uma vez para aquela velha fotografia dela e de sua amiga de infância Lucy, que morrera de alguma doença com mais ou menos a mesma idade que ele tinha naquele momento. Como devia ser terrível perder a vida quando ela apenas começava. Quincey sabia quando sua mãe tinha problemas, pois ela sempre se virava para aquela fotografia. Era como se estivesse se voltando para a amiga morta em busca de orientação.

Olhando para a mãe, Quincey se deu conta de que assim como aquela casa quase não havia mudado, sua mãe parecia exatamente igual a como era três anos antes. Ele duvidava que os anos tivessem sido tão generosos com seu pai bêbado e amargo. Recordou o dia, alguns anos antes, quando descobrira que alguns dos garotos da escola haviam feito observações impróprias sobre a aparência jovem de sua mãe e de como ele ficara indignado a ponto de espancar os três de uma só vez. A despeito de uma suspensão, Quincey se orgulhara de seu cavalheirismo. Lembrou-se de como ele e a mãe costumavam fazer estranhos acreditarem que eram irmão e irmã. Quincey imaginava que ela um dia ficaria velha como seu pai, mas estava contente por esse dia não ter chegado. Após ter passado tanto tempo longe, se retornasse e encontrasse sua mãe envelhecida e doente a culpa teria sido insuportável, e a fúria contra o pai por tê-lo mantido longe por tanto tempo teria sido vulcânica.

Quincey não tinha noção da fome que sentia até começar a comer. Não comia um bom salmão desdc que saíra de casa. Assim que ele limpou o prato, Mary, a empregada, apareceu para tirar a mesa.

— Agora que você fez uma refeição decente — disse Mina —, poderia fazer a gentileza de explicar por que, após tanto tempo longe, escolheu aparecer hoje, no meio do período da universidade?

— Promete que não ficará com raiva?

— Você sabe que eu nunca faria tal promessa.

— Tudo bem. Imagino que não haja uma forma fácil de contar isso. — Respirou fundo e anunciou: — Conheci uma pessoa. Uma pessoa maravilhosa.

Mina abriu a boca para falar, mas pareceu perplexa. Quincey estava prestes a continuar quando Mary voltou com chá fresco e biscoitos Garibaldi, os preferidos de Quincey.

No instante em que Mary saiu, Mina perguntou:

— Então me diga, quem é a jovem de sorte?

— A jovem?

— Você disse que conheceu "uma pessoa maravilhosa".

— Eu disse, mas... Mãe, prepare-se. Tive um encontro com Basarab.

— Quem?

— Nunca ouviu falar dele? É um homem brilhante, mãe. Saudado por toda Paris. O maior ator shakespeariano do mundo.

— Ah, Quincey, de novo, não...

— Basarab me aconselhou a parar de seguir o sonho impossível de meu pai e seguir o meu antes que envelheça.

— Um tanto presunçoso ele imaginar que saberia melhor que seus pais aquilo que é melhor para você.

— Acredito que ele viu potencial em mim.

— Assim como seu pai e eu. E quanto a seu curso de direito?

— O incentivo de Basarab me convenceu a abandonar a Sorbonne e tentar um curso de ator no liceu.

— Não sei o que dizer, Quincey. Você fez um acordo com seu pai. Como você teria aprendido se frequentasse a Sorbonne, um acordo verbal decerto é tão sólido quanto um contrato escrito.

— Por favor, mãe, aquele acordo foi feito sob coação. Eu não havia economizado dinheiro. Papai subornou o gerente do teatro para me demitir naquela ocasião e me colocar na rua. Era aceitar o acordo com papai ou ficar sem abrigo e sem comida.

— Eu interferi em seu favor. Dei minha palavra. Seu pai queria que você fosse para Cambridge, e eu, com a promessa de que você se formaria e advogaria, o convenci a permitir que fosse para Paris...

— ...para que pelo menos estivesse perto do mundo artístico, eu sei — interrompeu ele. — Estaria melhor em Cambridge. Tem alguma ideia do que é querer tanto algo, ver isso a seu redor todos os dias e saber que é um fruto proibido? É de enlouquecer qualquer um.

— Compreendo como se sente mais do que imagina, mas isso não muda o fato de que você prometeu concluir o curso. Promessa é promessa.

— Se eu for tão talentoso quanto Basarab acredita — declarou Quincey —, serei aceito como aprendiz. Então terei meios próprios, e o velho idiota pode ir para o inferno.

Mina se inclinou para a frente e deu um tapa no rosto de Quincey. Foi um choque para ambos. Nunca antes seus pais haviam levantado a mão contra ele.

— Quincey Arthur John Abraham Harker! — exclamou Mina, tentando ao máximo controlar suas emoções. — Jonathan ainda é seu pai e o ama muito!

— Então por que não demonstra?

— Você ainda é jovem e ingênuo demais para compreender, mas ele demonstra isso todo dia. Eu conheço o coração dele, e tudo o que ele faz tem sentido. Há mais em jogo aqui do que seus desejos egoístas. Não posso dar minha bênção a isso, Quincey. Você precisa confiar em que sabemos o que é melhor para você.

Isso partiu o coração de Quincey. Ele e a mãe sempre haviam sido íntimos. Mina era a única que dava atenção a suas esperanças e seus sonhos e o encorajava. Naquele momento, ela estava tentando destruir aqueles mesmos sonhos, como seu pai fizera. Parecia que, afinal, algumas coisas tinham mudado ali. Sempre soubera que seus pais guardavam muitos segredos que não partilhavam com ele. Quaisquer que fossem, isso não importava mais.

— *Ego sum qui sum*, "sou o que sou", e está na hora de ser.

Lágrimas brotaram nos olhos de Mina, cujo rosto estava distorcido com o que Quincey só podia considerar um medo irracional. Ela implorou pela última vez:

— Por favor, Quincey, não faça isso.

O relógio marcou onze horas. Ele disse friamente:

— Tenho de pegar o trem. Ficarei em um alojamento em Londres. Não os incomodarei mais.

Evitando encará-la, Quincey se virou e, pela primeira vez na vida, partiu sem dar na mãe um beijo de despedida.

Capítulo XII

A figura alta do conde Drácula, vestindo um *smoking* muito gasto e uma capa preta com forro vermelho, dominava ameaçadoramente a empoeirada sala de desenho inglesa. Seus olhos negros fitavam sob uma testa vincada. Essa expressão severa pouco a pouco deu lugar a um sorriso sinistro enquanto ele perguntava com um forte sotaque europeu:

— Poderia repetir o que acabou de dizer, professor?

O homem mais velho suspirou.

— Eu disse: "Conde, o senhor gostaria de saber o que receitei para nossa adoecida srta. Westenra?"

— Tudo o que faz em relação à minha querida Lucy é do meu interesse, professor.

O professor Van Helsing tirou uma grande cruz de madeira e se virou para encarar o conde. Drácula sibilou e se encolheu, puxando sua capa. Pisando numa ponta dela, ele tropeçou na mobília, derrubando uma mesa com uma lâmpada. Uma explosão de fumaça ofuscou os dois homens.

O conde tossiu descontroladamente.

— Agora que você... Você e aquele advogado, Jonathan Harker... descobriram o que acha que é... Você descobriu, professor Van... Helstock...

Van Helsing ergueu os olhos para o teto.

O conde Drácula continuou:

— Chegou a hora de você deixar este litoral rumo à... — Fez uma pausa para procurar as palavras certas. — À terra dos seus pequenos tamancos.

— O nome é Van Helsing! — gritou o outro homem. — E você estaria se referindo à minha Holanda, idiota?

— Seu inseto insolente! — gritou Drácula, agora sem nenhum sotaque. — Tem ideia do assombroso talento que está diante de você?

— Tudo o que vejo à minha frente é um bêbado sem talento que não consegue decorar suas malditas falas.

Ofendido, o conde Drácula se virou na direção das luzes.

— Stoker! Demita esse bosta imediatamente!

Van Helsing agarrou a capa de Drácula e a puxou sobre a cabeça deste. Drácula, por sua vez, segurou o colarinho de Van Helsing. Os homens lutaram até o conde ter outro acesso de tosse.

— Engoli um maldito canino! — gritou o conde.

Ele se livrou da capa e acertou um gancho de direita em Van Helsing.

O nariz de Van Helsing explodiu em um jato de sangue.

Com fúria cega, Van Helsing baixou a cabeça e investiu contra o conde Drácula.

— Fique longe, idiota! Está sujando de sangue meu paletó!

Nos bastidores do opulento Lyceum Theatre, de inspiração grega, Quincey Harker sacudiu a cabeça. Então aquele era o grande ator americano John Barrymore, tropeçando pelo palco com uma capa barata de mágico. Esperava mais decoro até mesmo de Tom Reynolds, o homem no papel de Van Helsing, que Quincey uma vez vira em *Madame Sans-Gêne*, como Vinaigre. Naquele momento, sentindo uma dor terrível, o sr. Reynolds deixara de lado o respeito para com seu colega ator e estava trocando golpes violentos com o cambaleante Barrymore.

Uma cena bastante imprópria. O teatro não era um ringue de boxe. Havia regras de decoro muito específicas a serem seguidas. Quando atores se comportavam de forma tão grosseira, justificavam todas as opiniões negativas que o público tinha sobre eles. Ainda assim, Quincey sabia que fizera a escolha certa ao seguir o conselho de Basarab. Basarab era elegante e profissional — tudo o que Quincey queria ser. Mas a visão do circo lamentável no palco não era a única coisa que incomodava Quincey.

Bram Stoker, um velho e robusto irlandês de cabelos ruivos que se tornavam grisalhos e barba, estava sentado na primeira fila. Ele batia com a bengala no chão, gritando:

— Cavalheiros! Vocês são profissionais!

O homem mais novo ao lado dele saltou para o palco de modo a interromper a briga, gritando:

— Parem agora! Estão se comportando como crianças!

— Foi ele quem começou! — rosnou Reynolds, mãos ensanguentadas sobre o nariz.

Barrymore tentou se equilibrar.

— Sr. Stoker, não irei tolerar insubordinação de um imbecil inconsequente como esse! Exijo que ele seja dispensado imediatamente.

— Sr. Barrymore, por favor, seja razoável.

— Razão? É uma questão de honra.

— Não vamos nos esquecer de que sou eu quem está produzindo esta peça — interferiu Hamilton Deane. — Eu digo quem é demitido e quem não é. Refazer o elenco seria uma despesa desnecessária. O sr. Reynolds fica.

— Então, sr. Hamilton Deane, produtor de lixo, você perdeu seu astro!

E com isso Barrymore saiu marchando do palco.

Stoker se levantou, apoiando seu peso na bengala.

— Eu o trouxe dos Estados Unidos para cá por causa do grande respeito que tenho por seu pai, que Deus tenha piedade de sua alma atormentada. Ele fez sua estreia teatral neste mesmo palco. Pare de tratar esta peça como uma de suas comédias tolas. Você tem potencial para ser um grande ator dramático aqui em Londres. Ainda maior do que Henry Irving, mas ele pelo menos se arruinou com o mal do álcool depois que sua fama estava garantida. Você está a caminho de se destruir antes que o público tenha a oportunidade de ver todo o seu potencial.

— E você irá demitir este beócio ou não?

— Claro que não. O sr. Reynolds tem sido um leal integrante da Companhia do Lyceum Theatre por mais de trinta anos.

— Então partirei na primeira canoa de volta para a América — disse Barrymore, se virando em seguida para subir, cambaleando, o corredor.

— Sr. Barrymore, pense no que está fazendo — chamou-o Stoker. — Você saiu de Nova York porque ninguém lá queria contratar um ator principal bêbado.

John Barrymore parou, titubeou um pouco e se voltou para Stoker.

— Acha que a sua é a única oferta feita a um homem com meu talento? Estou indo para a Califórnia. Ofereceram-me um papel em um filme. Guarde minhas palavras: você irá lamentar este momento pelo resto de sua vida.

Quincey vira alguns desses filmes em Paris. Era diversão barata: ele achava estranhíssimo um ator sério apostar nisso. Como não havia som, os atores tinham de exagerar para transmitir suas intenções.

A caminho da saída, Barrymore se chocou com Quincey.

— Veja para onde vai, garoto — resmungou, com voz pastosa.

— Sr. Barrymore, me perdoe.

A porta do teatro foi batida. Com isso o grande John Barrymore se foi. Quincey ficou ali, atônito.

Deane e Stoker olharam-no.

— E quem diabos é você? — perguntou Deane. — Este é um ensaio fechado.

— Desculpe-me por ter chegado cedo, mas tenho um encontro marcado com o sr. Hamilton Deane — disse Quincey.

— Ah, sim. Você é o camarada que quer aprender. Qual o seu nome?

— Quincey Harker.

Stoker reagiu como se tivesse engolido uma mosca.

— Eu ouvi bem? — continuou Quincey. — Um dos personagens de sua peça é um advogado chamado Jonathan Harker?

— Sim. Qual o problema? — rugiu Stoker.

— O nome do meu pai é Jonathan Harker... E ele é advogado.

⚜

Alguns minutos depois, Stoker, Deane e Quincey estavam apertados no pequeno escritório de Stoker. Cartazes emoldurados do reinado de Henry Irving no Lyceum Theatre cobriam a parede. Stoker olhou preocupado enquanto Deane dava a Quincey um livro com uma capa amarela brilhante e letras vermelhas: *Drácula*, de Bram Stoker.

— Um personagem em um romance. Meu pai nunca me contou — disse Quincey, folheando as páginas.

Ele enfim tinha em mãos uma prova da hipocrisia de seu pai em relação às artes. Que fascinante. Havia muitas perguntas passando pela cabeça de Quincey. Mas... Quincey mordeu a língua. Não queria começar com o pé esquerdo e demonstrar a mesma falta de respeito pelas regras de decoro do teatro que Barrymore. Um mero aprendiz de teatro nunca questiona o produtor ou o diretor de uma peça; não se quiser manter o emprego... E Quincey nem sequer havia sido contratado.

Stoker arrancou o livro de Quincey.

— Isso é ridículo! — rosnou. — Eu baseei o nome em Joseph Harker, um cenógrafo que trabalhou para nós nos anos 1880. Qualquer ligação com seu pai é mera coincidência.

— E muito grande, não é mesmo, Bram? — comentou Deane.

— *Drácula* é o meu romance, e completamente ficcional.

— Ninguém disse o contrário — reagiu Deane. — Embora eu me lembre de você ter insistido em encenar uma leitura dele de modo a assegurar a autoria. Ainda não entendo o motivo.

— A única coisa que você precisa entender é que a autoria é exclusivamente minha — rosnou Stoker, voltando então sua ira para Quincey. — Lamento, meu jovem, mas o Lyceum não precisa de um aprendiz no momento. Obrigado.

— Mas, sr. Stoker...

Stoker se virou para sair. Deane colocou a mão em seu ombro e sussurrou:

— Bram, estamos atrasados. Qualquer ajuda nesta produção seria muito bem-vinda. Estouramos o orçamento e estamos sem pessoal. Ademais, perdemos nosso ator principal.

Quincey deu um pulo ao ter uma ideia.

— Talvez eu possa ajudá-los em seu dilema.

Os dois homens o encararam. Aquele era o seu momento.

— E se eu pudesse lhes dar o maior ator de nossa época? Um homem sobre quem os críticos disseram: "Quando ele interpreta Shakespeare é quase como se realmente vivesse o papel, caminhasse em meio ao sangue, travasse as batalhas."

— Está falando de Basarab — afirmou Deane.

— Ele é um amigo pessoal. E tenho certeza de que seu nome no letreiro aumentaria a bilheteria potencial, justificando quaisquer outras despesas que possam ter.

Deane ergueu a sobrancelha, refletindo sobre a possibilidade.

Stoker bateu no chão com sua bengala, dizendo:

— John Barrymore é o astro desta peça. Ele voltará. — E marchou para fora do escritório, resmungando: — Esses filmes nunca darão em nada.

Quando Stoker não podia mais ouvir, Deane disse:

— O que o sr. Stoker esquece é que são três semanas de viagem antes que o sr. Barrymore chegue à Califórnia. Mesmo que ele descubra que cometeu um erro terrível e retorne de cabeça baixa, estaremos falidos até lá.

— Basarab está a apenas um dia, em Paris. Para mim, sua escolha é clara.

Deane examinou os olhos de Quincey, por um momento desconfortável.

— É um homem de palavra, sr. Harker? Um homem em quem confiar?

— Certamente sou, sr. Deane.

— Bom. Então talvez pudesse jantar comigo. Acho que temos muito a conversar.

Capítulo XIII

Quid verum atque decens era o lema da família Stoker. "Tudo que é verdadeiro e honrado." O pai de Bram Stoker o impusera a todos os seus sete filhos, mas era um sentimento que Bram estava achando cada vez mais difícil abraçar.

T'anam an Diabhal, praguejou Bram em voz baixa em seu gaélico natal. Esperara que aquele garoto impertinente, Quincey Harker, partisse antes que ele mesmo saísse de seu escritório. Para seu desalento, escutara o garoto saindo com Hamilton Deane. Seguindo para o Ye Olde Cheshire Cheese, o lugar preferido de Deane, decerto para discutir sobre Basarab. Pelo visto, Deane não iria esquecer o assunto, como Stoker gostaria. Stoker sempre fora meticuloso na vida, mesmo quando parecia a todos que ele estava mudando de carreira de forma incerta. Todos os seus atos eram parte de um plano maior bem ponderado. Ter uma variável imprevisível como Quincey Harker na receita era perturbador.

Drácula era a última oportunidade de Bram Stoker. Uma última chance de se firmar como escritor; uma última chance de manter seu teatro. Como seu filho crescera e saíra de casa, Stoker não tinha nada à sua espera. Até sua bela esposa fazia com que ele não se sentisse bem-vindo, e já não importava a Bram se sua cama não tinha amor. O Lyceum era seu lar havia décadas, e ele morreria antes de permitir que alguém como Hamilton Deane o tomasse.

Stoker mancou até o palco. Tantos espetáculos, tantas lembranças naquele grande auditório, mas muito havia mudado. Desaparecera aquele glorioso teto em cúpula que tanto adorara. Duas fileiras extras de poltronas tomavam a orquestra. Desprezava o modo como Deane vinha transformando seu amado teatro clássico em uma espécie de casa de variedades. Embora Stoker não se opusesse à nova era industrial, acreditava que um teatro era solo sagrado. Alguém modernizaria as grandes catedrais góticas de Veneza?

Riu sozinho. Talvez Deane. Deane era obcecado pelas últimas bugigangas modernas, e enchera o teatro de Stoker com elas. Instalara a estação sem fio de Marconi com a desculpa de que impediria que os atores saíssem constantemente para receber mensagens. Havia um novo holofote de "filamento concentrado" de Edison. Deane até mesmo chamara o famoso arquiteto de teatros Bertie Crewe para fazer um novo projeto interno para "melhorar a acústica". Embora detestasse o amor de Deane pelo "novo e moderno", Stoker compreendia que era esse mesmo amor que permitia a Deane ver valor em ideias inovadoras. Deane vira potencial no romance de Stoker. Ele vira que histórias de terror, antes relegadas a livros populares, finalmente tinham um público maior. Montando *Drácula* para competir com as adaptações de sucesso de *Frankenstein* e *O médico e o monstro*, ele podia fazer uma pequena fortuna. Stoker tinha o teatro, e Deane, o dinheiro: uma combinação perfeita. Mas Stoker estava na indústria do entretenimento havia tempo suficiente para conhecer a Regra de Ouro: quem tem a verba estabelece as regras. Deane se recusou a escutar Stoker. Por que deveria? Se Stoker sabia tanto, por que seu teatro estava falindo?

Bram sempre sonhara em ser escritor. De modo a honrar seus pais e ser fiel a si mesmo, cursara, na juventude, a faculdade de direito, mas nunca parou de escrever. Esperava que seus professores reconhecessem seu talento. Então ele poderia convencer os pais a permitir que mudasse de rumo. Infelizmente não ocorreu assim, pois foi ofuscado por seu amigo e colega de turma, Oscar Wilde. A rivalidade entre Bram e Wilde chegara mesmo ao romance. Bram amava a distância Florence Balcombe, a mulher mais bonita que já havia visto. Mas foi Wilde, cortejando-a com poemas de amor, quem a arrebatou.

Talvez Florence intuísse que Wilde preferia a companhia de rapazes, pois seu relacionamento acabou chegando ao fim e ela aceitou a companhia de Bram. Mas o tempo passou e Bram se deu conta de que a escolha de Florence fora motivada mais por segurança financeira que por amor. Ele havia sido contratado como amanuense em um escritório de advocacia, e Florence não queria levar a vida com um artista vagabundo. Ela ansiava fazer parte da alta sociedade de Londres. Stoker sacudiu a cabeça. Embora Wilde tenha perdido a dama, Bram continuou a cobiçar o status literário de Wilde. Para manter a sanidade, Bram continuou com um pé no mundo literário. Escreveu críticas de teatro não remuneradas para o *Dublin Mail*. E, após ter escrito uma bela crítica sobre o *Hamlet* de Henry Irving, foi convidado a ingressar no círculo de amizades da alta sociedade londrina do grande ator shakespeariano.

Em pouco tempo, Bram deixou o emprego e se tornou sócio de Irving e seu gerente teatral. Foi um grande presente, pois permitiu a Bram realizar seus sonhos por intermédio do estrelato de Irving. Florence, na ocasião, teve certeza de que seria outro dos fracassos de Bram, mas, quando o dinheiro começou a entrar, mudou de ideia. Os Stoker conviviam com gente como o pintor James McNeil Whistler, o poeta Frances Geatherstone e sir Arthur Conan Doyle. Conviviam com grandes, mas Bram sabia que era apenas sua ligação com Irving que o colocava nesse círculo da elite. Não importava quanto implorasse, Irving nunca produziu nenhuma das peças de Stoker. Embora Stoker trabalhasse incansavelmente para administrar todas as suas questões, até mesmo seus encontros com mulheres, Irving desmerecia os textos de Bram e não o ajudava em nada.

Finalmente surgiu a oportunidade de Stoker ocupar o centro do palco. Em 1890, Oscar Wilde, afastando-se do estilo habitual, escreveu uma história gótica, *O retrato de Dorian Gray*, e foi um sucesso imediato. De repente, o ex-amigo e rival de Bram foi preso, e o resultado foi um julgamento por obscenidade que teve grande cobertura. Esperando beneficiar-se da última moda literária, Stoker usara os exemplos de Wilde, Mary Shelley e John Polidori. No verão de 1816, o famoso poeta lorde Byron lançara a si mesmo e a seus hóspedes o desafio de escrever uma história de terror. Imaginava-se que os dois escritores consagrados presentes, Byron e Percy Shelley, seriam os vitoriosos. Ninguém esperava que a esposa de Percy, Mary Shelley, ou o dr. John Polidori superassem os demais. Tanto o romance *Frankenstein* quanto o conto *O vampiro* nasceram naquela noite, com os autores mais inexperientes do grupo escrevendo dois livros de enorme sucesso. Bram adorava todas essas histórias de terror gótico e começou a buscar uma oportunidade de um feito semelhante. A oportunidade surgiu quando a prisão de Wilde criou um vácuo literário. Bram decidiu que era hora de sair da sombra de Irving e Wilde. Ele não estava sendo oportunista, apenas acreditava que seu trabalho duro teria de dar frutos um dia.

Não foi surpresa para ele que seu editor não partilhasse de seu novo desejo; afinal, Bram só havia publicado obras de referência e biografias de sucesso. Mas ficou arrasado com a total falta de apoio de Florence. Ela achou que o marido perdia tempo tentando escrever terror e considerou essa nova empreitada indigna deles. Stoker solenemente se deu conta de que estava só em sua luta para se tornar um romancista de sucesso.

Refletindo sobre isso, Stoker entendeu que devia procurar um novo editor para seu romance. Tinha certeza de que queriam que ele fracassasse, na esperança de que "recuperasse o juízo" e escrevesse apenas o que fosse factual. Os cretinos não apenas mudaram o título do romance de *O morto-vivo* para *Drácula*, mas também cortaram centenas de páginas fundamentais. Stoker apostava que Wilde nunca havia sido censurado. Mais ainda, sua editora não tentou levar *Drácula* aos fãs de Wilde. Claro que a editora responsabilizou apenas Bram pelas vendas previsivelmente pequenas.

Após tantos anos, Bram ainda se sentia ofuscado pelo seu ex-amigo. Mesmo com Wilde na prisão, e depois morto, *Dorian Gray* vendia mais rápido do que podia ser impresso. Stoker esperara que Irving elogiasse *Drácula* publicamente. Em vez disso, classificou-o de "medonho", e com uma palavra destruiu as esperanças de Stoker, algo pelo qual ele nunca perdoou Irving.

Alguns anos depois, Irving morreu sem que nenhum deles tivesse uma oportunidade de se desculpar. Para sua surpresa, Irving deixara o Lyceum Theatre para Stoker no testamento. Finalmente ele tinha pleno controle de algo em sua vida. Mas, sem o nome de Henry Irving ligado às produções, o público ficou em casa. Aos poucos, os melhores e mais brilhantes entre o seu pessoal foram para teatros vizinhos. O Lyceum perdia dinheiro, e a pressão era grande demais. Stoker teve um derrame.

Bram estava consciente de que vivia o último ato de sua vida, e tinha uma última oportunidade de transformar seu romance em um sucesso. Precisava que a versão teatral de *Drácula* desse certo para aumentar as vendas do romance. Tinha certeza de que se a peça fracassasse sua saúde ruim não lhe daria uma oportunidade de bis. Não queria ser lembrado como uma nota de pé de página desbotada na ilustre biografia de Irving. Assim, tinha ele mesmo de dar o ingrediente de sucesso à produção; não Hamilton Deane, nem Quincey Harker.

Bram olhou para as poltronas carmim vazias do Lyceum Theatre. *Ele* tinha de ocupá-las. Precisava trazer Barrymore de volta e retomar algum controle sobre sua peça. Achou irônico que pudesse usar a maldita estação sem fio de Deane para mandar um telegrama a Southampton e implorar a Barrymore que não viajasse aos Estados Unidos. Barrymore era o astro que Bram queria. Ele já não tinha vontade nem tempo de conciliar.

Capítulo XIV

O sino distante de Westertoren anunciou uma nova hora. Ele tocava a cada quinze minutos. O velho já não percebia toda vez que tocava, já que tocava com demasiada frequência. Mas o sino parecia ter se tornado mais alto, como se o provocasse, contando os minutos para o final da sua vida. Ele passava a maior parte dos dias sentado em seu apartamento em Haarlemmer Houttuinen, olhando pela janela do terceiro andar voltada para o canal Prinsengracht, em meio a seus muitos livros. Sua única ligação com o mundo exterior era a pilha de jornais entregue no fim de semana junto com suas compras.

O velho colocou os óculos e pegou o *Times*. Um francês havia estabelecido um recorde na aviação. O velho balançou a cabeça. Os homens não deviam voar. Até mesmo a mitologia grega alertava com a história de Ícaro, que voou perto demais do sol. A moral da história continuava a ser verdadeira: *o orgulho antecede a queda*.

O velho virou o jornal e olhou as colunas sociais. Normalmente não se importava com o que acontecia com as classes altas, mas um título chamou sua atenção: "EX-DIRETOR DO ASILO WHITBY MORRE EM PARIS."

A mão do velho tremia enquanto seu dedo enrugado acompanhava o texto. O coração batia acelerado, suas suspeitas confirmadas ao ler o nome da vítima: dr. Jack Seward.

Havia muito poucos detalhes sobre sua morte, algum acidente com uma carruagem. O que Jack estaria fazendo em Paris? O velho releu a data. Jack morrera havia quase uma semana. Demorara todo aquele tempo para o jornal chegar às suas mãos. *Maldição!* Folheou os outros jornais, encontrando as edições recentes de *Le Temps*, e em uma delas havia uma matéria escrita no dia da morte de Jack. Ele a leu da melhor maneira que pôde, já que tinha esquecido a maior parte do seu francês. Na verdade não era importante, pois havia poucos detalhes novos. Um nevoeiro denso, o cocheiro da carruagem não parou, e Jack morto em frente ao teatro Odéon. Um trágico acidente.

O velho estava prestes a fechar o jornal quando a matéria chamou sua atenção mais uma vez. Uma testemunha dizia ter visto duas mulheres subindo na carruagem enquanto ela fugia, mas a polícia achava que a testemunha estava enganada ao alegar que a carruagem não tinha cocheiro.

Poderia parecer um detalhe insignificante para as autoridades francesas, mas para o velho era um sinal de perigo. Nunca acreditara em acidentes.

— *Hij leeft*... Ele vive — sussurrou consigo mesmo, o coração acelerado de medo. Sentiu uma dor aguda no maxilar, como se estivesse sendo empalado com uma faca quente.

Em segundos seu peito enrijeceu. Enfiou a mão no bolso em busca da caixa de comprimidos trabalhada em bronze. Seu braço esquerdo ficou dormente. Os dedos da outra mão tremiam ao tentarem soltar o pequeno trinco. A Ceifadora apertou com mais força, fazendo com que ele derrubasse os comprimidos no tapete. O velho abriu a boca para gritar em agonia, mas apenas um gemido saiu de seus lábios secos.

Escorregou da cadeira e caiu no chão. Se morresse ali, seu corpo só seria descoberto quando o garoto de entregas retornasse na semana seguinte. Ele apodreceria naquele lugar, só e esquecido.

O velho agarrou uma pílula de nitroglicerina, colocou-a sob a língua e esperou que fizesse efeito. O brilho quente do fogo tremeluziu, lançando uma luz sinistra sobre os olhos de vidro dos pássaros e animais empalhados expostos no quarto. Seus olhares mortos o provocavam.

Em alguns minutos sentiu sangue quente correndo novamente por seus membros. A Morte afrouxou o aperto. Os olhos remelentos do velho voltaram ao jornal. Ele sabia que não era seu destino morrer de algo tão mundano quanto um ataque cardíaco. Havia um motivo para Deus tê-lo mantido vivo. Com toda a força que conseguiu reunir, retornou à cadeira e se levantou, decidido.

Capítulo XV

Quincey não se lembrava da viagem de Londres a Harbour Station, em Dover, Priory, ou de esperar a balsa que o levaria a Calais. Durante todas as vinte e quatro horas de viagem ele não desgrudou os olhos do romance de Bram Stoker. E continuou a virar as páginas na viagem da estação Calais-Fréthun do Chemin de Fer du Nord até a estação du Nord em Paris.

Quincey considerou única a combinação feita por Stoker de narrativa em primeira pessoa, anotações em diário e correspondência, e a despeito de um monstro morto-vivo ser absolutamente irreal ficou intrigado com o personagem Drácula, uma criação cheia de contradições, uma figura trágica, símbolo do puro mal, o caçador das trevas que então se torna caça. Mas ver seu pai e sua mãe apresentados como os personagens principais era surreal. Até mesmo sua casa em Exeter e o modo como seu pai herdara o escritório de advocacia de Hawkins eram mencionados. Considerou ofensiva a sugestão de Stoker de que sua mãe não teria sido nada pura no trato com o vampiro Drácula. Mas, à medida que Quincey lia, sua raiva diminuía. No final, Stoker restaurava a virtude de sua mãe, fazendo com que ela ajudasse o corajoso grupo de heróis a caçar e destruir Drácula. Era engraçado, Quincey nunca pensara em seu pai como um herói. No entanto, deveria haver uma razão para o autor ter escolhido seus pais como modelos para os personagens principais de seu romance, e ele esperava que Stoker fosse mais receptivo a perguntas na próxima vez em que o encontrasse.

Quincey ficou excitado com a perspectiva de usar aquela adaptação de *Drácula* para o teatro, não apenas como uma oportunidade de provar a si mesmo que podia ser bem-sucedido no teatro como ator, mas também provar seu valor a Stoker como membro da companhia do Lyceum Theatre.

— Bem-vindo, *Monsieur* Harker! — cumprimentou Antoine, o gerente do teatro Odéon, que esperava por Quincey quando ele chegou pouco depois das dezesseis horas.

Quincey ficou surpreso com a recepção calorosa, bem diferente do modo como havia sido recebido apenas uma semana antes.

Antoine apertou sua mão.

— Como foi sua *voyage* a Londres?

— Bastante agitada — respondeu Quincey. — *Monsieur* Basarab está aqui?

— *Non*, temo que nenhum dos atores tenha chegado ainda. Ainda faltam duas horas.

Quincey havia suspeitado disso. Tirou *Drácula* de sua bolsa, junto com um envelope lacrado, que colocou dentro da capa do livro.

— Poderia fazer com que o sr. Basarab recebesse isto?

— Darei a ele pessoalmente.

Após ver Antoine desaparecer no teatro, Quincey foi tentar encontrar um quarto para passar a noite no Quartier Latin. Arrastando os pés pela rua de paralelepípedos, Quincey bocejou. Não dormira desde que deixara Londres, e esperava retornar ao teatro após a apresentação, mas sabia que no momento em que sua cabeça tocasse um travesseiro o mundo desapareceria para ele.

Naquela noite, sonhou com um futuro em que seu nome aparecia nos letreiros ao lado do nome de Basarab, e despertou na manhã seguinte sentindo-se reanimado e ansioso para saber o que o grande ator pensara da carta e do próprio livro. Tudo dependia de sua reação. Quincey mal podia esperar para ir ao teatro à noite e encontrar seu destino frente a frente. Vestindo-se rapidamente, saiu à procura de um café da manhã e passou pelo teatro. Sabia que Basarab ainda não estaria lá, mas sentiu a necessidade de parar e sonhar outra vez.

Durante as horas que se seguiram, Quincey passeou pelas ruas de Paris, a cabeça repassando repetidamente o romance de Stoker. Seria Stoker um gênio na criação do personagem ou sua descrição de Drácula na verdade era baseada em alguém? Stoker escrevera que Drácula era um nobre romeno. Ocorreu a Quincey que, se houvesse existido um Drácula real, Basarab poderia conhecer a história. Um bom produtor deveria se familiarizar o melhor possível com o Drácula histórico para impressionar seu astro potencial. Com isso em mente, Quincey foi ao bulevar Montparnasse, onde havia algumas boas livrarias nos arredores da universidade.

Após duas horas e três livrarias, ele não encontrou um único exemplar do *Drácula* de Stoker. Talvez não houvesse sido bem-recebido. Quincey começou a temer que talvez tivesse apostado no cavalo errado.

Foi a uma quarta livraria, conhecida por ter títulos de todo o mundo. Lá Quincey ficou surpreso ao encontrar dois livros sobre Drácula, ambos traduzidos do alemão. O menor deles, na verdade, era um poema longo intitulado *A história do louco sedento de sangue chamado Drácula da Valáquia*. O outro, maior, era *A assustadora e verdadeiramente extraordinária história de um maldito tirano bebedor de sangue chamado príncipe Drácula*.

Será que os alemães conseguiam fazer títulos ainda mais longos?

As especulações de Quincey sobre as origens de Drácula estavam corretas; o vampiro de Stoker, o conde Drácula, tinha relação com um personagem histórico real. Embora estivesse tentando economizar dinheiro, Quincey comprou os dois livros para fazer pesquisa de personagem. Economizaria pulando algumas refeições, mas era um sacrifício necessário. Queria saber tudo o que fosse possível sobre aquela figura misteriosa.

Quincey parou no escritório da Compagnie Française des Câbles Télégraphiques, no bulevar Saint-Germain, para mandar a Hamilton Deane um telegrama sobre sua fantástica descoberta na livraria. Passou a maior parte do dia em seu banco de pedra preferido, perto do lago artificial do jardim de Luxemburgo, lendo os escritos históricos sobre o príncipe Drácula. Ficou tão envolvido com os relatos brutais sobre o príncipe diabólico que não se deu conta de que o sol estava se pondo a ponto de mal conseguir ler as letras na página. Eram quase oito horas da noite.

Quincey disparou rumo norte para o teatro e logo procurou Antoine.

— *Monsieur* Harker, Basarab esperava que viesse esta noite. Ele pediu que lhe desse uma entrada de cortesia para assistir ao espetáculo.

Quincey ficou extasiado por poder assistir àquela grandiosa produção de *Ricardo III* uma segunda vez, apenas uma semana depois. Dessa vez, vendo Basarab como rei, percebia como ele facilmente interpretaria Drácula. Os personagens eram parecidos: guerreiros orgulhosos, astutos, ambiciosos, cruéis e encantadores ao mesmo tempo. Quincey não podia deixar de imaginar como teria sido viver no século XV e estar frente a frente com o próprio Drácula brutal. O pensamento causava calafrios. Drácula fora um homem que empalara quarenta mil pessoas. Quincey não conseguia imaginar a dor indizível que as pobres vítimas deviam ter sofrido. Em comparação, os crimes de Ricardo III não pareciam nada. O príncipe Drácula devia ter sido um louco sádico como Jack, o Estripador. Mas pelo menos Jack fora "gentil" o bastante para cortar as gargantas de suas vítimas para que elas estivessem mortas antes que as fizesse em pedaços.

Depois do espetáculo, Quincey foi aos bastidores. Havia grande agitação enquanto a equipe embalava os cenários. A companhia de Basarab só ficaria uma semana em Paris, daí o preço exorbitante dos ingressos. O momento poderia ser adequado. Quincey encontrou caminho para o camarim de Basarab, respirou fundo e bateu na porta.

— Sr. Basarab?

— Entre — veio a resposta de dentro.

Quincey o encontrou vestido com um robe de cetim vermelho e preto, cortando matérias sobre ele de uma pilha de jornais e colocando-as cuidadosamente em um álbum de recortes.

— Vejo que encontrou suas críticas.

Basarab sorriu.

— Lembre-se sempre, sr. Harker, de que a vergonha é vista como arrogância por aqueles carentes de talento.

— Sim, senhor.

Quincey sentiu o cheiro forte de comida na mesa onde na semana anterior estava o chá. Perder refeições estava se mostrando mais difícil do que ele imaginara. E esperava que Basarab não pudesse ouvir seu estômago roncando.

Após colar um recorte, Basarab tirou de trás de sua maleta de maquiagem de madeira o exemplar de *Drácula* e o ergueu.

— Li o livro que deixou para mim.

Quincey ficou espantado que ele tivesse lido tão rápido.

— E o que achou?

— Um título bastante estranho.

— Fiz algumas pesquisas — disse Quincey, tirando orgulhosamente de sua bolsa os livros alemães. — O título faz sentido quando se sabe que de fato houve um príncipe romeno do século XV chamado Vlad Drácula. Ele era um vilão.

— Eu não me referiria a ele como um vilão — disse Basarab. — Vlad Drácula foi o pai da minha nação.

Quincey sorriu consigo mesmo. O dinheiro que investira na livraria, em vez do restaurante, iria lhe trazer dividendos. Basarab atravessou o aposento e foi para trás da cortina adjacente a seu baú de figurinos. Como se lendo a mente de Quincey, ele apontou para a comida, oferecendo:

— Por favor, aproveite.

— Obrigado — disse Quincey, tentando não parecer ansioso demais.

Deixando de lado seu constrangimento, ele se sentou. Enquanto Basarab tirava o robe, Quincey deu uma mordida em um frango grelhado de aparência deliciosa. Era o melhor que já havia provado.

— Isso é maravilhoso. O que é?

De repente, o tempero forte fez efeito e a boca de Quincey começou a queimar. Ele tossiu, buscando um copo de água para aplacar o ardor.

— Não — disse Basarab. — A água apenas alimentará o tempero. Coma um pouco de arroz.

Quincey obedeceu e ficou surpreso ao ver com que rapidez o arroz pareceu compensar o calor temperado do frango. Após um momento, Quincey tentou novamente, pegando um pedaço de frango e arroz ao mesmo tempo.

— É chamado *paprika hendl*, um prato popular na minha terra.

— Realmente muito bom — disse Quincey entre garfadas. — Posso perguntar se irá tirar uma folga, agora que a etapa de Paris de sua turnê terminou? Voltará para a Romênia?

— Ainda não decidi o que farei a seguir. Tenho uma proposta de levar a produção a um teatro em Madri. Mas ainda não aceitei.

Quincey se esforçou para não sorrir. Não conseguia acreditar em sua sorte.

— Então Drácula é considerado o pai de sua nação? Pelo que li, ele assassinou milhares e era conhecido por beber seu sangue.

— Um antigo ritual pagão. Dizia-se que aqueles que bebiam o sangue de seus inimigos ingeriam seu poder.

— E há a tradução de seu nome — disse Quincey. Ele folheou as páginas para encontrar o trecho e o mostrou a Basarab: — "Filho do Diabo."

— A verdadeira tradução do nome de Drácula é "Filho do Dragão". Seu pai era um cavaleiro da Ordem Católica do Dragão, que jurara proteger a cristandade dos muçulmanos. O símbolo do diabo na cultura cristã ortodoxa é um dragão. Daí a confusão.

Basarab lutou com sua gravata de plastrão em frente ao espelho. Quincey sabia como dar o laço; vira sua mãe ajudando o pai. Sem pensar, atravessou o aposento e ajudou Basarab a ajustar a gravata.

— Imagino que, como em tudo, a verdade depende do ponto de vista. Ainda assim, esse Drácula parece um personagem interessante, não acha?

Pareceu se passar uma eternidade enquanto Basarab olhava para ele, avaliando suas palavras seguintes.

— Então, agora chegamos. Você quer que eu interprete Drácula no palco. E sem dúvida você interpretaria seu pai, Jonathan Harker?

— Ele sempre quis que eu seguisse seus passos.

Basarab riu e colocou a mão gentilmente no ombro de Quincey.

— Estou bastante impressionado com sua ambição, meu jovem. De possível aprendiz a produtor e astro em uma semana. Algo para se levar em conta.

— Leu minha carta? Irá para a Inglaterra?

Basarab pegou seu chapéu, suas luvas e a bengala. Quincey se amaldiçoou por ser tão ansioso. A falta de uma resposta imediata de Basarab era mais do que ele podia suportar.

O grande ator se virou para ele.

— Não prometo nada. Prefiro interpretar personagens ingleses. Eles têm o dom de morrer bem. Eu construí minha carreira interpretando soberbamente ingleses bem mortos.

Quincey e Basarab riram juntos mais uma vez. Toda tensão pareceu desaparecer do aposento. Quincey não podia deixar de pensar que era assim que ele sempre quisera que fosse com seu pai.

— Vou assistir às apresentações do final de noite no Folies Bergère, Quincey. Gostaria de me acompanhar?

Um bom sinal! Quincey sempre quisera visitar aquele famoso cabaré francês, conhecido por suas apresentações exóticas. Concordou de imediato.

— Poderemos tomar alguns drinques e discutir sua proposta — disse Basarab.

Quincey precisou de um grande esforço de contenção para não pular de alegria.

Eles caminharam rumo norte, na direção do 18º *arrondissement* de Paris. Basarab perguntou a Quincey sobre a produção de *Drácula*, o teatro, o momento e até mesmo o pagamento. Assim, Quincey finalmente se sentiu à vontade para fazer uma pergunta:

— Há algo em que venho pensando. Meus livros fazem frequentes referências ao que acredito ser uma palavra romena. Drácula às vezes é identificado como *tepes*. Saberia o que significa?

Basarab se virou rapidamente na direção de Quincey com um súbito olhar de raiva e o espetou no peito com a bengala para enfatizar o ponto:

— É uma palavra vil usada pelos inimigos políticos de Drácula para desacreditá-lo. Nunca a repita novamente.

Após mais alguns passos, Basarab parou e se virou. Felizmente a raiva desaparecera, e Basarab voltara a ser aquela pessoa encantadora, como se houvesse se dado conta de que fora duro demais com o jovem ingênuo. Em tom de desculpas, ele disse:

— *Tepes* significa "empalador".

Capítulo XVI

O dragão da Fleet Street o observava. Da janela de seu escritório Jonathan podia vê-lo na rua, no meio de Temple Bar, provocando-o, julgando-o. Temple Bar fora um dia uma arcada de pedra que marcava o ponto em que a Fleet Street entrava na Strand. Por ser perto do templo, um complexo que um dia fora dos Cavaleiros Templários, foi ali que os advogados se organizaram, em uma área conhecida como a "Londres legal". No século XVIII as cabeças de traidores eram exibidas em lanças de ferro que se projetavam do alto da arcada de pedra de Temple Bar. A arcada fora retirada em 1878. Dois anos depois, foi erguido em seu lugar o Monumento Temple Bar, um pedestal de 12 metros de altura encimado por um dragão negro que ficava no meio da Fleet Street. O Dragão da Fleet Street. Um dos muitos escritórios de advocacia da área era o Hawkins & Harker.

A morte de Jack Seward deixara Jonathan sóbrio o bastante naquela manhã para o fazer voltar a Londres. Ele passara dois dias no escritório tentando organizar a papelada necessária referente aos últimos desejos de Jack. Não era tarefa fácil. O escritório um dia próspero de Jonathan, com doze empregados, desmoronara lentamente a ponto de Jonathan já não ter condições de manter ninguém além de si mesmo. Não poderia sequer manter o escritório na Fleet Street caso Peter Hawkins não houvesse comprado o prédio nos anos 1870. Era irônico que os escritórios de advocacia concorrentes que alugavam espaço nos outros andares fossem a única fonte de renda garantida para o negócio de Jonathan. Para ajudá-lo a sobreviver à assustadora tarefa de organizar a vida fragmentada de Jack, Jonathan fazia intervalos constantes na taberna Mooney & Sons, um pouco a leste na Fleet Street.

Estaria perdendo tempo arrumando as coisas de Jack? Afinal, eles não se falavam havia muitos anos. Jack enfiara em sua cabeça encharcada de drogas que seu demônio ainda poderia estar vivo, e exigira falar com Mina. Jonathan o expulsara a pontapés. Era a última coisa que Mina precisava ouvir. Jonathan sempre imaginara que um dia iria receber uma carta de um novo advogado informando que já não era o executor do espólio de Jack. Como tal carta nunca chegara, ele era obrigado, como membro da associação dos advogados, a realizar os últimos desejos de Jack.

No terceiro dia, Jonathan acordou de um estupor alcoólico e descobriu que um telegrama havia sido enviado a seu escritório. Ele o abriu com os olhos turvos e leu que havia uma mudança nos desejos póstumos de Jack Seward. O autor do telegrama alegava ter testemunhado uma modificação verbal pedindo um enterro em vez da doação de seu corpo à ciência. Jonathan ficou um pouco aliviado, já que nunca ficara à vontade com o primeiro pedido de Jack. O benfeitor desconhecido também transferira dinheiro para o Child & Co. Bankers, um dos mais antigos bancos privados da Inglaterra, com sede na Fleet Street. O telegrama instruía Jonathan a usar o dinheiro para trasladar o corpo de Jack para Londres e pagar o enterro. A quantia restante era o pagamento pelos serviços de Jonathan. Não havia provas de que aquilo que o benfeitor escrevera fosse verdade, mas Jonathan acreditou que era o certo a fazer. O benfeitor determinou que Jack fosse enterrado no cemitério Hampstead, junto ao mausoléu Westenra. Jack finalmente iria encontrar descanso eterno junto à mulher que amara. Jonathan não conseguia parar de pensar em quem seria esse benfeitor e em como Seward o teria conhecido.

Jonathan sempre se sentira culpado pelo modo como tratara Jack na última vez que se encontraram. Ele deveria ter tentado ajudá-lo, mas, vendo seu velho amigo tão perturbado, não agira racionalmente. Jack era mais uma lembrança daquela viagem ao inferno da qual nenhum deles retornara completamente.

Jonathan olhou para seu escritório vazio, recordando a primeira vez que vira Jack Seward. Foi o dia em que sua vida mudou para sempre.

⚜

— *Dr.* Jack Seward — corrigiu o homem baixo e musculoso ao se levantar para apertar a mão do jovem Jonathan Harker.

— O dr. Seward é um amigo da família Westenra — acrescentou o imponente advogado Peter Hawkins, sentando-se em sua cadeira de couro. — Ele está aqui para tratar do sr. Renfield.

— O que exatamente aconteceu com Renfield? — perguntou Jonathan.

— Ainda é um mistério — respondeu Hawkins. — Ele foi encontrado seminu na neve em um cemitério de Munique.

— Munique?!

— Minha opinião era que ele estava retornando de um encontro com um cliente.

O dr. Seward acrescentou:

— Renfield foi encontrado gritando em um surto histérico e cantando versículos das Escrituras.

— O sr. Renfield tinha o hábito de citar a Bíblia — comentou Jonathan.

— Não assim — retrucou Hawkins. — Ele estava gritando trechos do Apocalipse e falando sobre ter olhado nos olhos do diabo.

— Deus do céu, o que causou tal surto repentino?

— Não podemos ter certeza até começarmos a tratá-lo em minha clínica em Whitby — respondeu o dr. Seward. — Enquanto isso, só posso supor que ele testemunhou algo horrível, e que sua mente criou uma imagem do diabo como um mecanismo para suprimir a realidade do que viu. Não se preocupe; tenho a melhor clínica da Inglaterra.

— Nesse ínterim, sr. Harker, preciso que o senhor conclua o negócio do sr. Renfield — disse Hawkins.

— Eu, senhor? Sou apenas um amanuense.

— Não seja modesto, não condiz com você — disse Hawkins, rindo. — Há algum tempo você é mais do que um amanuense nesta empresa. Nesse único ano que passou conosco, foi importante, até mesmo fundamental, em muitos casos. Em especial naquele das duas jovens. Elas devem suas vidas a você, e a divulgação que o caso teve produziu muitos negócios. Sua parceria com aquele sr. Murray do *Daily Telegraph* foi obra de um mestre na lei. Um grande advogado precisa compreender não apenas a lei, mas também a polícia e o quarto poder.

Jonathan sorriu.

— Não sei o que dizer. Obrigado.

— Sei a melhor forma de me agradecer. Após ingressar na associação, quando passar no exame de sexta-feira...

— E se não passar no exame da associação? — perguntou Jonathan.

— Não tenho dúvida de que passará. E, assim que o fizer, precisarei que faça o melhor para ajudar o antigo cliente do sr. Renfield. Como sabe, ele é um príncipe da Europa Oriental e tem de concluir a aquisição de uma propriedade aqui em Londres. Não podemos perder um homem como ele.

— Falou em um príncipe, sr. Hawkins? — disse Seward, virando-se em seguida para Jonathan. — Acredito que é o caso de dar-lhe os parabéns, sr. Harker.

Aquilo era mais do que Jonathan sonhava. Não podia esperar para contar a sua noiva, Mina. Ela estava trabalhando do outro lado da rua, no escritório do *Daily Telegraph*. Assim que tivesse um intervalo ele correria até lá e a levaria para um jantar de comemoração. Era uma grande ocasião. Conhecer aquele príncipe poderia mudar suas vidas para sempre.

— Eis a papelada que você terá de levar. Hawkins deu a Jonathan uma pasta de couro. — O restante já foi enviado ao príncipe.

Com isso, Hawkins deu um tapinha no ombro de Jonathan e retornou a sua escrivaninha para pegar um charuto.

— Ouso dizer, sr. Harker — disse Seward quando cruzavam a porta para a Fleet Street, um minuto depois —, que ficaria honrado caso jantasse comigo em minha casa esta noite. Seria de grande ajuda se pudesse falar como o sr. Renfield era antes de seu colapso. E, como esta é uma ocasião tão grandiosa para o senhor, abrirei o melhor champanhe de minha adega para celebrar.

— Minha noiva poderia se juntar a nós?

— Eu ficaria encantado de conhecê-la, e espero que nós três nos tornemos amigos rapidamente.

Após Seward e Jonathan terem apertado as mãos e se separado, Jonathan abriu a pasta que o sr. Hawkins lhe dera de forma tão curiosa e leu o nome de seu cliente nobre:

— Drácula.

Jonathan ficou chocado com o som da própria voz no escritório vazio. Não pronunciava aquele nome havia vinte e cinco anos. Deixava um gosto vil em sua boca. A lembrança de Drácula sempre estivera presente, cravando uma cunha entre Jonathan e sua família. Os olhos injetados de Jonathan se concentraram em uma fotografia emoldurada em sua mesa, de Mina e Quincey muito criança.

Quincey. Jonathan não queria dar esse nome ao filho, mas Mina insistira em sinal de respeito por seu amigo morto. Jonathan só queria satisfazer a esposa, e concordara sem discutir. Não que Jonathan fosse tão frio que não quisesse que o sr. Morris tivesse um homônimo. O que queria era seu filho livre de todo o terrível passado que ele se esforçara tanto para esquecer.

Após o nascimento de Quincey, Jonathan achou que sua vida estava completa, e durante algum tempo fora capaz de apagar os horrores pelos quais havia passado. Quincey era o maior presente de sua vida. Ele queria o melhor para Quincey, e isso o levara a trabalhar ainda mais. O que acontecera com aquele garotinho que um dia adorara tanto? O garotinho que esperava em silêncio nos arbustos junto à porta da frente de casa enquanto Jonathan seguia pelo passeio? Quincey saltava e agarrava Jonathan, cobrindo-o de abraços.

Com o passar do tempo, Jonathan envelhecendo e Quincey começando a crescer, ficara dolorosamente claro que Mina parecia não ter envelhecido um único dia no quarto de século anterior. Jonathan decerto era invejado pela maioria dos homens, que desejava que suas esposas permanecessem jovens e bonitas para sempre. Mas o preço era alto demais para Jonathan. Embora a aparência de Mina não houvesse mudado, algo acontecera dentro dela. Ela se tornara insaciável na cama. Mais uma vez, nada de que a maioria dos homens se queixasse, mas Jonathan se viu fisicamente incapaz de acompanhar seu ritmo. A tal ponto que Mina começou a lembrá-lo das três vampiras no castelo de Drácula. Jonathan se envergonhava por elas terem sido sua primeira experiência sexual, não sua amada esposa. Quando ele e Mina se casaram pouco depois de sua fuga das garras de Drácula, a culpa esmagadora tornou difícil para ele consumar o casamento. Depois houve aquela noite terrível, quando seu filho tinha por volta de 13 anos de idade. Enquanto tentava fazer amor com sua esposa, Jonathan descobrira, por uma indiscrição de Mina, que havia sido Drácula quem tirara a virgindade dela. Drácula, com séculos de experiência, a apresentara à paixão. Ele deixara nela uma impressão tal que Jonathan, não importa quanto tentasse, não poderia se comparar. Ele também ouvira muitas vezes nas tabernas, e acreditava ser verdade: "O homem com quem a mulher tem sua primeira experiência sexual sempre estará em seu coração." Ao longo dos anos, a amargura e a culpa de Jonathan se intensificaram, assim como o desejo de Mina, e seu rosto continuava tão belo como sempre. A garrafa se tornou o único consolo.

Jonathan enxugou uma lágrima olhando para a fotografia. A seu modo, tentara proteger o filho. Procurara manter Quincey seguro. Entretanto, quanto mais Jonathan tentava contê-lo, mais ele escapava. Era uma amarga ironia que Jonathan tivesse odiado seu pai por sua rígida criação puritana, pois nos anos anteriores Jonathan reconhecera em Quincey o mesmo olhar de ódio por ele. Jonathan sabia que era um fracasso. Em seu negócio. Com sua esposa. Com seu filho. Com seus amigos.

Olhou pela janela para o prédio de cinco andares com as palavras *Daily Telegraph* gravadas na pedra. Como suas vidas teriam sido diferentes caso ele tivesse tido a sorte de fracassar no exame para a associação. Desse modo, nunca teria ido para a Transilvânia.

Mina abandonara a carreira das letras quando Jonathan herdara o escritório de advocacia de Peter Hawkins. Usando o que aprendera com Lucy sobre a alta sociedade, Mina se fundira facilmente a esse estilo de vida. Ela era anfitriã em festas, vestia e orientava Jonathan, e se transformou não apenas em sua porta-voz, mas também em uma esposa dedicada que trabalhava incansavelmente para que ele subisse de posição. As últimas palavras de Mina para ele, três dias antes, voltaram-lhe à mente: "Desculpe-me, Jonathan. Eu te amo. Sempre amei. Quantas vezes mais precisarei dizer isso?"

Mina sacrificara os próprios sonhos e objetivos por ele. Sem Mina, Jonathan não teria a educação ou a sofisticação para ascender de seu berço de classe média. Essa não era a própria definição de amor verdadeiro, sacrificar-se pelo outro? Mina escolhera viver seus sonhos através de Jonathan. Tornara-se a própria esposa vitoriana, algo que ela odiava, para que ele pudesse vencer. Ademais, e daí se no momento da verdade Mina tivesse escolhido aquele demônio e não ele? Se não fosse por Mina, eles nunca teriam conseguido encontrar e destruir Drácula de uma vez por todas.

Jonathan arremessou a garrafa de uísque contra a parede de mogno.

— Droga! Como sou idiota!

Conferiu o relógio; se corresse ainda poderia pegar o trem das 10h31 de volta para Exeter, de volta para Mina, caso ela o aceitasse. Ele não a culparia caso não o fizesse, mas tinha de tentar consertar as coisas. Talvez pudessem ir juntos a Paris ver Quincey. Tinha de ver o filho. Com a concordância de Mina, Jonathan finalmente contaria a Quincey todos os segredos da família. Desnudariam juntos toda a verdade, de modo que, caso ainda fosse possível o perdão, eles pudessem seguir em frente. Devia essa nova compreensão a seu velho e querido amigo Jack. A morte dele não seria em vão.

Jonathan trancou a porta da frente do escritório e seguiu pela Fleet Street na direção da Strand para pegar um táxi que o levasse rumo oeste para a estação Charing Cross. Precisava estar fora da rua para não cair em tentação. *Maldição!* Não havia um único táxi à vista. Não haviam se passado vinte minutos desde que esmagara sua garrafa de uísque, e Jonathan já estava com sede. Pensou na garrafa pela metade que guardava na gaveta da escrivaninha para "emergências". Como ele se tornara um fraco. Ele precisava tomar um táxi rapidamente.

Jonathan notou uma bela carruagem negra com detalhes dourados sem cocheiro abandonada, o que era uma visão estranha àquela hora da noite.

Dois jovens amantes saíram cambaleando da taberna, beijando-se, apaixonadamente. Jonathan não pôde deixar de notar como a garota desfalecia a cada toque do homem. Sua sede aumentou. Perdera a conta de quantas vezes vira-se naquela mesma situação. Ao longo dos anos ele muitas vezes chegara à conclusão de que ainda amava Mina acima de tudo e queria ficar com ela; iria desculpar-se por todos os seus erros e perdoar todos os dela. Então a realidade tomava conta dele. Mais cedo ou mais tarde eles se veriam a sós na cama e todas as deficiências de Jonathan mais uma vez aflorariam. Ele não sabia se isso era a lógica de seu vício ou um raciocínio sóbrio. Sua incapacidade de satisfazer Mina, seu ciúme pelo envolvimento dela com Drácula e seu terror da eterna juventude de sua mulher sempre o deixavam deprimido. E o mandavam de volta à bebida, que estava sempre a sua espera, paciente e clemente.

— Gostaria de um pouco de calor nessa noite fria, senhor? — perguntou uma suave voz feminina atrás de Jonathan.

Ele se virou e viu emergir da névoa uma bela loura voluptuosa vestindo uma leve túnica branca virginal. Em sua mão estendida, a tentação de um frasco de cobre na forma de maçã.

Aquilo não era justo. Jonathan quase voltara para Mina. Estava tão perto... A mulher lambeu os lábios vermelhos e virou o frasco, tomando um gole. O líquido naqueles lábios era mais do que sua força de vontade podia superar. Ele sabia como era fraco. Não merecia Mina.

Jonathan avançou com a mão esticada.

— Não me incomodaria.

Foi apenas a cortesia que o impediu de tomar até a última gota em um só gole.

— Podemos? — disse a mulher, apontando para o labirinto de becos que seguiam na direção do Victoria Embankment.

— Como se eu tivesse escolha. — Jonathan ofereceu-lhe o braço.

A mulher riu ao segurar na manga de Jonathan. Eles foram para a privacidade de um beco e se viram engolidos por uma cortina de névoa.

Jonathan e a mulher se beijaram violentamente. Ele a apertou contra a imunda parede de tijolos do beco.

— Seu nome é Mina — sussurrou Jonathan, lançando a língua entre os lábios vermelhos.

— Chame-me do que quiser, chefe.

Jonathan rasgou o corpete dela e a beijou no pescoço, acariciando seus seios fartos.

— Diga seu nome.

— Meu nome é Mina.

Jonathan ergueu-lhe o vestido, enfiando uma das mãos entre suas coxas enquanto soltava os suspensórios das calças.

— Diga como eu a satisfaço, Mina.

— Eu vou mostrar — gemeu a Mulher de Branco loura.

Ela virou Jonathan violentamente e o jogou de costas nos tijolos. Deslizou até ficar de joelhos, o rosto abaixo da cintura dele. Jonathan sorriu de antecipação enquanto ela abria a boca para aceitá-lo. Ele podia sentir seu hálito frio em sua pele que se erguia.

Para seu horror, os olhos dela se transformaram em sólidas órbitas negras. O rosto se tornou selvagem enquanto os incisivos se alongavam, virando presas. A boca se abriu de forma extraordinária, como se a mandíbula houvesse se soltado. Com um hediondo grunhido inumano, a mulher lançou para a frente sua bocarra com presas, prestes a arrancar a masculinidade de

Jonathan. Ele gritou. Com toda a força que conseguiu reunir, empurrou a Mulher de Branco para o chão, levantou as calças e tentou correr.

Sibilando, a Mulher de Branco se levantou de um salto. Pulou como um gato, agarrou Jonathan e o atirou sobre caixas de madeira empilhadas no beco. A força do impacto espatifou a madeira. Jonathan ficou imóvel, seu corpo dolorido. Por que não escutara seu coração e fora para casa, como planejado?

Com um rugido animal, a vampira o ergueu dos entulhos. Jonathan tentou lutar, mas ela era forte demais. Ele não conseguia escapar de seu punho de ferro. A Mulher de Branco curvou a cabeça de Jonathan para trás, expondo seu pescoço às presas. Ele gritou:

— Por favor, Deus, não!

Com o canto do olho ele viu uma sombra se movendo rapidamente na sua direção. Sem aviso, a sombra envolveu a Mulher de Branco, enrolou-se ao redor dela, arrancou a mulher e a arremessou no ar, esmagando-a contra a parede. Jonathan ficou paralisado de medo ao ver a sombra escura se erguendo de forma tenebrosa sobre a mulher.

A mulher gritou, aterrorizada:

— Senhora!

Jonathan acompanhou seu olhar. Era como se ela estivesse chamando uma névoa carmim sobrenatural que deslizava na direção deles, aproximando-se. De repente algo frio e úmido acertou Jonathan no rosto. Jonathan se virou para onde a Mulher de Branco estivera de joelhos. Da sombra, órgãos internos caíram no chão em uma pilha, membros arrancados sendo arremessados. A umidade que acertara seu rosto era o sangue da mulher.

Uma voz masculina gritou ao vento:

— Corra, seu idiota! Corra!

Jonathan obedeceu. Disparou na direção da Fleet Street. Olhou para trás uma vez para ver se a sombra o perseguia. Ele não podia explicar o que viu. A sombra de alguma forma impedira o avanço da névoa carmim, que se contorcia como uma cobra, atacando a sombra, atravessando-a. A sombra se dividiu e se dissipou. Parecia que ela havia sido sua protetora, e a neblina carmim, que acelerava em sua direção, sua inimiga. O que quer que fosse a sombra, não era páreo para a neblina carmim. Jonathan voltou seu olhar para o final do beco onde estava a Fleet Street. Pessoas caminhavam. A liberdade estava a poucos metros.

Jonathan ouviu um cavalo. A carruagem negra sem cocheiro saiu da névoa, quase atropelando-o, e bloqueou sua passagem. A neblina carmim estava no seu encalço. Não conseguiria chegar à segurança da Fleet Street por ali. Só restava um caminho. Jonathan virou à esquerda e disparou por outro beco, gritando por socorro. Estava fora de forma, o corpo arruinado pela bebida. Tropeçou no calçamento, ofegante. A sinistra neblina carmim o cercou.

— Quem é você? O que quer? Meu Deus!

A neblina carmim o atacou. A última coisa que Jonathan ouviu foi o próprio grito. Seu último pensamento foi Mina.

A duzentos e noventa quilômetros dali, em Exeter, Mina Harker acordou gritando.

Capítulo XVII

O inspetor Cotford trabalhou em sua papelada no Red Lion. Seu lugar preferido ficava no canto mais escuro da taberna. Ninguém se sentava ali, já que era o mais distante da agitação do bar. Cotford achava que se o pub fosse mais sofisticado aquele assento escondido seria o lugar perfeito para jovens amantes sussurrarem coisas doces um para o outro na privacidade. Mas aquele era um bar de homens. Um bar de bebedores. Um bar de policiais. Não era o tipo de estabelecimento frequentado por jovens damas. As únicas relações existentes ali envolviam uísques fortes, tapas nas costas e piadas grosseiras. Cotford gostava do ambiente soturno de paredes revestidas de madeira escura. As sombras compridas que envolviam seu recanto criavam uma barreira entre ele e o restante dos frequentadores. Queria privacidade, estar sozinho com a única coisa que sobrara em sua vida: seu trabalho.

Como o pub era o mais perto da Câmara dos Comuns, da New Scotland Yard e da residência do primeiro-ministro, no número 10 da Downing Street, o Red Lion era infestado de políticos, policiais e funcionários públicos. Todos os homens de sorte que tinham família já estavam em casa àquela hora da noite. Apenas os solitários que não tinham vida permaneciam, bebendo sua solidão. Cotford se encaixava neste caso.

Ele pediu à garçonete outra cerveja enquanto comparava as anotações a mão com as transcrições datilografadas que seriam enviadas ao diretor da Promotoria Pública. Os olhos de Cotford estavam embaçados pelos relatórios de uma nova gangue de roubo de bicicletas. Cotford imaginava que havia alguma nobreza em encontrar justiça para os trabalhadores pobres que haviam perdido seu único meio de transporte, mas ainda assim achava degradante. Realizar aquele trabalho sem saída ano após ano não o estava ajudando a fazer diferença.

A garçonete substituiu o copo vazio de Cotford por uma caneca de *stout*. Cotford ia àquela taberna havia trinta anos e conhecia bem a garçonete. Infelizmente, em todos aqueles anos, não estabelecera uma relação com ela. Nunca trocaram uma palavra.

Cotford tinha consciência de sua infame celebridade. Perguntava-se se a garçonete o ignorara todos aqueles anos para mostrar sua insatisfação por não ter levado o Estripador à Justiça. Mas talvez não passasse da falta de exuberância de Cotford. Com essa ideia desagradável girando em sua cabeça, olhou para os rostos duros dos outros *habitués* de cenho franzido nos retratos pintados na parede. Os melhores e mais brilhantes da Scotland Yard. O crime era uma guerra constante e impossível de vencer, mas quanto mais crimes eram resolvidos, mais o policial sentia que sua vida valia a pena. Aqueles grandes homens na parede haviam feito muito para a balança pender a favor da Justiça. Lá estava o inspetor-chefe aposentado Donald Swanson. O superintendente Thomas Arnold, que renunciara para lutar na Guerra da Crimeia e retornara com o final do conflito. O de maior destaque era o antigo mentor de Cotford, inspetor-chefe Frederick Abberline. Cotford riu olhando para o retrato de seu velho amigo. *Cacete, ele sempre pareceu mais um gerente de banco do que um policial.* Cotford brindou aos homens distintos.

Quando era um jovem policial idealista fazendo um trabalho que adorava, Cotford sempre se perguntou por que um homem tão respeitado quanto Abberline levava nos ombros o peso do mundo. Apenas naquele momento, em idade avançada, ele enfim entendia. Abberline sentia que era seu dever fazer justiça às vítimas de crimes violentos. Não havia dever mais nobre. Depois da debacle do caso do Estripador, a revolta popular contra a incapacidade deles de capturar o assassino foi tão grande que Abberline se viu obrigado a se aposentar, vinte e cinco anos antes. Mas Abberline havia resolvido tantos crimes em sua longa e gloriosa carreira que seu fracasso em fazer justiça às cinco prostitutas assassinadas não abalou sua reputação entre seus pares.

Não era o caso de Cotford. Após a aposentadoria compulsória de Abberline, ele foi transferido para o posto que no momento ocupava, efetivamente encerrando sua carreira como investigador de assassinatos e qualquer esperança de promoção. Ele se perguntava se esperavam que ele fizesse a coisa honrada e se demitisse. Mas ele era teimoso demais para isso. Cotford arrastava atrás de si aquelas cinco putas mortas. Até ele redimir de alguma forma seu fracasso não conseguiria sair de consciência limpa. Rezava para que as revelações no diário do dr. Seward finalmente eliminassem sua culpa.

A porta do pub foi aberta com estrépito. Todos os injetados olhos bêbados se viraram para o policial que entrava correndo. O rosto ansioso do jovem estava corado e suado. Ele parou no centro da sala e chamou:

— Há um inspetor Cotford aqui?

O silêncio foi quebrado por clientes sussurrando.

— Sou quem você procura — resmungou Cotford, das sombras.

Com uma saudação, o policial ofegante deu a ele um bilhete dobrado.

— Inspetor Cotford? O sargento Lee ordenou que isso fosse levado ao senhor imediatamente! Imagino que diga respeito a um caso importante.

Cotford gostou do camarada, que o fez lembrar seu idealismo quando jovem. Desdobrou o bilhete e o leu. E releu, a cabeça girando. Cotford já disparara na direção da porta quando o jovem policial lhe disse:

— Inspetor Cotford? Estou de folga, posso ajudar, caso precise.

Cotford pensou na oferta do rapaz. *Por que não estimular esse belo jovem recruta?* Assim, disse:

— Minhas anotações estão naquela mesa. Faça com que sejam entregues neste minuto à Promotoria da Coroa. Não me decepcione, jovem. Processar criminosos cruéis dependerá de sua rapidez.

— Sim, senhor! Pode confiar em mim, senhor!

Tendo feito sua boa ação do dia, Cotford foi na direção do que esperava ser um destino negro, o primeiro passo em uma nova trilha que levaria a um confronto com o mal que ele procurava havia vinte e cinco anos.

⚜

O sargento Lee ficou cego com um clarão de luz brilhante. Pontos azuis dançaram diante de seus olhos. A visão retornou aos poucos, a vista se ajustando à cena de crime macabra. O fotógrafo da polícia colocou mais pó de *flash* e tirou outro retrato. Dessa vez Lee se virou. Tinha saudade do tempo em que as cenas de crime eram desenhadas em vez de fotografadas.

Desde que entrara para a Scotland Yard, Lee imaginava como teria sido trabalhar no caso do Estripador. Na verdade, fora seu fascínio pelos assassinatos horripilantes que o levara a procurar e fazer amizade com Cotford ao entrar para a força. O velho inspetor era o único homem que trabalhara no caso e que continuava na ativa. Ele não passava de um garotinho quando os assassinatos ocorreram, mas se lembrava bem. De fato, o famoso caso de assassinato foi também a razão pela qual deixou o serviço militar após a segunda guerra dos bôeres, em 1902, para ingressar na Polícia Metropolitana. Dez anos depois, o sargento Lee estava em um beco olhando para o cadáver mutilado de uma jovem. Vira muitos corpos ensanguentados e destroçados durante a guerra, mas todos eram de homens. Para ele, a visão de uma mulher dilacerada era muito pior. Uma perna arrancada jogada aqui, um braço atirado ali, a cabeça cortada e o coração arrancado, deixando-a em uma poça de sangue sobre os paralelepípedos. O tronco havia sido eviscerado, e os órgãos e intestinos deixados expostos a céu aberto.

Os frios olhos cinzentos de Lee buscaram o inspetor Huntley, o homem responsável pelo caso. Com as mãos cruzadas às costas, Huntley acompanhava o trabalho dos dois policiais que coletavam e catalogavam provas.

Uma tosse seca ecoou nas paredes de tijolos do beco. Lee, Huntley e os policiais se viraram na direção da entrada do beco em Temple Bar. Um bêbado corpulento saiu da neblina. Huntley apontou a lanterna para a figura curvada. O sargento Lee reconheceu Cotford assim que o viu. Esperara que Cotford tivesse a discrição de não aparecer abertamente em uma cena de crime. Ele mandara Price à taberna Red Lion para chamar Cotford sem ter sido autorizado. Se Cotford se fizesse de tolo na frente do inspetor Huntley, também estaria fazendo Lee de tolo. Huntley nunca perdia uma oportunidade de exercer sua autoridade, e decerto daria uma reprimenda em Lee. Com seu mentor cambaleando para a frente, Lee rezou para que não houvesse cometido um erro terrível.

Huntley não fez nenhum esforço para afastar o facho de luz do rosto de Cotford, que estava suado e com o nariz vermelho. Cotford olhou diretamente para a luz como se desafiando Huntley.

— Inspetor Cotford? — perguntou Huntley. — Acho que o senhor está perdido. Os pubs ficam mais à frente na Fleet Street.

Os policiais riram. Conhecendo seu mentor, Lee ficou pensando em se logo teria de impedir uma briga. Por sorte, Cotford apenas passou pelo inspetor Huntley e se arrastou na direção do corpo da vítima. Huntley e seus colegas trocaram olhares. Será que Cotford estava planejando seriamente *investigar* o crime? Seus risos se transformaram em gargalhadas. Cotford parecia ignorar, mas Lee estava constrangido por ele.

— Chegou bem na hora, inspetor Cotford — disse Huntley. — Estou prestes a fazer um resumo do caso até agora. Caso queira ficar, será bem-vindo. Talvez aprenda alguma coisa.

Lee quis socar o rosto arrogante de Huntley, mas Cotford não se perturbou, concentrado nos restos ensanguentados enquanto circulava pela cena do crime.

Huntley disse:

— É possível dizer, pelas contas costuradas a mão no vestido de nossa vítima, que ela não era uma puta de Whitechapel. Ou foi arrastada para o beco pelo agressor ou se encontrou com ele aqui por vontade própria. Como havia pessoas na rua perto de Temple Bar, se ela tivesse sido agarrada, passantes na certa teriam ouvido seus gritos. Portanto, devemos supor que ela estava aqui para encontrar seu amante. Algo deu errado. Talvez ela o tenha rejeitado. Eles discutiram. Seu amante tentou tomar o que não era oferecido. Os dois lutaram, caindo sobre aquelas caixas no fundo do beco. Ela deve ter tentado escapar. Seu amante sacou a faca.

Lee não podia deixar de se impressionar com a vívida interpretação das provas da cena do crime.

Huntley ficou surpreso ao ver que Cotford ainda o ignorava. Cotford ergueu a cabeça decepada da Mulher de Branco. O rosto estava paralisado de terror, mas ele não se abalou, virando-a de cabeça para baixo, enfiando o dedo na carne exposta, ensanguentada, tocando as bordas da pele rasgada. Cotford girou a cabeça no ar, apanhou-a e olhou nos olhos abertos do cadáver.

Lee já não temia uma reprimenda. Temia perder o emprego.

Huntley observou espantado Cotford recolocar a cabeça cortada sobre os paralelepípedos e cambalear na direção das caixas esmagadas. Incrédulo, continuou com seu resumo em voz alta:

— Nosso agressor, em uma fúria apaixonada, se lançou sobre nossa vítima infeliz. Ele a assassinou e mutilou brutalmente. Estou convencido, com base na boa qualidade do vestido de sua amante, que nosso suspeito era um cavalheiro. O massacre gratuito foi praticado para nos desviar dele, esperando que um inspetor parvo atribuísse o crime sangrento a um homem das ruas. A região de Temple Bar é conhecida por homens de alto nível, advogados e banqueiros. É entre esses cavalheiros que temos de caçar nosso assassino.

Houve um barulho no fundo do beco. Mais uma vez todos os olhos se voltaram para Cotford. Ele parecia ter caído nas caixas. Lee se deu conta, assustado, de que a situação era ainda pior do que temera. Cotford se levantou das caixas intactas, recuou alguns passos e correu para a frente, lançando todo seu peso no ar. E novamente caiu sobre caixas intactas. Enquanto se esforçava para levantar, Cotford finalmente percebeu que todos os olhos estavam voltados para ele.

— Peço seu perdão, inspetor. Não se preocupem comigo.

Um dos policiais sugeriu:

— Inspetor Huntley, está se esquecendo da pegada de sangue que encontramos em uma caixa esmagada.

— Claro que não! Nosso agressor, após concluir seu ato horrendo, se viu coberto de sangue. Ele recuou cambaleando enquanto recuperava o juízo. Dando-se conta do que havia feito, correu na direção de Temple Bar. Sabemos disso porque enquanto corria ele pisou naquele pedaço de madeira, e a pegada aponta para a saída de Temple Bar.

— Muito bom, velho — disse Cotford.

Huntley se virou para aceitar de bom grado o elogio, mas ficou sem palavras ao ver Cotford de joelhos girando um pedaço de madeira sobre as pedras como se fosse uma criança rodando um pião.

Lee sentiu a necessidade de resgatar Cotford.

— Inspetor Huntley! O legista da polícia chegou.

Huntley abriu um sorriso.

— Ah, o serrador de ossos está aqui, camaradas. Nosso trabalho está feito. A primeira rodada no Red Lion é por minha conta.

Huntley liderou seu pequeno grupo pelo beco, rindo. O legista avançou, tentando não colocar o jantar para fora ao ver os restos da vítima.

Sendo um militar de terceira geração, Lee havia sido criado pelo pai para respeitar rigidamente o protocolo e a hierarquia. Ele desobedecera a esses instintos chamando Cotford, e teria de lidar com o homem que se tornara um constrangimento ébrio. Respirou fundo e se virou. Cotford desaparecera de vista. *Para onde, inferno, ele devia ter ido?!*

Lee adentrou ainda mais no beco, na direção da saída da Fleet Street. Encontrou Cotford, de quatro, em cima de um monte escuro e úmido sobre os paralelepípedos. Cotford pegou uma amostra do monte, levou-a ao nariz e cheirou. Lee se deu conta de que Cotford segurava estrume.

Com grande compaixão, Lee se ajoelhou ao lado do amigo, colocando a mão nas costas dele.

— Inspetor, que tal se o levasse para casa?

Cotford largou o estrume, limpou as mãos na calça e fitou Lee. Ele estava completamente sóbrio. Tinha os olhos de um detetive.

Cotford falou, erguendo-se:

— Huntley pode ser um cretino pretensioso, mas é um senhor detetive. Só precisa de um pouco de experiência. Estas caixas são de carvalho reforçado. Foram feitas para levar carga pesada. Como você talvez tenha notado, eu tenho o corpo de um cachalote. Corri a toda velocidade, jogando meu peso contra as caixas. Apesar de todo meu esforço, elas não se partiram.

— O que está insinuando, inspetor?

— O homem e a mulher realmente estavam aqui para um encontro romântico, como Huntley presumiu. Mas acredito que eles tenham sido atacados por uma terceira pessoa.

— O que o leva a pensar isso?

— Olhe daqui. Está vendo aquelas marcas de palmas de mão ensanguentadas no chão? São das mãos de um homem.

Lee observou as marcas nas pedras. Huntley não havia percebido.

— Repare nos polegares — disse Cotford. — Quem quer que fosse caiu instintivamente para trás, e, tentando impedir a queda, levou os polegares para trás. Essa pessoa estava em fuga.

— Fuga do quê?

— Veja o estrume. Havia cavalos aqui, provavelmente puxando uma carruagem. Eles bloquearam este caminho. Ele estava correndo de alguém, em direção à segurança da Fleet Street, e já se achava coberto de sangue.

Lee lamentou ter duvidado de Cotford.

— Ele estava fugindo da terceira pessoa que você mencionou.

— Exatamente! Devia ser um homem muito forte, pois jogou nossa segunda vítima desconhecida com grande violência contra aquelas caixas. Não foram ferimentos de faca que separaram a cabeça daquela mulher do corpo. A carne irregular no pescoço indica apenas uma coisa. Sua cabeça foi arrancada do tronco por duas mãos muito poderosas.

Lee ficou chocado.

— Vamos lá, inspetor. Você afirmou há um instante que as caixas não podiam ser esmagadas pela força de um corpo humano sobre elas. E quanto a arrancar uma cabeça, qual homem seria capaz disso?

— As provas não mentem. O que não podemos explicar com facilidade, não podemos descartar. Pela minha experiência, sargento Lee, um louco furioso pode ter a força de dez homens. Eu um dia cacei um lunático assim.

Cotford se virou e caminhou por outro beco na direção do Embankment. Lee o seguiu. Cotford parou e pegou um pequeno objeto brilhante, que jogou na direção de Lee. Era um botão de bronze, com um monograma gravado: W&S.

— Wallingham & Sons — disse Lee.

— Sim, um dos melhores alfaiates de Londres.

Havia sangue fresco no botão.

— Nossa segunda vítima era um homem de recursos — afirmou Cotford.

Lee olhou para o botão.

— Como sabia que deveria procurar nesta parte do beco?

— Você me viu antes girando a madeira no chão. Um homem correndo que pisasse naquela madeira faria com que ela girasse como um pião nos paralelepípedos irregulares. A pegada ensanguentada levou Huntley a supor que seu suspeito seguiu na direção de Temple Bar. Huntley foi enganado. A pegada aponta na direção oposta, e pertence a nossa segunda vítima. Ele não estava fugindo de seu crime, mas da segunda pessoa no beco, e a caçada terminou aqui.

Cotford se ajoelhou novamente, colocou o dedo em uma das muitas gotas de sangue nas pedras e o mostrou a Lee.

— Preciso que me faça outro favor, sargento: diga-me exatamente o que estiver escrito no relatório do legista.

Lee hesitou; era outra violação das regras. Mas sabia que o velho cão de caça encontrara a trilha certa.

— Tudo de que precisar, senhor.

Cotford anuiu e retornou à neblina.

Lee disse:

— Não há muito sangue aqui, inspetor. Podemos ter uma testemunha viva.

— É bastante improvável. Não há outras pegadas ensanguentadas depois deste ponto. Nossa segunda vítima não saiu andando deste beco. — Cotford baixou a cabeça. — Temo, sargento, que quando amanhecer você estará chamando o inspetor Huntley para uma nova cena de crime. Que Deus nos ajude.

Capítulo XVIII

Kate Reed odiava as manhãs em Londres. As ruas eram um tumulto de pedestres correndo para o trabalho. A ideia de ficar espremida como uma sardinha em lata no trem subterrâneo era repulsiva. Ela ficava incomodada com a ideia de todos aqueles estranhos apertados contra seu corpo.

Kate despertou antes do marido e acordou os filhos quando o céu ainda estava escuro. Ela estava desesperada para concluir suas obrigações e voltar para casa antes que começasse a sufocante hora do *rush*.

Arrastando um carrinho de criança e puxando o filho Matthew, ela subiu os degraus da estação do metrô de Piccadilly. Havia algumas pessoas, mas nenhuma se ofereceu para ajudar com o carrinho pesado. *Não havia mais cavalheirismo*. A chegada a Piccadilly Circus a deprimiu; havia anos a região perdera a graça. Dois anos antes, uma cervejaria instalara um grande anúncio, iluminado por dezenas de lâmpadas incandescentes. O anúncio agredia a bela arquitetura dos prédios ao redor. Tendo crianças pequenas e impressionáveis, Kate se tornara uma espécie de ativista, um dos milhares que faziam campanha para que fosse retirado. Muitos argumentavam que um único anúncio era inofensivo, mas Kate sabia que se uma empresa pudesse espalhar suas atividades ali, outras fariam o mesmo. Aquele anúncio iluminava a rua à noite, atraindo uma multidão depravada. Originalmente Piccadilly fora projetado para lembrar um elegante bulevar parisiense, mas em pouco tempo ficou intimamente associado ao bairro dos teatros. *O lado vulgar da cidade*. O anúncio de cerveja era apenas mais uma prova dessa decadência.

Kate não teria ido lá de forma alguma, mas as solas dos sapatos do marido precisavam ser consertadas, e John Tack, que ficava em Piccadilly, era o melhor sapateiro de Londres depois de Lobb, em St. James, mas Kate não podia arcar com este.

Assim que Kate e os filhos conseguiram subir a montanha de degraus da estação do metrô, ela conduziu o carrinho e o filho pelo caminho mais longo do contorno para evitar o cartaz luminoso. Não queria que seu filho fosse enfeitiçado pelas maravilhas impuras do anúncio reluzente. Infelizmente o caminho alternativo mais longo também era corrompido, pois os levava ao monumento Shaftesbury, decorado com uma estátua alada nua: ainda mais impróprio.

A estátua era sensual demais para homenagear um conde sóbrio, filantropo e respeitável como lorde Shaftesbury. Os pais e mães da cidade tentaram reduzir as objeções à estátua batizando-a de *Anjo da Caridade Cristã*. Muitos bons cristãos, incluindo Kate, não se deixaram enganar. Os boatos permaneciam sobre o verdadeiro nome da estátua: *Eros*, o deus grego do amor. Um falso deus erguido em memória de uma boa alma cristã. Kate desviou os olhos.

Matthew foi atraído para o espaço aberto de Piccadilly Circus. Ele se soltou da mão da mãe e arremessou o modelo de avião que o pai fizera com varas de abeto e papel. Uma brisa forte o levou para trás. Encantado com os mistérios do voo, Matthew pareceu não se importar.

— Eu sou Henry Salmet! Estou voando sobre o canal! — gritou o menino, correndo para pegar seu modelo.

— Volte aqui, Matthew! — gritou Kate. — Não temos tempo para isso. Depois do sapateiro mamãe ainda tem de chegar a Covent Garden a tempo de pegar os melhores peixes.

Kate foi obrigada a esperar os vários cabriolés passarem para poder atravessar a Regent Street. Desceu o meio-fio e estendeu a mão para o filho.

— Venha, Matthew.

Sua mão só encontrou o ar. Exasperada por ter perdido a oportunidade de atravessar a rua, virou-se para ver aonde o filho havia ido. Ela o viu de pé no meio da praça, olhando para cima.

Matthew, vamos logo!

O garoto não se mexeu. O modelo de avião estava no chão em frente a ele. Será que o menino olhava boquiaberto para a estátua indecente no centro do Circus? Merecia uma pancada nos nós dos dedos com uma colher de pau!

— Matthew! Venha aqui agora. Kate conduziu o carrinho em meio aos pedestres que caminhavam pela rua e foi na direção do garoto. — Você não me ouviu chamando, rapazinho?

Matthew ainda parecia não ter percebido a presença da mãe. Ele tremia dos pés à cabeça. Assustada, Kate se jogou de joelhos e o agarrou pelos ombros.

— Matthew, você está bem?

O garoto levantou um braço trêmulo. Havia nos olhos dele algo que ela nunca vira: terror. Kate virou a cabeça para ver o que o filho apontava: uma árvore próxima. *Espere um momento; não há árvores em Piccadilly Circus.*

A reação de Kate foi um grito tão horripilante que todos os pedestres pararam de repente.

Kate ergueu o filho e cobriu os olhos dele, sem parar de gritar e chorar. Pessoas correram para ajudá-la. Um homem perguntou:

— Senhora, o que há de errado?

Kate apontou para cima e disse, com a voz trêmula:

— O diabo chegou a Londres.

Eles acompanharam seu olhar. Os olhos se arregalaram, os queixos caíram. Começou com um murmúrio e se transformou em uma enorme onda, um grito de horror que se abateu sobre Piccadilly Circus.

Policiais sopraram seus apitos, correndo na direção da multidão que se formara na base da árvore. Mulheres desmaiaram. Homens ficaram paralisados. Automóveis pararam cantando pneus. Carroças de frutas e de leite se chocaram umas com as outras. Pandemônio.

No centro de Piccadilly Circus havia sido colocado um poste de madeira de doze metros de altura que se erguia acima do Anjo da Caridade Cristã. No alto do mastro um homem nu havia sido empalado. A mandíbula dele estava quebrada, com a ponta da estaca se projetando de sua boca. Intestinos e outros órgãos internos, arrastados pela vara que atravessava seu corpo, saíam de seus lábios. Pingava sangue de seus olhos, ouvidos e nariz. O corpo se contorceu, soltando um gemido de gelar o sangue. O pobre homem ainda estava vivo.

De fato, era obra de um diabo.

Capítulo XIX

Quando Quincey se encontrou com Basarab na noite anterior não estava certo de o que esperar. Basarab havia informado a Quincey que não viajaria de volta para a Romênia com a companhia, mas também não fez nenhuma menção de acompanhá-lo a Londres. Quincey entrou em pânico, pensando que o ator estava tentando se livrar dele.

Mas Basarab riu, tirando um contrato do bolso. Ele convidou Quincey a integrar sua companhia de teatro e ser seu representante, supervisionando todos os acordos de Basarab antes de sua chegada a Londres.

Quincey estava extasiado. Nem mesmo o dilúvio que caía sobre Paris conseguia abatê-lo.

Pedestres procuraram abrigo. Quincey, não. Ele caminhou pelo bulevar até a Gare du Nord, deixando a chuva escorrer por seu rosto, sorrindo como se não tivesse nenhuma preocupação no mundo. Tendo sido criado na Inglaterra, Quincey estava bastante acostumado à chuva. Ela fazia tudo parecer cinza em Londres, mas em Paris criava um brilho dourado. A Cidade Luz cintilava duplamente, um espelho do futuro brilhante do próprio Quincey. A animação que sentia naquele momento não era experimentada desde que seu pai o arrastara do teatro contra sua vontade.

Tomou o trem para Calais e se instalou no vagão-restaurante. Sua vida voltara aos trilhos. Enquanto guardava o passaporte e a passagem no bolso interno do paletó para poder pegá-los assim que o condutor chegasse, encontrou o telegrama. Em sua excitação, ele se esquecera daquilo.

Mina não sabia onde encontrar Quincey, de modo que fora obrigada a mandar o telegrama na esperança de encontrá-lo no teatro Odéon, onde na véspera Antoine lhe entregara a correspondência. Quincey o carregava desde então, ainda fechado.

Sabia o que sua mãe diria. Imploraria para que reconsiderasse seus atos e retornasse à Sorbonne, sem dúvida pressionada por seu pai irredutível. Quincey ainda se sentia mal por ter deixado a mãe após uma discussão tão amarga, mas ainda não estava pronto para resolver as coisas. Queria estar devidamente integrado à produção antes de dizer mais alguma coisa aos pais. Eles iriam testemunhar o sucesso que conseguiria na noite de estreia do *Drácula* de Bram Stoker. Quincey esperava que se orgulhassem dele ao vê-lo identificado como coprodutor e coprotagonista, dando-se conta de que não estava jogando fora um grande futuro, mas construindo um. Até então Quincey planejava evitar qualquer confronto desnecessário. Embora fosse doloroso fugir da mãe, sabia que precisava ser forte.

Quincey pediu um chá e se acomodou para a viagem de volta ao litoral da França. Sua excitação em fechar o negócio com Deane no Lyceum o levou de volta a seus livros, e com eles à história do príncipe romeno. Por que Stoker chamara Drácula de conde em vez de usar seu verdadeiro título, príncipe? Curioso. Talvez quisesse separar seu personagem ficcional do legado sangrento do Drácula histórico, esperando conquistar alguma simpatia para seu vilão.

Quando o chá chegou, Quincey colocou de lado os livros e o bloco de anotações, e deu uma olhada no passageiro da frente, que lia a edição vespertina do *Le Temps*.

Quincey quase deixou a xícara cair.

Arrancou o jornal das mãos do homem, que o encarou, mas não protestou. Quincey podia sentir o papel áspero nas mãos, mas não conseguia acreditar na manchete diante de seus olhos: "*Homme empalé*."

Sob a manchete havia um desenho da vítima. Os olhos de Quincey passaram para a xilogravura em seu livro. O príncipe Drácula jantava cercado dos corpos empalados de seus condenados. O coração de Quincey estava mais acelerado do que o motor da locomotiva ao ler a matéria no jornal: "Homem foi encontrado empalado na manhã de ontem em Piccadilly Circus."

As mãos de Quincey tremiam, dificultando a leitura do texto. Ele colocou o jornal na mesa para firmá-lo enquanto relia a matéria. Traduzira corretamente. A respiração de Quincey estava acelerada. Ao chegar à última linha, achou que iria desmaiar. Obrigou-se a ler de novo: "A vítima empalada foi identificada como sendo o sr. Jonathan Harker, destacado advogado de Exeter, cidade a oeste de Londres."

Capítulo XX

O inspetor Cotford pegou o lençol de algodão branco. Ele tinha um sobrenatural brilho iridescente sob a luz de hidrogênio pendurada bem acima. Cotford se virou para Mina Harker e observou como ela respirou fundo para controlar os nervos.

Cotford a observara com atenção quando chegara ao necrotério da Scotland Yard. Ela não se encolhera na porta, como tantas outras viúvas que iam identificar os restos de seus maridos. Pelo modo como caminhava e como olhava diretamente à frente ao entrar na sala, Cotford identificara sua força serena. Tinha uma elegância imperturbável e altiva. Usava um vestido negro do pescoço ao tornozelo, as tranças louras presas em coque do mesmo modo como a mãe de Cotford costumava arrumar os cabelos. Ele também não pôde deixar de perceber que a despeito dos trajes maduros a sra. Harker parecia bastante adorável para uma mulher de sua idade. Seu rosto era impressionantemente bonito, sem rugas. Cotford achou que Jonathan Harker era um idiota por procurar a companhia de uma prostituta em um beco quando havia uma mulher tão impressionante esperando por ele em casa.

O inspetor assumiu sua expressão impenetrável. No beco ele desenvolvera uma teoria que as evidências pareciam sustentar, mas ainda não provar completamente. Depois Lee mostrara o arquivo sobre o assassinato da mulher vestindo branco até então não identificada. As impressões de sangue encontradas no beco correspondiam às de Jonathan Harker, e seu tipo sanguíneo estava nas gotas. Cotford não tinha nenhuma dúvida de que Jonathan Harker era a segunda vítima do beco.

Não havia nada como a sensação cálida de estar certo. Lendo o diário de Seward, Cotford se deu conta de que o que havia ali era de fato uma confissão, pois nele Seward identificava claramente seus cúmplices. Em instantes ficava claro para Cotford por que ele e Abberline não tinham conseguido capturar o esquivo assassino em série. Jack, o Estripador não era um único homem; era um grupo de ocultistas loucos. Como Seward morrera com uma espada na mão, ele deveria ter sido assassinado para ser silenciado. Era lógico que o líder do grupo iria começar a assustar seus cúmplices. Cotford sabia que a morte de Seward daria início a uma série de novos assassinatos. A morte da mulher vestida de branco também não foi uma surpresa para Cotford. Tendo recuperado sua sede de sangue, era inevitável que o líder do grupo matasse mais mulheres. Infelizmente, o assassinato da prostituta no beco era previsível.

O dr. Seward também escrevera em seus diários sobre Mina Harker, mas em tom de quase canonização. Cotford duvidava que ela estivesse diretamente envolvida nos assassinatos, mas tinha certeza de que sabia deles. Esperava que a sra. Harker fosse a chave para redimir seu passado.

Quando Cotford pediu aquele encontro com a sra. Harker e que todas as cadeiras fossem retiradas do necrotério, Lee o fizera sem questionar. Se acreditava que os diários do sr. Seward eram factuais e não os delírios de um louco, então tinha de aceitar que Mina Harker era uma mulher forte. A ponto de ser uma adversária formidável. Sua única chance de levá-la a trair o que sabia sobre o grupo era perturbá-la severamente. Forçá-la a identificar os restos do marido a colocaria imediatamente em desvantagem. Ele esperava que fosse suficiente. No momento em que a vira entrar, Cotford percebeu que teria de ser mais duro do que já fora antes com uma viúva.

Ainda segurando o lençol branco, Cotford disse:

— Devo alertar, senhora, que o corpo de seu marido não está muito apresentável.

— Acredite, inspetor, depois das coisas que testemunhei em minha vida, há muito pouco que possa me abalar — sussurrou Mina.

Cotford arrancou o lençol com um floreio dramático. Sob ele estava o corpo arruinado de Jonathan Harker espalhado em uma gaveta de ferro fundido esmaltada. Assim que a estaca de madeira de doze metros de comprimento e dez centímetros de diâmetro foi retirada depois de Jonathan já morto, o rosto do homem se desmanchara. O corpo vazio e disforme de Jonathan Harker começara a se deteriorar, já que Cotford esperara dois dias antes de entrar em contato com sua viúva. A pele do cadáver ganhara um tom verde-azulado que parecia ainda pior sob a lâmpada de hidrogênio. O fedor se espalhou pelo necrotério no momento em que Cotford recolheu o lençol.

A maioria das mulheres teria desmoronado ou desmaiado apenas à visão do cadáver do marido, quanto mais de um tão mutilado. Cotford notou que Mina olhara para o corpo apenas por um momento. Então, à medida que o choque passava, ela se dava conta do que via e, com os olhos arregalados, ela se virou. Os olhos ficaram úmidos, mas não caíram lágrimas. Mina reuniu forças e aprumou as costas. Era como se desejasse que a mente calculista sobrepujasse seu coração. Cotford ficou impressionado com sua força. *Ela tem a vontade férrea de um homem escondida nas formas delicadas de uma mulher.* O dr. Seward acertara em sua descrição de Mina Harker.

— Meu Deus, Jonathan — murmurou ela.

Mina olhou ao redor da sala como se procurando um lugar para se sentar. Não encontrando nenhum, fitou o chão. Estava desconfortável e queria sair. Sua reação era exatamente a que Cotford esperava. Ele então precisava alimentar o fogo.

O legista grisalho saiu rapidamente de um canto escuro com um copo de água em uma das mãos e um lenço na outra. Mina deu a ele um sorriso de gratidão. Cotford resistiu ao impulso de dar um tapa na orelha do médico. Envidara um grande esforço para tornar a situação o mais desconfortável possível, e aquele cretino estava arruinando sua estratégia. O velho tirou uma garrafa de sais de cheiro do bolso do jaleco. Idiota. Ela não iria desmaiar. Cotford olhou para Lee em desaprovação, e Lee ficou na dúvida sobre o que fazer. Precisava compensar.

— Ele foi enrabado como um *kebab* — observou Cotford.

Atrás deles, três subordinados de Lee deram risada.

O legista da polícia se colocou sob a luz.

— Considero isso absolutamente inadequado e bastante irregular.

Cotford olhou novamente para Lee, que interceptou o médico da polícia, intimidando-o simplesmente com sua altura. Lee disse alto:

— Seu trabalho é obedecer nossas ordens e guardar seus comentários para si mesmo.

Maldito Lee. Mesmo sua voz sussurrada pareceu alta o bastante para que Mina ouvisse.

— Inspetor, sua compaixão aquece minha alma — disse ela.

Lee e os outros policiais sufocaram os risinhos e pigarrearam, constrangidos. *Touché, sra. Harker.* Cotford precisava avançar antes que perdesse sua vantagem.

— Desculpe-me, mas a senhora acabou de dizer que há muito pouco que possa abalá-la.

Mina não respondeu.

Cotford se inclinou sobre a mesa de madeira e bateu com a mão na pilha de diários de Seward encadernados em couro.

— Com base nos escritos do finado dr. Seward, mortes inesperadas não são novidade em sua família.

Os olhos de Mina se arregalaram de surpresa. Por um momento, Cotford pensou que a atingira, porém mais uma vez viu Mina determinada a não trair emoção alguma.

— O que está insinuando? — retrucou Mina, decidida.

— A Ceifadora Implacável tem sido sua companheira constante. O homônimo de seu filho, Quincey Morris. Um americano. Texano, para ser exato...

— ...morreu há vinte e cinco anos quando em viagem de caça pela Romênia — interrompeu Mina.

— Sabe quem poderia ter feito algo assim a seu marido? Ele tinha inimigos?

Uma centelha surgiu nos olhos de Mina.

— Meu marido era advogado. Nessa profissão sempre há associações negativas.

Ah, agora estamos chegando a algo, pensou Cotford.

— Um crime tão violento exigiria um motivo mais passional.

— A que se refere, inspetor?

Ele tinha o palpite de que havia um nome na mente dela. Só precisava arrancá-lo.

— Alguém fez um grande esforço para erguer uma enorme estaca em Piccadilly Circus e empalar seu marido nela. Isso não é algo espontâneo; exige planejamento. Foi o trabalho de alguém que guardava mais do que um rancor passageiro. Vamos lá, sra. Harker, se houve em seu passado uma pessoa capaz de ato tão selvagem, seu nome não seria desconhecido da senhora.

⚜

Não pode ser ele, pensou Mina. Seu coração estava tão acelerado que achou que iria saltar do peito. Não importava se Cotford sabia muito ou pouco, ele já sabia demais. Por um momento Mina sentiu como se fosse desfalecer. Seu príncipe morrera havia muito. Ele só vivia em seus pesadelos. Mesmo se de alguma forma estivesse vivo, ela duvidava que a ferisse dessa forma. Não poderia ser *ele*. Mas se fosse, por que naquele momento? Por que esperar vinte e cinco anos? *Mas quem mais poderia ser tão brutal?*

Os pensamentos rodopiavam em sua cabeça. Suas emoções estavam abaladas antes mesmo de colocar os pés no necrotério. A culpa de sua última conversa com Jonathan, uma discussão acalorada e dolorosa, pesava em seu coração. Nunca haveria uma reconciliação. Nunca teria uma oportunidade de dizer tudo o que sentira. Ela jurou nunca cometer esse erro com Quincey.

A sala estava sem aquecimento, e a luz dura não fazia nada para aquecê-la. Em algum ponto da escuridão, Mina podia ouvir um relógio tiquetaqueando. O tempo não estava do seu lado.

O inspetor tirou algo de uma pasta na mesa. Mina identificou as conhecidas beiradas afiadas de papel fotográfico e se preparou para o pior.

— Conhece essa mulher? — perguntou Cotford.

Mina olhou para a foto. Era de uma cabeça decepada. Para sua surpresa, decididamente não conhecia a mulher.

— Não. Deveria conhecê-la?

— Bem, seu marido certamente a *conhecia*, se entende o que quero dizer. Encontramos evidências que provam que ele estava presente quando ela foi assassinada.

Aquela linha de interrogatório não iria levar o velho idiota a lugar algum. Mina sentiu sua força retornar.

— Por que isso deveria me interessar, inspetor?

— O sangue de seu marido foi encontrado perto da cabeça decepada da mulher. Assim como este botão...

Ele segurava um botão de bronze com as iniciais *W&S*. Cotford caminhou descontraidamente na direção da gaveta. Junto ao corpo de Jonathan havia pedaços rasgados de seu terno cinza, reunidos sem cerimônia em uma pequena pilha.

— Encontramos as roupas do sr. Harker a alguns metros do local do assassinato. Pode ver que este botão se encaixa bem aqui.

Ele devolveu o botão a seu lugar nos restos do paletó de Jonathan, obrigando Mina a olhar novamente para seu cadáver. Cotford sem dúvida tentava manipular a situação. Ela podia sentir seu rosto corar. Não conseguia encarar o que tinham feito com seu marido. O fedor da morte a esmagava. Sentia o gosto de sua última refeição. Sua determinação começava a desaparecer. Precisava sair. Precisava correr.

Cotford continuou:

— O sangue neste botão não pertence a seu marido. É o tipo de sangue da mulher assassinada.

— Está acusando meu marido de matar essa moça?

— É o que quero verificar. Sabe se o sr. Harker estava tendo relações com outras mulheres?

— Meu marido tinha muitas falhas, mas não era capaz de assassinato. Posso ir agora?

Como resposta, Cotford a encarou como se seus olhos injetados estivessem tentando penetrar sua alma. Até então Mina evitara sua linha de interrogatório. Tinha de tomar cuidado.

Cotford ergueu um pequeno cartão de visita sujo de sangue.

— Segundo um relatório de La Sûreté, um cartão foi encontrado no bolso do dr. Seward. O cartão da mesma pessoa foi encontrado na carteira de seu marido.

Arthur Holmwood.

— Há algum sentido em tudo isso, inspetor?

— Lorde Godalming não usa o nome de Arthur Holmwood desde antes de sua viagem de caça à Romênia.

Mina se sentiu muito quente naquela sala muito fria. Era óbvio que Cotford sabia mais do que ela imaginara. Será que Seward realmente descrevera suas experiências horripilantes em seus diários? Se contasse à polícia o que sabia ser verdade ela se veria trancada em um asilo como aquele que Seward possuíra. Mina se deu conta de que não tinha como se defender. Sua única esperança era escapar.

A voz áspera de Cotford interrompeu seus pensamentos:

— A Romênia é um destino bastante estranho para quem quer caçar, acredito. O que vocês caçavam?

— Lobos — respondeu Mina de maneira inflamada, e se deslocou na direção da porta.

Cotford jogou o cartão ensanguentado na gaveta, contornou a mesa e bloqueou sua passagem. Ele era rápido para um homem daquele tamanho.

— Costuma caçar com regularidade, sra. Harker? Ou é apenas observadora de esportes sangrentos?

Mina pelo menos se afastara do corpo de Jonathan, que estava atrás dela e fora de vista. Apenas o cheiro mantinha a imagem horrenda queimando em seu cérebro.

— Inspetor, sinto que há uma pergunta que quer me fazer. Preferiria que simplesmente...

— O sargento Lee telefonou esta manhã para lorde Godalming, que jura nunca ter encontrado o falecido dr. Seward... Ou seu marido, por sinal. Tem alguma ideia de por que ele disse isso?

— Não — disse Mina sinceramente.

— Detesto perguntas sem respostas, sra. Harker, e este caso está infestado delas. Temos aqui dois homens que conheciam um ao outro e encontraram um final trágico com apenas uma semana de diferença. Em meu trabalho não existem coincidências. Os dois tinham uma ligação com lorde Godalming, e ele nega conhecer qualquer um dos dois. Sra. Harker, a senhora é a última ligação viva entre todos eles.

A mente de Mina se encheu de lembranças de suas aventuras. Embora estivesse de pé no centro da sala, ela se sentia em uma armadilha. O tique-taque do relógio parecia mais rápido.

— Por favor, inspetor. Eu preciso encontrar meu filho. Preciso contar a ele que seu pai está morto.

Cotford era como um leão contornando sua presa. Mina começava a fraquejar.

— Uma última coisa — continuou ele: — Acabamos de receber isto de Paris. A senhora por acaso reconheceria esta joia?

Mina pegou das mãos dele uma fotografia de um relógio de bolso de prata sujo de sangue. E não conseguiu esconder de Cotford a emoção ao ler para si mesma a inscrição: "Oceanos de amor, Lucy."

Ela acariciou a fotografia e respondeu com voz trêmula:

— Pertencia a Jack. Foi um presente de uma velha amiga... Lucy Westenra.

— Ex-noiva de lorde Godalming. Sabe onde posso encontrar a srta. Westenra agora?

Mina ergueu a cabeça rapidamente. Ele estava tentando apanhá-la em uma incoerência ou mentira. Aquele era um interrogatório sobre a morte de Lucy ou de Jonathan? Ela sentiu que o inspetor só estava esperando para algemá-la. Uma palavra errada e se veria presa. Não podia permitir que Quincey vagasse sozinho, exposto ao perigo, enquanto ela lidava com questões legais.

Escolhendo cuidadosamente as palavras, Mina afirmou:

— Acredito que já saiba a resposta, inspetor. Lucy morreu há vinte e cinco anos.

— Entre seus amigos parece haver uma alta taxa de mortalidade, sra. Harker.

— Azar não é um crime.

Mina tinha consciência de que o que iria dizer aumentaria as suspeitas contra ela, mas precisava deixar aquele lugar infernal.

— Peço que saia da minha frente, inspetor. Se tiver mais perguntas, poderá fazê-las por intermédio de meu representante legal. Tenho de cuidar dos preparativos para o enterro de meu marido. Um bom dia para o senhor.

— Como quiser, senhora. Nós nos falaremos novamente muito em breve, posso lhe assegurar.

Cotford se colocou de lado. Mina estava cautelosa. Mas no momento seu único objetivo era encontrar Quincey. Assim, correu para a porta. Mais alguns passos e ela estaria livre.

Cotford ainda gritou:

— Mande minhas lembranças a Abraham van Helsing!

Suas palavras atingiram Mina como veneno, paralisando sua espinha. Suas pernas falsearam.

Cotford adorou a visão de Mina caindo sobre uma maca vazia. Ela girou e olhou para ele. Dessa vez não havia em seus olhos o choque por Cotford saber de sua vida particular, mas um medo palpável. Ela jogou a maca de lado e passou pela porta. Enfim traíra-se. Mesmo depois da morte estava traindo seu marido distante. Se não era amor, qual o laço que sustentava aquele casamento? O filho? Cotford duvidava. Sua investigação sobre os Harker revelara que Quincey já saíra de casa. Jonathan e Mina Harker estavam ligados por algo mais profundo. Um segredo sombrio. Algo terrível. *Honra entre ladrões, vilões e conspiradores.* Cotford sabia então que aquilo que lera no diário do dr. Seward sobre Lucy Westenra era verdade. Ela escondia algo. Algo terrível. O mal de Abraham van Helsing. A expressão no rosto de Mina à menção do nome do professor revelara a Cotford tudo o que precisava saber. Ele pediria aos antigos arquivos a certidão de óbito de Lucy. Sem dúvida o documento diria que morrera de causas naturais. Seu instinto de detetive dizia que era uma mentira sem dúvida construída e paga pelo rico Arthur Holmwood.

Lee interrompeu os pensamentos de Cotford:

— E agora?

Cotford tirou um grosso charuto do bolso, um Iwan Ries importado. Cheirou-o, o cheiro de pista fresca.

— Agora, sargento Lee, vamos deixar os abutres se reunirem em torno da carniça.

Lee acendeu um fósforo para ele. Cotford deu uma longa baforada no agradável charuto. Pela primeira vez, sentia-se merecedor da admiração do sargento.

Capítulo XXI

Mina correu para casa, completamente abalada, gotas de chuva caindo ao ritmo de seu coração. A cada quilômetro de Londres a Exeter sua ansiedade aumentava. A viagem de quatro horas parecia uma eternidade: era a viagem de trem mais excruciante que Mina já fizera. Experimentava uma necessidade urgente de chegar em casa, e nenhum trem podia se mover tão rápido quanto gostaria.

Mina sentia uma dor profunda por seu filho a estar evitando. Como na maioria das famílias, ela e Quincey tiveram pequenas discussões ao longo dos anos, mas sempre sobre questões menores. Mina estava certa de que assim que soubesse da morte do pai tudo seria perdoado e a discussão seria colocada de lado instantaneamente. Mas o que Mina não conseguia superar era seu medo, insistente e inabalável: e se Quincey estivesse em perigo? E se já tivesse sido vítima de uma jogada maldosa? Ele não sabia como se proteger, não tem ideia do mal que enfrentaria.

A volta para casa para pegar o passaporte e viajar a Paris a fazia perder um tempo precioso.

Ao contrário do que contara ao irritante inspetor Cotford, Mina decidira não fazer uma cerimônia fúnebre para Jonathan. Encontrar Quincey era o mais importante. Jonathan entenderia. Na verdade ela sabia que Jonathan teria insistido nisso; e se a situação fosse inversa, ela iria querer dele o mesmo procedimento. Infelizmente, não havia também muito sentido em haver uma cerimônia fúnebre. Ninguém compareceria. Quincey estava sumido, Jack estava morto, Arthur era um cretino e Jonathan já não tinha nenhum cliente para prestar seus respeitos. Sobrara apenas Abraham van Helsing. Não, Mina não podia se arriscar a isso. Sabia que o vil Cotford deveria estar contando com a sua chegada.

Mande minhas lembranças a Abraham van Helsing. As palavras do inspetor continuavam a girar em sua cabeça como um disco arranhado. Ela não daria àquele porco inchado irlandês a satisfação de entregar Van Helsing. As circunstâncias da morte de Jonathan já eram complicadas demais sem um sabujo tentando ficar famoso ao desencavar o passado. Era melhor que algumas coisas ficassem mortas e enterradas, como sua querida e doce Lucy.

Mina orientou a funerária a cremar os restos de Jonathan. Pegaria suas cinzas mais tarde. Pelo menos a cremação de seu cadáver garantiria seu repouso eterno. Mina fez uma prece silenciosa por seu amado, desejando poder voltar atrás em tudo o que dissera e fizera para criar desarmonia entre eles.

Mina estava encharcada de chuva no momento em que subiu os degraus de pedra da sua casa. Eles haviam herdado aquela grande residência de Peter Hawkins. Como poderia continuar vivendo lá? Era grande demais. Vazia demais. Mesmo com as frequentes ausências de Jonathan nos últimos tempos, aquele vazio parecia diferente. Derradeira e fria. Mas não havia tempo para pensar naquilo. Tinha apenas uma hora para secar-se, mudar de roupa e colocar alguns poucos pertences na mala antes de seguir para Portsmouth, onde tomaria uma balsa para cruzar o canal até Cherbourg, e de lá outro trem até Paris — no total uma viagem de dois dias. Mais dois dias com Quincey exposto, em perigo. O idiota gordo do inspetor sem dúvida estaria à espreita 24 horas por dia, mas pelo menos ela estaria fora do alcance de Cotford em Paris. Talvez aquela fosse a última vez que poderia retornar a sua casa livremente. Se Cotford cavasse bem fundo, logo estaria sendo caçada como cúmplice de assassinato. Ponderou sobre a possibilidade de alertar Arthur para o perigo de Cotford, mas descartou a ideia. Ele na certa bateria a porta na sua cara.

Mina colocou a chave de ferro na porta da frente e se deu conta de que algo estava errado. Encontrou-a destrancada. Ela parou. Teria deixado destrancada na pressa de pegar o trem para Londres? Não, lembrava-se muito bem de tê-la trancado antes de partir. Dera alguns dias de folga aos empregados. Não deveria haver ninguém, mas Mina podia sentir que alguém estava em sua casa.

Abriu a porta devagar, torcendo para que não rangesse, os nervos tensos, à espera de que algum monstro saltasse sobre si. Não havia ninguém ali. Mina enfiou a cabeça pela fresta cautelosamente e olhou. A visão da inconfundível capa de chuva puída de Quincey no chão de mármore do saguão fez seu coração acelerar. *Quincey estava em casa!* Mas, quando começava a sorrir de alívio, veio da sala de desenho adjacente o barulho de algo se quebrando.

Ele estava em casa, mas isso não significava necessariamente que estivesse seguro. Seus pés não conseguiam se mover rápido o bastante.

⚜

Quincey ouviu a porta bater e se virou para encontrar a mãe, que parecia um rato molhado, de pé na passagem para a sala de desenho. Ela ficou imóvel por um instante, chocada com o estado lamentável da sala.

— Quincey, você está em segurança? Está bem?

— Sim, estou bem — respondeu Quincey, tentando soar educado, mas sua raiva era palpável.

— Procurei por você em toda parte — disse. Seus olhos passavam para a bagunça que ele fizera. — O que, em nome de Deus...

Como um bom advogado examinando sua pesquisa, tentando descobrir a história de um caso, Quincey desnudara todos os segredos de sua família. Usara uma marreta para arrombar o cofre, abriu cada um dos gabinetes trancados e vasculhou todos os armários. O resultado era a pilha de cartas, diários de Mina e recortes de jornais que ele dolorosamente colocara em ordem cronológica: toda a história oculta das vidas de sua mãe e de seu pai antes de seu nascimento.

Quincey ergueu um envelope branco áspero com uma das mãos e uma pilha de cartas manuscritas com a outra. Mostrou o que estava escrito no envelope para que Mina visse e reconhecesse:

> De Mina Harker para seu filho Quincey Harker.
>
> (Carta a ser aberta no caso de morte súbita ou
> sem causas naturais de Wilhelmina Harker.)

O semblante de Mina era algo entre o alívio e o desespero. Quincey arremessou a missiva na direção da mãe, as muitas páginas caindo em uma chuva de papel.

— Mesmo na morte sua vergonha a faria esconder de mim o que você realmente é. Você me considera um idiota. Pensou, e estava certa, que poderia esconder sua idade antinatural fingindo para estranhos que éramos irmão e irmã, fazendo disso uma piada particular de mãe e filho.

Mina implorou a Quincey:

— Tudo o que você precisa saber está naquela carta. Tudo o que Jonathan e eu deveríamos ter contado anos atrás, mas tivemos medo.

— É mentira! — Quincey estava furioso demais para continuar com a cordialidade. — Como conhece Bram Stoker?

— Quem?

Ela pareceu sinceramente confusa. Até o dia anterior ele teria acreditado em sua amada mãe. Muito mudara em um único dia.

— Quando li pela primeira vez achei que era coincidência, mas agora...

Quincey lançou o livro de capa amarela brilhante na direção de Mina e estudou seu rosto enquanto ela lia o título em voz alta.

— *Drácula*... de Bram Stoker.

Mina engasgou. Seus dedos tremiam ao passar as páginas. Ergueu os olhos para o filho, horrorizada.

— Onde conseguiu isto?

A atuação dela era melhor que qualquer uma que vira no palco. Ele a amara a vida inteira. Confiara nela. Ficara ao lado dela contra o pai. Mas dava-se conta então de que mal conhecia a própria mãe.

— Não se finja de inocente. Nessas páginas está a mesma verdade que você deixou em sua carta, a resposta ao grande mistério que destruiu esta família.

— Eu juro. Não sei nada deste livro.

— Não me surpreende que diga isso. Stoker escreveu a verdade que você convenientemente colocou na carta. Ele escreve que você teve uma "ligação" com esse monstro, Drácula. Temo que Stoker tenha sido polido demais.

— Que ousadia!

Sua mãe parecia tão jovem, seu rosto como o de uma adolescente ferida. Quincey pensou nos três garotos da escola que ele espancara por terem insultado a honra dela. De repente envergonhou-se de seus atos anteriores. Ele arrancou o romance da mão dela.

— Aquela criatura assassina, Drácula, sempre foi o abismo entre você e papai. Diga que estou mentindo.

— Você não sabe nada sobre isso!

— Você conspirou com Drácula contra papai. Você bebeu seu sangue! — gritou Quincey. Citando de memória, disse: — "Capítulo 21... Na cama ao lado da janela, estava deitado Jonathan Harker..."

— Chega! — disse ela. Lágrimas corriam pelo seu rosto.

Normalmente Quincey teria ficado horrorizado com a possibilidade de fazê-la chorar, mas a ideia de sua mãe bebendo o sangue daquele monstro, com seu pai, marido dela, dormindo a poucos centímetros, era repulsiva.

Durante todos aqueles anos ele pensara que o alcoolismo de Jonathan fora o responsável pela ruína da família. Mas Quincey descobrira a verdade. Havia sido a traição da mãe que levara seu pai a beber. Ela era a infeliz que lançara uma praga sobre sua casa, arruinando seu pai.

— O livro de Stoker não é uma obra de ficção. Aquele demônio Drácula é a razão de sua eterna juventude.

— Sabia que você não entenderia. Eu não entendia com sua idade — disse Mina, soluçando. — O mal existe em tons de cinza, não em preto e branco.

Quincey sacudiu o livro mais uma vez.

— Ah, mas eu entendo. Agora entendo tudo. Por isso papai era tão torturado, por isso queria me controlar. Esconder de mim a verdade de quem é realmente minha mãe.

— Seu pai o queria perto dele para que pudesse protegê-lo.

Quincey entendera que quando seu pai falava em "segurança" não se referia a segurança financeira, mas a segurança pessoal. Por isso interferira quando Quincey estava prestes a conseguir fama sob as luzes da ribalta. Tinha sido para proteger seu filho.

Quincey atirou o livro na escrivaninha e agarrou o exemplar do *Le Temps* que colocara lá para secar da chuva. Levantou a primeira página para sua mãe ver a ilustração hachurada do homem empalado em Piccadilly Circus.

— *Tepes*... O empalador. No final parece que não era eu, mas papai que precisava de proteção... De seu antigo amante.

Mina respirou fundo.

— Eu amei seu pai tanto quanto amo você.

Amor. Quincey sentiu desprezo por dentro. As ações de Mina não mostravam nenhum amor por seu pai.

— Ao longo de toda minha vida você permitiu que eu atacasse meu pai injustamente. Todas as coisas que disse a ele e sobre ele. Todas aquelas terríveis mentiras nas quais você me levou a acreditar. Nunca poderei voltar atrás. Não acredito mais em nada que você me diga. Mas fique certa, não sou um Hamlet indeciso. Eu vou vingar meu pai. Que Deus a ajude!

Quincey disparou para o vestíbulo, apanhando seu casaco do chão. Mina gritou:

— Não! Quincey, por favor! Pode me odiar, se quiser, mas esta família já se sacrificou o suficiente! Se você me ama, não vasculhe mais aqueles dias horríveis e cruéis. Deixe a verdade morta e enterrada, ou poderá ter um destino pior que o de seu pai.

Quincey bateu a porta atrás de si. Em nenhum momento olhou para trás.

Mina não podia se imaginar suportando mais dor naquela semana. Ver a expressão de asco e raiva nos olhos do filho era mais do que podia aguentar. Entendia como Jonathan se sentiu quando a raiva de Quincey era voltada contra ele. Seu único crime havia sido proteger o filho, e exatamente isso o afastara, talvez na direção do próprio perigo de que ela e Jonathan tanto tentaram protegê-lo.

Agarrou a pequena cruz de ouro pendurada no pescoço e ficou pensando. *Será que meu príncipe das trevas conhece o segredo que escondi dele todos esses anos? Seria tão grande sua raiva de mim que ele finalmente decidiu se vingar... de mim e de todos que amo?*

Capítulo XXII

D*ixitque Deus fiat lux et facta est lux.* E Deus disse: "Faça-se a luz", e a luz se fez. Esse foi o início da criação do Universo por Deus.

O velho que viajava em um cabriolé pela noite londrina franziu o cenho para a Liverpool Street. Haviam desaparecido os belos postes de iluminação a gás com suas românticas luzes bruxuleantes; no lugar deles, as novas colunas de arcos luminosos, dura e intensa. Um viajante solitário já não podia se orientar pelas estrelas. O veneno da luz elétrica apagava a visão das estrelas. O homem criara a luz e se isolara do céu. O velho não se consolava com o fato de que não duraria muito para testemunhar a decadência de sua espécie. Tinha apenas uma última missão na vida, e sua energia quase se esgotou apenas por fazer a viagem desde Amsterdã.

Esquecera-se de como odiava o clima da Inglaterra. A chuva fazia suas articulações doerem, e ele sentia a umidade fria nos ossos. A viagem desde o início demorara mais do que imaginara. Houve uma época em que ele podia fazer essa jornada várias vezes por mês. Mas sua incapacidade de se mover com rapidez o fez perder seu trem em Antuérpia, e ele teve de esperar um dia inteiro pelo outro que ia para a França. Sua disposição era forte, mas amaldiçoava seu corpo frágil.

O cabriolé parou no conhecido Great Eastern Hotel de tijolos vermelhos. O hotel gracioso e elegante incorporara o prédio vizinho, estendendo-se.

Enquanto pagava os seis *pence* ao condutor da carruagem, algo estranho chamou sua atenção. Do outro lado da rua um conjunto de postes de iluminação escurecera. Isso se tornara algo comum, mas nunca acontecia com a iluminação a gás. *Culpa dos avanços tecnológicos do homem.*

Um jovem de aparência suspeita usando chapéu-coco se escondia sob a lâmpada apagada, fingindo ler um jornal enquanto olhava para o recém-chegado.

Usando a bengala para equilibrar-se, o velho se arrastou lentamente para a porta da frente, feliz por pelo menos a chuva ter parado. Absorveu a vista, os cheiros e os sons da vizinhança. Ele tinha uma história ali.

Enquanto os carregadores levavam sua arca e suas bolsas, o porteiro ofereceu-lhe o braço. O velho recusou. Não permitiria que a idade o embaraçasse mais do que já fazia. Avançou cuidadosamente, passo a passo, pelo piso de placas de mármore e ônix molhadas pela chuva até a recepção. Lá, sibilou:

— Eu reservei um quarto.

O *concierge* sorriu e abriu um grande livro preto.

— Certamente. Seu nome, senhor?

O velho não respondeu, preocupado com a sensação de que ainda estava sendo observado. Virou-se para a porta da frente e viu o jovem de chapéu-coco espiando-o através do vidro. No momento em que os olhares se cruzaram, o jovem se assustou e recuou para a noite.

Por que aquele jovem o seguia? *Ele sem dúvida era um dos agentes do demônio.*

⚜

No momento em que Cotford e Lee penetraram no cemitério Highgate pela entrada da Swains Lane, parou finalmente de chover. A neblina noturna de Londres começava a assentar. A lanterna elétrica de Cotford iluminou o mapa, procurando a Egiptian Avenue. O facho dançou pela trilha, dominada por dois enormes obeliscos decorados com papiros e folhas de lótus. Os dois homens cruzaram o portão. O vento jogou sobre eles gotas de chuva das árvores sem folhas, esticando-se na direção da lua crescente como as mãos de um esqueleto. Belos anjos de pedra, figuras chorosas esculpidas e estátuas de mulheres carregando tochas brilhavam à luz da lua. Rostos de pedra espiavam em meio à grama crescida, hera e touceiras de sarça.

Tudo aquilo lembrava a Cotford sua infância. Sua mãe costumava contar velhas histórias irlandesas sobre espíritos femininos que anunciavam a morte, trasgos, crianças trocadas e Caoineadh, a Senhora da Morte.

Cotford ainda era pequeno quando houve um surto de tuberculose e gripe na Irlanda. Em sua aldeia, os anciãos diziam que era obra do diabo. Os pacientes não conseguiam dormir à noite, pois afirmavam que era como se houvesse um grande peso sobre peito. O médico supersticioso afirmara que isso era prova de que um vampiro se sentava sobre o tronco deles, sugando seu sangue. Boatos e pânico se espalhavam mais rápido que a própria peste. Cotford se lembrava claramente da noite em que os moradores locais abriram o túmulo de seu irmão. Cotford ficou horrorizado quando o padre afirmou que, como ele havia sido o primeiro a morrer da peste, tinha de ser o vampiro que vinha infectando os outros. O padre cravara uma estaca de ferro no coração de seu irmão. Cotford, jovem e crédulo, se tornou um crente quando o corpo do irmão morto deu um gemido audível. Sangue escorreu da boca, dos olhos e das orelhas do irmão. O padre afirmou que a aldeia estava salva. Mas outras cinco pessoas morreram, e a fé de Cotford desapareceu.

Anos depois, a experiência dele como policial revelou a verdade sobre o que acontecera naquela noite. Gases fermentando incham um corpo enquanto ele apodrece. Quando perfurado, com uma estaca de ferro ou o bisturi de um cirurgião, esses gases são comprimidos sobre as cordas vocais e a boca do cadáver, fazendo com que o maxilar se abra e seja produzido um "gemido". Quando os gases são liberados, o corpo desaba, expulsando sangue por todos os orifícios. O irmão de Cotford não era um vampiro, apenas fora vítima de superstição e ignorância, abençoada fosse sua pobre alma.

O medo levara os pais de Cotford a profanar o túmulo de seu irmão. Medo do desconhecido. Pessoas ignorantes temem o que não compreendem, permitindo que a ignorância floresça. Claro que, depois da morte do irmão, Cotford aprendeu que todas essas histórias folclóricas eram lixo. Foi essa revelação que o levou a dar as costas a sua casa e buscar educar-se em Londres. Encontrou consolo na ciência, pois ela podia explicar os mistérios que assombravam o homem. O sobrenatural vivia do temor. Por intermédio da ciência ele nunca seria enganado novamente.

Cotford ficou paralisado ao ouvir algo se mover no cemitério. A lua se escondeu atrás das nuvens, afundando tudo na escuridão. Cotford ergueu a mão para avisar Lee, que também ficou imóvel. Cotford tentou escutar. Um som de algo se arrastando veio da esquerda. Ele apontou a lanterna elétrica. O espectro de um cavalo branco fantasmagórico refletiu a luz olhando para ele.

Cotford ouviu Lee se trair respirando fundo. Ele ergueu os olhos para o alto sargento. Não esperara que um homem da estatura dele fosse tão afetado.

— É apenas uma estátua — disse Cotford.

— Eu não vi, só isso. Poderia ter batido a cabeça naquela ferradura de pedra.

Cotford franziu o cenho para a estátua colossal. O musgo que crescia na cabeça de pedra dava a ela uma aparência debochada. Cotford reconheceu aquele como sendo o túmulo do famoso cocheiro James Selby, que ainda tinha o recorde da viagem de carruagem mais rápida. A estátua se erguia acima das outras lápides, segurando um chicote e um conjunto de ferraduras invertidas.

Após seguir pelo labirinto de catacumbas e túmulos, Lee e Cotford desviaram de uma cova recém-aberta, esperando sua lápide. Por fim, alcançaram um mausoléu aninhado entre teixos brancos brilhantes. O túmulo estava tomado pela hera, que o cobria como uma teia de aranha. Lee retirou as folhas secas e os galhos que cobriam o nome gravado: "Westenra."

Lee suspirou.

— Tem certeza de que quer fazer isso?

Cotford anuiu; não havia alternativa, pois não tinha provas suficientes para conseguir o devido mandado de um juiz. Tomou um gole de sua garrafa para se aquecer.

— Está pedindo que eu cometa um crime.

— Isso não é uma fantasia, sargento Lee — disse Cotford, retirando do sobretudo um dos diários encadernados em couro de Jack Seward. — Encontrei provas de que há vinte e cinco anos o Estripador cometeu um crime que até agora ignorávamos. O depoimento do dr. Jack Seward, escrito por ele mesmo.

Cotford leu em voz alta uma página marcada, iluminada pela lanterna elétrica:

> Foi Arthur, seu noivo, quem gritou de agonia ao cravar a estaca de ferro em seu coração adorável. Com o primeiro golpe da marreta a criatura que um dia havia sido a linda Lucy uivou como uma sereia torturada. Meu Deus, o sangue! O horror! Como eu chorei. Arthur amou Lucy mais que todos, mas isso não o impediu de dar o golpe mortal. Quantas vezes revi a cena em minha cabeça? E, se eu por acaso amasse Lucy mais que ele, por que não detive a mão de Arthur? Mas não fiz melhor, pois fui eu quem decepou sua bela cabeça... Todos esses anos

repeti para mim mesmo que estávamos purificando sua alma. Se isso era verdade, por que não consigo esquecer o som de seus gritos? Ou a imagem horrível do professor Van Helsing erguendo sua serra cirúrgica e começando a separar os membros de Lucy de seu tronco...

— Chega! — gritou Lee.

— Certo, mas saiba que meu zelo é fruto de uma culpa terrível da qual rezo para que você seja poupado. O atestado de óbito de Lucy Westenra afirma que ela morreu de uma rara doença do sangue. O médico que assinou o atestado foi um certo dr. Langella, o mesmo homem que semanas antes assinara a licença de casamento de Holmwood. Muito conveniente, não acha? Como o diário indica com clareza, Lucy não morreu serenamente em sua cama.

— E se o diário contiver apenas os delírios de um louco, induzidos pela droga?

— Não seja tolo, Lee. Após tudo o que descobrimos você sabe que é verdade. Se dermos as costas ao que sabemos e permitirmos que outra mulher seja vítima da lâmina do Estripador... — Cotford fez uma pausa e trincou os dentes antes de continuar: — ...nossas almas é que terão de responder por isso.

Lee ficou um longo tempo olhando para seu mentor. Não podia negar a lógica. Apontando para o túmulo envelhecido, sussurrou:

— Que Deus nos perdoe se estivermos errados.

— E nos proteja se estivermos certos.

Os dois homens tiveram de usar toda a força para abrir a porta de ferro. Os gonzos guincharam como demônios. Quando a porta bateu na parede de pedra, o barulho foi mais alto do que o de um trovão.

Ratos guincharam e fugiram do facho da lanterna. Cotford e o sargento Lee empurraram para o lado a tampa de pedra do sarcófago. O fedor da morte era muito pior que qualquer coisa que houvessem experimentado no necrotério.

Lee tossiu, um braço curvado em frente ao rosto para barrar o cheiro.

— Como estes restos mortos podem soltar um fedor tão horrendo? — perguntou, com um pensamento terrível em mente. — Talvez algo tenha sido acrescentado recentemente.

— A porta do túmulo não era aberta havia décadas — disse Cotford.

O sargento anuiu; Cotford estava certo. Mas isso não explicava como o manto da morte ainda podia ser tão forte. E *fresco*.

Esperava que fosse um animal morto.

Cotford apontou a lanterna para o túmulo aberto. Dentro do sarcófago estava o esqueleto mutilado de uma mulher; o crânio, com longos cabelos vermelhos, havia sido separado do corpo. A boca tinha flores secas, os membros cortados e dispostos em cruz. Uma estaca de ferro continuava cravada no peito do esqueleto. Manchas de sangue seco podiam ser vistas ao lado do cadáver. Cotford olhou para os restos profanados de Lucy Westenra e de imediato lhe ocorreram lembranças das cinco prostitutas ensanguentadas de Whitechapel. Todas haviam sido mutiladas da mesma forma. Claramente o Estripador chegara a um ponto ainda mais baixo com Lucy. Ele passara de prostitutas para mulheres ricas; assassinara-a em um lugar onde ninguém podia ouvir seus gritos e dera o golpe final com uma estaca de ferro. Era próprio de Van Helsing. Ele se sentiu ao mesmo tempo justificado e enjoado.

— Loucos!

— Assassinos! — acrescentou Lee.

Cotford podia ver no rosto de Lee a mesma sede de justiça que ele mesmo sentira por todos aqueles anos.

— Sargento Lee, quero que cada centímetro desta cena do crime seja fotografada e os restos, levados para o necrotério. Use apenas subordinados de sua confiança. Nossos superiores não podem saber o que estamos fazendo. Acorde aquele legista idiota e mande-o fazer uma autópsia completa. Garanta que ele termine e parta antes de amanhecer, de modo a não levantar suspeitas. E que seu relatório seja colocado em minha mesa assim que estiver pronto.

— Sim, senhor.

Cotford inclinou a cabeça. Levou um dedo aos lábios, mandando Lee ficar em silêncio.

Eles ouviram alguém correr do lado de fora na direção do túmulo.

Como de hábito, Cotford estava desarmado. Ele talvez devesse ter colocado o orgulho de lado naquela noite e levado uma arma. Desligou a lanterna quando os passos se aproximaram. Com seu cassetete na mão,

Lee se colocou junto à porta aberta. Cotford empunhou a pesada lanterna.

Os passos chegaram mais perto. No momento em que a lua surgiu entre as nuvens, uma figura escura apareceu na passagem. A silhueta indicava que usava um chapéu-coco. Cotford acendeu a lanterna elétrica. O facho de luz cegou o intruso, apanhando-o de surpresa.

Antes de Cotford atacar, Lee berrou:

— Policial Price! O que diabos faz aqui à paisana?

Price retirou o chapéu-coco, colocou-o sob o braço e ficou de prontidão.

— O senhor me disse para não chamar atenção. Agi errado, senhor?

Cotford reconheceu o policial Price como o jovem ansioso que entrara correndo no Red Lion procurando por ele.

— Sargento Lee — disse Price, vermelho e sem fôlego —, o senhor queria que informasse... quando o homem na foto... desse entrada no Great Eastern Hotel.

— Ele deu? — perguntou Cotford, contente por Lee ter confiado em Price. Gostara do jovem e de sua diligência incondicional.

— Sim, senhor. Eu o vi se registrar com meus próprios olhos. Está muito mais velho, mas o reconheci.

Cotford tomou um gole de seu frasco, tendo no rosto um sorriso triunfante.

— Então começou.

Capítulo XXIII

Em meio ao denso cobertor de neblina, a condessa Bathory esperou que os dois policiais e o jovem de chapéu-coco saíssem do mausoléu com o nome "Westenra" gravado.

Ela observava as ações deles havia várias noites. Seu interesse fora despertado uma semana antes, quando estava sentada em um telhado do beco perto de Temple Bar e o inspetor de corpo suíno tentava deduzir as circunstâncias da morte de sua amada Mulher de Branco. Escutou divertida quando o outro inspetor, Huntley, tagarelava sobre seu resumo ridículo. Era um insulto a sua dama. A ideia de que Harker, um homem fraco, pudesse ter matado sua amada de cabelos dourados era repulsiva. Bathory também teria feito Harker em pedaços caso tivesse tido a oportunidade.

Aquele detetive gordo, por outro lado, não era idiota. Não apenas deduzira os acontecimentos como até mesmo supusera a existência de Bathory. Desde então ela o acompanhava com grande interesse.

O policial mais alto se dirigia ao gordo pelo nome de inspetor Cotford. Bathory não conhecia o nome, mas reconhecera seu rosto. Vira seu retrato nos jornais anos antes, com aquele cretino, Abberline. *Sim, Cotford. Eu me lembro do nome.* Ele parecia um pouco diferente, decerto mais pesado e muito mais velho. Bathory ficava impressionada com o modo dramático de os mortais envelhecerem em apenas um quarto de século.

Cotford podia ser muito mais astuto que outros que cruzaram seu caminho, mas decididamente não era esclarecido. Ele conseguira juntar as peças do quebra-cabeça, mas sua mente limitada não permitia ver o quadro geral. Bathory resistira ao desejo de se lançar sobre ele e esmagar seu crânio na parede. Imaginou o olhar chocado em seu rosto quando visse em primeira mão como uma mulher podia ser mais poderosa que um homem. Durante séculos, Bathory se atormentara com a ideia de que Deus criara o homem a sua imagem. Se fosse assim, Deus seria um fraco. O homem é muito frágil e limitado. Sem tecnologia, estaria quase na base da cadeia alimentar. Bathory descobrira a verdade que mesmo animais inferiores sabiam havia milênios: o homem era presa fácil, e seu sangue, como um vinho fino.

Ela ficou pensando se os animais que haviam provado o sangue do homem sentiam a mesma satisfação que ela. O único humano por quem Bathory nutria algum respeito era Charles Darwin. A sobrevivência dos mais aptos. Bathory era a humanidade aperfeiçoada. Sua capacidade de ver, ouvir, cheirar e provar era dez vezes maior que a de um humano, assim como sua força. Ela era abençoada com um sexto sentido ainda mais poderoso, o da mente. Durante séculos, o homem se encantou com mágicos que podiam manipular objetos, ler e controlar mentes. Para Bathory isso não era truque nem ilusão: ela podia entrar na consciência de um humano e obrigá-lo a vê-la como lobo, gárgula, rato ou névoa. Seus poderes aumentaram até um ponto em que conseguia entrar na mente de uma pessoa mesmo a centenas de quilômetros de distância e fazer com que essa pessoa visse o que ela queria. A condessa tinha a capacidade de se mover a velocidades inacreditáveis. Podia até mesmo levitar e se mover pelo céu, planando no vento. O homem precisava de uma máquina para voar. De fato, Bathory era a mais apta, o nível seguinte da evolução humana.

Bathory tentou decidir se mataria Cotford pelo que descobrira ou se faria dele um aliado involuntário. Seu instinto inicial era matar os três homens no mausoléu naquele instante, antes que espalhassem sua bile para outros. Ela matara Jack Seward por menos, e aquele local vazio era o ambiente perfeito para o assassinato. O cemitério era vasto, e ela estava a muitos metros, mas os olhos sobrenaturais de Bathory atravessavam com facilidade a neblina e a escuridão. O mausoléu Westenra. *Então eles estão desencavando o passado*. Reunindo mais peças do quebra-cabeça.

Pensou no destino do inspetor gordo. Aquele era um homem obcecado, com uma mente limitada. Talvez seus contemporâneos o considerassem tão louco quanto os criminosos que ele caçava. Ela adorava jogar, mas não com cartas ou dinheiro. Vida e morte eram prêmios melhores. Afinal, tudo era arbitrário, e naquele jogo a condessa sempre saiu vitoriosa. Apostaria que Cotford pediria segredo aos policiais. Ele obviamente era brilhante, mas sua incapacidade de reconhecer o túmulo de Seward junto ao de Lucy a levou a crer que seu raciocínio era pateticamente linear. Será que ela poderia usar Cotford para seus próprios objetivos? Sim; usaria Cotford para expor o restante deles. O inspetor os levaria a ela. Bathory sorriu. A Inglaterra não seria tão entediante e sem graça quanto lembrava.

Decidiu que Cotford e seus subordinados deveriam viver pelo menos um pouco mais. Não porque sentisse piedade ou compaixão, pois não tinha a capacidade de tais sentimentos: ela era a predadora perfeita. Mas naquela noite colocaria de lado a sede de sangue em benefício do jogo. *Vamos dar a meus novos peões outra peça do quebra-cabeça.*

Bathory usou sua bengala com arremate de ouro para bater no teto da carruagem após ter entrado. O coche preto sem condutor saiu do cemitério Hampstead em disparada e seguiu rumo sul para Whitechapel.

⚜

Kristan estava exausta. Seus pés tinham bolhas de andar a noite toda pela Commercial Street. Os jornais que colocara dentro dos sapatos para aquecê-los estavam encharcados e desfeitos, com cheiro de peixe podre. Kristan ouviu cavalos se aproximando enquanto se arrastava para seus aposentos arruinados na Devonshire Square. Queria ignorá-los, mas sua situação financeira não permitia tais luxos. Ela se forçou a sorrir e se virou, vendo uma carruagem negra surgir em meio à névoa densa da noite. Algo estava estranho. Carruagens não andam por conta própria. Kristan percebeu que a carruagem negra era ricamente decorada com detalhes em ouro. Uma ideia lhe veio à mente. Aquela era a época da invenção. Os ricos sempre tinham os melhores brinquedos e os mais novos. Uma carruagem preta sem cocheiro devia ser uma mistura de automóvel com caleche. Concentrada no ouro que se aproximava, Kristan animou-se. Tivera cinco fregueses naquela noite, mas sua pequena remuneração mal pagaria as refeições do dia seguinte. Aquele veículo podia estar levando um potencial cliente. Se ela o satisfizesse corretamente, poderia cobrar o suficiente para pagar um mês de aluguel. Aquela devia ser sua noite de sorte.

A carruagem desacelerou e parou a centímetros de seus pés arrasados. Kristan esperou que a porta se abrisse, revelando um cavalheiro bonito. O veículo estofado seria muito melhor para seu traseiro que as pedras frias de um beco. Após alguns momentos, Kristan se deu conta de que aquele cavalheiro queria seus serviços. Ela lambeu os lábios esperando umedecê-los o bastante para esconder as rachaduras provocadas pelos ventos do inverno. Arrumou a blusa para erguer seus grandes seios, seus *argumentos de venda*, andou na direção do coche requebrando o mais exuberantemente que seus sapatos destruídos permitiam e deu uma batidinha fraca na porta decorada.

— Procurando alguém, patrão?

Nenhuma resposta. Aquele estava se fazendo de difícil.

— Olá? Alguém aí?

Kristan deu um passo para trás quando uma mão enluvada abriu a cortina vermelho-sangue e esticou um dobrão de ouro espanhol. Kristan sorriu cobiçosa e arrancou a moeda.

— Agora você está falando minha língua, amorzinho.

A porta do coche se abriu lentamente. Um dedo indicador em uma luva preta mandou-a subir. Por aquele preço, o cavalheiro podia fazer o que quisesse com ela. Sendo uma boa mulher de negócios, Kristan sabia que um cavalheiro naquela parte da cidade disposto a pagar tanto dinheiro estava procurando algo especial. Mesmo que doesse, ela faria. Se tivesse sorte ele poderia se tornar freguês.

Com habilidade, Kristan colocou a moeda dentro da blusa da forma mais sedutora possível e segurou a mão com a luva preta.

A mão enluvada fechou a porta. O rosto de seu cliente enfim apareceu. Kristan ficou chocada ao ver não um cavalheiro, mas uma bela mulher de olhos azuis e cabelos negros muito bem-vestida, com calça e fraque masculinos. Kristan ficou feliz por evitar outro cancro devastador e ainda ganhar dinheiro. E ficou excitada com a ideia daquela bela mulher acariciando suas partes mais íntimas.

⚜

A carruagem de Bathory corria ao longo do trecho inferior do Tâmisa perto da torre de Londres. As narinas dos seis cavalos pretos soltavam nuvens de vapor. A carruagem balançava e sacudia ao passar sobre os paralelepípedos.

As éguas estacaram, as cabeças erguidas e os joelhos travados como se rédeas invisíveis houvessem sido puxadas. Era madrugada no centro, uma hora antes do amanhecer. Não havia ninguém na rua. Não haveria testemunhas. A porta da carruagem se abriu lentamente. Como se não fosse mais pesado que um saquinho de trapos sujos, Bathory arremessou o corpo ensanguentado de Kristan no rio Tâmisa.

A garganta da mulher havia sido arrancada, e seu rosto estava rígido, a boca aberta em uma expressão de terror abjeto. Seu corpete fora rasgado, revelando seus seios, e suas calcinhas estavam nos tornozelos. Bathory não pouparia aquela apetitosa filha de Deus da submissão diante da morte. Depois Bathory chutou a bolsa de Kristan para a rua, espalhando o que nela continha: algumas moedas, um lenço e um rosário. Ela riu com a visão. *Outra hipócrita.* O corpo da prostituta flutuou para longe na corrente do rio. Seus olhos mortos fitavam o céu. Bathory não conseguia entender por que pessoas infelizes como aquela puta ainda podiam sentir amor por Deus. O que Deus tinha feito por elas?

A mão com luva preta de Bathory jogou a moeda de ouro na água ao lado do cadáver, e ela sorriu enquanto Kristan e seu ouro afundavam nas águas negras do Tâmisa.

Quem disse que não poderia levá-la com você?

"Para você encontrar, inspetor Cotford", refletiu Bathory.

Capítulo XXIV

O sangue de Quincey fervia enquanto ele corria pela Bonhay Road. Por que seus pais esconderam dele o passado? Por que seu pai não confiara nele? Por que seu pai tinha de morrer? Por que sua mãe traíra seus amigos?

Correndo na chuva, sua cabeça girava. Ouviu o conhecido apito do trem deixando a estação de St. David. Não havia tempo de comprar uma passagem. Para sua sanidade ele precisava sair de Exeter o mais rápido possível, e o trem seguinte demoraria três horas. Sem pensar, Quincey correu junto aos trilhos enquanto o trem ganhava velocidade e pulou para o último vagão. A chuva deixara o chão de metal escorregadio, e Quincey perdeu o equilíbrio. Alcançou uma corrente pendurada e se agarrou para salvar sua vida enquanto o trem acelerava. Trincando os dentes, ele se levantou e ficou ali, com o coração acelerado. Quando, enfim, viu-se em segurança dentro do vagão, virou-se e viu Exeter desaparecendo a distância, sabendo que seria a última vez que colocaria os pés em sua cidade natal. Com o pai morto e a confiança em sua mãe extinta, não restava nada ali para ele.

O trem seguia pelos trilhos rumo a Londres. Quincey encontrou um lugar em um vagão confortável e tranquilo; mas sua mente não se acalmou. Quanto do livro de Stoker seria realmente verdade? Haveria um morto-vivo na Terra? Parecia despropositado. A carta de sua mãe afirmava que existiam monstros; mas esse monstro matara seu pai e destruíra sua família. Quincey sentia uma insaciável sede de vingança. Mas como poderia ele combater tal mal? Teria de confrontar um adversário que séculos antes comandara enormes exércitos. Brutal e sem remorsos, aquele monstro tinha a seu lado o poder dos demônios. Quincey estava só e se sentia esmagado. Os únicos que sabiam a verdade sobre o que Quincey enfrentava era o corajoso grupo de heróis. O laço entre eles se rompera havia muito; e a maioria deles estava morta.

Mas talvez ainda pudesse contar com um. Mina guardara um dossiê completo sobre seus feitos. Ele era um herói que servira ao lado de Quincey P. Morris na Legião Estrangeira francesa. As habilidades de luta daquela unidade de elite eram lendárias. Ele combatera no cerco de Tuyen Quang contra o império da China; escapara de canibais nas ilhas Marquesas e protegera a imperatriz da Coreia de assassinos japoneses. Mais ainda, enfrentara o príncipe Drácula em batalha e sobrevivera. *Sim*, pensou Quincey. *Eu irei procurá-lo. Irei ver Arthur Holmwood.*

O sol se punha no momento em que o cabriolé de aluguel parou no portão da frente da casa de Arthur Holmwood, também conhecido como lorde Godalming. Quincey saltou e jogou moedas para o cocheiro.

Ele ficou boquiaberto com a mansão imponente. Era pelo menos três vezes maior que a casa dos Harker em Exeter. Aquele Holmwood era um enigma. Um homem com tantos recursos certamente poderia estar desfrutando dos privilégios da riqueza. Mas em vez disso arriscava a vida repetidamente, o que fazia Quincey admirar Holmwood antes mesmo de conhecê-lo. Decerto era um homem com quem contar, e exatamente a ajuda de que Quincey precisaria.

O romance de Stoker não dizia como o grupo de heróis se formara. Quincey soubera de seus antigos laços por intermédio dos registros cuidadosos e dos diários de Mina. Jack, Arthur e seu homônimo Quincey P. Morris haviam estudado no mesmo internato huguenote de elite na periferia de Londres quando garotos. Jack era católico, mas seu pai, médico proeminente, não queria que o filho ficasse limitado por ter estudado em uma escola paroquiana. Em vez disso mandara Jack para a escola particular protestante para conviver com um segmento mais alto da sociedade britânica. Lá, Jack conhecera Arthur, e eles se tornaram amigos.

O pai de Quincey P. Morris, Brutus, era um fazendeiro rico do Texas. Com o início da Guerra Civil americana em 1861, o Texas se reservara o direito de não se separar da União e se juntar à Confederação. Para isso foi aberta uma embaixada em Londres, e Brutus Morris acabou nomeado embaixador do Texas. Como apropriado a um homem de tal posição, Brutus colocara o filho na mesma escola particular de elite frequentada por Jack e Arthur. A grande tristeza de Quincey P. Morris era ser jovem demais para lutar na Guerra Civil. Isso acabara fazendo com que voltasse para casa para lutar nas guerras contra os índios e ajudar a domesticar o Oeste selvagem. Arthur se inspirara no heroísmo de Morris nas grandes planícies dos Estados Unidos e se juntara a ele na aventura seguinte, ingressando na

Legião Estrangeira. Jack Seward não foi convencido a se juntar a eles, indo buscar em vez disso sua glória na ciência, ingressando na prestigiosa Universidade Vrije, da Holanda, como aluno e assistente graduado do professor Abraham van Helsing.

Quincey Harker parou no último degrau da frente da mansão para recuperar o fôlego e se recompor. Não queria encontrar o grande Arthur Holmwood parecendo um mensageiro. De pé à soleira ocorreu-lhe que, décadas antes, era ali que o grupo de heróis costumava se reunir. Ali fora concebido o plano para livrar o mundo do mal de Drácula. Ainda assim, mesmo tendo entre eles um homem como Arthur Holmwood, o grupo falhou. Quincey teve medo de que o inimigo que estava enfrentando simplesmente fosse poderoso demais.

Estendeu a mão na direção da aldrava de bronze, mas não havia nenhuma. Olhou ao redor e viu uma corda junto à porta, dando-se conta do engano. Claro que aquele homem teria os maiores luxos, incluindo a nova "campainha".

Quincey puxou a corda e ouviu um toque sombrio. Ninguém respondeu. Tornou a puxar a corda; ainda nada. Estava prestes a bater na porta quando ela se entreabriu.

Um mordomo olhou para fora.

— Posso ajudá-lo?

— Quincey Harker, para ver... — começou Quincey, fazendo uma pausa. Um homem como Arthur Holmwood certamente devia ser tratado por seu título. — ...lorde Godalming. É uma questão de grande urgência.

O mordomo abriu a porta mais alguns centímetros, segurando uma pequena bandeja de prata. Quincey deveria colocar um cartão de visita. Felizmente Basarab providenciara isso para seu jovem protegido. Quincey vasculhou seu casaco, e os encontrou em um bolso puído. O mordomo arqueou uma sobrancelha, já que um cavalheiro sempre levava seus cartões em uma caixa fechada.

— Um momento, por favor — disse o homem, fechando a porta na cara de Quincey.

Quincey se contorceu de apreensão, esperando. Lera muito sobre Holmwood nos últimos dias. Os feitos na Transilvânia haviam sido apenas a ponta do *iceberg*. Quincey encontrara entre as coisas de Mina informações sobre o começo da vida de Arthur e também recortes de jornal tirados de colunas sociais destacando a vida de Arthur desde suas batalhas contra Drácula. Embora Arthur tivesse se tornado lorde Godalming com a morte do pai, ele não costumava usar o título até retornar da Transilvânia. Quincey ficou pensando se Arthur teria mudado de nome por saber que Drácula continuava vivo; mas lorde Godalming decerto não se escondera de medo em sua mansão. Ele se tornara campeão de vela no Tâmisa, jogador de polo experiente e mestre em duelos. Várias vezes defendera sua honra com pistolas e espadas, matando três homens e ferindo doze outros que o haviam insultado. Quincey não esperava menos do homem que arriscara tudo o que tinha pela honra de seu grande amor, Lucy Westenra. Um homem como aquele na certa se levantaria para lutar contra o mal provocado pelo retorno de Drácula.

Quincey se lembrara de ter conhecido alguém chamado "tio Arthur" na infância e se dava conta de que deveria ter sido Arthur Holmwood. Mas ele não tivera nenhum contato com os Harker em quase duas décadas, por razões que Quincey só podia imaginar que estivessem relacionadas com a traição de sua mãe e com o excesso de bebida do pai. Só esperava que Holmwood pudesse ser capaz de ignorar essa vergonha e confiar nele, pois precisava desesperadamente da ajuda de Arthur.

Homens como lorde Godalming eram uma espécie em extinção. Quincey lera que um amigo do pai de Arthur perdera sua fortuna em maus investimentos. Em vez de permitir que seu amigo perdesse suas terras e sua fortuna, Holmwood se casou com a filha do homem. Quincey esperava que, se ele estivera disposto a desposar uma estranha de modo a ajudar um amigo, fosse do mesmo modo generoso em seu caso.

Quincey sentia-se esmagado pelo remorso ao pensar no pai. Nunca teria a oportunidade de se desculpar pelo modo como se comportara com ele. Sabia então que seu pai o amara. Jonathan Harker sacrificara tudo pelo filho, e Quincey estava determinado a provar que merecia esse sacrifício.

Após um longo tempo, a porta tornou a se abrir. O mordomo saiu e anunciou:

— Lorde Godalming o receberá agora.

Quincey se adiantou para entrar, mas o mordomo ficou em seu caminho. Pigarreando, ele olhou para os sapatos enlameados de Quincey. Mais uma vez flagrado, Quincey raspou a sola na grade de ferro fundido ao lado da porta.

Finalmente foi conduzido ao escritório de Arthur Holmwood. O mordomo pegou o casaco de Quincey e saiu, fechando a porta atrás de si.

Havia um cheiro conhecido no aposento. Quincey se deu conta de que estivera ali antes; e de repente foi invadido por uma repentina onda de lembranças. Reconheceu o tecido borgonha das paredes, um legítimo e muito caro padrão de William Morris. Espadas, floretes e punhais refinados estavam expostos na parede. Durante seus anos no teatro, Quincey segurara muitas espadas cênicas de madeira, mas aquelas eram lâminas legítimas. Embora houvesse marcas em algumas, nenhuma tinha vestígios de sangue.

De repente se recordou de que, quando criança, se esticara para tocar uma das espadas. Mas seu pai agarrou sua mão. *Você pode se cortar*.

Quincey se lembrou dos móveis de carvalho feitos a mão, dos vitrais das janelas e de prateleiras com mais livros do que podia esperar ler em toda uma vida.

Recordava que também existia um retrato de uma bela mulher de cabelos vermelhos. Sim, mesmo quando criança, ele reconhecera a mulher no retrato como sendo a mesma da fotografia de que sua mãe gostava tanto.

Quincey se virou para olhar acima da lareira, onde o retrato ficava, mas ele desaparecera, substituído por uma simples pintura de paisagem.

— O retrato de Lucy... — pensou em voz alta.

— A pintura à qual você se refere foi retirada há dez anos por respeito a Beth, minha esposa — disse uma voz atrás de Quincey.

Arthur Holmwood, lorde Godalming, estava sentado atrás de uma enorme escrivaninha de mogno. A bandeja de prata com o cartão de visita de Quincey estava sob uma bela luminária.

Quincey ficou chocado. Arthur Holmwood quase não mudara. Era mais velho que Jonathan, mas ninguém que os visse juntos acreditaria nisso. Com cabelos louros, densos, maxilar quadrado e olhos azuis de aço, era fácil ver por que Lucy escolhera aquele homem em vez de todos os outros possíveis pretendentes. O pobre dr. Seward não teve nenhuma chance.

Quincey se empertigou e pigarreou.

— Bom dia, senhor... lorde Godalming. Perdoe-me, não o havia visto.

— Tenho certeza de que não veio aqui discutir minha decoração.

Quincey ficou surpreso com sua rispidez, mas prosseguiu:

— Sou filho de Jonathan e Mina Harker...

— Sei quem é, jovem Harker. Conhaque?

— Não, obrigado — respondeu Quincey, esperando que sua recusa fosse vista como um sinal de que não partilhava a fraqueza do pai.

Lorde Godalming se levantou e cruzou a sala na direção de um bar completo. Era uma figura impressionante, com um metro e noventa de altura; seu terno fora cortado com perfeição para uma constituição firme e musculosa. O ventre era rígido como um tambor, e seu pescoço não tinha as pregas comuns na maioria dos homens de sua idade. Ele se movia de forma tão recatada que era difícil acreditar em todas as histórias de aventuras que Quincey lera a seu respeito. Apenas alguns fios grisalhos nas têmporas traíam os mais de cinquenta anos de vida de Holmwood e davam-lhe um ar distinto. Arthur pegou o delicado copo de cristal e o decantador e o virou, fazendo com que a luz fraca do aposento batesse nele. Quincey de imediato percebeu duas pequenas falhas: uma cicatriz na bochecha direita e a falta de uma ponta da orelha. Qual batalha teria deixado seus traços em lorde Godalming?

Arthur serviu o conhaque da garrafa de cristal em uma taça.

— O que por acaso o traz aqui, jovem Harker?

— Estou certo de que sabe.

— Não faço a mínima ideia.

— Meu pai foi assassinado semana passada.

— Sim, eu li sobre isso — confirmou Arthur, com altivez. — Minhas condolências.

Ele empunhou a taça, deixando que o calor de sua mão aquecesse o conhaque.

Quincey tentou entender o distanciamento frio de Holmwood.

— Também leu que Jack Seward foi assassinado há duas semanas em Paris?

Arthur franziu o cenho, o rosto se tornando sombrio. Fechou os olhos. Levando a taça ao nariz para absorver o aroma, permaneceu em silêncio.

Quincey aumentou o tom:

— O senhor me escutou? Jack está...

— Eu ouvi na primeira vez. — Arthur o fitou, e Quincey teve a nítida impressão de que ele queria matar o mensageiro. — Jack era um velho tolo. Enfiou seu nariz em... negócios que deveriam ter sido esquecidos.

— Jack Seward era seu amigo!

Arthur apertou os olhos e deu um passo na direção dele.

— Jack Seward era um viciado em morfina que perdeu sua fortuna, sua reputação, sua casa e sua família!

O instinto de sobrevivência de Quincey alertou-o para que parasse. Mas tinha de se manter firme caso quisesse conseguir o respeito daquele homem. Assim, empertigou-se e fincou os pés. Mas, com a mesma rapidez com que surgira, a raiva de Arthur passou, substituída por uma profunda tristeza.

— Jack era um velho tolo que não conseguia esquecer o passado — disse Holmwood tomando o conhaque em um gole rápido, como se para afogar uma lembrança desagradável.

— Meu pai e o dr. Seward foram assassinados com dias de diferença; isso é mais que coincidência, não concorda? — disse Quincey, acrescentando: — O senhor e sua esposa correm perigo.

Arthur riu e encheu novamente o copo.

— Perigo? Jovem Harker, o senhor não sabe o significado dessa palavra.

Quincey não conseguia acreditar que aquele era o mesmo Arthur Holmwood que cavalgara um garanhão em batalha contra os ciganos e Drácula. Ele, entre todas as pessoas, deveria compreender a ameaça. Quincey ficou furioso e, antes que percebesse, havia corrido e agarrado o braço de Arthur, impedindo-o de encher de novo o copo.

— Drácula está vindo se vingar, e o senhor sabe disso. Ajude-me a matá-lo de uma vez por todas!

Arthur olhou com frieza para a mão em seu braço. Com grande reflexo, soltou-se.

— Imprudência, jovem Harker. Temeridade e imprudência. Então ela finalmente contou a você.

— Não, eu descobri a verdade sozinho. — Quincey tentava sem sucesso impedir que sua voz vacilasse.

— Drácula está morto. Eu o vi morrer — disse Arthur, pousando a garrafa e retornando a sua escrivaninha. — Todos vimos.

Quincey não conseguia acreditar naquela cegueira intencional. Teria de soletrar para ele?

— Meu pai foi empalado. *Tepes*. Quem mais poderia ser?

— Eu travei minhas próprias batalhas, jovem Harker. Em minha vida estive nos campos de batalha do inferno e cruzei oceanos de sangue. Tudo isso é passado para mim. Não voltarei para lá — disse, pegando um sininho para chamar o mordomo.

Quincey deu um soco na escrivaninha.

— Covarde!

Ele tinha certeza de que o insulto faria Arthur reagir, mas os olhos azuis do homem estavam destituídos de emoção.

— Vá para casa, garoto. — Holmwood suspirou. — Antes que se machuque.

Quincey ouviu o mordomo entrar no aposento atrás de si.

— Devo deduzir que nossa reunião terminou?

— Boa tarde, jovem Harker — disse Arthur, pegando um pequeno livro, abrindo em uma página marcada e começando a ler.

O mordomo avançou, levando o casaco de Harker.

— Por aqui, senhor.

Quincey permaneceu imóvel, absolutamente chocado. Então, apanhou seu casaco e se voltou novamente para a escrivaninha, arrancando o livro das mãos de Arthur. Seus olhares se encontraram.

— Não terei pena de você quando o vir no cemitério — declarou, esperando que o homem enfim mordesse a isca.

Em vez de aceitar o desafio, Arthur olhou para a pintura bucólica sobre a lareira e murmurou:

— Duvido que alguém tenha.

Enquanto o mordomo o colocava às pressas para fora da casa, para a rua então escura, Quincey ia pensando no que acabara de acontecer. Qualquer que fosse a força que levara Jack Seward à loucura, corrompera sua mãe e tomara a alma de seu pai, ela também abrandara a disposição de Arthur. Ele usava o título de lorde Godalming porque Arthur Holmwood não existia mais. Quincey descobrira que lorde Godalming não travara duelos por causa de honra. Travara duelos na esperança de morrer.

Capítulo XXV

A lua estava baixa no céu, brilhando através das janelas da New Scotland Yard. Cotford, trabalhando em sua escrivaninha, lutava para manter os olhos abertos. A sua esquerda estava o relatório do legista da polícia sobre a necropsia de Lucy Westenra e as frias fotografias em preto e branco da exumação de seu corpo. À direita, fotografias de cena de crime do corpo esquartejado da mulher encontrada no beco cinco noites antes. Ele comparou os dois conjuntos de fotografias. Vinte e cinco anos antes o corpo de Lucy Westenra fora esquartejado do mesmo modo que a mulher recém-assassinada no beco. Na cabeça de Cotford, os dois crimes estavam ligados, mas ele ainda não tinha provas. Não podia procurar seus superiores, que considerariam aquilo conjecturas. O inspetor estudou as fotos e as anotações, buscando uma pista, algum pequeno fragmento de informação negligenciado que confirmasse que os dois assassinatos foram cometidos pela mesma pessoa. Sacudiu a cabeça para espantar o sono. Não dormia havia dias.

— Inspetor Cotford!

— Sim, o que é? — perguntou Cotford, despertando com o chamado do sargento Lee. Seu pescoço doía e estava retesado.

Ele ergueu o braço para proteger os olhos da luz ofuscante da manhã que atravessava a janela. *Maldição! Dormi demais.*

— Encontraram outro corpo!

— Onde? — Cotford ficou totalmente alerta de repente.

— No Tâmisa, senhor. Perto da Torre de Londres.

Cotford pegou o casaco no encosto da cadeira e disparou na direção da porta.

Uma pequena multidão se reunia nas margens frias do trecho inferior do Tâmisa, perto do cais St. Katherine, a leste da torre de Londres. O inspetor Huntley supervisionava o resgate de um corpo da água. Uma corda havia sido passada sob os braços do cadáver, e a outra extremidade presa à sela de um cavalo. Os espectadores engasgaram com a visão do corpete rasgado e os seios nus da mulher morta. Assim que o corpo foi passado sobre o parapeito e colocado na rua, Huntley cavalheirescamente tirou seu paletó e o colocou sobre o tronco da morta, preservando o restante de sua dignidade. O legista da polícia se ajoelhou ao lado do cadáver para o exame preliminar, falando em voz baixa com Huntley.

Perto dali, outra mulher, vestindo reveladores trajes esfarrapados, chorava ao conversar com um detetive, que anotava suas declarações em um bloco.

Cotford agarrou o braço de Lee. Eles caminharam em meio à multidão, aproximando-se para ouvir o que a jovem dizia.

— ...depois disso vi Kristan andando sozinha e entrando na Devonshire Square. Ela mora lá... aluga um quarto por doze *pence* por semana... quero dizer... morava lá.

A garota começou a soluçar descontroladamente. Cotford percebeu um lenço no bolso do detetive, mas o homem não se movia para oferecê-lo a sua testemunha. *Ela continua sendo uma mulher, desgraçado!*

Cotford pegou o próprio lenço no bolso, abrindo caminho na multidão. Mas demorou demais, e outro homem chegou antes dele. A jovem aceitou o lenço com elegância, e Cotford ficou surpreso por ser Huntley o cavalheiro. O inspetor notou Cotford e franziu o cenho. De uma forma amigável, que Cotford achou familiar demais, Huntley colocou os braços sobre os ombros dele e de Lee e os tirou dali.

— O que faz aqui, sargento Lee? — perguntou Huntley com palavras rápidas e firmes. — Vejo agora que o aparecimento do inspetor Cotford no beco naquela noite não foi coincidência. Qual foi o argumento que ele utilizou para o seduzir? A associação com um homem com a reputação dele pode colocar sua carreira em risco. — Huntley se virou para Cotford e continuou: — Estou certo de que o inspetor Cotford concorda comigo.

— Como não poderia? Mas tenha em mente que os fins justificam os meios.

Lee pigarreou para dizer algo, mas Huntley levantou a mão para silenciá-lo.

— Por favor, não diga nada que piore ainda mais a boa opinião que tenho de você. — E virou-se para Cotford antes que ele pudesse falar algo. — Inspetor, deixe-me começar agradecendo suas observações daquela noite. O sargento Lee me informou que você encontrou o segundo conjunto de manchas de sangue e marcas de mãos. O fato de que o orientou a imediatamente chamar minha atenção para isso, e não a de nossos superiores, demonstra que você ainda segue o protocolo e mostra sua gentileza profissional para com seus colegas policiais.

Cotford anuiu.

— Meu único dever é levar o assassino à Justiça.

— Muito bem, então me permita retribuir a gentileza profissional — disse Huntley. — Agradeceria se não tirasse outras conclusões. Eu o conheço, então vou dizer com todas as letras. Não há ligação nenhuma entre a mulher no beco e esta vítima aqui hoje. Esta mulher morta era uma prostituta pobre assassinada por um cliente depravado, algo comum nestas ruas. A moça decapitada no beco era rica. Admito que ela deve ter sido assassinada por uma terceira pessoa, como você imaginou, mas insisto em que foi um crime passional. Mais provavelmente um marido ciumento. Fique tranquilo, eu o encontrarei.

— Para mim, isso é pessoal — retrucou Cotford. — Não estou em busca de glória e não desejo atropelá-lo. Darei a você alegremente qualquer evidência antes de entregá-la à Corte Superior. Como disse, meu dever é apenas levar o assassino à Justiça.

— Vou deixar bem claro, inspetor Cotford — disse Huntley em um tom mais duro e irritado. — Se descobrir que está interferindo em minha investigação ou criando pânico no público ao alegar que esses assassinatos estão ligados, você não me deixará escolha a não ser proteger minha posição denunciando-o a nossos superiores. Peço que não me coloque nessa posição. Por favor, seria melhor se não colocasse sua reputação em risco caçando fantasmas.

Sem esperar resposta, ele deu um tapinha nas costas de Cotford, dirigiu-lhe um sorriso encorajador e partiu para saudar a imprensa, que o esperava.

Lee avançou ansioso e falou no ouvido de Cotford:

— O que foi isso?

— Sargento Lee, Huntley não estava errado. Você tem uma família para se preocupar. Se quiser abandonar nossa investigação agora, não o culparei.

Lee o encarou.

— Ficarei a seu lado enquanto o senhor estiver certo, inspetor. Enquanto estiver certo.

Cotford sorriu, e os dois seguiram na direção do corpo da mulher morta estirado ao lado da proteção de ferro do rio. Seus cabelos estavam encharcados, mas dava para ver que era ruiva, como Lucy Westenra. O rosto seria bastante bonito caso não estivesse petrificado em uma expressão de absoluto horror. Os mortos olhos verdes estavam arregalados, olhando vazios para Cotford. O pescoço havia sido arrancado quase todo fora. O ferimento parecia mais a mordida de um animal que algo que um ser humano pudesse infligir. Cotford concluiu que estava caçando um louco.

Será que perdera um tempo precioso procurando evidências? Será que seu lento e minucioso método científico custara a vida daquela mulher? Cotford se deu conta de que o tempo era fundamental. Era preciso agitar as coisas.

Ele se virou para Lee, o sangue quente. Algo o consumia, algo que a jovem em prantos dissera. Aquela vítima, Kristan, fora vista pela última vez caminhando para seu quarto alugado em Devonshire Square.

Devonshire Square? Fica a um passo de... do hotel onde Van Helsing estava.

— Maldito seja. Malditos sejam seus olhos! — disse Cotford; as veias de sua cabeça latejavam de fúria. — Fique aqui, sargento. Descubra tudo o que puder.

Sem mais uma palavra, ele correu rumo ao norte.

Capítulo XXVI

O velho usou a bengala para se ajeitar na cadeira de veludo luxuosa. Estava no opulento restaurante que um dia fora o grandioso salão de baile vitoriano do Great Eastern Hotel. O velho se consolava com o ambiente familiar, não muito afetado pelo tempo. Ele já terminara seu consomê frio de tomate e esperava com ansiedade o filé e a torta de rins pelos quais o restaurante era famoso. Continuava a sentir o gosto e o cheiro do prato décadas depois de ter estado ali pela última vez. Sua boca salivou quando um jovem se aproximou com uma bandeja de prata. Para sua enorme surpresa, o ancião se deu conta de que, ao contrário do que esperava, quem se aproximava era o recepcionista, não o garçom.

— Não está vendo, jovem, que estou esperando uma refeição?

— Perdoe-me, senhor — disse o recepcionista, levantando a tampa reluzente e apresentando-lhe a bandeja. — Acabou de chegar um telegrama para o senhor. Repassado de Amsterdã.

O ancião olhou para o conhecido envelope amarelo com seu nome escrito. Telegramas costumavam conter más notícias; ele tinha a sensação de que as probabilidades não conspiravam a seu favor.

— Obrigado — disse, suspirando.

Pegou o envelope com uma das mãos e com a outra colocou meia coroa na bandeja de prata. O recepcionista fez uma mesura educada e partiu, guardando a moeda no bolso com experiente decoro. Estava claro que Maaijcke, o garoto de entregas do armazém, encontrara seu bilhete em Amsterdã e estava assim repassando sua correspondência.

O ancião abriu o envelope usando a faca de carne.

De Mina Harker, Exeter, para o professor Abraham van Helsing, Amsterdã.

Quincey está fazendo perguntas. Venha imediatamente. Precisamos de você. Mina.

Ele sempre admirara a força e a vontade de Mina Harker, características que fizeram dela um elemento valioso em suas aventuras. Embora essas mesmas virtudes às vezes a tornassem imprevisível. Uma mulher que pensava sozinha era perigosa. Afora suas necessidades sexuais, os homens eram governados pelo cérebro e pela lógica. As mulheres eram sempre governadas por suas emoções, e, na experiência dele, todas as decisões nasciam destas.

Mina fora tentada pelo demônio e chegara a sucumbir em dado momento. Foi por lealdade ao marido, Jonathan, que ela escolhera o caminho da luz. Naquele momento, com o marido morto, ela já não precisava ser leal. Caso fosse novamente tentada, Mina se entregaria a seus desejos?

Um filé quente com torta de rins foi colocado diante dele. O cheiro da comida era delicioso, exatamente como recordava. Seu estômago roncou; mas mesmo assim Van Helsing se viu relendo o telegrama. Quincey Harker estava fazendo perguntas. *Não surpreende, com tanta coisa escondida do garoto.* Mas segredos são como flores enterradas sob a neve: elas acabam se levantando e vendo a luz.

Pôs-se a pensar se Quincey poderia lidar com o segredo negro que seu grupo escondia. Com sorte teria herdado a fé inabalável que Jonathan Harker tinha na juventude... E quem sabe até também a força de vontade da mãe. Isso não seria bom. De qualquer forma, caso Quincey fosse confrontado pelo demônio, como sua mãe anteriormente, teria de fazer uma escolha. A juventude podia ser imprudente e rebelde. Se chegasse a isso, Quincey poderia se tornar uma ameaça maior.

Van Helsing franziu o cenho quando um pensamento perturbador tomou sua mente: ele poderia ser obrigado a destruir Quincey. Será que Deus lhe daria força para matar o garoto que um dia amara como a um filho? Rezou para que nunca chegasse a isso. Decidindo que o preço do telegrama era perder o jantar, Van Helsing se levantou da mesa, pegou a bengala e cambaleou até o *lobby*. No momento em que saiu, percebeu que talvez nunca voltasse a ter outra oportunidade de provar o filé com torta de rim do Great Eastern Hotel.

Suspirou ao chegar ao elevador. O melhor da vida era feito de pequenos momentos especiais. *Quantos deles temos em uma vida?* Para ele sobravam muito poucos. Amaldiçoou os Harker por roubar dele um desses. Como

Jonathan e Mina podiam ter sido tão idiotas a ponto de esconder a verdade do filho por tanto tempo? A ignorância alimenta a raiva. Em sua tentativa equivocada de proteger o filho, os Harker colocaram Quincey em grave perigo. O demônio estava lá fora, e o velho teria de encontrar Quincey antes dele.

— E agora todos os abutres finalmente se reúnem — comentou alguém, invadindo os pensamentos de Van Helsing.

Ele conhecia aquela voz, embora não a ouvisse fazia muito tempo.

— Cotford! — disse Van Helsing.

Um fantasma de seu passado estava de pé no centro do saguão. Cotford parecia muito mais velho, e ganhara ainda mais peso, mas o sabujo ainda rosnava. Em sua juventude, Cotford era um tipo grosseiro que não perdia tempo em se adequar às gentilezas da sociedade. O tempo obviamente não o amolecera. Ele nem sequer tivera a decência de retirar o chapéu ao entrar.

— A morte o acompanha como o fedor acompanha um porco, Van Helsing.

Cotford olhou Van Helsing avançar, apoiado na bengala. Era um artifício simpático, se fingir de velho frágil para não despertar suspeitas.

Tentou disfarçar o fato de que ainda estava sem fôlego, após ter quase corrido do Tâmisa direto para o Great Eastern Hotel. Talvez não fosse irônico que Van Helsing gostasse de se hospedar ali. Antes de ser transformado em um grandioso hotel em 1884, aquele prédio havia sido um hospício, parecido com o asilo que seu antigo pupilo, o dr. Jack Seward, administrara em Whitby.

Cotford aprendera com seus anos de serviço que predadores gostavam de operar perto de sua base. O Great Eastern Hotel ficava na Liverpool Street, a oeste de Bishopsgate. Perto dali, no lado leste de Bishopsgate, ficava a Devonshire Square, onde Kristan fora vista pela última vez. O médico louco nem ao menos esperara uma noite após se registrar para fazer sua sexta vítima. Cotford não tinha a prova irrefutável de que precisava para prender Van Helsing, mas não ousara esperar que ele fizesse outra vítima inocente. Como no caso da sra. Harker, Cotford esperava que seu confronto surpresa provocasse Van Helsing, levando a uma confissão. A expressão de choque no rosto do professor indicava que ele esperava nunca tornar a vê-lo. Até aquela altura, tudo bem. Ele estava em vantagem, com o elemento surpresa do seu lado.

— Ainda no caso, detetive? — perguntou Van Helsing.

— Agora sou inspetor.

— Bastante britânico disfarçar o fracasso com uma promoção.

Cotford foi atingido pela perspicácia de Van Helsing, mas resolveu ignorar a observação. E retrucou com uma ferroada:

— Mais duas mulheres esquartejadas em Whitechapel, e ei-lo aqui. Em 1888, você escapou da Justiça. Desta vez vou pegar você e seu bando de assassinos.

— Abra bem os olhos, Cotford. Não há como *você* fazer justiça contra o mal a que se refere — disse Van Helsing se virando para o elevador.

Cotford olhou para as costas do velho, furioso. Desprezava homens como Van Helsing, que se acreditavam cientistas, mas que, quando confrontados com uma questão para a qual seu cérebro não tinha resposta, apelavam imediatamente para o sobrenatural. Ele era filho de uma época que não existia mais.

O professor apertou o botão para chamar o elevador. A voz marcada pelo uísque de Cotford ecoou pelo saguão de mármore:

— Eu abri o túmulo de Lucy Westenra.

Van Helsing ficou paralisado. Virou-se bem devagar. A expressão de raiva nos olhos por trás dos óculos era exatamente o que Cotford esperara ver.

Ele sibilou entre os dentes:

— Você segue a trilha de sua vida insignificante com absoluta condescendência. Seguro em seu mundo moderno de máquinas e iluminismo distraído. Cego para ver o antigo mal pagão que corrói o solo sob seus pés porque se recusa a dar atenção a ele.

Clientes no saguão haviam parado e olhavam para os dois homens. Cotford não se importava: que todos ouvissem. Chegara a hora de a loucura de Van Helsing ser revelada.

— Você foi demitido da Universidade Vrije por roubar corpos de seus túmulos — disse Cotford bem alto. — Aquelas autópsias investigativas não eram mais do que cravar estacas de ferro em seus corações e mutilar os corpos.

O inspetor podia ouvir sua voz tomando o espaço e instilando medo nos espectadores, mas estava furioso demais. Vira pessoalmente como homens imprudentes profanavam os corpos dos mortos. Assim como Van Helsing, o padre de sua antiga aldeia na Irlanda também acreditara fazer o trabalho de Deus ao violar o túmulo de seu irmão. Ele continuou.

— Você perdeu seu registro médico por fazer transfusões de sangue experimentais que mataram seus pacientes. Você não sabia casar tipos sanguíneos. Alegou que eles haviam sido mordidos por vampiros...

— Nenhum médico sabia nada sobre tipos sanguíneos antes de 1901, seu idiota ignorante. Eu agi no interesse de meus pacientes. Fiz tudo o que podia para salvá-los.

Cotford olhou para Van Helsing com desprezo. Se o professor tivesse dedicado sua pesquisa à ciência em vez de à mitologia, poderia ter salvado vidas em vez de apressar mortes. Podia ver a expressão de pânico nos olhos do velho ao perceber o veredicto dos clientes no saguão. Seu coração estava acelerado. Era o momento de derrotar Van Helsing.

— E foi você e aquelas pobres almas que sofreram lavagem cerebral para segui-lo, que mataram aquelas pobres mulheres há vinte e cinco anos. Eu vejo o mal diante de mim, Van Helsing! Vejo você! Vejo Jack, o Estripador.

Todos no saguão começaram a sussurrar e fofocar. Cavalheiros instintivamente protegeram suas esposas. Crianças foram tiradas dali. Todos se afastaram de Van Helsing, mantendo distância do acusado de assassinato. Ele ficou só, exposto e vulnerável.

Cotford esperava que o orgulho o obrigasse a justificar seus crimes diante dos espectadores. Em vez disso, os ombros do velho caíram. Ele olhou para Cotford com grande compaixão e piedade.

— Você não vê nada. E o que você não vê *irá* matá-lo.

Houve algo no modo como Van Helsing falou que provocou um arrepio em Cotford, e ele não ficava nervoso com facilidade. Van Helsing virara o jogo. Naquele momento era Cotford quem estava abalado. *Seria aquilo uma ameaça?*

A porta do elevador se abriu. Van Helsing fez um gesto com a cabeça para que o ascensorista segurasse a porta para ele. Cotford se esforçou para dizer algo, mas sua mente ainda remoía as últimas palavras de Van Helsing. Então a porta do elevador se fechou, e o velho desapareceu, deixando Cotford de pé no opulento saguão. Todos o olharam.

— Papo furado! — exclamou Cotford.

Aquele confronto fora uma tolice. Ele nunca conseguiria arrancar uma confissão de Van Helsing. Sabia que teria de usar outros meios, caso quisesse levar Abraham van Helsing à Justiça.

CAPÍTULO XXVII

O passado era como uma prisão da qual nenhum interno podia escapar. Dias antes, Mina sentiu sua cela particular diminuir. Seu amado Jonathan estava morto; Quincey havia fugido. A paranoia começou a se instalar: ela se viu constantemente espiando pelas janelas. Seu carcereiro era um vigia cruel: o medo de que Cotford, aquele policial alto, e seus lobos subordinados pudessem aparecer a sua porta a qualquer momento. Ela precisava de um plano para mantê-los afastados.

Desde a partida de Quincey, Mina examinara as folhas que ele deixara espalhadas pelo chão do escritório. Sentada no centro de um círculo ao estilo do monumento de Stonehenge, ela folheou as ruínas de sua vida. Deveria ter impedido Quincey de partir. Naquele momento, teria de deduzir qual seria seu passo seguinte para poder encontrá-lo. Ele precisava da sua proteção, quisesse ele ou não. A noite caíra sobre a Inglaterra. Mina se achava em desvantagem, pois seu predador tinha todas as cartas.

Ela abriu a pasta grossa contendo os dossiês que montara. O de Arthur Holmwood estava no alto, com o endereço bastante nítido. Fazia sentido procurar Arthur. Se ela estivesse no lugar de Quincey, era o que faria primeiro. Infelizmente Quincey não sabia quanto Arthur Holmwood mudara. Mesmo que conseguisse uma visita a lorde Godalming, ela estava certa de que não seria produtiva. Ao contrário de Mina e Jonathan, que tentaram retomar a vida pública depois da Transilvânia, lorde Godalming se recolhera em sua mansão no Ring de Londres. Com o passar do tempo, ele se tornara cada vez mais recluso, raivoso e amargurado, até o Arthur Holmwood do qual ela se lembrava desaparecer por completo. Ele distorcera os fatos em sua mente e passara a desprezar os outros do grupo de corajosos.

Ele nos culpava pela morte de sua amada Lucy. Não sabia que eu também a amava? Mais que qualquer dos outros, Mina se tornara o centro da ira de Holmwood. Se Quincey procurou lorde Godalming, teve sorte se não fez um inimigo mortal.

Para onde Quincey iria depois? Repetiria os passos do antigo grupo até a Transilvânia? Procuraria Van Helsing? A cabeça de Mina girava com as possibilidades. Não conseguia pensar em mais nada. Mal dormira nos dias seguintes à morte de Jonathan. Perdera a noção do tempo, e naquele momento o tempo corria contra ela.

Mina examinou o passado naqueles papéis que a cercavam. Perguntou-se por que guardara tudo aquilo. Se os tivesse destruído, talvez Quincey estivesse seguro no ninho naquele momento. Será que destruir a informação teria tornado mais fácil para ela destruir as lembranças? Sem pensar uma segunda vez, Mina jogou a pilha na lareira e ficou vendo as páginas se retorcerem nas chamas.

Que venha Cotford, que traga seu mandado de busca. Não encontraria nada ali a não ser cinzas amargas. Ninguém poderia provar que o romance de Stoker era mais que uma alucinada obra de ficção.

Maldição! Quem afinal era aquele Bram Stoker? Como conhecia a história deles? O grupo de bravos fizera um juramento sagrado de nunca divulgar os horrores que haviam se abatido sobre eles. Seria possível que Jack Seward os tivesse traído contando a história para Stoker? Infelizmente, ele era a suspeita óbvia.

Mina estava cansada. Perguntas se empilhavam em sua cabeça como tijolos, e seus pensamentos não conseguiam ultrapassar aquela barreira. Precisava dormir, nem que fosse por pouco tempo, apenas para clarear a mente. Lembrou-se de que, quando começou a ter seus pesadelos, alguns meses antes, Jonathan levou para casa uma garrafa de láudano. Na época disse que estava preocupado com a falta de sono dela e que o sedativo a ajudaria. Ela se recusou a tomar e suspeitou que Jonathan tentava drogá-la para impedir que ela passasse a noite desejando seu príncipe das trevas.

Mina pegou a garrafa de láudano da cristaleira. Estava tão cansada que os olhos mal conseguiam focalizar para que lesse a dosagem correta. Ao colocar o líquido em um dedal, recordou que havia sido sua recusa em tomar o remédio que levara Jonathan a deixar de partilhar a cama com ela — o primeiro passo para a desintegração final de seu casamento. Bebeu o láudano de um gole, na esperança de afogar a lembrança dolorosa.

Fez efeito rapidamente. Mina cambaleou de volta ao escritório lamentando que o amor que ela e Jonathan haviam partilhado houvesse se tornado tão amargo no final. Naquele exato instante, não se importava. Fosse Jonathan na juventude ou a carcaça dos últimos dias, só queria que ele estivesse em seus braços uma última vez.

Mina encontrou uma fotografia emoldurada de Jonathan na mesa ao lado da poltrona, tirada no dia em que ele entrou para a associação de advogados. Ela sentira muito orgulho. Enfim, tornara-se quem queria ser, cheio de esperança e perspectivas. Uma lágrima caiu no vidro que cobria o rosto sorridente de Jonathan, e Mina a enxugou com gentileza, acariciando a imagem. Sentiu-se caindo na poltrona.

— Jonathan, preciso de você. Não posso fazer isso sozinha.

Suas pálpebras ficaram cada vez mais pesadas. Em seus últimos segundos de consciência, Mina pensou ter visto uma névoa carmim penetrar sob as portas francesas.

Mina não tinha certeza de quanto tempo tinha dormido quando sentiu um hálito suave em seu tornozelo. Obrigou-se a abrir os olhos, mas não viu ninguém. Estava em um delírio, em algum ponto entre os efeitos da droga e o sonho. Apertou a fotografia contra o peito, sentindo as beiradas duras da moldura, e se imaginou abraçando Jonathan mais uma vez.

Ela sentiu o toque.

Era uma carícia, como se uma mão gentil deslizasse subindo do tornozelo para a canela, por cima das meias. A mão se virou para dentro, passando pelo arremate da meia, e tocou a carne macia da parte interna da coxa. Mina mordeu o lábio, sentindo a temperatura subir. *Por favor, Deus, que seja Jonathan.*

A mão em sua coxa abriu suas pernas. O coração de Mina acelerou. Ansiava por ser desejada, amada, ser mulher novamente. Um gemido escapou de seus lábios. Os seios pulsaram ao ritmo de seu coração acelerado.

As mãos espectrais tiraram sua roupa de baixo. As costas de Mina se curvaram quando os dedos tocaram e mexeram em suas partes mais íntimas. Estava prestes a se entregar à paixão quando um pensamento aterrorizante cruzou sua cabeça, que girava. *Não podia ser Jonathan. Ele nunca se permitira conhecer os segredos do corpo dela.* Mina engasgou. Ninguém sabia tocá-la daquela forma. *Ninguém... a não ser ele.* Mina gritou. Chorou. *Não, por favor, não faça isso. É Jonathan quem eu amo.*

Uma voz surgiu na mente de Mina: *"Eu testemunhei a morte de Jonathan. Agora você é minha."*

Mina tentou gritar. Suas ideias clarearam. Seu príncipe das trevas matara Jonathan, e com isso traíra o amor que eles um dia haviam partilhado.

Em um instante, as mãos avançaram, tocando-a ao mesmo tempo em mil pontos. Mina estremeceu, não podia resistir mais. *Pelo amor de Deus, não faça isso comigo! Não me obrigue a escolher, meu amor!* Era tarde demais. Sensações apaixonadas tomaram conta dela. A boca de Mina se abriu, os olhos se fecharam e a cabeça caiu para trás. As mãos tocaram e buscaram. Mina desfaleceu.

De repente ela sentiu um forte vento gelado sobre a pele. Sabia que estava de bruços, mas tinha a sensação de que estava de pé. O vento uivava em seus ouvidos, tão alto que Mina achou que ficaria surda. Tentou cobrir os ouvidos, mas não podia se mover. Era como se seu corpo estivesse paralisado, mas seus sentidos, eletrificados. Podia sentir cheiro de flor, água e lama. Sentiu frio.

Embora não quisesse, seus olhos se abriram. Quis gritar com o que viu, mas não tinha controle de seu corpo. Estava de pé em uma muralha quebrada, olhando para um campo tomado de neve. Flocos de neve dançavam ao vento. Mina reconheceu os picos escarpados dos montes Cárpatos.

Mina estava na Transilvânia, no topo do torreão mais alto do castelo de Drácula.

Ouviu sons de cascos se aproximando, espalhando água ao disparar pela neve semiderretida. Doze homens montados avançavam na direção do castelo. Ciganos. No meio deles, uma carroça puxada a cavalo balançava de um lado para outro como uma cobra, deslizando com os sobressaltos da estrada gelada. A carroça levava um caixão. Quando se aproximaram do portão quebrado do castelo, os ciganos ladearam a carroça e sacaram suas armas.

Era tudo muito familiar para Mina. Ela revivia o momento mais negro de seu passado, aquele que passara vinte e cinco anos tentando esquecer.

Mas não era do modo como Mina se lembrava. Ainda sem controlar seu corpo, olhou na direção leste e viu uma mulher de cabelos louros montada em um cavalo branco. Um homem em um garanhão cinzento corria ao lado dela, segurando as rédeas de seu cavalo.

A mulher abaixo era... Ela mesma.

O homem no garanhão cinzento que conduzia o dela era o professor Van Helsing. Ver a si mesma a distância era uma sensação estranha. Mina começou a entender que estava testemunhando aqueles acontecimentos passados de um ponto de vista diferente. Nunca estivera dentro do castelo de Drácula. Será que ela estava morta? Mina ficou horrorizada com a ideia de que o julgamento de Deus seria obrigá-la a reviver o momento mais terrível de sua vida vezes sem conta, no purgatório.

Um clarim militar soou em seus ouvidos. Mina virou a cabeça instintivamente, assim como os ciganos, e reconheceu os homens avançando pelo oeste. Era aquele adorável patife, o texano Quincey P. Morris, com o dr. Jack Seward a seu lado. Ver Quincey Morris e Jack tranquilizou Mina. Talvez fosse verdade: quando a pessoa morre, junta-se a seus entes queridos. Podia sentir o medo aumentando entre os ciganos. Eles nunca tinham visto ninguém como o pistoleiro texano antes. Mal Quincey Morris e Seward apareceram no horizonte, tiros ecoaram ao sul. Montando seus corcéis, Jonathan e Arthur dispararam seus rifles contra o bando de ciganos.

Mina relembrou o plano de se dividirem e irem de diferentes formas para a Transilvânia, com o objetivo de investir contra os ciganos ao mesmo tempo, cercando-os por todas as direções. A ideia fora de Quincey Morris, que aprendera a técnica como oficial de cavalaria durante as guerras contra os índios.

O corajoso grupo de heróis estava junto de novo, vivo e vibrante. Seus cavalos, molhados de suor, soltavam vapor pelas narinas, os cascos marcando o cobertor de neve enquanto corriam na direção do poente.

Seguindo a liderança de Jonathan e Arthur, Quincey Morris e o dr. Seward abriram fogo contra os ciganos. Cavalos deram pinotes e cambalearam com os tiros. Os ciganos responderam ao fogo.

O portão do castelo estava arruinado, bloqueado por entulho. Mina viu que o entulho vinha da ameia decadente onde ela estava. Mais uma vez sem seu controle, Mina olhou para a batalha que se seguia. Ainda não se acostumara à ideia de se ver aproximando-se com os outros. Perdeu o fôlego momentaneamente quando o jovem Jonathan se aproximou. Esquecera-se de como ele ficara bonito a cavalo naquele dia. Diferentemente de Arthur e Quincey Morris, Jonathan jamais procurou aventura. Com o passar dos anos, ele contou como estivera aterrorizado naquele dia, um medo quase paralisante. Arriscara sua vida por uma única razão: lutar; e, se preciso, morrer pela mulher que amava.

O corajoso grupo de heróis seguiu para a carroça que levava o caixão, e um grupo de ciganos cavalgou na direção deles. Eram indisciplinados, sua formação estava aberta. O restante dos ciganos ficou para trás, cercando a carroça.

Quincey P. Morris, deixando clara sua experiência de combate, segurou as rédeas do cavalo com os dentes enquanto disparava seu rifle Winchester contra os ciganos que investiam. Primeiro um, depois o peito de um segundo cigano explodiram em jorros de sangue. A bala de um cigano ricocheteou fazendo barulho, e uma explosão de fagulhas saiu do rifle do dr. Seward; ele gritou enquanto o rifle era arrancado de suas mãos. Arthur tornou a atirar, explodindo metade do rosto de outro cigano. Os remanescentes avançaram na direção de Quincey Morris e Seward. Morris, usando a coronha da arma como taco, derrubou outro cigano no chão enquanto gritava para o indefeso Seward:

— Use sua maldita espada, homem!

Olhando do alto da ameia, Mina ficou impressionada ao ver o dócil Jack Seward. Ele brandia a lâmina furiosamente, berrando como um louco, ferindo e cortando os ciganos sem parar. Ela podia jurar que conseguia ouvir seu coração em disparada.

A coronha do rifle de um cigano acertou o rosto de Seward, esmagando seu nariz em meio a um jorro de sangue. Mina podia sentir o cheiro.

Virou a cabeça para ver que o professor Van Helsing e ela mesma haviam desmontado dos cavalos. Van Helsing ergueu seu rifle com a pontaria de um caçador, calmo, paciente, e disparou, matando o cigano que esmagara o rosto de Seward. O som do tiro de Van Helsing alertou os ciganos. Um segundo grupo se afastou da carroça e disparou na direção dele. Vendo de cima, Mina entendeu a estratégia de Van Helsing: ele estava reduzindo o grupo ao redor do caixão. Ela se viu em sua versão mais jovem pulando para trás de Van Helsing para buscar proteção enquanto ele utilizava dois cartuchos de balas.

Van Helsing disparou contra os ciganos e gritou:

— O sol está se pondo. Não temos tempo. Jonathan, Arthur, ataquem!

Do alto das ruínas do castelo, Mina viu sua versão mais jovem apanhar o rifle de Van Helsing e acompanhá-lo na luta contra os ciganos.

Uma nova sequência de tiros foi ouvida. Jonathan e Arthur se lançaram contra os protetores do caixão. Todos os tiros de Jonathan erravam o alvo, mas os pinotes do cavalo não prejudicavam em nada a pontaria de Arthur. Ele derrubou mais dois ciganos. Os defensores sobreviventes se concentraram em Arthur. A cabeça de Arthur de repente foi arremessada para trás com um jorro de sangue, e ele caiu de seu cavalo.

Jack Seward sacou seu revólver e disparou a esmo. Quincey Morris esporeou seu animal, galopando para ir de encontro à montaria do cigano. Com a força do choque, o cavalo do cigano rodopiou, derrubando o cavaleiro no chão. Van Helsing esvaziou mais um cartucho e depois lançou a arma na direção dos ciganos, sacou uma cimitarra da cinta com a mão direita, brandindo uma pequena lâmina curva com a esquerda. Cruzou as espadas, habilidosamente lutando contra três ciganos de uma só vez.

Mina se viu paralisada. Abaixo, os comandos de seu príncipe das trevas entraram em sua mente. No presente, ela se lembrava de ter sentido o amor dele, pedindo a ela que apontasse o rifle para as costas de Van Helsing e o matasse. Mina lembrou-se da luta interior. Jogou o rifle fora e agarrou a cabeça para se livrar da dor dilacerante que surgia toda vez que Drácula invadia seus pensamentos.

Van Helsing acertou um cigano no peito com a cimitarra e cortou a garganta de outro com a lâmina curta. Mina caiu atrás do professor, agarrando a cruz de ouro em seu pescoço, delirando de febre.

No alto, Mina pôde ver Jack Seward saltar de seu cavalo, cercado pelos corpos dos ciganos mortos. Ele pegou o rifle de um deles e disparou para o campo na direção daqueles que defendiam o caixão.

Arthur se ergueu cambaleando. O sangue escorria do corte profundo que a bala traçara em seu rosto. A ponta de sua orelha direita desaparecera. Ele engatilhou sua Winchester e se juntou a Seward. Seu fogo de cobertura abriu caminho para Jonathan e Quincey Morris.

Dando um grito de guerra, Quincey Morris sacou sua faca *kukri* e saltou do corcel para a carroça. Por um momento, Jonathan congelou, seu medo era evidente. Mina o viu olhar para trás, para a versão mais jovem dela, que se contorcia de dor atrás de Van Helsing. Do alto onde estava vendo tudo, ela percebeu algo que não poderia ter visto antes. A visão da esposa sofrendo de dor transformara o medo dele em fúria. Olhando para o caixão, Jonathan sacou sua espada, matou um cigano e saltou para a carroça ao lado de Quincey Morris.

Eles tiraram juntos a tampa de madeira do caixão e revelaram seu conteúdo hediondo: o esqueleto de uma criatura com orelhas pontudas e dentes de lâmina, vestindo roupas bem-cortadas.

— Meu Deus, Harker! — disse Quincey Morris, engasgando. — O que é isto?

— O puro mal.

Um cigano estava com as mãos no pescoço do professor. Van Helsing esticou a mão na direção da bota, sacou uma lâmina escondida e acertou o cigano com selvageria na virilha. O homem soltou o pescoço de Van Helsing, berrando de dor. Van Helsing recuou a cabeça e então cabeceou o crânio de seu adversário. Os olhos do cigano reviraram, e ele caiu, inconsciente. Van Helsing se virou para ver Quincey Morris e Jonathan olhando o ataúde aberto.

— Não olhem para ele! Ataquem agora!

Era tarde demais. As pálpebras da criatura se abriram. Duas órbitas negras cintilantes, despidas de tudo que não era o mal, olharam para cima na direção de Quincey Morris e Jonathan. Os dois congelaram. Na ameia, Mina se viu recuperando os sentidos. Ela entendeu o que havia acontecido: a atenção de seu príncipe das trevas passara dela para os homens então hipnotizados.

Mina viu Van Helsing pegar seu rifle e correr na direção do ataúde, acenando para que Jack e Arthur se juntassem a ele. Arthur continuou a atirar, tentando manter os ciganos longe de seus amigos paralisados. Um único cigano escapou ao fogo, e de repente uma lâmina surgiu no peito de Quincey, que foi esfaqueado pelas costas.

O grito do amigo despertou Jonathan de seu estado hipnótico.

— Quincey! — Jonathan se virou e testemunhou o cigano friamente arrancar a espada das costas de Morris.

Quincey Morris agarrou a lateral do caixão para se equilibrar, e seu sangue correu. O cigano ergueu a espada e a lançou contra a cabeça de Jonathan. Do alto, Mina podia ouvir o zumbido do aço cortando o ar. Jonathan ergueu sua espada para impedir o golpe mortal. O impacto das duas lâminas se chocando derrubou Jonathan no chão. Mina ouviu sua versão mais jovem gritar:

— Jonathan!

Arthur, Jack e Van Helsing atiraram ao mesmo tempo, as três balas acertando o alvo. O cigano foi derrubado da carroça, salvando a vida de Jonathan.

Mina viu os olhos de sua versão mais jovem e de Jonathan se encontrarem.

Van Helsing gritou para Jonathan, entre tiros:

— Termine isso, homem. O sol está se pondo!

O sol estava quase na linha do horizonte, seu brilho laranja ofuscante. Uma névoa subia do caixão, com a criatura dentro dela começando a queimar com os raios solares.

O rosto de Jonathan demonstrava dor quando Mina, confusa e em pânico, desviava o olhar do marido para o caixão enfumaçado.

Quincey Morris, sujo com o próprio sangue, caiu para a frente, cravando sua faca *kukri* no peito da criatura. Mina gritou quando a criatura soltou um uivo sobrenatural.

Com toda sua grande força se esvaindo, Quincey Morris desabou. A mão enluvada da criatura, coberta de bolhas, o arremessou para trás. O texano voou pelo ar, aterrissando na neve. Gemendo de dor, a criatura lutou para se levantar. Um sangue escuro escorria do ferimento. Os raios mortais do sol bateram diretamente sobre Drácula. Chamas tomaram conta de seu corpo enquanto ele estendia a mão para Mina.

— Mina! Ajude-me, meu amor!

Jonathan fitou a esposa. Mina olhou de seu príncipe das trevas para o marido amoroso. Era preciso fazer uma escolha. A fúria de Jonathan aumentou com sua hesitação. Ele agarrou sua espada e subiu na carroça. Os olhos negros sem alma da criatura em chamas se encontraram com seu olhar enlouquecido.

— Vá para o maldito inferno, príncipe Drácula!

Jonathan girou a espada, tentando cortar a cabeça da criatura. Sem força suficiente, a lâmina ficou cravada no pescoço de Drácula, que se esticou, o punho em chamas atingindo o rosto de Jonathan e arremessando-o para trás.

O vampiro arrancou a espada do pescoço. O sangue escorreu como uma cachoeira. As chamas engoliram seu corpo quando ele desabou de joelhos, uivando e sacudindo de agonia.

Jonathan se ergueu, desembainhou sua faca de caça e correu, determinado a terminar a batalha. No mesmo instante, Mina viu um dos ciganos feridos saltar para a frente, uma arma apontada para seu marido.

Mina se viu fazendo uma escolha terrível. Mais um instante e o sol teria se posto atrás dos montes Cárpatos e seu príncipe estaria salvo. Mas, se permitisse que aquele momento transcorresse, o homem que arriscara a vida por ela, seu amado marido, seria morto com um tiro. Mina fez a única escolha possível, aquela que a assombraria pelo resto da vida: pegou um revólver caído, engatilhou-o e disparou, acertando o cigano ferido entre os olhos.

Jonathan voltou a erguer sua faca de caça. Dessa vez ele iria cortar a cabeça em chamas da criatura. Porém, não teve essa oportunidade. A criatura vira Mina escolher salvar seu rival em vez de atender a seu pedido. Era mais do que ele podia suportar. Jonathan recuou de medo quando o vampiro uivou de agonia, a carne queimada caindo de seus ossos. Drácula não chorava sua morte, mas a traição de sua amada Mina.

A criatura caiu para trás, consumida pelas chamas. Seu corpo desmoronou. Então, com a faca *kukri* cravada em seu peito, implodiu-se em brasas acesas.

Terminara.

Mina acompanhou a cena abaixo, congelada. Viu-se olhando para o caixão. Sem saber se a emoção era dela mesma, sentiu raiva, uma fúria amarga crescer dentro de si. Das cinzas, uma fina névoa branca serpenteou ao redor do entulho, atravessando o portão do castelo. Mina respondeu com uma voz que não era a sua:

— Não desta vez.

Em um átimo, Mina estava sendo descontroladamente arrastada através das paredes de pedra do castelo, revestidas de madeira e decoradas com pinturas, a visão borrada pela velocidade do deslocamento. Desceu em disparada uma escadaria em zigue-zague. De algum modo seu corpo parecia saber exatamente para onde ia. Ouviu o vento e sentiu seu sopro. O frio retornou. Ela estava do lado de fora, na neve.

Mina parou de uma forma ab-rupta que a deixou nauseada. Estava nas ruínas de uma capela profanada. O teto desmoronara havia muito, e os bancos de madeira tinham apodrecido durante séculos de abandono e exposição ao clima; a estátua de Cristo que um dia estivera sobre o altar se quebrara e jazia esmagada no piso de pedra.

Ela se concentrou na base do altar. A névoa branca que se acumulara ali se reconstituíra. Mina viu, assombrada, um corpo ganhar forma. Drácula.

Ele estava enegrecido pelo fogo do sol, a garganta estava cortada, o peito ainda levava cravada a faca *kukri*. Seu sangue continuava a correr. Mas de alguma forma ele sobrevivia, gritando e se contorcendo em uma dor excruciante.

Drácula estava vivo. Ela ficou fascinada com a genialidade tática de seu príncipe das trevas. Ele transformara o grupo de heróis em um bando de tolos.

As mãos esqueléticas da criatura agarraram a empunhadura da faca *kukri* e tentaram arrancá-la do peito. Mina queria correr para ajudar, mas a força que controlava seu corpo só permitia que ela caminhasse para a frente e devagar. Ouviu os saltos de suas botas batendo no piso de pedra. Com a lua brilhando atrás de si, a sombra de Mina se lançou sobre seu príncipe. Drácula sentiu sua presença. Os olhos fundos em seu rosto queimado de caveira se viraram para ela, enquanto ele estendia uma mão suplicante.

— *Sânge!*

Embora Mina nunca tivesse falado romeno, soube que ele pedia seu sangue. Ela se ouviu rir, um estrondo debochado e vitorioso. Viu quando sua comprida bota preta de couro se apoiou no punho da faca *kukri*.

Os olhos da criatura brilharam de fúria. Mina se ouviu falar, com uma voz e em um idioma que não eram os seus:

— Você diz ter alto nível moral, mas me rejeita por causa de uma puta adúltera.

A cabeça de Mina girou. *Do que ela estava falando?!* E ouviu-se soltando um rosnado gutural:

— Sacrilégio!

Sua bota apertou com força. Dessa vez a escolha estava sendo feita por ela. Mina queria gritar, mas em vez disso saiu de seus lábios um som alegre.

A criatura rugiu de agonia. Sua cabeça caiu para trás, os olhos vazios. Um último soluço passou pelos lábios que ela um dia beijara, e no momento seguinte seu amado estava realmente morto. Mina nunca mais sentiria o fardo da terrível escolha.

Durante muitos anos, Mina ansiara conhecer a verdade — ela o vira se desfazer em pó, mas, sem ver o corpo, uma pergunta sempre permanecera em sua cabeça. Em certo sentido teria sido melhor não saber. Não sabendo, pelo menos havia a esperança de que ele pudesse ter sobrevivido.

Mina viu a mão em luva preta adornada com um anel de rubi agarrar o punho de marfim da faca *kukri* com um movimento rápido. Com grande prazer, a mão arrancou a lâmina do cadáver da criatura morta.

Os dedos enluvados limparam a lâmina na manga direita. Por um instante, Mina viu um reflexo no aço. Não era o seu rosto olhando para ela, mas o de uma estranha. Então deu-se conta de que os cachos de cabelos da estranha eram de um negro exuberante. Seus olhos, de um azul gelado, despidos de emoção. Seu corpo vibrava de prazer com a morte e o cheiro do sangue quente.

Mina ficou enojada, mas sentiu todos os músculos contraírem em êxtase, com uma onda de excitação abatendo-se sobre si.

Abriu os olhos de novo e ficou chocada ao se descobrir de volta a sua casa em Exeter, a sua cadeira na sala de desenho. Seu corpo ainda vibrava, não de vitória, mas de êxtase, as muitas mãos estavam sob suas roupas, acariciando cada centímetro de sua pele ao mesmo tempo. Seu corpo sacudia em ondas de espasmos, e ela teve um orgasmo tão violento que gritou por um prazer quase insuportável. Foi tão poderoso que ela arremessou ao ar a foto emoldurada de Jonathan, que antes apertava contra o peito e que então se partia contra a estante.

Enfim, Mina se deitou de costas, sentindo um prazer esmagador, lutando para respirar. Um sorriso brotou em seus lábios. No coração sentia-se culpada, mas seu corpo experimentava uma plenitude sem precedentes. Estava certa desde o início: só havia uma pessoa que podia fazê-la sentir-se assim. *Seria agora ele um fantasma?* Seu nome estava prestes a sair de seus lábios quando Mina foi atacada pelo fedor do túmulo.

Uma névoa carmim saiu de sob o corpete de seu vestido, subiu e assumiu a forma fantasmagórica de uma mulher. Quando os traços amorfos da névoa se tornaram mais definidos, Mina reconheceu a figura como a bela que vira refletida na lâmina da faca *kukri*. Era a mulher que matara seu príncipe. Mina se sentiu enjoada.

Ela se moveu para fugir de sua estupradora enevoada, mas a agressora a empurrou de volta para a poltrona, montando nela. Depois, inclinou-se para a frente, cobrindo a boca de Mina com a sua. Enquanto forçava a língua para dentro da boca de Mina, passou a língua em seus dentes, cortando-a. Sangue pingou na boca de Mina.

Mina gritou, cuspiu e tentou virar o rosto, mas a mulher abriu seus lábios, puxando a língua de Mina para dentro de sua boca. Mina lutou ao sentir a picada das presas, e sua mente se encheu de visões horrendas e inexplicáveis. Mulheres jovens penduradas de cabeça para baixo, nuas, suas gargantas cortadas, seu sangue caindo como uma chuva vermelha.

A mulher se afastou, sorrindo. Sua conhecida voz rompeu o silêncio:

— Tudo o que resta de seu amante, seu príncipe das trevas, é uma sombra pálida do que ele foi. Você está só. Sua hora chegou, minha querida.

Com isso ela se transformou novamente em névoa carmim e deixou a casa.

Mina caiu da poltrona, agarrando a pequena cruz de ouro pendurada no pescoço. Com as pernas fracas e tremendo, engatinhou até a estante, onde encontrou uma garrafa de uísque caída no chão, mas milagrosamente inteira. Arrancou a rolha e enxaguou desesperada sua boca com o líquido causticante, gemendo de dor quando o álcool tocou sua língua ferida. Tossiu, com o uísque escorrendo da boca, e tentou se controlar. Uma série de lembranças que não eram suas enchia a mente dela. Mina e sua agressora haviam partilhado sangue; e ela estava se dando conta de que os pensamentos, desejos, ódios e a devassidão daquele monstro também eram seus. Sua agressora sempre tivera um papel oculto naquela história terrível. Ela era a assassina de Drácula. A fera que caçava o grupo de heróis, assassinando-os um por um. Sua agressora era a condessa Elizabeth Bathory.

Capítulo XXVIII

Quincey estava de pé no enorme cais vazio. Uma neblina baixa cobria as águas do canal da Mancha, mas ele podia ouvir as ondas batendo suavemente nas estacas de madeira. O ambiente tranquilo não combinava com sua amargura interna. Quincey batia os pés, esperando que a fricção os descongelasse. Seu casaco, ainda encharcado da chuva de mais cedo, não servia em nada para aquecer seu corpo. Tampouco seus incessantes pensamentos raivosos serviam para aquecer sua alma.

Apenas uma semana antes, seu caminho era claro e certo. Ele obedecera a seu coração. Decidira tornar-se ator e produtor, abandonando os desejos de seu pai de uma vez por todas. Mas, naquele momento, com seu pai morto e sua mãe revelando-se uma mentirosa, Quincey só conseguia se concentrar em uma coisa: vingança. Tinha de encontrar a fera que levara seu pai e destruí-la com as próprias mãos. Ele estava em uma encruzilhada do destino. Seus sonhos teriam de esperar.

Conferiu o relógio; a escuna estava atrasada. Olhou para o mar, sabendo que precisaria chegar a uma conclusão até o barco aparecer. Não conseguia ver nada através da neblina sinistra que cobria a superfície da água. Nem mesmo o solitário facho de luz do farol conseguia penetrar na névoa. Basarab contratara uma escuna para levá-lo à Inglaterra na proteção da noite, quando nem fãs nem a imprensa saberiam que ele havia chegado. O cais estava livre de pedestres. Até mesmo o chefe do porto havia partido. Quincey estava só.

Ele olhou por sobre o ombro para os ameaçadores picos de Dover que se erguiam acima da neblina, com a luz da lua refletida de forma sinistra na superfície marcada a giz. O som baixo do sino de um barco gemeu por sobre as águas. A neblina densa começou a se abrir. O barco de Basarab se aproximava.

Quincey não identificou nenhum movimento no cesto da gávea do mastro principal. Apertou os olhos, buscando sinais de vida, mas, assim como ele mesmo, o barco parecia abandonado e à deriva.

Com o barco assomando cada vez mais perto, sua silhueta se tornava mais visível. Quincey não conseguia deixar de pensar na descrição de Stoker do *Demeter*, no qual Drácula se escondia em sua viagem da Transilvânia para a Inglaterra. Drácula também quis manter sua chegada à Inglaterra em segredo. Depois o demônio matou todos a bordo, um a um, até restar apenas o capitão. Aquela pobre alma foi encontrada amarrada ao timão na ponte, agarrando um rosário. Stoker descreveu a tenebrosa descoberta do *Demeter* acidentado na costa pedregosa de Whitby, onde, ao lado, havia um cão morto: "*...sua garganta estava estraçalhada, e a barriga, aberta, como se por uma garra selvagem.*"

O barco de Basarab não dava sinais de estar diminuindo a velocidade. Quincey ainda não conseguia ver nenhum movimento humano no deque superior.

Um barulho. Quincey girou com o som abafado de algo no cais atrás dele. Não conseguia ver nada na escuridão e recordou as últimas palavras que a mãe lhe disse: "Deixe a verdade morta e enterrada ou você poderá ter um destino pior que o de seu pai." Ocorreu-lhe um pensamento terrível. Ele lera sobre tiranos que, ao longo da história, haviam matado não apenas seus adversários, mas também os filhos dos adversários, para que eles não pudessem crescer e buscar vingança. Quincey sabia que a criatura que matara seu pai era exatamente esse tipo de tirano. E ali estava ele, só, naquele cais vazio, sem uma boa rota de fuga.

A neblina parecia se fechar a seu redor. Stoker não escrevera que o morto-vivo podia assumir a forma de névoa e neblina?

O barulho de novo. Quincey teve vontade de correr. Recuou da beirada do cais, o ritmo de seus passos acelerando para se adequar às batidas de seu coração.

Uma chama se acendeu na beira da água.

Outro barulho.

Uma boia salva-vidas solta estava batendo no cais. Quincey deu um suspiro de alívio. Não corria perigo imediato, mas, por alguma razão, não se consolou de fato com isso.

Quando tornou a olhar para a embarcação, avistou uma figura solitária de pé no deque superior da escuna, segurando uma lanterna no alto. Ele era um tolo de pensar que tinha alguma chance de combater uma fera como Drácula. Se o homem mortal havia sido capaz de carnificina tão terrível, a ideia de que aquele demônio tinha então os poderes do morto-vivo sem dúvida o tornava invencível. Quincey não sabia se os métodos de matar um vampiro descritos por Stoker eram eficazes. Assim como seu pai antes dele, não tinha experiência alguma de guerra. Jonathan tivera, isso sim, homens valentes a seu lado. Quincey, não.

Mas se as palavras de sua mãe fossem verdadeiras, Quincey também não podia simplesmente fugir da luta, pois sabia que Drácula o encontraria aonde quer que fosse.

O apito de um contramestre interrompeu seus pensamentos. A escuna diminuiu de velocidade e virou na direção do cais. Quincey podia ver a forma conhecida do bem-vestido Basarab de pé na proa que se aproximava. Uma questão amarga surgiu em sua mente. O que diria a Basarab? Seu mentor viajara toda aquela distância a um alto custo por causa de Quincey. Qual explicação poderia dar para sua decisão repentina de abandonar a produção? Estava fora de cogitação revelar a verdade ao artista. Basarab tinha o príncipe histórico em alta conta — e não aceitaria o fato de ele ter se tornado um monstro morto-vivo. Pela primeira vez, Quincey entendeu muito bem o Hamlet de Shakespeare: um homem confrontado com dois destinos diferentes. Se houvesse tido o azar de interpretar Hamlet antes daquele dia, ele o teria representado como um poltrão indeciso; mas, caso tivesse a oportunidade no futuro, Quincey sabia que faria um Hamlet extenuado pelo peso do mundo em seus ombros, levado à beira da loucura pela magnitude da decisão que precisava tomar. Ele não tinha nenhuma noção de qual seria seu próximo movimento.

Em seguida, um som de correntes sendo arrastadas foi ouvido, enquanto a prancha de desembarque era baixada até o cais. A alta figura escura de Basarab saiu da névoa, iluminada pelo luar. Que figura magnífica, era como um rei desfilando pela corte.

Quincey não tinha tempo. Precisava fazer algo.

— Sr. Basarab, bem-vindo à Inglaterra — disse ele, estendendo a mão para o ator, que descia a prancha.

— Recebi seu telegrama — disse Basarab, com compaixão na voz. — Tendo em vista a morte de seu pai, quero que não se sinta culpado caso decida não continuar com a peça.

Mais uma vez, era como se Basarab tivesse lido sua mente. Quincey se emocionou com o gesto do grande ator. Talvez afinal não estivesse só. Basarab era um homem que merecia sua confiança. Talvez fosse a única pessoa com a qual Quincey poderia contar.

A tripulação ergueu a bagagem de Basarab do compartimento de carga.

— Tenho pensado muito nessa questão — disse finalmente Quincey, amenizando bastante a situação. — E vou ser honesto: não estou certo quanto ao que fazer.

— O que seu coração diz?

Estar de novo na presença de Basarab o acalmou. Podia entender o que o ator queria dizer: ele estava se oferecendo como aliado, qualquer que fosse o caminho escolhido por Quincey.

Quincey não era um guerreiro. Ele não tinha um lar. Não podia fugir. Nem esconder-se. No entanto, com Basarab a seu lado, talvez conseguisse se tornar o guerreiro que precisava ser. Basarab era forte e corajoso. Quincey já o vira pegar rapidamente em armas ao ser atacado no teatro em Paris.

Quincey tomou sua decisão. Continuaria com os planos para a peça e usaria o tempo que tivesse com Basarab para convencê-lo da maldade de Drácula, o morto-vivo. Então, com o apoio de Basarab, ele se levantaria e lutaria. Nesse ínterim, precisava de Basarab, assim como de tempo para fazer dele mais que um mentor — um parceiro de luta em sua guerra.

Quincey, com alegria, se deu conta de que a decisão não envolvia uma escolha.

— Vou continuar com a peça como um tributo a meu pai. É o mínimo que posso fazer. Mostrarei a meu pai na morte o amor que erradamente lhe neguei em vida.

Basarab sorriu, orgulhoso.

— Nesse caso, vamos garantir que seja um sucesso.

Quincey sentiu um grande peso ser retirado de suas costas. As lembranças de todas as discussões que tivera com o pai o assolaram. Estivera tão furioso e confuso que não dera a si mesmo uma oportunidade de prantear adequadamente seu pai. E não queria fazer isso naquele momento. Assim, virou-se, para que Basarab não visse as lágrimas se formando em seus olhos.

Basarab colocou o braço em seu ombro e falou em uma suave voz de barítono:

— Não há vergonha nas lágrimas. Ainda me lembro do triste dia em que perdi meu pai.

— Como ele morreu?

— Eu era muito jovem. Meu pai era um guerreiro e foi assassinado pelos próprios compatriotas.

Surgiu uma expressão estranha no rosto de Basarab. Sem ter de dizê-lo, Quincey compreendeu que seu mentor conhecia o significado da palavra vingança.

— Você deixará seu pai orgulhoso — disse Basarab, andando de braços dados com Quincey pelo cais. — Para o bem e para o mal, há laços entre pai e filho que nunca podem ser rompidos.

Pela primeira vez em dias, Quincey se viu sorrindo em meio às lágrimas. Basarab lhe oferecera algo que Jonathan nunca tivera: confiança.

Capítulo XXIX

Na porta do Red Lion, o sargento Lee ergueu os olhos para ver a face do Big Ben iluminada pela nova luz elétrica. O sol começava a se pôr atrás dos prédios do Parlamento, e a torre do relógio lançava sua longa sombra sobre o Tâmisa.

Cotford deveria ter chegado quinze minutos antes, e Lee não aguentaria mais um segundo esperando dentro do pub. Não se sentia confortável sentado lá. Começava a sentir sede e queria partilhar da jovialidade, mas ainda estava de serviço. Ele saíra para evitar a tentação. Era o melhor. Se sua esposa descobrisse que ele estava em um pub — ainda mais naquela noite, seu aniversário de casamento —, ficaria mais do que contrariada.

Lee franziu o cenho ao olhar de novo para o relógio. Havia mais de uma semana não chegava em casa a tempo de colocar os filhos na cama. Esperava que a esposa compreendesse que ao ter de trabalhar, sobretudo naquela noite, ele não estava somando insulto à injúria. Quando se casaram, Clara sabia que ele era acima de tudo um homem de deveres. Perder um jantar à luz de velas com sua adorável mulher era um pequeno preço a pagar por, talvez, salvar a vida de outra mulher.

— Sargento Lee?

Lee se virou e viu Cotford gingando em sua direção.

— Está atrasado, senhor.

— Quem você deixou vigiando nosso suspeito? — perguntou Cotford, ansioso, acrescentando com um sorriso: — Aquele jovem camarada Price?

Lee achou graça. Ele também gostava de Price.

— Não, o coitado estava moído. Não dormiu a semana toda. Eu o mandei para casa.

Ele notou uma expressão de preocupação surgir no rosto de Cotford e achou melhor esclarecer:

— Não se preocupe. Nosso suspeito está dando uma festa. Ficará horas por lá. Você conhece esse pessoal: charutos e conhaque até o sol nascer.

— Bom. Quero que você o traga — disse Cotford, a voz carregada de satisfação.

— Tem certeza disso, senhor? Se eu o tirar na frente de seus convidados, estaremos expondo nossa investigação.

— Eles só conversam entre si. Teremos de arriscar, sargento. Precisamos sacudi-lo.

Lee anuiu e se virou para cumprir suas ordens, mas Cotford agarrou seu braço.

— Leve-o pela entrada da Derby Gate. — E apontou para a travessa que ficava entre a Parliament Street e Victoria Embankment. — Ninguém o verá se o levar pela entrada lateral.

Lee sorriu. Ninguém poderia dizer que Cotford não era meticuloso.

— Van Helsing é esperto demais para se incriminar — continuou Cotford solenemente. — Nossa única opção é fazer um de seus cúmplices se virar contra ele.

Com isso, Lee partiu. Sabia que Cotford falava a sério, que aquele suspeito daria trabalho. Qualquer que fosse o resultado, seria uma longa noite.

⚜

Com uma expressão sardônica, Arthur Holmwood observava o inspetor gordo jogar os diários de Jack Seward a sua frente. Estava certo de que Cotford blefava. Eles não podiam ter sido escritos por Jack. Mas, quando leu o trecho que o inspetor marcara no diário, reconheceu a caligrafia de Jack Seward e se sentiu ultrajado por ele ter quebrado o juramento e criado seu relato dos acontecimentos daquela noite trágica. Embora zangado, recusou-se a dar ao inspetor irlandês qualquer sinal de reconhecimento.

Holmwood fechou o livro com violência.

— Quem poderia saber qual delírio induzido por drogas levou Jack a escrever tal sandice...

Era de conhecimento público que o cientista Jack Seward, que um dia fora muito respeitado, não apenas enlouquecera, como se viciara em morfina. Não importava quão incriminadoras pudessem parecer, as anotações de Jack não se sustentariam em um tribunal.

Arthur estudou o inspetor. Aquele homem tinha muito mais do que sua aparência desmazelada sugeria. Notou que Cotford se dera ao trabalho de deixá-lo desconfortável. A sala de interrogatório estava vazia, a não ser por uma mesa com algumas duras cadeiras de madeira. Uma luminária de metal liso suspensa a sessenta centímetros da mesa lançava sobre esta sua luz intensa. A posição atipicamente baixa da luz incomodava os olhos. A sala estava quente. Não havia um cabideiro, e ninguém tivera os bons modos de pegar seu paletó; assim Arthur cozinhava em seu melhor traje de noite com um grosso sobretudo de inverno. Cotford tinha um copo de água para ele, mas não ofereceu.

No entanto, nada disso produziria o efeito que Cotford desejava. Arthur Holmwood fora prisioneiro do império da China após o cerco de Tuyen Quang. Os chineses eram habilidosos em seus métodos de interrogatório, infligindo sofrimento tanto físico quanto mental. Comparativamente, aquele inspetor Cotford não passava de um amador.

— Talvez isso desperte mais seu interesse. — Cotford esboçou um sorriso malicioso, abrindo uma pasta verde-clara e segurando-a para que Holmwood a visse.

Os olhos de Arthur seguiram o texto escrito a mão na página aberta. Após ler por um momento, fitou o inspetor, perguntando:

— Um relatório de autópsia?

— De Lucy Westenra.

Dessa vez o homem não conseguiu disfarçar seu choque. Cotford voltou a sorrir.

Holmwood estava confuso. Não tinha sido feita uma autópsia. Tantos médicos haviam fracassado no tratamento de Lucy que eles não eram mais necessários quando ela enfim morreu.

— Não se preocupe com todos os termos médicos — disse Cotford, passando para a última página da pasta. — O que importa é a conclusão.

Ele apontou para uma linha manuscrita. Holmwood se inclinou para a frente, a fim de examinar a palavra sob o dedo de Cotford.

— Assassinato?! — leu ele em voz alta. — Isso é absurdo. Lucy morreu de uma rara doença do sangue.

As palavras feriram seus lábios ao serem pronunciadas. As lembranças dolorosas da doença de Lucy eram as que ele gostaria de esquecer. Sua inexplicável perda de sangue, as tentativas desesperadas de compensar com transfusões, o dinheiro gasto com especialistas, nenhum dos quais conseguindo diagnosticar a causa. Nenhum a não ser o dr. Van Helsing, e mesmo ele não pôde impedir que ela morresse. *Morte?* Quem dera! A imagem de Lucy morta-viva deitada em seu caixão feriu seu coração para sempre. Sua verdadeira morte naquele dia foi um acontecimento que o marcou para sempre.

— A srta. Westenra vinha de uma família rica — disse Cotford, a voz pesada com um sarcástico fingimento de revelação. — Pouco antes de falecer, às vésperas de seu casamento, ela mudou seu testamento. O senhor foi o beneficiado.

— Isso lhe dá um motivo — acrescentou Lee, que, de pé na parede dos fundos da sala, tentava parecer o mais imponente possível. — Juntamente com o testemunho nos diários do dr. Seward, temos mais do que o suficiente para um mandado de prisão.

Holmwood trincou os dentes e cerrou o punho. Sentiu a pressão sanguínea subir. Prendeu o fôlego por um momento e amaldiçoou sua raiva crescente. Sua vontade era esmagar os dois crânios na parede, mas dar vazão a sua fúria seria fazer o jogo cruel de Cotford. O maldoso inspetor blefava. Assim, em vez disso, ele disse:

— Essa é uma brincadeira doentia. Eu não precisava do patrimônio dos Westenra, como tenho certeza de que sabem.

— Eu lhe asseguro, *isto* não é motivo de riso. — Cotford tirou uma fotografia do bolso e a colocou na mesa.

O coração de Holmwood pareceu sangrar.

Era um hediondo cadáver esquelético. Uma cabeleira comprida caía do crânio, que estava separado do corpo. Uma vara de ferro estava cravada entre as costelas do esqueleto. O vestido marfim que Lucy fizera para seu casamento estava apodrecido e manchado de terra e sangue seco. A julgar pelo estado de decomposição e a qualidade do retrato, a fotografia havia sido tirada pouco tempo antes. *Aquele desgraçado irlandês gordo abriu o túmulo de Lucy!* Arthur queria desviar os olhos da fotografia horrenda, mas não podia. Ele nem sequer piscava. Não apanhou a fotografia de propósito, pois sabia que Cotford veria suas mãos tremendo.

Sentia-se desalentado. Ao longo dos anos, ele tentara fingir que aquela noite nunca existira, mas ainda assim ela o atormentava. O modo como Van Helsing o obrigara a ir ao mausoléu onde Lucy repousava. Como seu coração batera de alegria quando a vira caminhando, parecendo tão viva e bela quanto era alguns dias antes. De início ele pensara ver uma alucinação, até se virar e se deparar com a expressão de terror e choque no rosto de Jack Seward. Lucy o chamara com a mesma voz melodiosa e doce de sempre. *Venha para mim, meu marido. Beije-me. Podemos ficar juntos. Para sempre, como prometemos.*

Arthur ganhara uma segunda chance com seu amor. Ainda podia se lembrar de como o sorriso de Lucy o aquecera naquela noite fria. Como ele fora na direção de seus braços esticados, ansiando beijar seus lábios vermelhos. Sabia que, assim que estivesse nos braços dela, toda a dor que o espicaçava desde seu funeral iria desaparecer.

Quando as pontas de seus dedos chegaram a centímetros dos dela, Van Helsing se colocou entre eles, erguendo um crucifixo na direção de Lucy. Para absoluto terror de Holmwood, Lucy sibilou, expondo os caninos, e cuspiu sangue em Van Helsing. Seus olhos se tornaram orbes negras ao curvarem-se dentro de seu caixão. Holmwood tentou parecer grato a Van Helsing por salvar sua vida, mas, com o passar dos anos, ressentiu-se com o professor por interferir naquele momento decisivo. Uma eternidade de juventude sem fim com sua amada Lucy não seria melhor que aquilo em que sua existência se transformara? Van Helsing tentara explicar que isso custaria a ele sua alma eterna, mas o que o professor nunca poderia entender era que os vinte e cinco anos sem Lucy haviam custado muito mais.

A voz de Cotford o arrastou de volta ao presente:

— Admita seus crimes. Testemunhe contra o professor Van Helsing e eu salvarei seu pescoço imprestável do patíbulo.

Será que o inspetor realmente pensava que ele temia a morte? Holmwood vira destinos muito piores. Marchara para o mundo subterrâneo: a morte seria uma bênção para ele. Nos dez primeiros anos depois daquela noite infernal, em todo aniversário da morte final de Lucy, Arthur se trancou em seu escritório e olhou para o retrato de sua amada enquanto lustrava suas pistolas de duelo. Ele colocava o cano da arma na têmpora, perto de onde antes ficava a ponta de sua orelha, e tentava acabar com seu sofrimento forçando-se a atirar. Queria estar com Lucy. Mas todas as vezes as palavras da Bíblia que Arthur aprendera quando criança penetravam em sua mente, lembrando-o de que aqueles que cometiam suicídio estavam condenados.

Arthur sabia, no fundo do coração, que a alma de Lucy estava no céu. Havia sido seu desejo de libertar a alma dela que o convencera, com a insistência de Van Helsing, a cravar a estaca de ferro em seu coração morto-vivo. Ainda assim, não encontrava consolo nesse pensamento, recordando-se de como suas mãos tremeram aos gritos de Lucy no momento em que a pancada na marreta enfiou a estaca de ferro fundo em seu peito, espirrando sangue de um vermelho vivo sobre seu belo vestido de casamento marfim. Não existia destino mais cruel que pedir a um noivo para matar sua amada no dia que seria o de seu casamento. Lucy jamais pedira para ser transformada em uma criatura da noite. Aquele demônio, Drácula, fizera isso por conta própria.

Holmwood se deu conta do olhar atento de Cotford em sua direção. Era hora de obrigá-lo a mostrar sua mão e descobrir quanto o sabujo irlandês realmente sabia. Assim, empurrou os diários e o relatório da autópsia de volta para Cotford e se reclinou, com toda a arrogância, em sua cadeira.

— Uma oferta gentil, mas suas evidências são puramente circunstanciais, inspetor. Se o senhor pudesse conseguir um mandado de prisão, eu estaria algemado neste momento.

— Está jogando um jogo perigoso — retrucou Cotford, apontando para os diários. — Seward não conseguiu viver com a culpa. Ele planejou denunciar Van Helsing, e o professor o matou.

— Com todo o respeito devido a um representante da Scotland Yard, essa é a coisa mais absurda que já ouvi. Jack Seward era o pupilo preferido de Van Helsing, o filho que ele nunca teve. Esse tipo de laço não termina em assassinato. O senhor está se prendendo a bobagens.

— Quando Jonathan Harker descobriu a verdade, Van Helsing também o matou — acrescentou Lee, ignorando o argumento de Holmwood.

— Van Helsing está apagando seus rastros — disse Cotford, se inclinando para a frente. Usando uma nova tática, tentou parecer amistoso: — O senhor é o próximo na lista.

— Sinceramente, duvido disso. — Holmwood riu do blefe de Cotford. — Van Helsing é um homem frágil de setenta e cinco anos de idade.

— Não estou dizendo que ele agiu sozinho. Certa vez o professor interpretou Svengali para o senhor e seus amigos. Ele o seduziu para cometer assassinato.

Arthur Holmwood parou de rir e o fitou com um olhar de batalha. O silêncio repentino era ensurdecedor, quebrado apenas pelo tique-taque do relógio e a respiração de todos. Quem dissesse a primeira palavra perderia aquela guerra de vontades.

O inspetor o fazia lembrar um capitão de navio aposentado que conhecera em férias na Escócia. O capitão estava caçando um monstro que se acreditava viver nas águas do lago Ness. O velho gastava todo o seu tempo e todos os seus recursos vasculhando as águas em busca de evidências da criatura. Cotford fazia o mesmo, e, como o capitão de navio, não tinha evidências, apenas uma teoria baseada em ficção e mito; obviamente esperando, sob o disfarce de salvar sua vida de uma ameaça imaginária, poder intimidá-lo e conseguir uma confissão que se encaixasse em sua teoria delirante.

Deus do céu, o inspetor não tinha ideia de com quem estava falando!

A tensão na sala continuou a aumentar, até que Cotford finalmente piscou.

— Quem pode dizer que Van Helsing não encontrou um novo grupo de jovens impressionáveis para matar por ele?

Arthur balançou a cabeça com aquele falatório inútil. Cotford não era a ameaça que ele inicialmente imaginara.

Havia algo nos olhos de Cotford. A mesma expressão de Van Helsing quando falou pela primeira vez do morto-vivo Nosferatu. A expressão de um fanático. Embora Cotford não estivesse mais em vantagem, Holmwood sabia que ele nunca desistiria daquilo. Se isso significasse o fim de seu amargo sofrimento, com imensa alegria confessaria qualquer acusação forjada que Cotford pudesse inventar, e aceitaria de bom grado uma morte rápida com o pescoço quebrado na ponta de um laço.

Mas tinha de considerar o lugar de sua esposa, Beth, na sociedade, e o de sua família: todos que iriam sofrer caso ele permitisse a Cotford macular o nome Holmwood. A morte no patíbulo permitiria que se juntasse a sua Lucy no céu, mas ele já envergonhara demais sua família. Desposara Beth por amizade, para salvar seus pais de dívidas terríveis. Sabia que Beth o amava, mas não partilhava o tamanho de seu sentimento. Ela evitava lidar com a dor, entregando-se às frivolidades da sociedade. Passara semanas planejando a festa daquela noite, assegurando-se de que todos os melhores membros da sociedade comparecessem. Sua prisão em frente a todos os convidados arruinara a noite dela, e seria um vergonhoso tema de conversa entre seus pares durante semanas. Embora não amasse Beth do modo como um marido deveria, ela era sua melhor amiga, e a única. As lágrimas constrangidas em seus olhos, enquanto Arthur era conduzido por Cotford, quase partiram seu coração gelado. Ele não iria permitir que uma condenação abalasse ainda mais o lugar de Beth na sociedade. Era tudo o que ela tinha.

Arthur se ergueu para encarar seus acusadores, calçando suas luvas com toda a calma e desafiando-os:

— Já ouvi o bastante. Eu sou um nobre inglês, e vocês não têm base para me manter aqui. Se tornarem a me incomodar, tomarei os distintivos de ambos.

Sem mais uma palavra, dirigiu-se à porta.

— O senhor e Van Helsing podem justificar seus crimes para si mesmos dizendo que o mal reside em um diabo todo-poderoso — disse Cotford, e suas palavras fizeram Holmwood parar junto à porta. — Sei que é verdade porque eu vi. O verdadeiro mal vive na alma do homem... E ele irá buscá-lo.

Arthur Holmwood teve a última palavra:

— Irá buscar a todos nós.

⚜

Van Helsing tinha muito o que fazer. Ao ler o telegrama de Mina, ele planejara retornar imediatamente ao quarto, pegar seu chapéu e casaco e ir à procura de Quincey. Mas, após perder sua refeição e sua energia no confronto com Cotford no *lobby*, sentia-se fraco demais para iniciar sua busca. Começaria pela manhã, descansado. Perdera muito tempo tentando argumentar com o detetive... não: *inspetor* Cotford. Depois de todos os anos que passara fazendo o trabalho de Deus, combatendo o mal, de modo a que homens ignorantes como Cotford pudessem dormir em segurança à noite, essa era a gratidão que recebia no ocaso de sua existência. *De fato, acusado de cometer assassinato*. Cotford era louco como um inquisidor espanhol! Van Helsing tinha de tirá-lo da cabeça. Retornara a Londres com um objetivo maior, e Cotford estava de novo latindo para a árvore errada. Van

Helsing não iria deixar o inspetor imbecil interferir. Só podia rezar para que Quincey passasse outra noite em segurança.

O quarto de hotel de Van Helsing tinha nas paredes retratos afixados do Drácula histórico, o príncipe romeno Vlad, o Empalador, e desenhos retratando seus feitos heroicos. No centro deles, em destaque, a xilogravura que mostrava Drácula jantando em meio a milhares de inimigos seus destroçados: a Floresta dos Empalados.

Olhando para aquelas imagens, Van Helsing soube que um confronto final com Drácula era seu destino e que destruir completamente aquela criatura má era seu dever. Fazia a vontade de Deus. Se Cotford o impedisse de algum modo, também o mataria.

— Meu tempo está quase no fim, demônio — disse Van Helsing, olhando para os olhos pintados de Vlad Drácula.

Em uma mesa próxima, estavam arrumadas cruzes, hóstias, água benta, uma estaca de madeira, uma faca de caça e uma besta armada e pronta para disparar.

— Venha até mim e morreremos juntos. Não de velhice, mas em uma batalha gloriosa.

Subitamente, Van Helsing sentiu um aperto no peito, como se a Ceifadora Implacável tivesse ido buscá-lo. Podia sentir o toque da morte. *Não! Não agora! Só preciso de mais alguns dias!*

Inclinou-se e apoiou-se na mesa. Com dedos trêmulos, Van Helsing pegou a caixa de bronze com comprimidos. Tomando cuidado para dessa vez não deixar cair, colocou uma salvadora pílula de nitroglicerina sob a língua.

Com o aperto da morte se dissolvendo, a força de Van Helsing retornou. O bom Deus estava lhe enviando uma mensagem: seu tempo era ainda mais curto do que pensara. Olhou novamente para o rosto gravado de seu inimigo mortal, o príncipe Vlad Drácula. Van Helsing se empertigou, os braços esticados para o céu, e gritou seu desafio:

— Demônio, estou a sua espera!

Capítulo XXX

Eles viajaram rumo norte para Londres. Quincey se sentou em frente a Basarab na carruagem. A disposição calorosa do ator se transformara em um silêncio frio após Quincey falar-lhe sobre sua última conversa telefônica com Hamilton Deane. Bram Stoker batera o pé. Ele não aprovara Basarab e chegara ao ponto de telegrafar a Barrymore nos Estados Unidos para convencê-lo a retornar. Quincey esperava que, assim que Basarab chegasse e demonstrasse seus muitos talentos, Stoker mudasse de ideia.

À medida que se aproximavam do teatro, Basarab se tornou ainda mais contemplativo. Do lado de fora, o clima piorara, e a neblina parecia mais densa. Quincey achou que seria melhor não perturbá-lo. Antes que o cocheiro parasse totalmente a carruagem, Basarab já se inclinava para sair. Ele falou com Quincey, mas seus olhos, assim como sua mente, estavam voltados para a entrada do teatro.

— Falarei sozinho com Stoker — disse Basarab com uma frieza na voz que deixou Quincey desconfortável. — Assegure-se de que não sejamos incomodados.

— E se Deane não cooperar?

Quincey tocou o braço de Basarab para detê-lo. Houve um brilho de fúria nos olhos de Basarab, e Quincey recolheu a mão. Lembrou-se da reação de Arthur Holmwood quando fizera o mesmo. Não estava certo sobre o que Basarab queria ou esperava dele.

Então, com a mesma rapidez com que surgira, a raiva desapareceu com um sorriso calmo. O ator mudou de rumo e se sentou junto a Quincey.

— Certa vez o príncipe Vlad Drácula liderou quarenta mil homens contra uma invasão de trezentos mil turcos, o maior exército já reunido para matar um homem. Mas quando Drácula cavalgou à frente de seu exército deixando para trás uma floresta com trinta mil prisioneiros muçulmanos empalados se contorcendo em suas estacas ensanguentadas, seus inimigos no campo de batalha fugiram aterrorizados.

Quincey se mexeu, desconfortável, no assento da carruagem, profundamente perturbado pelo elogio de Basarab ao homem que assassinara seu pai. Voltou a ele a lembrança da ilustração feita a mão de Jonathan morto e empalado em Piccadilly Circus. Logo obrigou a si mesmo de lembrar que a adoração de seu mentor era pelo homem real, não pelo demônio morto-vivo no qual Drácula se transformara ao escolher esquecer Deus. Não era a hora, mas Quincey sabia que Basarab combateria aquele mal a seu lado no momento certo.

Basarab continuou:

— Naquele grande dia, Drácula salvou seu país. Ele salvou o mundo cristão. Drácula usou a única arma que tinha... o *medo*. Isso mesmo. O medo pode ser uma ferramenta poderosa, jovem Quincey. Adote-o.

O cocheiro abriu a porta. Basarab fixou o olhar no teatro e saiu, muito calmo. Quincey subiu os degraus da frente com ele, as palavras de Basarab girando em sua mente. Estaria Basarab insinuando que devia usar a intimidação para ter sucesso? Não fora criado assim. Mas Basarab era um homem de comprovado sucesso. Quincey se deu conta de que talvez o ator estivesse tentando ensinar-lhe uma lição valiosa.

O guarda-noturno esperava por eles na porta da frente. Dentro do saguão escuro, Quincey precisou de um momento para que seus olhos se acostumassem à luz fraca. Havia no ar o cheiro reconfortante de maquiagem de teatro. O guarda-noturno destrancou a porta que levava ao auditório. Quincey se apressou em seguir Basarab.

Dentro do auditório, eles desceram o corredor escuro. As luzes da plateia estavam pela metade. Hamilton Deane se apresentou, envolto em sombras, com a mão estendida para cumprimentá-los.

— Quincey! Sr. Basarab! Bem-vindos.

Deane apertou primeiro a mão de Basarab. Ele se encolheu levemente, como se Basarab houvesse apertado com muita força, mas deixou para lá e continuou a sorrir.

— Podemos falar de negócios?

Quincey aquiesceu com o gesto de Deane para que os seguisse, mas Basarab não se moveu. Um olhar sinistro do ator deteve Quincey. Basarab confiava que Quincey agiria em seu benefício, e o testava para ver se seguiria corretamente as instruções de seu mentor.

— Sem querer desrespeitar, sr. Deane, o sr. Basarab gostaria de primeiramente falar em particular com o sr. Stoker — disse Quincey.

Deane pareceu perturbado pela repentina audácia de Quincey e respondeu com frieza:

— A decisão de contratar o sr. Basarab é minha. O sr. Stoker terá de se contentar.

Havia um tom definitivo na voz de Deane. Quincey não sabia o que dizer ou fazer em seguida. Deane concordara em deixar Basarab interpretar o papel, mas Quincey sabia que seu mentor queria um momento com Stoker. Assim, tinha de dar um jeito de isso acontecer. Como era um ator, decidiu atuar. Avançou, aproximando-se mais do que o confortável, e olhou diretamente nos olhos de Deane. Como se interpretasse o papel de um vilão condenável, confrontou o produtor imitando a arrogância gelada de Basarab. Podia dizer, pelos olhos do outro, que o homem estava desconfortável. *Basarab estava certo. O medo é poderoso.*

Quincey estava prestes a ver até que ponto essa nova tática o levaria quando Basarab colocou uma das mãos em seu ombro e o puxou para trás, dizendo:

— Por favor, sr. Deane, quero evitar qualquer situação desagradável. Permita-me a oportunidade de conquistar o sr. Stoker com minha interpretação única desse personagem marcante, livre do olhar duvidoso dos bilheteiros. Com sua permissão?

Quincey ficou impressionado com as palavras doces de Basarab. Teria o mestre o manipulado para que parecesse o vilão? Compreendeu que não: Quincey era a vara; e Basarab, a cenoura. Uma vez intimidado, Deane ficou mais propenso a aceitar o pedido adequado de Basarab. O homem era um gênio. Quincey tinha muito a aprender com ele.

Deane sorriu e apontou para a porta que levava aos bastidores.

— Com minha bênção.

De modo cavalheiresco, Basarab curvou a cabeça em agradecimento e desapareceu.

Quincey olhou novamente para o palco. Que rapaz de sorte ele era! Era óbvio que o grande ator sabia como conseguir o que queria. Quanto mais tempo passava com Basarab, mais Quincey tinha certeza de que aprenderia as táticas necessárias para conseguir a vingança que buscava.

Capítulo XXXI

Usando sua bengala para se equilibrar, Bram Stoker se sentou à escrivaninha no santuário de seu escritório. Stoker tinha muito pouco tempo a perder se queria convencer John Barrymore a retornar a Londres. Barrymore respondera à última mensagem de Stoker informando-lhe simplesmente que era tarde demais para que voltasse. Ethel Barrymore, irmã de John, conseguira que se juntasse ao elenco de *A Slice of Life*, de M. Barrie, em cartaz no Criterion Theatre, na Broadway. O espetáculo tinha temporada limitada, terminando no final do mês, quando Barrymore seguiria para a Califórnia.

Graças a sua experiência com Henry Irving, Stoker sabia que o modo de um escritor seduzir qualquer ator era por intermédio de palavras grandiosas. Ele iria escrever para o personagem de Drácula um solilóquio que qualquer ator mataria para recitar. O enorme ego de Barrymore o obrigaria a retornar ao Lyceum, para evitar que outro ator ficasse com o crédito da obra. Stoker mandaria logo as páginas para seu amigo George Boldt, gerente do Waldorf e do Astoria de Nova York, dois hotéis intimamente ligados nos quais Barrymore sempre se hospedava quando estava trabalhando na Broadway. O sr. Boldt daria pessoalmente a Barrymore a nova versão da peça.

Lembranças de Irving ocupavam todos os cantos do escritório abarrotado de Stoker. Cartões de sala de espera e cartazes decoravam as paredes, e, em um canto, havia um manequim de madeira em tamanho natural vestindo o figurino do Mefistófeles que Irving usara em sua montagem de enorme sucesso de *Fausto*. Bram ergueu os olhos para o retrato de Irving pendurado na parede, usando o mesmo traje diabólico. Irving deveria interpretar Drácula, não Barrymore ou esse camarada Basarab que Deane quisera contratar pelas costas de Stoker. Irving era um tolo. Se o tivesse escutado, poderia ter terminado a vida com um derradeiro grande papel, em vez de desaparecer arruinado pela bebida. Na época, como sempre, Stoker deixara de lado as próprias ambições em benefício dos desejos dos outros. Mas, naquele momento, seria fiel e honrado apenas para consigo mesmo. Por Deus, Bram Stoker iria escolher quem interpretaria seu Drácula!

Stoker entrara em um frenesi. Era hora de escrever. A fúria decerto levaria sua pena à grandeza. Sentou-se à escrivaninha e mergulhou a pena na tinta.

Momentos após ter começado a escrever, ele foi interrompido por uma batida na porta. Stoker bateu com a pena na mesa. Depois da discussão que tiveram, Deane sabia muito bem que não deveria perturbá-lo quando estava escrevendo. Antes que tivesse a oportunidade de mandar o intruso embora, a porta se abriu, e entrou um homem alto com olhos escuros penetrantes e cabelos negros como carvão. Embora seu rosto estivesse obscurecido pelas sombras, Bram estava certo de que o espectro de Irving retornara para amaldiçoá-lo por arruinar seu teatro. Quando a figura avançou mais para dentro da sala, Stoker se deu conta de que não passava de um homem.

Ele era magro, com os longos traços imperiais da realeza do Leste Europeu. Seus fundos olhos escuros se fixaram em Stoker, que de repente se sentiu como se fosse observado por uma ave de rapina. Havia algo muito estranho em seu rosto; os olhos eram selvagens, mas a boca sorria. Stoker reconheceu o homem das fotos promocionais deixadas para ele. Basarab. Recordou algo que Ellen Terry, uma das principais damas de Irving, dissera certa vez: "Nunca confie em um ator sorridente; é apenas uma máscara que eles usam."

— Mudanças de última hora no texto? — perguntou Basarab.

— Esperava por você.

Stoker cobriu a página em que estava escrevendo. Temia aquele momento desde que conheceu aquele Harker. Quanto o garoto sabia? Stoker tinha certeza de que aquela visita não era coincidência. Quanto mais Deane permanecesse ligado a Quincey e Basarab, maior o risco de que a verdadeira origem do livro fosse descoberta. Ele tentara banir o sentimento de culpa. Afinal, não fizera nada de errado. Stoker apenas fundira sua trama com a história que lhe fora contada em um pub.

Trabalhava sem sucesso no próprio romance de vampiros, amaldiçoando seus anos no mundo das leis que matavam sua imaginação, quando, certa noite, conheceu em um pub um homem estranho disposto a falar desde que Stoker fornecesse a bebida. Os delírios absurdos do louco o inspiraram, convenceram-no a mudar o nome de seu vilão de conde Wampyre para conde Drácula. O nome lembrava *droch-fhoula*, a palavra gaélica para "sangue ruim", e fazia gelar as veias de Stoker. Como poderia saber que algumas das pessoas na história do louco eram reais? Mas também sabia que, naquele momento, o teatro não suportaria nenhuma espécie de fofoca polêmica. *Maldito Quincey Harker, por que ele tinha de aparecer agora?*

O sorriso de Basarab desapareceu. Ele se virou e fechou a porta atrás de si.

— Vejo que amenidades estão fora de questão, então vou direto ao ponto.

— Se for necessário.

— Seu livro é um fracasso financeiro. Você precisa que esta peça seja um sucesso. Por que me confrontar? Eu posso ajudá-lo.

As palavras eram como uma estaca de madeira sendo cravada no coração de Stoker. Ele não precisava que aquele *ator* paternalista e pomposo o informasse sobre as vendas pífias de seu romance.

— Se Deane quer uma guerra, ele a terá. — Stoker tentava controlar seu sangue, que fervia. — Sou o gerente deste teatro. Prefiro fechá-lo antes de dar a você o papel principal. O papel já tem dono.

Basarab riu e balançou a cabeça, retirando as luvas e o casaco. Stoker franziu o cenho para o modo como aquele visitante indesejado mostrava se sentir em casa.

— Claro que se eu fizer o papel serão necessárias algumas mudanças na peça e uma nova edição de seu livro que atenda a essas mudanças.

— Você é mesmo tão arrogante quanto dizem! — rugiu Stoker.

Ele podia ver além da atuação de Basarab. O ator se candidatava ao papel de Drácula comportando-se como o conde para assim conquistá-lo. Não estava funcionando. O Drácula de Stoker teria tentado cativar pelo medo, não pela arrogância. Stoker estava mais certo que nunca de que Basarab não servia para o papel.

— Seu livro está cheio de inconsistências, falsas suposições e pouca imaginação — atacou Basarab. Ele pegou o livro de capa amarela de Stoker da mesa da luminária.

— Eu havia ouvido falar da lendária arrogância do grande Basarab, mas agora acho que talvez você também seja louco. — Stoker se levantou para confrontar o visitante.

Ele imaginara que veria raiva nos olhos de falcão de Basarab, mas não encontrou neles nada além de exasperação e tristeza. Basarab parecia quase sincero. Ou talvez aquele romeno fosse um ator melhor do que ele supunha.

— Por que me provoca? — perguntou Basarab. — Minha intenção não é lutar contra você.

— É uma pena. Porque minha intenção é que você desapareça daqui! — disse Stoker, se sentando e virando a cadeira, dando as costas ao ator. Já perdera tempo demais com aquele idiota.

Basarab deslizou para trás de Stoker e pousou as mãos gentilmente nos ombros dele, enquanto se inclinava e sussurrava a seu ouvido:

— Estou lhe avisando para tomar cuidado. Está cometendo um equívoco terrível.

Stoker se esforçou para não permitir que seu rosto demonstrasse medo, mas o calafrio que percorreu sua coluna o fez estremecer. Basarab sem dúvida podia sentir o tremor. Stoker se traíra.

⚜

Quincey podia sentir que Deane estava um pouco apreensivo com ele depois do confronto anterior, mais cedo. Ele manteve distância enquanto estavam no palco, onde mostrava a Quincey as novas instalações. Deane apagou as luzes da plateia, mergulhando o teatro na escuridão. Quincey achou estranho que ainda pudesse ver o produtor no palco, procurando outro interruptor. Deveria haver uma luz fraca para os técnicos, mas ele não podia identificar de onde vinha.

Houve uma fagulha e um alto zumbido elétrico quando Deane apertou o segundo interruptor.

— Veja as maravilhas do século XX — disse ele.

Holofotes elétricos no piso iluminaram o palco. Quincey ficou fascinado ao ver um magnífico sistema de iluminação de três cores com branco, vermelho e verde.

— Agora observe isso. — E Deane reduziu cada uma das luzes coloridas em diferentes níveis.

Quincey estava assombrado. Era algo que nunca poderia ser conseguido com luz a gás. Aquilo permitiria a eles criar um clima malévolo nunca antes visto em cena. Flagrou-se rindo como uma criança em uma loja de doces.

A voz com sotaque irlandês de Bram Stoker ecoou pelas catacumbas dos bastidores. Ele gritava, agitado e com raiva.

— É minha deixa! — exclamou Deane. — Melhor eu ir lá.

Assegure-se de que não sejamos incomodados. Quincey se lembrou das palavras de Basarab tão claramente como se estivesse ao seu lado. Não iria falhar com ele. Quando Deane começou a se mover na direção da porta dos bastidores, ele saltou no palco e bloqueou seu caminho. Deane começou a recuar, surpreendido pela velocidade de Quincey.

— Lamento, mas o sr. Basarab não quer ser incomodado.

— Eu tenho muito dinheiro investido aqui — disse Deane. — Não vou deixar Stoker arruinar tudo.

Ele esticou a mão para colocar Quincey de lado, mas o homem mais jovem permaneceu firme. Deane ficou chocado. A discussão nos bastidores se intensificou.

— Saia do meu caminho! — ordenou Deane. Furioso, deixou de lado seu comportamento cavalheiresco. Moveu-se para passar por Quincey.

— Lamento, mas devo insistir. — Quincey estendeu a mão para detê-lo.

Embora o toque tenha sido leve, Deane perdeu totalmente o equilíbrio, voou para trás e caiu de costas no meio do palco. Quincey viu um brilho de surpresa e temor em seu rosto. Deane rastejou para trás no piso e se levantou. Olhou para Quincey e se retirou do palco.

Quincey só conseguiu olhar, desconcertado. *Eu mal o toquei...* Ele olhou para as mãos, desgostoso dos próprios atos. Era Quincey que estava com medo... De si mesmo. Era esse o homem que Basarab queria que ele se tornasse?

⚜

Stoker chutou a mesinha, empurrando a cadeira para trás e arrancando as mãos de Basarab de seus ombros. Girou a cadeira.

— Não me interessa quem você é! Acha que pode me intimidar para ter o papel?!

Basarab ignorou a pergunta.

— Você é um idiota, e seu texto é lamentável. Seu Drácula caminha à luz do dia. Você o acusou falsamente de assassinar a mãe velha e doente de Lucy Westenra e de alimentar suas noivas com um bebê vivo. Chama-o de conde, quando ele era um príncipe. Isso é um insulto a meu país.

— Seu país ainda está na Idade Média. Não estou certo de que o romeno médio possa sequer ler.

Os olhos de Basarab cintilaram. Ele bateu com o livro de capa amarela na escrivaninha. Todo o aposento pareceu tremer.

— Você escreve descontraidamente sobre coisas que não compreende ou acredita, pessoas que nunca conheceu. Não passa de um idiota sem talento.

Stoker gaguejou:

— Não vou ficar me defendendo para você. Drácula não passa de um personagem de uma história saída de minha cabeça.

— Se o príncipe Drácula é um grande vilão, por que permitiu que Harker vivesse quando o manteve preso em seu castelo?

— Você fala dessas coisas como se fossem acontecimentos reais — disse Stoker.

— Se tivesse se dado ao trabalho de checar com a capitania dos portos de Whitby, teria descoberto que um barco chamado *Demeter* se chocou contra as rochas durante uma tempestade em 1888, não em 1897, como alega em seu livro.

Stoker precisava acabar com aquilo, naquele instante. Aproximou seu rosto do de Basarab.

— Exijo que você saia...

— A tripulação daquele navio morreu de uma peste transmitida por ratos — interrompeu Basarab. — Eles enlouqueceram, matando uns aos outros. Não houve cão infeliz e nenhuma só garganta foi arrancada por uma garra selvagem, como você escreveu.

O olho esquerdo de Stoker tremeu de raiva. Ele rezou para que passasse despercebido ao apontar a porta.

— Imediatamente!

Basarab pareceu ficar maior, assomando sobre Stoker. O escritor se retirou pela beirada da escrivaninha.

— Foi Van Helsing quem assassinou Lucy Westenra, não Drácula. Van Helsing errou na transfusão e envenenou o sangue de Lucy. Drácula a transformou em vampira para salvá-la.

— O que você sabe sobre o professor Van Helsing? — perguntou Stoker, recuando ainda mais. Sentia como se todo o calor houvesse desaparecido de seu corpo.

A luz de velas lançava sombras fortes sobre o rosto de Basarab.

— A arrogância de Van Helsing só tem equivalente na ignorância dele.

A coragem de Stoker desapareceu sob o olhar fulminante de Basarab. Sua respiração se tornou entrecortada. Era óbvio que suas ameaças careciam de energia.

— Se você está aqui como defensor de Quincey Harker em algum processo calunioso, eu o aviso...

— Você é igual aos hipócritas pomposos de seu romance, Stoker. Acha mesmo que simplesmente se erguendo perante um mal identificado esse mal será derrotado?

Stoker não podia recuar mais. Estava encurralado. O quarto pareceu ficar mais escuro. Basarab estava tão perto que tomava toda sua visão. *Aqueles olhos! Aqueles olhos negros!* Stoker podia sentir seu braço esquerdo ficar dormente e frio. Estava prestes a chorar.

— Drácula foi um monstro criado por mim!

— Não! Ele foi um herói que fez o que precisava para sobreviver — disse Basarab, sua voz se enchendo de orgulho enquanto o discurso ia em crescendo. — O príncipe Drácula foi ordenado pelo próprio papa como capitão das cruzadas. Ele se ergueu sozinho em nome de Deus contra todo o império otomano. Drácula *nunca* se encolheria de medo de um cretino ridículo como Van Helsing e voltaria correndo para a Transilvânia. De fato, você é culpado de difamação!

O suor escorreu pelo rosto de Stoker, que se apoiou na parede, esfregando o braço dormente. O aposento parecia girar e balançar. Stoker desviou o rosto para evitar o olhar de Basarab, que perfurava sua alma. A dor subiu por seu braço até o pescoço enquanto ele lutava para respirar. Stoker se obrigou a enfrentar Basarab, mesmo sentindo que escorregava para o chão.

— Quem é você? — perguntou, engasgando.

Basarab lançou a mão ao pescoço de Stoker e o apertou. Seu rosto pareceu se transformar no rosto de um lobo, e ele mostrou os dentes para o escritor.

— Eu sou um desafio a você — disse ele em um sussurro sinistramente calmo. — Sou seu julgamento perante Deus!

E soltou Stoker com o rosto contorcido de desgosto.

Era como se o aperto de Basarab estivesse prendendo uma onda de sofrimento. Uma dor lancinante subiu pelo pescoço de Stoker, ao longo do maxilar, penetrando no cérebro. Ele agarrou seu crânio. Era como se um ferro em brasa tivesse sido enfiado em seu olho. Stoker caiu no chão, e Basarab deu-lhe as costas. O escritor se esticou em busca de ajuda, mas estava paralisado. Seus apelos pareceram chiados secos.

Ele só pôde ver, desamparado, Basarab se apossar de seu bem mais valioso: a peça *Drácula*.

Depois, a escuridão.

⚜

Quincey podia sentir os olhos de Deane sobre ele, sentado na poltrona do corredor da primeira fila. Eles não haviam trocado uma só palavra. Quincey continuava no palco, olhando para suas mãos, refletindo sobre as implicações de seus atos temerários. Ele empurrara com força demais.

Passos à esquerda do palco. Era hora do julgamento.

Basarab saiu das sombras dos bastidores levando sob o braço um livreto. Ele olhou para Deane e disse apenas:

— Traga um médico. Temo que o sr. Stoker tenha sofrido um derrame.

Só quando Deane subiu os degraus para o palco teve certeza de que ouvira corretamente.

— O que está esperando? Traga um médico!

Ao grito do ator, Deane passou correndo por Quincey, olhando mais uma vez para Basarab antes de desaparecer nos bastidores. O ator não teve reação. Quincey se virou para Basarab, e seu mentor meneou a cabeça. Mais uma vez ele tinha uma missão, e saiu para cumprir suas ordens. Saltou para a plateia e subiu o corredor em disparada. Se Stoker morresse, Quincey nunca teria a oportunidade de questioná-lo sobre seu livro, os segredos de seus pais ou Drácula. Precisava ser rápido.

— Idiotas! Idiotas! — soou do palco a voz de barítono de Basarab.

Quincey parou e se virou para vê-lo no centro do palco lendo o roteiro.

— Qual demônio ou bruxa foi um dia grande como Átila, cujo sangue corre por estas veias?

Quincey sabia que o tempo era fundamental, mas não conseguia se mover. Basarab se *transformara* no personagem conde Drácula. Sua voz era assombrada e vazia, seu sotaque do Leste Europeu, mais pronunciado.

A elegância régia desaparecera de sua postura. Seu corpo se movia como um lobo percorrendo o palco. A transformação fora tão rápida e marcante que era quase sobrenatural. Era um enorme contraste com a interpretação farsesca de John Barrymore.

— Mas os dias de guerra terminaram — rosnou Basarab. — O sangue é algo precioso demais nestes anos de paz vergonhosa, e as glórias do grande Drácula não passam de uma história contada.

Basarab parou no centro do palco, as luzes lançavam um brilho de arrepiar sobre seu rosto. Em seus olhos havia séculos de tormento. Ele era todo sangue e fúria.

Parando de ler o livro e recitando de cor, Basarab permitiu que o volume escorregasse de seus dedos. O lobo raivoso se transformou mais uma vez. Surgiram lágrimas em seus olhos assombrados, seus músculos retesaram-se e sua cabeça se ergueu para o holofote. Muita dor. Muito desespero. Quincey estava assombrado, paralisado. Basarab continuou a falar como se as linhas brotassem das profundezas de sua alma:

— O tempo enfim me apanhou. — Voltou-se diretamente para Quincey, seu olhar queimando-lhe a carne. — Nesta época de máquinas, políticos e intelecto não há lugar para monstros que percorrem o interior. Escolha evoluir ou escolha morrer.

Quincey sentia como se seus pés estivessem cravados no chão. Basarab transformara Drácula em um herói trágico e, um tanto perturbado, Quincey pensou que se Basarab podia com tanta facilidade encontrar simpatia em Drácula, como ele poderia convencer seu mentor a se levantar contra o monstro?

A urgência de encontrar um médico para Stoker o arrastou de volta à realidade. Quincey saiu correndo pelas portas do teatro e disparou pela rua, pedindo ajuda. Um homem se apresentou como médico, e Quincey correu com ele de volta ao teatro.

Talvez Basarab não fosse o aliado de que Quincey precisava. A perda de Stoker como fonte de informação era apenas o começo. O demônio vencera sua primeira batalha, e ele nem sequer erguera um dedo.

Capítulo XXXII

Arthur Holmwood entrou no saguão dianteiro de sua casa e ficou surpreso ao não encontrar ninguém a sua espera. A equipe fizera a limpeza depois da festa. A mansão estava imaculada. Fazia silêncio; era como andar em um cemitério.

Após ver sua festa perfeitamente planejada ser arruinada, Arthur esperava encontrar Beth na sala principal com expressão séria. Sua ausência era reveladora. Ele imaginou que, no momento, Beth devia estar querendo distância dele.

Onde estaria Wentworth, seu mordomo, cuja obrigação era estar à espera da liberação de seu patrão, junto à porta para pegar casaco, chapéu e bengala? Arthur se deu conta de que Beth poderia ter dispensado Wentworth pelo resto da noite, para que o marido se resolvesse sozinho; outra tentativa de dar o troco pela humilhação que sofrera.

A terrível lembrança da fotografia da cena de crime de Lucy passou por sua mente. Fora assim a noite toda. Como uma refeição ruim, as imagens retornavam o tempo todo. Ele precisava expurgá-las.

Jogando casaco e chapéu em seu banco de madeira trabalhada, ele foi para o escritório e preparou uma bebida. Arregalou então os olhos e deixou cair o copo de cristal, incrédulo.

O retrato de Lucy estava novamente em cima da lareira.

Holmwood estava prestes a explodir. Tinha de ser Beth. Qualquer que fosse a injustiça que sua esposa acreditasse ter sofrido, aquela era uma retaliação horrível.

O som de passos no saguão mais distante chamou sua atenção.

— Beth? — chamou, sem receber resposta. — Wentworth?

Mais uma vez, nenhuma resposta. Uma sombra se moveu pelo piso de mármore. Havia alguém lá.

— Olá?

A única resposta foi outros passos.

Holmwood atravessou rapidamente a passagem para o escritório.

— Eu perguntei quem está aí.

Nenhum movimento no saguão. Arthur estava só.

A temperatura despencou dez graus. Ele ouviu o ruído fraco de respiração. Olhou ao redor e, mais uma vez, não encontrou ninguém. Foi quando reparou que a janela estava aberta. Mistério resolvido. Arthur riu de sua paranoia e foi fechá-la. Imaginou seus velhos camaradas legionários fazendo chacota dele. Fechou o trinco e se virou para retornar ao escritório e pegar sua bebida, mas identificou um aroma familiar. *Lilases?* Certamente não naquela época do ano. Os pelos de seu braço se arrepiaram ao lembrar que era o perfume que Lucy costumava usar. Ele o importava diretamente de Paris.

Uma voz feminina suave quebrou o silêncio:

— Ar...thur...

— Beth? — Seu chamado pareceu estranhamente alto ao ecoar no teto abobadado.

Houve um riso claro, parecendo vir de todas as direções ao mesmo tempo. Arthur reconheceu aquele riso. Mas não podia ser. Seus sentidos o estavam enganando.

— Arthur — ressoou a voz novamente. Dessa vez, estava bem acima dele.

Arthur olhou para o alto da escadaria principal. O que viu gelou seu sangue. Uma figura luminosa descia devagar em sua direção, o corpo ondulando como um gato ao se aproximar. Uma densa cabeleira de um vermelho flamejante cascateava por seus ombros; a pele branca como porcelana refletia a luz da lua através da janela. Seus seios balançavam a cada passo; os olhos eram negros e sem alma, os lascivos lábios vermelhos se projetavam. A túnica branca parecida com uma mortalha estava rasgada, puída; era simples e reveladora.

— Lucy?! — exclamou Holmwood engasgando, ainda incapaz de acreditar no que via.

Ela respondeu com aquele riso cristalino, revelando seus afiados dentes reluzentes, e deslizou pela escadaria sinuosa.

Arthur se esforçou para respirar. Todos os instintos, cada fibra de seu corpo queriam tomá-la nos braços. Mas Lucy estava morta. Seu amor morrera.

Como se pudesse ler seus desejos mais recônditos, ela olhou com triste compaixão e disse:

— Sei que deseja estar comigo, meu amor.

A voz de Lucy se abateu sobre ele como uma onda purificadora. Era como se o tempo houvesse parado e toda a dor dos vinte e cinco anos anteriores tivesse acabado. Lucy estendeu as mãos. Uma névoa branca emanou de suas palmas, dirigindo-se ao piso. Quando a névoa caiu a seus pés, ela se ergueu no ar, pairando sobre esse estranho colchão.

— A morte é só o começo, meu amor. Há muito mais na vida do que os limites da carne — disse, flutuando na direção dele.

— Não! É impossível!

Arthur acabara de ver as fotografias dos restos de Lucy em seu túmulo. O choque que experimentou sem dúvida estava afetando seus sentidos.

— É escuro aqui, Arthur. Estou muito só. Meus braços anseiam abraçá-lo.

Não! Lucy deveria estar na luz. Van Helsing afirmara que cravar a estaca em seu coração libertaria sua alma para o céu...

Lucy se aproximou dele de braços abertos. Arthur se sentia dilacerado. Queria desesperadamente abraçá-la mais uma vez. Era o mesmo desejo que o assaltara do lado de fora de seu mausoléu naquela noite fatal. Só que nesse momento não haveria nenhum Van Helsing para interferir.

Ela estava sobre ele. Arthur fechou os olhos ao sentir aqueles lábios gentis beijarem-no. Seu toque o eletrizou de tal forma que foi como se seu coração batesse pela primeira vez em um quarto de século. De repente os lábios dela se afastaram. Não, ele queria que o beijo durasse toda a eternidade.

— Lucy, você não precisa ficar só. Permita que eu fique com você nas trevas.

Ele abriu os olhos, e seu coração parou novamente. O belo rosto de Lucy explodiu em uma putrefação horrorosa. Seu rosto rachou e se decompôs. A pele clara ficou violeta. O perfume de lilases se tornou o fedor do túmulo. Os olhos de Lucy afundaram em sua cabeça de caveira, e seus lábios recuaram e endureceram, revelando o comprimento de seus caninos. Vermes emergiram dos braços, envolvendo seu pescoço, arrastando-se por sua pele apodrecida. Ela abriu a boca para falar e vomitou uma cascata de larvas coleantes.

Holmwood recuou, esbarrando na parede, congelado de pavor. Sua amada se transformara em um pesadelo.

— Tenha piedade de mim! — gritou ele.

Os músculos e os nervos de Lucy se liquefizeram em uma lama negra que escorreu dos ossos. Sua bela voz cristalina desapareceu, e em seu lugar soava como um sino cavernoso:

— Piedade? A mesma piedade que você sentiu por mim quando cravou a estaca em meu coração... meu amor?!

Rugindo como um animal raivoso, ela se lançou sobre ele, jogando-o contra a parede. Suas garras ossudas perfuraram-lhe os pulsos quando Arthur abriu os braços, pregando-os no revestimento de pau-rosa, crucificando Arthur. Ele gritou de agonia.

A boca de Lucy se abriu em uma largura impossível. Os caninos cravaram na garganta de Arthur. Seus guinchos pararam quando ela arrancou-lhe a laringe. Nesses últimos segundos horrendos, Arthur Holmwood testemunhou sua amada Lucy jogar a cabeça para trás em êxtase, banhando-se em seu sangue.

— Lucy! — gritou ele, se sentando na escuridão, perturbado e perdido. Será que ele estava morto?

Quando seus olhos conseguiram focar, ele se deu conta de que estava na cama. Levou a mão ao pescoço. Sem ferimento, sem sangue. Fora apenas um pesadelo. Sua respiração era tão acelerada, o coração batia tão rápido que temeu sofrer um ataque cardíaco.

Holmwood ouviu um soluço abafado a seu lado. Muito apreensivo, olhou em sua direção.

Era Beth, que chorava. Havia uma angústia em seus olhos que Arthur nunca vira antes. Ele sabia o que acontecera. Chamara o nome de Lucy durante o sono. Só podia imaginar a dor que Beth devia ter sentido. Sem uma palavra, sua esposa saiu correndo do quarto. Mesmo abafados pela porta de madeira do *closet*, seus soluços ainda eram dolorosos de se ouvir.

Arthur sabia que não havia palavras de consolo que eliminassem o sofrimento. Desprezou a si mesmo. O amor de Beth por ele era profundo e real. Mas, quanto mais ela o amava, mais ele a rejeitava. Mesmo na morte, não podia trair Lucy.

Arthur amara Lucy desde o primeiro momento em que a vira. E também todos os outros: Jonathan e Mina Harker, Jack Seward, Quincey P. Morris.

Depois que Jonathan foi aprovado em seu exame para a associação e partiu rumo à Transilvânia e ao seu encontro fatal com o príncipe Drácula, Mina procurou um modo de preencher o vazio em sua vida. Sua melhor amiga, Lucy, encontrou a forma perfeita de aplacar a solidão de Mina: organizou em sua casa de Whitby uma *soirée* de caridade para alimentar os pobres e desabrigados de Whitechapel. Foi naquela *soirée* que Jack, Quincey Morris e Arthur se viram no cartão de danças de Lucy. Todos os três se apaixonaram na hora por ela.

Arthur Holmwood e seus dois melhores amigos, então, fizeram um acordo de cavalheiros: iriam cortejar Lucy com todas as suas habilidades, e que vencesse o melhor. Holmwood nunca sentira tanta alegria quanto no dia em que Lucy o escolheu em detrimento dos demais. Seus amigos brindaram à feliz união e ao futuro de uma longa vida de amor, o que o deixara tão orgulhoso que convidara Jack e Quincey Morris para padrinhos do casamento. Um casamento que nunca aconteceu.

Arrastou-se até a cômoda de Beth e olhou para seu infeliz reflexo no espelho do toucador. Durante muito tempo, tudo o que quis foi morrer, não sentir nada, estar com Lucy no céu. Talvez isso fosse apenas culpa, mas, assim como ansiava pela morte, tinha medo dela. Arthur sentia que as vidas que tirara em guerra eram justificadas. Deus o perdoaria por ter feito um trabalho justo contra homens maus. Os três que matara em duelo eram outra história. Incapaz de tirar a própria vida por medo de uma eternidade no inferno, Arthur buscara outros para fazer o que não conseguia. Levara aqueles homens a agir, insultara sua honra de tal modo que não lhes deixara escolha. Foram duelos justos, mas ainda assim seus oponentes estavam mortos por nenhuma outra razão que não a sua covardia.

Tocou a cicatriz em sua face esquerda. Os dedos subiram até a falha em sua orelha. As palavras de Quincey Harker ecoaram em sua cabeça: *Drácula está vindo se vingar, e você sabe disso. Ajude-me a matá-lo de uma vez por todas.*

Holmwood relembrou a noite seguinte à morte final de Lucy. Ele se colocara diante de uma estátua de Cristo na capela da família e jurara sobre o túmulo de sua amada que não descansaria até destruir o demônio que tirara sua vida.

Deus colocara Lucy em seu sonho para que se lembrasse do juramento. Após vinte e cinco anos desperdiçados, ele estava sendo cobrado, e Arthur Holmwood era obrigado a responder. Era a única forma pela qual poderia garantir a salvação e a eternidade com Lucy. Pela manhã, partiria para Londres em nome de Deus, para procurar o demônio.

Capítulo XXXIII

Depois que o sr. Stoker foi levado para o hospital, Quincey retornou a seus aposentos alugados. E então deu-se conta da triste realidade. A súbita incapacitação de Stoker eliminara o único obstáculo para que Basarab ficasse com o papel de Drácula. Deane estava muito endividado. Assim, não seria tolo o bastante para cancelar a peça, de modo que caberia a Deane a direção. O que isso significava para Quincey?

Embora assombrado com a poderosa interpretação do solilóquio de Drácula por Basarab, Quincey sentia-se incomodado. Não podia permitir que Basarab humanizasse Drácula. A primeira ideia de Quincey foi contar a verdade a Basarab, mas o que poderia dizer? Diria que seu herói nacional é o monstro que destruiu sua família e matou seu pai, e a honra o obriga a caçá-lo e matá-lo? Não precisava pronunciar as palavras em voz alta para saber como soavam insanas. Que provas ele tinha?

Pôs-se a caminhar pelo quarto.

A primeira atitude a tomar seria retornar ao Lyceum e desculpar-se com Deane por seu comportamento grosseiro. Para que seu plano funcionasse, ele precisaria reconquistar a simpatia de Deane, para tê-lo a seu lado.

Quincey chegou ao Lyceum Theatre no meio da manhã. Não havia referências no jornal aos acontecimentos da véspera ou à saúde do sr. Stoker. Isso não o surpreendeu, já que o infeliz acidente acontecera tarde demais para aparecer na edição matutina.

Quincey ficou perturbado por Deane não estar no teatro e nenhum dos funcionários ter informações sobre a saúde de Stoker. Ele estava se acomodando para esperar pela chegada de Deane quando foi abordado pelo sr. Edwards, o gerente.

Edwards normalmente era um homem de boa disposição, sempre com um largo sorriso. Por isso Quincey intuiu problemas quando ele se aproximou com aparência sombria. Com um frio no estômago, Quincey logo pensou no pior: *Deane está tão furioso que cancelou a produção.*

Mas os terrores da imaginação de Quincey não eram nada em comparação com a realidade. Edwards lhe entregou uma nota deixada na porta do palco. Quincey franziu o cenho, pois dera instruções rígidas para todos os funcionários do Lyceum Theatre para que prestassem atenção a uma mulher de aparência jovem que alegasse ser sua mãe. Em nenhuma circunstância seria permitida sua entrada no teatro ou que fossem dadas informações sobre o paradeiro de Quincey. Afinal, ele ainda não sabia de que lado Mina estava.

Edwards disse, como que se desculpando:

— Um cavalheiro idoso apareceu mais cedo, hoje, dizendo ser seu avô. Disse que havia uma emergência familiar e você devia ser localizado imediatamente. Deixou-lhe este bilhete. Espero não ter feito nada de errado, mas nas circunstâncias achei melhor dar ao senhor seu endereço, tirado da lista de contatos do gerente do palco. Agi mal?

Quincey garantiu a Edwards que estava tudo bem e agradeceu por sua preocupação. Mas a verdade era que definitivamente nada estava bem. O único parente que tinha era sua mãe. Aquele "avô" era um impostor.

Quincey abriu o bilhete e não encontrou nada escrito. Não passara de um golpe para conseguir seu endereço. O frio na barriga se transformou em uma onda de pavor.

A noite caiu.

Quincey se viu de pé diante do dragão da Fleet Street. *Que ironia*. Passara o dia caminhando pelas ruas, com medo de retornar ao teatro ou a seu apartamento. Graças a Edwards, o estranho misterioso tinha seu endereço e poderia estar a sua espera. Se o estranho se cansasse de esperar, poderia muito bem retornar ao teatro. Quincey sentiu que deveria manter distância daquele velho.

Havia três possibilidades para a identidade do velho desconhecido. Primeira: como Mina não conseguiria nenhuma informação sobre o paradeiro de Quincey indo pessoalmente ao teatro, o velho desconhecido poderia ser alguém enviado por sua mãe. Segunda: ele talvez trabalhasse para a Scotland Yard, que poderia querer interrogar Quincey sobre o colapso de Stoker. A Scotland Yard também poderia estar em seu encalço por outra razão: algo terrível poderia ter acontecido a Mina. No fundo, Quincey ainda amava a mãe, mas não podia confiar nela. Seu instinto lhe dizia para mandar um telegrama a fim de saber se Mina estava viva e bem, e depois correr para seu apartamento e esperar a resposta. Era apenas o medo da terceira possibilidade que o mantinha incerto.

Stoker escrevera em seu romance que, quando Jonathan encontrara Drácula pela primeira vez em seu castelo na Transilvânia, o demônio aparecera como um idoso. Mas aquilo não era o romance de Stoker. Quincey não iria se arriscar. Ergueu os olhos para o dragão da Fleet Street e viu as luzes tremeluzindo de forma sobrenatural.

Sentia-se terrivelmente cansado. Não conseguia pensar racionalmente. Não podia permanecer na rua a noite inteira. Basarab estava em seu hotel. Ele era o homem mais sábio que Quincey conhecia. Era seu amigo. Na certa iria ajudá-lo. Mas Quincey não correria o risco de expor Basarab ao perigo que o perseguia.

Olhou para a janela do escritório escuro de seu pai. Já não havia nada para ele ali. Tudo em que conseguia pensar era em um porto seguro.

Quincey deu meia-volta e decidiu seguir para o Mooney & Son's, o bar preferido de Jonathan. Lá ele se misturaria à multidão; estaria anônimo. Fosse o estranho idoso um policial ou alguém enviado por sua mãe, não pensaria em procurá-lo ali. Se o maior medo de Quincey se mostrasse real e o estranho idoso de fato fosse Drácula, estaria a salvo em público. A única coisa de que Quincey tinha certeza era de que Drácula precisava se manter nas sombras. Não podia correr o risco de se expor.

A neblina tomou a rua. Mais dois quarteirões e ele encontraria calor, alívio e uma refeição quente. Chegando ao beco da Fleet Street, ocorreu-lhe a ideia de que se algo tão insignificante quanto um bilhete falso de um estranho conseguia deixá-lo tão assustado, como podia esperar derrotar um demônio como Drácula?

Uma mão saiu da neblina, agarrou o casaco de Quincey e o empurrou para a escuridão do beco.

O demônio me encontrou! Quincey sabia que a morte de seu pai não fora rápida. Drácula não seria gentil com ele. Morreria sob tortura. Ele rezou pedindo forças.

Quincey viu um homem sair da neblina, que rodopiava. Ele segurava uma bengala. Antes que Quincey pudesse reagir, surgiu um lampejo de aço, um silvo no ar. Abriu a boca para pedir ajuda, mas foi rapidamente silenciado pela ponta afiada de um florete em seu pescoço.

— Sabe quem eu sou? — perguntou da escuridão uma voz com um forte sotaque.

O homem com a lâmina avançou para a luz. Quincey ficou ao mesmo tempo aliviado e assustado. Aquele senhor a sua frente era macilento e frágil. Cabelos brancos ondulados batiam em seu rosto. Suas roupas eram bem-cortadas, mas cobriam como sacos o corpo esquelético. O agressor de Quincey era um velho doente. Deveria sentir-se seguro com o fato de que poderia superar o velho com a lâmina, mas em seus olhos havia algo: força e determinação. Talvez até mesmo um toque de loucura. Aquele não era Drácula, mas podia ser tão mortal quanto.

— Você deve ser Van Helsing.

— Se sabe meu nome, então sabe do que sou capaz — disse Van Helsing. — Pare de investigar a morte de seu pai.

Depois da fria receptividade de Arthur Holmwood, Quincey não deveria se surpreender em ver outro membro do grupo de heróis tentando tirá-lo da trilha da vingança. Mas não esperava ver o velho professor percorrendo as ruas à noite, muito menos em Londres. Nunca lhe ocorrera que Van Helsing poderia ser o estranho misterioso. Decerto estava sendo impelido pelo medo. Van Helsing deveria ter se cansado de esperar por Quincey em seus aposentos e saíra para procurá-lo. Quincey afastou o florete de seu pescoço.

— Minha mãe o mandou.

Van Helsing recolocou a ponta da espada no pescoço de Quincey, apertando-o contra a parede de tijolos. A expressão de fúria desesperada em seu rosto fez com que Quincey compreendesse que aquele não era um homem de perder tempo com discussões irrelevantes. Para deixar isso claro, Van Helsing virou a lâmina, cortando-lhe a pele. Um pouco de sangue quente escorreu pelo pescoço de Quincey. O velho não era tão fraco quanto parecia.

— Para você não há respostas, apenas escuridão, meu rapaz.

— Que segredos vocês tentam tão desesperadamente esconder de mim? — perguntou Quincey, esperando que o velho não percebesse o medo em sua voz.

Uma expressão de loucura tomou os olhos de Van Helsing. Quincey prendeu a respiração, sem saber se sairia vivo daquele beco. Mas o rosto do velho suavizou. Seu olhar permaneceu duro, mas, naquele instante, parecia mais um avô amoroso que um assassino.

— A maioria de nós segue a vida com a segurança da fé — disse Van Helsing com convicção; um velho professor dando uma última aula a um aluno no qual não via potencial. — Outros que não têm a mesma sorte chegam a um momento em que sua fé é testada. É quando se faz necessário escolher entre luz e trevas. Nem todos têm a força ou a sabedoria de fazer a escolha certa.

Van Helsing recolheu a lâmina e a embainhou em sua bengala.

— Volte para a Sorbonne — apelou ele. — Pelo bem de sua mãe, desfrute da bênção da ignorância e continue a ser um filho de Deus.

Dito isso, o velho recuou para a neblina e saiu mancando com sua bengala, sem olhar para trás.

Quincey se sentia ultrajado. Sem dúvida sua mãe mandara Van Helsing para dizer a seu filho que ele era fraco e precisava de proteção. Mas ele mostraria a ela. Mostraria a todos eles.

Capítulo XXXIV

Drácula estava morto. Mina sabia. Através dos olhos de Bathory testemunhara sua derrocada final. Queria ficar de luto por ambos, Drácula e Jonathan, mas não havia tempo para isso. Estava sendo caçada. Caso sobrevivesse, teria pela frente muitos dias e noites solitários para chorar por todos que havia perdido. E, se não sobrevivesse, não teria importância. No momento, tinha pouco pelo que viver, com o marido no túmulo e seu filho furioso com coisas que não compreendia. Precisava preparar-se não apenas com armas, mas com algo ainda mais poderoso: conhecimento. Mesmo que não sobrevivesse, queria que seu filho soubesse de todo o mal que existe no mundo.

Mina decidiu que teria de descobrir tudo o que pudesse sobre a condessa Elizabeth Bathory. O professor Van Helsing sempre dissera: "Para combater seus inimigos, você precisa primeiro aprender tudo sobre eles." Bathory era a nova inimiga de Mina.

Mina e Bathory haviam trocado sangue, por isso sua mente estava ligada à de Bathory — assim como estivera ligada à de Drácula, vinte e cinco anos antes —, o que significava que Bathory partilharia os pensamentos, desejos e segredos de Mina. Mas também significava que Mina teve um vislumbre do que Bathory pensava, e sua cabeça latejava à medida que recebia séculos de recordações.

Na livraria local, Mina vasculhou pilhas de informação, construindo um relato da vida agitada da condessa. Ela se preparara para uma história de horror, mas o que encontrou foi surpreendente e tristemente fascinante. Como muitos dos seres malévolos do mundo, Bathory não nascera um monstro, tornara-se um. Por mais rígida que sua época fosse, a opressão das mulheres no século XVI era dez vezes pior: Bathory havia sido forçada a um casamento arranjado com alguém com o dobro de sua idade. Mina leu o nome, Ferenc Nádasdy, e de repente foi esmagada por um ódio profundo. Sua mente viu-se atacada por imagens de agressão e violação físicas, e sentiu um fedor terrível. Fechou o livro com força, como se isso ajudasse a eliminar as imagens.

No entanto, como pequenos pontos de luz na escuridão, uma impressão começou a se formar em sua cabeça. O volume de sangue que ela e Bathory haviam trocado não poderia ter sido mais do que um dedal, dando a Mina acesso apenas a imagens dispersas, mas isso foi o suficiente para ajudá-la a montar uma história dolorosa. Mina não ficou surpresa ao descobrir que Bathory era fluente em húngaro, latim e alemão, algo incomum. Mina, que sempre fazia anotações minuciosas, escreveu e depois circulou "extremamente culta". Apenas isso já tornava Bathory uma inimiga perigosa. Em seguida, encontrou referências às grandes habilidades de Bathory como amazona e espadachim, que eram igualmente alarmantes.

Uma passagem a fez parar e pensar. Mina leu que, enquanto o marido estava na guerra, Bathory fora para a casa de sua tia, a condessa Karla. Mina "viu" o rosto de Karla em sua cabeça... ao lado de outra imagem, de uma jovem empregada loura... morta por enforcamento. *O que isso significava? Quem era aquela garota? Por que havia sido executada?* Tentou concentrar-se nas lembranças, mas as imagens desapareceram como vapor no espelho. Descobriu que a relação de Bathory com sua tia Karla terminara de forma ab-rupta quando a família de Bathory mandara uma guarda armada para resgatar a condessa.

Segundo os historiadores, Bathory teve filhos pouco após retornar. Eles foram criados por governantas, segundo o costume da época, mas Bathory era uma mãe dedicada. Mina achou difícil imaginar isso, mas soube então que a filha de Bathory, Úrsula, e seu filho, Andráshad, morreram muito pequenos de alguma doença.

Sentimentos de fúria e tristeza tomaram conta dela. Mina pôde ver o terrível desprezo de Ferenc, gritando ao dar um soco em Bathory e depois a chutar enquanto ela estava caída no chão, indefesa:

— Não tenho herdeiro. Deus está me punindo por seus pecados!

Mina pôde sentir a mente de Bathory ficar perturbada e seu coração ficar gelado. Embora o maxilar de Bathory estivesse quebrado, ela cuspiu o próprio sangue e falou em voz baixa, não com seu marido, mas com Deus:

— Você me tirou tudo o que amei. Eu agora serei amiga de seus inimigos mais odiados. Vou tirar de você o que considera mais caro. "Sofram as criancinhas para virem a mim." Não foi o que você disse?!

Mina podia entender a angústia de uma mãe com a perda dos filhos. Mas ela mesma jamais experimentara uma fúria semelhante à de Bathory naquele momento, contra Deus e os homens; uma ira feroz que a consumiria.

Não espantava que, dados esses acontecimentos, a ira de Bathory houvesse se voltado contra a perdição mais próxima. Em janeiro de 1604, Ferenc Nádasdy sofreu um ferimento profundo, supostamente feito por uma prostituta a quem ele se recusara a pagar. Uma rápida imagem de Ferenc dormindo em seus aposentos penetrou na mente de Mina. Ela pôde ver as mãos delicadas de Bathory retirando as bandagens de pano do tronco do marido. Mina mais uma vez sentiu um fedor horrível. Usando uma colher de prata, Bathory cuidadosamente salpicou estrume rançoso na ferida e recolocou a bandagem. Ao que parecia, ele morreu alguns dias depois, sentindo dores excruciantes. Causa da morte: ferimento infeccionado.

Mina sentiu nojo. Que modo cruel e calculista de matar outro ser humano, mesmo alguém tão vil quanto Ferenc.

Libertada dos grilhões do casamento e achando-se acima das leis de Deus e sua Bíblia, Bathory começou a assumir sua verdadeira natureza. Ela deixou claras suas tendências tendo relações com mulheres locais. Se antes haviam aceitado de bom grado sua liderança, os aldeões passaram a temer que o comportamento profano de Bathory atraísse uma maldição sobre eles e suas terras, e começaram a rejeitá-la. Eles apelaram às autoridades superiores para que Bathory fosse detida. Em vez disso, foi feito um apelo à família da condessa, que enviou padres. Ela expulsou todos. Os familiares, temendo que seu nome fosse arruinado, prenderam-na em seu castelo, onde Elizabeth permaneceu quatro anos. Mina recebeu então a imagem de um "estranho escuro" procurando Bathory enquanto sua família a mantinha prisioneira, mas não conseguiu saber se o estranho aparecera para resgatá-la ou salvar sua alma. Mina fez um esforço para identificar o rosto do estranho, mas só encontrou o vazio. Seria a lembrança de Bathory ou sua própria experiência? Não podia ter certeza.

Mina continuou a ler. Os textos históricos não davam informações sobre os três anos seguintes da vida de Bathory. Era como se ela houvesse desaparecido da face da Terra. Então, quando chegava ao quarto ano, Bathory milagrosamente retornou a seu castelo na Hungria; segundo todos os relatos, era uma mulher mudada.

Quase de imediato teve início uma série de violentos assassinatos de membros das famílias Bathory e Nádasdy, e jovens camponesas das aldeias desapareceram. O medo parecia uma sombra sobre aquela região, e Elizabeth Bathory foi considerada a causa. As imagens que invadiam a mente de Mina se tornaram obscenas: imagens depravadas de orgias, práticas perversas e até mesmo rituais pagãos heréticos e elementos de adoração ao diabo. Bathory rompera por completo com Deus — e Mina estava vendo o resultado.

Sussurrando de medo, os aldeões disseram que o estranho que levara Bathory era um senhor da guerra que ensinara a ela magias negras. Os empregados do sexo masculino de Bathory fugiram do castelo. As histórias de maldade e depravação que eles contaram não tinham precedentes. Bathory passou a escolher apenas mulheres para servi-la. O número de assassinatos aumentou, e mais sangue foi derramado. Bathory se tornara uma matadora que declarara guerra contra todos os cristãos.

As autoridades atacaram o castelo, prendendo a condessa em meio a uma orgia com três jovens — suas empregadas — que se banhavam e bebiam o sangue de outra jovem. Mina soube então que Bathory se tornara uma vampira.

As autoridades descobriram, nas masmorras do castelo, os mais hediondos instrumentos de tortura já concebidos. Foram encontradas muitas camponesas nuas, terrivelmente feridas, estupradas e, em alguns casos, mortas. Uma escavação no terreno ao redor do castelo revelou dezenas de cadáveres.

As empregadas de Bathory foram condenadas à morte por seus crimes, tiveram seus corpos queimados e as cinzas espalhadas. Bathory foi julgada e condenada. Apenas a influência de sua família impediu que fosse queimada na fogueira. Foi feito um acordo: prisão perpétua.

A família da condessa chorou por ela. Elizabeth nascera privilegiada, abençoada por Deus, considerada a mulher mais bonita de sua geração, mas jogara tudo isso fora e pagaria por seus crimes com a eternidade no inferno.

A carta dizia a Bathory que seu sangue tinha sido transmudado. Se um corpo humano era invadido pelo sangue de um vampiro, resistia ao veneno. Mas, quando o corpo humano morria e já não podia lutar, o veneno do vampiro assumia o controle, transformando o corpo em algo novo e mais grandioso. O sangue do vampiro percorria as veias e artérias transformando o humano morto em um morto-vivo. O coração antes humano começava a bombear o veneno do vampiro, e o corpo renascia para uma segunda vida de imenso poder. Apenas a perfuração do coração podia destruir a fonte do veneno e matar o vampiro. Concluindo, a carta indicava a Bathory que um coração de vampiro batia tão devagar que seu ritmo era imperceptível aos mortais.

Mina enfim compreendeu o que estava acontecendo com seu corpo. Embora o sangue de vampiro de Drácula estivesse dentro dela, seu corpo vivo impedia que o veneno assumisse total controle. Mas o veneno em certo sentido já fizera efeito: dera a Mina juventude eterna. Preocupada e curiosa, Mina se perguntou quais outros efeitos o sangue de Drácula e depois o de Bathory poderiam produzir em seu organismo. Pelo menos havia o consolo de que, enquanto vivesse e seu coração humano continuasse a bater, nunca seria uma verdadeira vampira.

Continuou a ler.

Vários dias após Bathory ter parado de comer, um médico foi chamado à prisão. Prostrando-se no chão, ele olhou pelo buraco na parede de tijolos e viu a condessa deitada, imóvel. A parede foi derrubada. Bathory parecia não ter batimentos, nem respirar. Ao que tudo indicava, Bathory estava morta, e foi logo tirada dali sob a proteção da escuridão para evitar curiosos, trancada em um caixão, enterrada e esquecida.

Mina, porém, podia sentir Bathory cravando as garras no caixão, cavando a terra e saindo de seu túmulo. Ao ser libertada, séculos de um terrível mal foram lançados ao mundo. Mina havia enfrentado o mal antes, mas Bathory não era como Drácula. Drácula sempre tivera um objetivo, uma razão. Aquele demônio matava por esporte. Ela não tinha nenhum vestígio de compaixão humana. Mina sentia mais medo que em qualquer momento.

Mina estava prestes a fechar os livros e planejar seu próximo passo quando uma imagem chamou sua atenção: a árvore genealógica da família da condessa. Examinou a genealogia. O avô de Bathory era Stephan Bathory, um famoso nobre húngaro. *De onde ela conhecia aquele nome?* Seu dedo vasculhou a árvore genealógica da família Bathory até o nome Helen Szilagy. A mão de Mina tremeu; ela sentiu um arrepio. Mina começava a entender que Drácula e Bathory tinham uma ligação mais profunda que sua necessidade de sangue.

O marido de Helen Szilagy era Vlad Drácula III.

Stephan Bathory combatera ao lado do príncipe Drácula, ajudando-o a conquistar o trono após a morte do pai. Drácula, o príncipe das trevas de Mina, desposara a prima de Stephan de modo a conseguir uma aliança com o Sacro Imperador Romano. Drácula acreditava ser o guerreiro santo de Cristo, e aquele casamento o ajudaria a juntar as duas facetas da cristandade em uma única força contra os otomanos.

O estranho escuro. Mina sabia que vira o rosto de Drácula por uma razão: havia sido o primo distante de Elizabeth Bathory, Drácula, quem a resgatara. As magias negras nas quais a condessa tinha sido "instruída" sem dúvida eram o beijo do vampiro. Como Drácula, que se dizia um guerreiro de Deus, poderia ser o responsável por soltar no mundo para toda a eternidade um demônio assassino como sua prima Elizabeth Bathory? Mina estava confusa.

Não importando qual fosse a relação de Drácula com Bathory ou com o segundo homem que entregara o bilhete, uma coisa era certa: Drácula salvara Bathory de uma vida infernal — ela criara seu inferno depois disso.

Mina sabia por seu sonho que fora Bathory quem dera o golpe fatal em Drácula. Mas por quê? Lembranças assomaram, e Mina ouviu as palavras que Elizabeth dissera antes de cravar a faca no coração do príncipe: "Você diz ter alto nível moral, mas me rejeita por causa de uma puta adúltera."

Chocada, Mina se deu conta de que havia sido a responsável pela inimizade entre Drácula e Bathory. Isso a perturbou. Drácula e Bathory poderiam não ter sido amantes, mas sem dúvida tinham fortes laços. Drácula planejara fugir com Mina. Bathory devia ter se sentido traída e acalentou um profundo ciúme de Mina ao longo de todos aqueles anos.

Mina enfim entendia. Bathory estava determinada a destruí-la e a todo o grupo de heróis, que, em sua cabeça, a afastaram de Drácula. Mas Mina era atormentada por uma dúvida: o que levara Bathory a agir após tantos anos? Só podia supor que tinha algo a ver com Jack Seward. Jack deveria saber da existência de Bathory. Era a única resposta; e, como seus amigos ignoraram seus alertas, Seward devia ter ido atrás de Bathory sozinho. Só que ele não era páreo para a condessa. Seu ataque a Elizabeth devia tê-la colocado em uma nova rota de vingança. Bathory não passava de uma oportunista. Com o bravo grupo de heróis separado pelos anos e a dureza da vida, eles eram como frutas maduras penduradas, prontas para serem colhidas. Entendeu então o que Bathory quisera dizer com: "Sua hora chegou" e "Vou tirar de você o que considera mais caro. 'Sofram as criancinhas para virem a mim.'"

Mina sentiu a sala girar ao compreender o grau da loucura de Bathory. Ela pretendia se vingar como uma praga bíblica.

Mina tinha de encontrar seu filho antes que a condessa o fizesse.

Capítulo XXXV

Quincey subiu os três lanços da escada até seu quarto na Archer Street, Soho. O local tinha um preço razoável, e a área era cheia de atores, pintores e outros artistas.

Ele fez a longa caminhada pelo saguão até seu quarto, junto ao banheiro comunitário. As palavras de Van Helsing continuavam a atormentá-lo. Por que ninguém nunca confiara nele — nem seus pais nem Arthur Holmwood? Talvez aquele confronto com Van Helsing tivesse sido um teste; nesse caso, Quincey teria fracassado. Um velho fraco com uma bengala o vencera.

Quincey enfiou a chave na fechadura e constatou que a porta estava entreaberta, embora ele se lembrasse muito bem de tê-la fechado. *Havia alguém dentro*. Correr era inútil. Se Drácula estivesse a sua espera do lado de dentro, teria ouvido a chave na fechadura. Não havia como Quincey correr mais que Drácula. Chegara a hora de provar a si mesmo e ao grupo de heróis que era um homem que merecia respeito.

A porta rangeu quando Quincey a abriu e espiou na escuridão. Do outro lado do quarto estava a silhueta alta e magra de um homem recortada contra a janela.

Juntando toda a sua coragem, Quincey gritou:

— Quem é você? O que faz aqui?

Uma chama brotou de um fósforo. Quincey identificou a ponta iluminada de um charuto e depois a fumaça subindo em espirais. Seu instinto lhe dizia para correr, mas isso era exatamente o que sua mãe e Van Helsing esperavam que ele fizesse. Desse modo, engoliu o medo e, avançando, alcançou o interruptor. A lâmpada piscou com um zumbido e iluminou o quarto. O homem alto no extremo oposto do aposento estava de costas para Quincey, olhando pela janela para a rua abaixo.

Sem se virar, o homem alto disse:

— Boa noite, jovem Harker.

Quincey reconheceu a voz e a densa cabeleira loura.

— Lorde Godalming?

Arthur Holmwood se virou para encará-lo e apontou para a arca no centro do quarto, onde estava o cartão de visita com o endereço que Quincey lhe dera. O homem parecia pálido e abatido, e havia um vazio em seus olhos azuis penetrantes. O que o teria abalado tanto? Ele não era o tipo que se assustava facilmente.

Holmwood jogou na lareira o fósforo usado e, com uma luva branca, passou seu dedo pela poeira acumulada no consolo da lareira. O dedo ficou sujo. Sua desaprovação às condições de moradia de Quincey era evidente.

— O senhor também veio a pedido de minha mãe para ameaçar minha vida? — perguntou Quincey secamente.

Holmwood pareceu surpreso.

— Van Helsing deixou isso bastante claro — disse Quincey. Ele tirou seu cachecol e mostrou o arranhão sujo de sangue em seu pescoço.

— Eu considerava inquestionável o caráter de Van Helsing. Mas já não tenho tanta certeza — disse Arthur, suspirando.

Aquele era um Arthur Holmwood muito diferente do homem com quem Quincey se encontrara poucos dias antes. Estava pronto para arriscar um palpite:

— Veio aqui para me ajudar?

O rosto de Holmwood ganhou uma expressão pétrea. Ele se virou.

— Lucy me apareceu em sonho e abriu meus olhos.

Embora aquilo parecesse loucura, Quincey não duvidou por um instante sequer de que Arthur lhe dizia a verdade.

Holmwood olhou para Piccadilly Circus.

— De uma forma ou de outra, chegou a hora de terminar o que comecei há vinte e cinco anos.

Suas costas ficaram rígidas, e ele ergueu a cabeça. Respirou fundo, esticando o material sedoso de seu paletó quando suas costas musculosas se expandiram. Então girou nos calcanhares como um soldado. Quando voltou a encarar Quincey, seus olhos eram ferozes e determinados.

— Se você estiver certo, jovem Quincey, e Drácula de algum modo ainda estiver vivo, este é o momento em que você e eu devemos fazer um juramento perante Deus: que não importa qual seja o preço, deveremos destruí-lo de uma vez por todas.

Pela primeira vez, Quincey tinha um evidente aliado em sua batalha contra Drácula. Chegara o momento de agir. Afirmou, sem hesitar.

— Juro perante Deus vingar meu pai e ver Drácula morto pelas minhas mãos.

A porta se escancarou com um chute rápido da bota de Arthur Holmwood. Ratos chiaram na escuridão. Holmwood acendeu uma lanterna elétrica. Quincey tateou a parede em busca de luz elétrica, mas seu companheiro colocou a mão em seu ombro ao entrarem no quarto decrépito.

— Isto é Whitechapel. Não há eletricidade aqui.

A luz da lanterna de Holmwood revelou um lampião a querosene enferrujado no chão. Ele jogou uma caixa de fósforos para Quincey e gesticulou para que o acendesse. Quando o fez, uma horda de ratos correu da luz em busca de cantos escuros.

Quincey não conseguiu disfarçar o espanto:

— Como o dr. Jack Seward podia morar em um lugar como este?

— Como já mencionei, ele estava bastante desequilibrado. — Holmwood apontou para o teto, de onde pendiam símbolos de todas as religiões conhecidas.

Quincey reconheceu o ícone bem acima dele como a cruz dos rosa-cruzes. O teto estava revestido de páginas arrancadas do Velho e do Novo Testamento, da Torá e do Corão. Quincey imaginou que o dr. Seward estava protegendo suas apostas; ele sem dúvida queria todos eles a seu lado.

Quincey examinou as paredes. Descobriu que as páginas da Bíblia haviam sido arrancadas de diferentes edições e diferentes idiomas. Seus olhos foram atraídos para as palavras rabiscadas em... Seria aquilo sangue?

— *Vivus est*. — "Ele vive" — traduziu Quincey. — Você diz que o doutor estava louco. *Aterrorizado* parece ser mais o caso.

Holmwood não revelou qualquer emoção. Seguiu na direção do colchão de palha de Seward e bateu nas tábuas de madeira do piso com sua bengala. Uma delas produziu um som oco.

— O que está fazendo? — perguntou Quincey.

— Poderia fazer a gentileza de me dar aquele bisturi que está ali na parede?

Quincey olhou para onde Arthur apontava. A faca cirúrgica de Jack prendia na parede um velho recorte de jornal amarelado. Ele retirou a lâmina, lendo a manchete desbotada: "Jack, o Estripador ataca novamente".

Talvez Seward fosse louco. Mas, enquanto Quincey examinava as paredes, surgiu um padrão, temas recorrentes em meio ao caos: Drácula; Jack, o Estripador; vampiros; religião e produções de *Ricardo III*...

Um rangido alto desviou sua atenção mais uma vez para Holmwood. Seu companheiro colocara a ponta do bisturi no encaixe da tábua e estava levantando a madeira. Quando acabou de tirar a tábua, ele enfiou a mão sob o piso. Quincey se aproximou. *Um compartimento secreto?*

Holmwood retirou um cofre de metal enferrujado.

— Como sabia que isso estava aí?

Holmwood arremessou a caixa contra a parede, quebrando a tranca, e ela se abriu com um barulho alto. Frascos de morfina e cloro, um cinto de couro e seringas caíram, rolando pelo colchão.

— Ainda que ele houvesse enlouquecido, não se abandona um homem que lutou a nosso lado em uma batalha. Quem você acha que financiava este hábito? Este quarto? — perguntou Holmwood.

Ele examinou o interior da caixa, passando a ponta dos dedos pelos encaixes.

Seu rosto foi tomado pela frustração. Por fim, arremessou a caixa pelo quarto, e ela caiu no chão.

— Maldição! Achei que, caso Cotford houvesse deixado passar algo, teria de estar ali.

E começou a vasculhar o quarto, virando móveis e abrindo gavetas de armários. Quincey não se surpreendeu com a revelação de Holmwood: ele era um homem de dever e honra — seu casamento provava isso. Querendo ajudar, ergueu a lanterna e examinou ele mesmo o compartimento secreto. Um bando de baratas se mexia sobre algo branco escondido sob o piso.

— Espere! Há mais alguma coisa aqui embaixo.

Quincey bateu com o pé nas tábuas para espantar os insetos. Um pouco inseguro, enfiou a mão e tirou um pacote de papéis amarrados. Ansioso para impressionar, passou o fardo para Holmwood, que foi até a escrivaninha e soltou a corda que os prendia. Quincey ergueu a lanterna para ver o que havia descoberto.

Era uma pilha de envelopes com selos do correio — cartas — sobre algo grosso, retangular e embrulhado em papel branco. Holmwood colocou os envelopes de lado e rasgou o embrulho branco, revelando um livro amarelo de capa dura. Quincey sabia o que era antes mesmo de seu companheiro virar o livro para ver a capa.

Holmwood empalideceu ao ler o título do volume:

— *Drácula*, de Bram Stoker.

A casa de Holmwood, The Ring, ficava em East Finchley, mas, se fossem para lá, poderiam ficar vulneráveis. Quincey sugeriu que se refugiassem no escritório da Hawkins & Harker. Ele evitara o escritório do pai o máximo que pudera nos anos anteriores. Mas que esconderijo melhor do que o último local onde alguém esperaria encontrá-lo? Lembrou-se do dia em que seu pai lhe deu a chave do escritório. Com orgulho na voz, Jonathan afirmara: "Um dia ele será seu."

E Quincey retribuíra com ódio.

Uma batida alta desviou sua atenção dos envelopes que selecionava. Holmwood bateu na mesa com o romance de Stoker e o empurrou, enojado. Não podia ler mais.

— Como Jack pôde fazer isso? Depois de tudo o que fiz por ele... Todos juramos guardar segredo. Não foi apenas por nossa ligação que paguei seu aluguel e sua morfina. Foi também para que ele cumprisse o juramento.

Holmwood esmurrou a mesa, furioso, lembrando-se do momento em que, após a batalha contra os ciganos, os amigos colocaram as mãos sobre a Bíblia e juraram nunca revelar a ninguém o que acontecera em sua louca caçada sanguinária a Drácula.

— Como pode estar certo de que foi Jack Seward quem os traiu falando com Stoker?

Holmwood apontou para o livro e os envelopes.

— Jack obviamente precisava falar com alguém, e nós nos recusamos a escutá-lo.

Quincey quis dizer algo áspero, mas decidiu que seria melhor se concentrar nas cartas. Parou um instante, descobrindo uma folha puída que parecia diferente das demais. A caligrafia, elegante e feminina, era endereçada a

Seward pela ex-mulher. Fria e objetiva, ela dizia: "Não venha para os Estados Unidos. Fique longe de nossa filha."

Parte da assinatura estava borrada. As lágrimas de Seward dissolveram a tinta. Quincey se perguntava se a garota saberia que o pai estava morto.

Holmwood foi até a escrivaninha e abriu as gavetas uma a uma até encontrar uma garrafa de uísque. Ele riu alto.

— Uma coisa era certa. Você sempre podia contar que Jonathan teria um drinque à mão. — Soprou a poeira de um copo e serviu uma dose dupla.

O tempo pareceu parar quando Quincey notou a assinatura da carta seguinte. Piscou, como se isso pudesse de algum modo tornar mais claro o que estava a sua frente.

Holmwood ergueu os olhos e viu a cor desaparecer do rosto de Quincey.

— O que houve?

— Esta é de... — Quincey quase engasgou com o nome. — ...Basarab!

— O homem sobre o qual me falou, o ator romeno? Deixe-me ver. — Holmwood tomou o papel da mão trêmula de Quincey e leu.

Quincey folheou o resto da pilha.

— E esta também — disse, erguendo outra.

Notou que Holmwood estava tão perturbado quanto ele. Arthur foi para o lado de Quincey e o ajudou a vasculhar as cartas, procurando pelas assinaturas. Finalmente, pegou outra:

— Mais esta.

Quincey comparou a carta que segurava com a que estava na mão de Holmwood.

— E esta. Seward e Basarab sem dúvida estavam se correspondendo.

Holmwood começou a separá-las por data.

— Como Basarab poderia ter conhecido Seward?

Quincey estava atônito. Lembrou-se da voz que ouvira através da porta na noite em que conhecera Basarab no camarim. *Sr. Basarab! Salve-se!* Fora Seward no saguão, era evidente. A carruagem não o atropelara por acidente. Quanto Basarab sabia? Será que o ator usara Quincey desde o início? Qualquer que fosse a verdade, as respostas decerto estavam nas cartas de Seward.

Quando o sol se pôs, Holmwood e Quincey já haviam reconstruído a correspondência entre Basarab e Seward. Quincey prendeu uma das mensagens de Basarab em um quadro de cortiça.

— Segundo esta, Basarab alega ter tido conhecimento dos feitos de vocês na Transilvânia por intermédio de ciganos que sobreviveram à batalha junto aos portões do castelo de Drácula. Mas por que procurar Seward e ninguém mais?

Holmwood prendeu outra carta na parede.

— De acordo com a data, esta é a seguinte. Basarab pede que Seward o ajude a caçar alguém que ele acreditava ser Jack, o Estripador.

Quincey se lembrou da velha matéria de jornal presa na parede de Seward. Procurou a carta seguinte de acordo com a data. Dentro dos envelopes eles também haviam descoberto vários recortes de jornal em diferentes idiomas, de diversos países, todos relativos a assassinatos horrendos de mulheres. As datas dos recortes correspondiam aos dez anos anteriores. Holmwood os espalhou na mesa, escolhendo, tentando descobrir um padrão. Cada ilustração mostrava cenas de crime sangrentas, com mulheres selvagemente mutiladas. As semelhanças com os assassinatos do Estripador eram óbvias.

Holmwood se ergueu de repente, como se tendo uma epifania.

— É muito claro! — disse ele, arrastando Quincey para a mesa e apontando enquanto explicava. — Esses recortes dizem que os assassinatos do Estripador não pararam em 1888. Relatam crimes muito semelhantes por toda a Europa. O Estripador simplesmente deixou Londres. Ao longo dos últimos vinte e cinco anos, ele tem agido em outros países. Com o Estripador se mudando de cidade em cidade, de país em país, as diferentes jurisdições policiais e as barreiras linguísticas impediram que as peças fossem reunidas. Pelo que consigo traduzir, em cada cidade houve séries de cinco ou seis assassinatos. Em todos os casos as vítimas eram prostitutas, e, em todos os casos, as mortes pararam de repente, sem explicação. Porque o Estripador se mudou.

Quincey arrancou uma carta da cortiça, recordando-se de seu timbre especial: o teatro de Artes de Moscou. Jogou a mensagem para Holmwood.

— Esta foi a primeira carta de Basarab a Seward, enviada quando Basarab estava em Moscou na primeira etapa de sua turnê com *Ricardo III* — disse

Quincey, pegando da pilha outra mensagem com o timbre do teatro Odéon e encontrando os recortes de jornal correspondentes. — Esta Basarab enviou quando estava em Paris. Olhe de novo. Mais recortes, mais assassinatos. Em Paris!

Quincey encarou Holmwood, sentindo-se novamente como um estudante ansioso.

— Não vê? O Estripador está seguindo rumo oeste. De volta à Inglaterra.

— Basarab usava sua companhia itinerante como disfarce enquanto caçava o Estripador pela Europa.

Quincey estava prestes a dizer o que estava na cabeça de ambos, quando Holmwood o impediu:

— Não! Você não tem provas... ainda.

— Por que mais Basarab procuraria Seward? Por que mais Basarab pediria a ajuda do doutor para caçar o Estripador? O Estripador é um vampiro. Tem de ser.

Holmwood retornou à pilha de cartas e as estudou novamente.

— Quincey, precisamos ter certeza. Não há uma prova definitiva nessa correspondência. Precisamos de mais evidências. A única coisa de que podemos estar certos é que Seward tentava nos alertar sobre Jack, o Estripador. Ele morreu tentando abrir nossos olhos cegos.

Quincey sabia que Holmwood se esforçava por ser racional e não chegar a conclusões precipitadas. Mas para ele a resposta era clara.

— Se você se recusa a dizer, eu digo: Jack, o Estripador é Drácula. Tem de ser. "*Vivus est!*" Estava escrito com o sangue de Seward. A quem mais ele poderia estar se referindo?

— Você está se precipitando, Harker. Ainda precisamos de provas da identidade do Estripador. Só então teremos garantia de que nossa teoria é correta, e aí, sim, poderemos ligar tudo isso a nós.

Quincey achava aquilo uma perda de tempo precioso. Se Basarab conhecia Seward e deflagrara a caçada de Seward a Jack, o Estripador, ficava óbvio que o Estripador tinha de ser Drácula, e que Basarab também sabia disso. O sangue de Quincey ferveu ao recordar como Basarab defendera Drácula, chegando ao ponto de interpretar o personagem no palco de forma simpática. Mas procurara Seward para caçar Drácula. De que lado Basarab estaria, afinal?

Quincey consultou as horas e então correu para pegar seu casaco no cabide, dizendo a Holmwood por cima do ombro:

— Você disse que precisamos de mais provas. Nesse caso, venha comigo, que vamos conseguir algumas.

— Para onde?

— Estou atrasado para o ensaio. É hora de confrontar meu caro mentor. Basarab só me confundiu, e eu agora vou arrancar a verdade dele.

Holmwood seguiu Quincey, apressado, porta afora.

Os dois correram rumo oeste. Um vendedor do *Daily Telegraph* gritava na esquina da Wellington Street:

— França cria protetorado no Marrocos! Exploradores desaparecidos no Polo Sul! Bram Stoker, gerente do Lyceum Theatre, à beira da morte!

Quincey agarrou um exemplar da última edição, passou os olhos pela matéria sobre Bram Stoker, que apenas confirmava que o escritor sofrera um derrame, amassou o jornal e o jogou fora. Era inútil.

Eles continuaram na direção do Lyceum, e o gerente da bilheteria, Joseph Hurst, abriu-lhes a porta. Quincey estava prestes a entrar no auditório quando Holmwood o deteve, apontando para o cartaz em um cavalete no saguão: "*Ensaio: Uma história de terror — Com o grande ator romeno Basarab — Peça inédita de Bram Stoker — Produzida por Hamilton Deane e Quincey Harker.*" Ficou estarrecido.

— Como pôde fazer isso conosco, sabendo o que sabe? Não posso permitir que deboche da morte de Lucy e em seguida manche meu nome.

— Seu nome não está na peça, lorde Godalming.

— Como assim?

— Deane achou que, em vez de pagar três diferentes atores, seria mais econômico fundir o sr. Morris, o dr. Seward e você em um só personagem.

— Isso é um ultraje!

Quincey balançou a cabeça. A aristocracia sem dúvida era excêntrica.

— Não acabou de dizer que não queria seu nome manchado?

— Correto. — Holmwood suspirou.

Como se aproveitando a deixa, Deane entrou no saguão. Ao ver Quincey, manteve distância.

— Os ensaios foram cancelados em respeito ao sr. Stoker.

— Por que não fui informado disso?

— Não tinha certeza se o queria aqui.

Quincey deu de ombros.

— Bastante justo — disse, fazendo uma pausa antes de perguntar: — Onde está Basarab?

A menção ao nome do ator provocou uma expressão de terror no rosto de Deane.

— Eu disse a ele que o sr. Stoker havia sido mandado para casa e que queria visitá-lo para saber de suas condições. Basarab teve a audácia de recusar meu pedido e me deixou com mudanças no roteiro que exigem que eu construa parte do cenário segundo suas especificações. Minha equipe terá de virar a noite para concluir a reconstrução a tempo do ensaio de amanhã. Enquanto isso, respondendo a sua pergunta, não tenho a menor ideia de onde esteja o cretino arrogante.

Quincey deu um passo na direção dele; Deane recuou, com medo, e Quincey ficou constrangido.

— Peço seu perdão, sr. Deane... por tudo. Eu me equivoquei e estou envergonhado de meu comportamento para com o senhor. Mas, por favor, preciso falar agora mesmo com Basarab. É urgente.

Embora Deane tenha ficado visivelmente aliviado com as desculpas de Quincey e seu pedido educado, Holmwood identificou facilmente a tensão nas entrelinhas do diálogo. Olhou para Quincey, com a pergunta estampada no rosto. E Deane disse-lhe:

— Basarab falou que desejava começar às 18h30 de amanhã. Imagino que ele esteja de volta a essa hora.

Quincey estendeu a mão para Deane, que a aceitou com cautela. Eles se cumprimentaram, e depois Quincey e Holmwood partiram.

— O que afinal foi aquilo tudo? — perguntou Holmwood. — Ele parecia com medo de você.

Quincey percebeu que havia um toque de respeito na voz de Arthur. Odiava admitir, porém mais uma vez os ensinamentos de Basarab se mostraram valiosos. Gostaria de ter perguntado a Basarab onde ele estava hospedado, mas isso nunca lhe ocorrera. Agora, teria de pagar por sua falta de atenção aos detalhes.

— Por mais medo que Deane possa ter de mim, ele está aterrorizado com Basarab. E teremos de esperar até amanhã para descobrir se esse sentimento é justificado.

Holmwood não prestava mais atenção, pois sua mente se desviara para outro pensamento.

— Nem Deane nem Basarab me preocupam por enquanto. Temos um problema maior. Precisamos descobrir por que Van Helsing o atacou. Precisamos saber qual é o jogo dele.

⚜

Deitado em sua cama de hotel, Van Helsing pensou em Quincey. O filho de Mina Harker era uma criança brincando com fogo, e ele precisava garantir que o menino não acabasse incendiando o mundo. Van Helsing esperava ter sido firme o bastante para assustar o rapaz e mandá-lo de volta à Sorbonne. O sangue de Drácula passara do ventre de Mina para seu filho. Se Quincey sucumbisse às trevas, poderia se tornar um inimigo poderoso. Van Helsing estava determinado a impedir que isso acontecesse: se necessário, cumpriria sua ameaça e mataria o garoto antes de permitir que caísse nas mãos de Drácula.

Não era a velhice que impedia Van Helsing de dormir, mas sim a espera interminável. Tinha certeza de que Drácula sabia que ele estava em Londres. Era um homem velho e um alvo fácil. Drácula matara Jack e Jonathan. Van Helsing se perguntava quando seria sua vez.

Olhou para as armas expostas na mesa do outro lado do quarto. Drácula não era tolo. Devia saber que Van Helsing estava preparado para lutar contra ele. Estando perto da morte, seu maior medo era que Drácula o descartasse como um velho fraco e louco que não valia o esforço.

Algo raspou em sua perna sob as cobertas. Surgiu um calombo sob o cobertor, deslizando no colchão. Depois mais um. Outro. Van Helsing franziu o cenho. Teria enfim chegado sua hora? Ao sentir a primeira mordida, ele gritou, mas não conseguiu mover suas articulações doloridas rápido o bastante para sair da cama. Contorceu-se de dor com a sequência de mordidas terríveis. O que quer que estivesse sob o cobertor se lançava sobre ele, arrancando sua carne.

Van Helsing arrancou a coberta e viu um bando de ratos sujos guinchando e atacando sua pele, arrancando pedaços ensanguentados. Eles rastejavam sobre seu corpo inteiro. O professor chutou e berrou, afastando-os. Um rato branco, com os olhos vermelhos brilhantes e dentes à mostra, correu sobre seu peito na direção do pescoço. Ele agarrou a criatura repugnante e a arremessou pelo quarto, esmagando-a contra a parede. Ela explodiu com um jato de sangue.

O velho conseguiu reunir forças para sair da cama, no entanto o medo e a adrenalina tinham sido demais para ele. Seu coração se apertou. Ele agarrou o peito e caiu no chão. A dor era tão grande que seus dentes trincaram. Não conseguia sequer gritar. Van Helsing esticou a mão na direção da caixa de comprimidos na mesa de cabeceira. Uma nova onda de dor o torturou, e ele caiu para trás. Dessa vez, o punho da Ceifadora era mais forte.

Passados alguns minutos, o velho percebeu que os ratos haviam desaparecido. Que não havia mordidas em suas pernas. Mas as sombras em seu quarto ainda se moviam, e ele compreendeu que os ratos haviam sido apenas um prenúncio.

Por um momento, em meio ao sofrimento, Van Helsing sentiu uma obscura alegria. Finalmente chegara a última batalha. Reunindo todas as forças, cambaleou na direção da mesa de cabeceira, derrubando os óculos ao tentar mais uma vez pegar a caixa de comprimidos. As sombras se fundiram e se ergueram em um tornado em espiral, destruindo a mesinha. A caixa de comprimidos caiu no chão. Uivos ensurdecedores de lobos se ergueram ao redor de Van Helsing, parecendo vir de toda parte e de parte alguma ao mesmo tempo.

Van Helsing refletiu sobre aquela que poderia ser a última decisão de sua vida: a caixa de comprimidos ou as armas, o que pegar primeiro?

A sombra escura tinha quase chegado ao teto quando começou a assumir uma forma tridimensional, uma figura aos poucos se tornando clara dentro do envelope opaco da sombra. Van Helsing estava ficando sem tempo. Com o que lhe restava de energia, decidiu-se. Apoiando as mãos na cama atrás de si, empurrou-se para a frente, na direção da mesa coberta de armas. Se fosse morrer, levaria consigo seu demônio.

A figura na sombra assumira uma forma humana. A mão de Van Helsing estava a centímetros da arma preparada na mesa. Antes que pudesse agarrar a empunhadura, um braço escuro se estendeu e arremessou a mesa no ar. As armas se espalharam e ficaram fora do alcance de Van Helsing.

Tudo acabado. O velho rolou de costas, esperando o fim. Seu coração um dia poderoso se rendera bem antes de sua vontade.

Os uivos aumentaram enquanto a sombra se abatia sobre Van Helsing.

— Perdoem-me, meus amigos — sussurrou ele. — Fracassei com vocês.

Os uivos entraram em um crescendo, como se saudando a vitória de seu mestre. O agressor das sombras se lançou para a frente, e Van Helsing gritou. Ele esperava que seu coração parasse a tempo de poupá-lo da dor, mas no fim a Ceifadora era tão sádica quanto cruel. Van Helsing ainda estava vivo quando sentiu os caninos cravarem em seu pescoço.

Capítulo XXXVI

Mina precisava desesperadamente encontrar Quincey. Nenhum de seus telegramas ao professor Van Helsing havia sido respondido. Era muito possível que ela estivesse só em sua busca. Quincey estava em algum lugar, exposto, vulnerável. E Bathory era uma força muito mais sinistra que qualquer um que ela tivesse enfrentado.

Pegando em sua penteadeira a chave de ferro que escondera, ela desceu apressada para o porão, indo à sala adjacente, ao refrigerador. Mina enfiou a chave na fechadura enferrujada e tentou girar. Como ela não quisera que Quincey descobrisse o que havia naquele cômodo, a fechadura não havia sido aberta em vinte e cinco anos, e resistia à abertura teimosamente. Mina tentou de novo, com mais determinação. Ainda assim a chave não girou. *Maldição!* Com a manifestação de frustração, houve um rangido alto. A porta se abriu. Mina ficou chocada ao ver que o batente junto à fechadura estava quebrado. Assustou-se com sua aparente força, mas logo compreendeu que a madeira apodrecera com a umidade.

Pegando a lanterna que levava, Mina se aventurou na sala escura. Na prateleira, juntamente com lembranças emboloradas e esquecidas, havia uma velha caixa que um dia ela e Jonathan levaram para a Transilvânia. Após testemunhar o apodrecimento do batente da porta, ela não se surpreendeu ao ver o lamentável estado da velha caixa de madeira. Ficou deprimida ao abrir a tampa. A Bíblia estava ensopada; o alho e o acônito tinham embolorado; o conteúdo das garrafas evaporara fazia muito; as facas enferrujaram; a marreta e as estacas de madeira adornadas com cruzes de ouro racharam ou se desfizeram. Eles um dia haviam confiado suas vidas ao conteúdo daquela caixa, que, naquele momento, parecia tão perto da extinção quanto o bravo grupo de heróis.

Mina retornou correndo ao escritório para pegar a única arma remanescente que poderia ter algum uso na casa. Fisicamente ela não era páreo para Bathory. Precisaria de uma arma robusta, caso ela e Quincey quisessem ter alguma chance. Sua mão agarrou a catana, a espada cerimonial japonesa que Jonathan recebera de presente de seus clientes com a gravação:

Jonathan Harker
Aliança anglo-japonesa
30 de janeiro de 1902

Em sua pressa, Mina desembainhou a catana de modo descuidado, puxando a mão para trás e batendo com o cotovelo na prateleira de mogno que estava atrás dela. Contorcendo-se de dor, ela soltou a lâmina instintivamente.

Ao se virar, Mina constatou que sem querer esmagara a borda das prateleiras duras. Puxou a manga e examinou o braço. A dor era pouca, mas o machucado já estava inchado, roxo e azul. Verificou o corte na mão. A pele estava aberta, e o sangue não parava de escorrer. Mas a dor ainda era muito pouca.

Força. Será que o sangue de Drácula poderia estar fortalecendo-a, após todos aqueles anos? Seria o sangue de Bathory influindo? Que ironia se Bathory desse a Mina o poder de tornar mais interessante a luta inevitável entre elas.

Olhando ao redor, viu o peso de papel de vidro no canto da escrivaninha. Pegou-o e apertou-o. Nada.

Tentou outra vez, com toda a força. Nada. Será que a prateleira teria sido um acaso?

Mina bateu com o globo na mesa e, para seu assombro, ele se fez em pedaços. Abriu a mão. Havia cacos de vidro cobertos de sangue ferindo sua carne. Porém, ainda quase não sentia dor.

Mina riu, pela primeira vez em semanas.

Por que aquele poder nunca se revelara antes? Ocorreu-lhe que ela nunca antes fora dada a surtos de cólera. Entretanto, quando mais precisava de força, lá estava ela. Qualquer que fosse a razão, precisava ter certeza de como usar sua força recém-descoberta, para que fosse uma arma efetiva contra Bathory.

Mina colocou as mãos dos dois lados da grande mesa de carvalho, lembrando-se dos dois homens enormes da empresa de mudança que haviam se esforçado para colocá-la dentro de casa. Respirou fundo e tentou erguê-la. Seus braços tremeram, mas a mesa enorme não se mexeu.

Fechando os olhos, imaginou Bathory, pensando em como a criatura odiosa entrara em sua casa e a violara. Sua raiva aumentou, mas a mesa continuou imóvel. *Sofram as criancinhas para virem a mim.* Mina empurrou a mesa para sair. Houve um guincho alto quando o móvel deslizou para longe dela pelo piso de madeira dura. Ficou olhando, perturbada. Precisava descobrir como reunir essa força rapidamente. Tinha de ser capaz de dominá-la.

Os pensamentos de Mina foram interrompidos por uma batida seca na porta do escritório.

— Perdoe-me, madame — disse Manning do lado de fora do escritório —, mas há um cavalheiro na entrada principal que deseja lhe falar.

Mina precisava tomar o primeiro trem para Londres de modo a encontrar Quincey: ele não podia passar outra noite sem proteção. Ela não tinha tempo para visitas de condolências sem importância.

— Lamento muitíssimo, Manning, mas tenho de pedir que o dispense. Diga-lhe que ainda não estou preparada para receber visitas. Sem dúvida ele compreenderá.

— Eu disse ao cavalheiro que a senhora não queria ser incomodada, mas ele me deu seu cartão e insistiu em que o levasse em consideração.

Não querendo que Manning visse a bagunça que ela fizera no escritório, Mina entreabriu a porta e pegou o pequeno cartão, que ela quase deixou cair ao ver o nome nele escrito.

— Devo dispensá-lo, senhora? — perguntou Manning.

— Não — disse Mina, sabendo que aquela visita era da maior importância.

Os olhos de Mina se voltaram para a mão ensanguentada. *Ele não pode saber sobre nada disso.*

— Leve-o à sala de estar. Faça com que espere por mim enquanto me arrumo. Eu o encontrarei lá.

⚜

Lorde Godalming, Arthur Holmwood, vira Quincey sair. Era muito bom que o jovem houvesse pedido para ficar sozinho. Ele precisava de algum tempo para digerir a informação que eles haviam conseguido no apartamento de Seward. O conde Drácula de fato teria sido Jack, o Estripador? Holmwood mal se lembrava do outono de 1888, quando Londres fora tomada pelo terror. Estava mergulhado nos próprios medos, com seu pai e Lucy lutando para não morrer. Não conseguia acreditar que seu inimigo de algum modo continuava vivo. Como podia ser?

E havia os novos assassinatos ao estilo do Estripador por toda a Europa Oriental, que não podiam ser descartados como mera coincidência. Arthur não podia contestar a teoria de Quincey nem pensar em mais alguém além de Drácula que pudesse ter matado Jonathan por empalamento no centro de Piccadilly sem esforço ou testemunhas. Se Drácula de fato retornara à Inglaterra, eles corriam um grande perigo. Todos precisavam ser alertados. Ainda assim, relutava em procurar Mina Harker. Drácula poderia ter vindo se vingar dela. Ou Mina talvez tivesse sucumbido a seus encantos, já que não estava mais impedida por seu juramento matrimonial. A mente dela sempre fora um quebra-cabeça de contradições. Holmwood não arriscava prever sua reação ao receber a notícia de que Drácula ainda estava vivo. A despeito de sua preocupação, decidira fazer a coisa mais honrada. Era necessário colocar Mina a par de todos os fatos, e caberia a ela decidir que atitude tomar com aquela informação. Infelizmente Arthur teria de sofrer as consequências da escolha dela.

O empregado pegou o casaco de Holmwood e o conduziu à sala de visitas.

— Sua Excelência gostaria de uma bebida? — perguntou o velho mordomo.

— Não, obrigado.

Holmwood foi distraído pelas fotografias sobre a lareira, em especial o retrato da família Harker tirado em algum Natal distante, quando Quincey ainda era um garotinho. Sua raiva aumentou novamente quando comparou suas perdas. Ele perdera Lucy e qualquer chance de uma vida feliz. Por outro lado, após seu sofrimento na Transilvânia, Mina pudera retomar algo semelhante à normalidade, viver com o homem que amava, criar um filho, ter uma família.

Seus olhos se voltaram para uma fotografia emoldurada de Lucy e Mina. Era um sacrilégio que ela estivesse ali. Afinal, foram Jonathan e seu escritório de advocacia que levaram Drácula à Inglaterra. E, propositadamente ou não, Mina levara o demônio a sua Lucy. Arthur enfiara uma estaca no coração de sua amada. Mina se deitara com o demônio que destruíra Lucy. Que ousadia a dela exibir aquele retrato!

Arthur se sentia cheio de ressentimento, e sua fúria ameaçava transbordar. Quando a porta se abriu, ele se virou, pronto para despejar sua raiva sobre Mina quando ela entrasse na sala. Mas, quando a viu, ficou paralisado e sem palavras. A despeito dos anos que se passaram, Mina estava exatamente igual a como era na última vez em que a vira. Por um breve instante, Holmwood meio que esperou que Lucy entrasse na sala atrás de Mina, como sempre fazia... A lembrança da Lucy esquelética no retrato da cena do crime retornou-lhe de modo chocante. Lucy estava morta: apodrecera como o coração dele. Não era de espantar que Jonathan Harker tivesse sucumbido à bebida, tendo de viver com uma mulher que era uma lembrança constante da tragédia que partilhavam.

De volta ao presente, Arthur notou o vestido preto de luto de Mina Harker, um refinamento de mulher mais velha. Ela pelo menos tinha o bom senso de se envergonhar de si mesma.

— O tempo foi generoso, sra. Harker — disse ele, sem o menor esforço para disfarçar o sarcasmo em sua voz.

— Vejo que também não mudou, lorde Godalming — retrucou Mina no mesmo tom.

— Acredite, é com pouca alegria que volto aqui.

— Se veio por obrigação de prestar suas condolências, considere isso feito e esteja livre para partir — disse Mina, se virando para caminhar de volta à porta.

— Espere.

Ela hesitou.

Desafiar Mina abertamente era a certeza de afastar mulher tão teimosa. Por isso, Arthur se conteve.

— Vim aqui para alertá-la. Por mais incrível que possa parecer, tenho motivos para afirmar que aquele que um dia imaginamos morto e enterrado possa ainda ser um morto-vivo.

Mina inclinou a cabeça para o lado, sem nenhum sinal do espanto que ele esperara.

— Querido Arthur, sempre lutando para fazer o que é certo, embora seu estômago possa se revirar em ação.

Que jogo ela estava fazendo?

— Não me trate como Jack Seward. Você sabe que não sou dado a teorias delirantes — disse ele.

— Sei que ainda me odeia, Arthur. Percebo isso em sua entonação. É um direito seu. Mas não desconfie de mim. Lembre-se de que fui eu quem os levou a Drácula. Mantive meu juramento.

— É a única razão pela qual estou aqui. Sou culpado de muitas coisas, Mina, mas o remorso por descartar os alertas de Jack como os delírios de um louco é o que mais me envergonha no momento. — Arthur apanhou um recorte que retirara da coleção de cartas e o deu a Mina, só então notando a bandagem em sua mão. — O que aconteceu?

— Quebrei um copo — respondeu ela rapidamente, voltando sua atenção para o recorte de jornal. Em seguida, ela o fitou, confusa. — Isso é sobre Jack, o Estripador.

— Veja os detalhes dos assassinatos. O primeiro em Londres aconteceu em 31 de agosto de 1888. Apenas uma semana depois de o *Demeter* ter encalhado no litoral de Whitby. O último assassinato registrado aconteceu em 9 de novembro de 1888, um dia antes de Drácula escapar de nós, fugindo para a Transilvânia.

Mina escutou, imóvel.

Holmwood apresentou cartas de Seward.

— Jack acreditava que o Estripador era um vampiro. Estava disposto a arriscar a vida para nos provar isso, e o Estripador o matou por esse motivo. Esse é o mistério de sua morte. Esqueça o que seus olhos dizem. Deixe de lado as emoções. O raciocínio frio nos diz que as evidências indicam que Drácula e Jack, o Estripador são a mesma pessoa.

Mina riu.

— Ah, Arthur, você sempre foi o mais corajoso de todos nós... Mas era inteligente o bastante para deixar o raciocínio a cargo de Van Helsing.

Ele cerrou os punhos, esmagando as cartas.

— Eu venho aqui para alertá-la de que sua vida pode estar em perigo e você debocha de mim?!

No segundo em que disse isso, ocorreu a Arthur que aquela poderia ser uma jogada para descartá-lo e proteger Drácula. Pelo que sabia, Mina poderia estar se preparando para se juntar ao amante naquele mesmo instante.

Como se Mina lesse os pensamentos dele, ela parou de rir, e ficou absolutamente séria.

— Há um vampiro aqui em Londres. Mas não é Drácula.

Holmwood titubeou. *Outro vampiro?*

— Não temos tempo para joguinhos, Mina. Vidas correm perigo.

— Fui atacada em minha casa. Poderia ter sido morta.

— Vejo que você sobreviveu e sua casa parece na mais completa ordem. O que esse terrível vampiro fez? Jogou um copo em você e partiu?

Mina apertou os olhos.

— Eu escutei suas teorias. Agora escute as minhas. Já ouviu falar da condessa húngara Elizabeth Bathory?

— Não. Deveria?

— Há quatrocentos anos, Elizabeth Bathory estuprou e assassinou seiscentas e cinquenta camponesas e se banhou no sangue delas. Ela acreditava que isso preservava sua juventude. Em uma fria análise histórica essa não é a descrição de um vampiro? E, se as suposições de Jack estivessem corretas, isso também não descreveria os crimes de Jack, o Estripador?

— Ridículo. Todos sabem que Jack, o Estripador tem de ser homem. Você não vai me convencer de que uma representante do sexo frágil é capaz de crimes tão horrendos.

— Seu preconceito o cega. O Estripador nunca foi apanhado. Por que não poderia ser uma mulher?

— Uma viúva negra. Interessante — pensou Holmwood em voz alta. Mas ainda se perguntava se Mina escondia algo. — Jonathan foi empalado. A não ser que essa condessa também fosse chamada de Empaladora, não vejo a ligação.

— Poderia ser um artifício inteligente de Bathory para nos levar a pensar que Drácula continua vivo.

Ele não estava convencido.

— Suponhamos que você esteja certa, que tenha havido uma condessa Bathory e que ela realmente era Jack, o Estripador. Mais uma vez, qual a ligação dela conosco? Por que ela nos quereria mortos? Não faz sentido.

Mina abriu um livro encadernado em couro na ilustração da árvore genealógica e o deu a ele. Ela traçou com o dedo o caminho do nome de Elizabeth Bathory até Vlad Drácula III.

Mina não via por que contar a Arthur toda a verdade, imaginando que aquilo poderia ser suficiente.

— Drácula e Bathory tinham laços de sangue. Eles eram primos.

Arthur Holmwood sentiu uma luz acendendo em sua cabeça.

— Ela veio para vingar a morte dele...

Era como se o Universo ganhasse uma ordem perfeita. Tudo fazia sentido. Não importava o que Mina pensava de Drácula ou quais os desejos dela em relação a ele. Bathory culparia todos eles do mesmo modo pela morte do primo. Esse fato, em conjunto com o que descobriu nas cartas de Seward a Basarab, convenceu Arthur de que ele e Mina estavam no mesmo barco. Não tinha outra escolha, portanto, a não ser confiar nela; com grande cautela, claro.

— Precisamos entrar em contato com Van Helsing imediatamente — disse ele.

— Eu já tentei, Arthur. O professor não respondeu a nenhum de meus telegramas.

Holmwood estava prestes a contar a Mina que Van Helsing confrontara Quincey quando foi assolado por uma nova e nauseante revelação.

— Basarab!

O rosto de Mina ficou branco.

— O que você disse?

Ele enfiou as cartas na mão dela, apontando para as assinaturas.

— Jack Seward estava trabalhando com Basarab para encontrar o Estripador.

— Se Bathory sabia sobre Seward e o matou, então também sabe sobre Basarab! — exclamou Mina ao ver a assinatura na carta.

A expressão de pânico em seu rosto quase levou Arthur a sentir simpatia por ela. Mais uma vez, sua honra o colocou em ação.

— Quincey planeja confrontar Basarab durante seu ensaio às 18h30 de hoje no Lyceum.

Mina engasgou ao se virar para o relógio sobre a lareira.

— Um trem parte de Exeter em vinte minutos. Ele nos deixará na estação de Waterloo às 18h10. Não podemos perder tempo: Quincey corre grande perigo.

Ela subiu as escadas correndo, enquanto Holmwood caminhava até o saguão para pegar chapéu, casaco e bengala.

Mina voltou carregando sua bolsa e embrulhando em seu xale algo que parecia uma espada embainhada.

— Está olhando para o quê? Como bem sabe, eu posso travar minhas próprias batalhas.

Arthur Holmwood achou essa última observação muito inadequada. Mina nunca se conformara com o papel digno de uma mulher: de modo algum ela era o que Arthur descreveria como "delicadamente feminina". Nunca houve uma mulher mais irritantemente perturbadora. Quem sabia o que se passava na cabeça dela? Ele acreditava em Mina até certo ponto. Ela parecia convincente; mas, com exceção do curativo em sua mão, não se via nenhuma marca em sua pele. Se essa condessa Bathory a atacara, que espécie de luta teria sido? A alternativa era terrível demais para acreditar — a de que tudo aquilo fosse um plano sofisticado: Drácula e Mina conspirando juntos a fim de atraí-lo para uma armadilha.

Tomaria o cuidado de jamais dar as costas a Mina Harker. De qualquer modo, queria falar pessoalmente com aquele tal Basarab.

Quando abriam a porta da frente, Manning tentou interceptar Mina.

— Madame, que bom que a alcancei! Este telegrama acabou de chegar. Mais condolências...

— Obrigada, Manning. — Mina pegou a mensagem no meio do caminho, enfiou-a dentro da bolsa e passou pela soleira.

Capítulo XXXVII

Uma bolha de gases se formou na boca do estômago de Hamilton Deane, saindo de sua boca como um arroto alto. Um técnico perto dele ergueu uma sobrancelha.

Deane vinha sentindo desconforto abdominal desde o derrame de Stoker, e sua tentativa de lidar com as questões da produção o deixava sem tempo de cuidar daquele mal-estar provocado pelo estresse. Quanto mais delicada a situação, mais suas entranhas se revoltavam.

Deane sabia muito bem que estava em terreno perigoso. Ele de fato não tinha os direitos de produção de *Drácula*. Se Stoker sucumbisse à doença, Deane teria de negociar os direitos com a amarga sra. Stoker. Estremeceu com a simples ideia. Tinha de dar satisfações aos investidores, e sempre surgiam novos problemas.

Basarab exigira também que fosse demolido o tradicional cenário da sala de desenho, em favor de uma estrutura móvel de vários níveis que podia ser transformada no castelo na Transilvânia, no asilo Whitby e depois na abadia de Carfax. Por causa disso, o carpinteiro-chefe se demitira, desgostoso. Desse modo, passou a caber a Deane a responsabilidade de supervisionar pessoalmente os operários. Com Stoker preso ao leito, a peça não tinha diretor, e Deane supusera que teria de assumir o lugar de Stoker. Mas Basarab tinha outros planos e assumiu a direção sem sequer consultá-lo. Deane estava furioso, mas não ousava confrontar o excêntrico romeno. Não queria terminar como Stoker.

Desgrenhado, cansado e faminto, Deane sentia a cabeça e o estômago girarem por causa do estresse. Faltava menos de uma hora para o primeiro ensaio, e ainda havia muito a fazer. O tempo todo alguém queria sua atenção. As figurinistas saíam do camarim de Basarab aos prantos, investidores cobravam atualizações a cada hora, jornalistas buscavam entrevistas, além de uma multidão de fãs passando pelos guardas na esperança de ver Basarab. O trabalho no teatro não era tão charmoso quanto Deane achara que seria quando fizera seu funesto investimento em Stoker.

Às dezoito horas, a maior parte do elenco já estava no teatro, meia hora antes do horário marcado. Isso não era incomum no primeiro ensaio, já que a novidade de uma pròdução inédita era muito excitante. Os atores se reuniam em grupos barulhentos, conversando e fofocando enquanto esperavam para assumir seus lugares no palco.

Nesse ínterim, Deane tentava conversar com o iluminador. Mal conseguia ouvir a si mesmo, quanto mais compreender o que o iluminador escocês dizia de sua cabine alta nos fundos do teatro, enquanto experimentava seus novos brinquedos elétricos. O escocês tentava usar seu novo Kliegl nº 5 para simular a luz da lua na Transilvânia, uma cena do Ato I. Deane achava que havia luz demais para uma cena noturna gótica, e estava tentando convencer o iluminador a reduzi-la um pouco. O iluminador anuiu; mas, quando Deane olhou do centro do palco, a luz ganhou intensidade. Assim como a queimação em seu estômago.

— Não é para ser mais brilhante, seu imbecil! — gritou ele mais alto que a conversa dos atores.

Todos se viraram para ele. Deane sentiu novamente o ronco na boca do estômago ao se dar conta de que escalara a si mesmo como o vilão da produção. Seu cérebro lutou para encontrar uma forma de transformar sua explosão em uma piada descontraída, mas voltou atrás. Ele aprendera com o incidente com Quincey Harker que medo era melhor que respeito. O iluminador se apressou em cumprir as ordens de Deane, mas na pressa equivocadamente banhou o cenário de azul.

— Azul?! Não, não, não! Mais vermelho! Quantas vezes tenho de dizer? Este é o momento em que o príncipe Drácula fala de seus heroicos dias de guerra!

Os atores atrás dele engasgaram. Uma voz perguntou:

— E o que sabe sobre a guerra, sr. Deane?

Deane se espantou. Deu-se conta de que o engasgo coletivo não era resultado do medo que os atores sentiam de sua ira, mas do surgimento de Basarab.

Todas as vozes se calaram; todos os olhos e ouvidos se concentraram em Basarab. O elenco e os técnicos pareciam hipnotizados, esperando sua palavra seguinte, como discípulos escutando o sermão de Cristo na montanha. Basarab de fato era uma figura impressionante. Vestia um manto de cetim preto e dourado com cauda longa e brandia uma espada de dois gumes, segurando a pesada arma de aço com facilidade, como se fosse uma extensão de seu braço. A lâmina brilhava à luz dos holofotes.

Embora Deane fosse o gerente artístico, produtor e no momento diretor da produção, Basarab não era um convidado bem-vindo no palco naquele momento. Ele respondeu com ódio renovado:

— O que sei de guerra? Na certa não tanto quanto o senhor!

De repente, a ponta da espada de Basarab estava em sua garganta, silenciando-o. Por segurança os atores costumavam levar para o palco espadas de madeira cegas. Mas aquela lâmina era verdadeira: o aço afiado apertava o pescoço de Deane.

— Uma batalha, sr. Deane, não pode ser recriada em um palco mudando-se a cor das luzes — disse Basarab. Suas palavras frias escondiam uma correnteza de fúria. — Uma lâmina presa em seu punho, a sede de sangue crescendo dentro de você enquanto tira a vida de seu inimigo... *Isso* é combate. Uma batalha é ela mesma uma forma de arte. Uma que lamentavelmente desapareceu nos dias modernos.

A raiva dele desapareceu, substituída por uma expressão de melancolia, e ocorreu a Deane que Basarab acreditava mesmo nas besteiras que pronunciava.

Basarab deixou a espada cair de lado. As mãos de Deane foram, por instinto, na direção da garganta, procurando sangue; não o encontrou. Deane tivera sorte ou Basarab realmente era tão habilidoso com uma lâmina? Fosse como fosse, o ator sem dúvida alguma era insano.

As portas da plateia do teatro se escancararam, e o barulho ecoou no teto semelhante a uma catedral. Todos no auditório se viraram para ver quem entrara com tal ímpeto. Deane protegeu os olhos da luz dura do palco para ver melhor o intruso. *Como esse homem ousa interromper tão descaradamente meu ensaio?!*, pensou ele, furioso.

Mas, quando o intruso se colocou sob o brilho das luzes da plateia, Deane se deu conta de que não era um homem, mas uma mulher. E impressionante. Seus cabelos negros como carvão contrastavam com seu corpo branco como lírio. O corpo gracioso vestia um terno de corte perfeito. Deane ficou estupefato com a vulgaridade de uma mulher usando calças.

Ela desceu o corredor batendo palmas, debochando deles.

— Bravo! Ah, bravo! O poder de suas atuações se tornou shakespeariano em sua grandeza.

A intrusa fez uma mesura com o chapéu para um grupo de jovens atrizes, sorrindo e piscando sugestivamente.

— Boa noite, senhoras.

Deane chegou a seu limite. Podia ser fraco demais para controlar Basarab, mas de modo algum iria deixar passar a insolência daquela mulher. Assim, andou pisando firme na direção da intrusa.

— Desculpe-me, não sei o que você pensa que é, mas este é um ensaio fechado...

Rápido como a luz, Basarab estendeu sua espada para impedir Deane de avançar mais e sussurrou:

— Para sua segurança, sr. Deane, eu o previno para não dizer mais uma palavra.

Deane encarou a mulher. Ao olhar de esguelha para ele, ela fez seu sangue gelar. Deane se voltou para Basarab, e viu em sua expressão uma sinceridade que jamais vira antes; o que o perturbou ainda mais.

Basarab olhava para a mulher com uma expressão pétrea. Ela deu um risinho malévolo. Deane sentiu que os dois tinham uma história, e muito desagradável.

— Condessa, estava a sua espera — disse Basarab.

— O velho ditado parece ser verdadeiro. — Bathory, recatada, avançou na direção do palco, a bengala batendo no chão como um punhal. Balançou a cabeça para Basarab como se não acreditasse no que via. — O tempo de fato parece curar todas as feridas.

— Algumas são fundas demais para serem curadas.

Dessa vez Deane detectou uma raiva profunda na voz de Basarab.

A condessa soltou uma gargalhada. Não de deboche, mas de verdadeira diversão.

— Você nunca se cansa de seus joguinhos de palavras simplistas?

Basarab brandiu a espada.

— Talvez você prefira algo mais físico...

Ela enrijeceu, como uma cobra prestes a atacar.

— Por que não? — ronronou ela. Os olhos dela se arregalaram, brilhando de ansiedade pela disputa prestes a começar. — A esgrima é muito mais... interessante.

⚜

Em uma rápida escala em Salisbury, Arthur Holmwood saltou do trem para um dos novos quiosques telefônicos da plataforma e pagou para que o atendente chamasse o número de sua casa em Londres. O apito do trem soou. Quando a ligação foi completada, o atendente deu-lhe o receptor, permitindo que fosse para a privacidade da cabine telefônica de madeira.

— Todos a bordo! — gritou o condutor.

Holmwood disse rapidamente a seu mordomo, Wentworth, para se assegurar de que seu coche estivesse a sua espera na estação de Waterloo às 18h10, hora marcada para a chegada.

— Não se atrase!

Soou o último apito do trem. Sem se preocupar em dar gorjeta ao atendente ou recolocar o receptor no gancho, Holmwood correu na direção do trem que avançava rumo a Londres. Subiu a bordo no momento em que partia.

No entanto, devido a um lento rebanho de ovelhas na periferia de Basingstoke, a locomotiva entrou na estação Waterloo às 18h15. Para aumentar a frustração, fazia doze anos que a estação passava por uma interminável reforma, e a grande entrada do canto nordeste estava bloqueada. Arthur e Mina foram obrigados a sair pelo sul, retornando depois ao ponto em que o coche de Holmwood aguardava. O tempo não estava a favor deles. Quincey chegaria ao Lyceum Theatre em cinco minutos para seu ensaio, e eles ainda demorariam pelo menos dez.

A despeito da urgência, os modos de Holmwood foram impecáveis. Ele abriu a porta do coche para Mina, oferecendo a mão. Ela recusou a ajuda e tentou subir sozinha na carruagem. Arthur deveria ter se lembrado de que ela via o cavalheirismo como um insulto a sua independência. Pisando na bainha da saia, Mina tropeçou, e o objeto embrulhado no xale e sua bolsa de mão escorregaram e caíram no chão com um ruído metálico. A bolsinha, as chaves e o telegrama fechado que pegara com o empregado escaparam de dentro da bolsa. Holmwood se permitiu um sorrisinho. *Direito dela.* Mina se virou para pegar suas coisas, mas Holmwood, aborrecido, a segurou pela cintura e jogou dentro do coche. O tempo corria. Arthur apanhou a bolsa e os objetos caídos, perturbado com a arma embrulhada no xale, e entrou rapidamente no veículo.

— Cocheiro! A galope, por favor — gritou Arthur.

Para seu desalento, ele viu Mina sentada no assento de trás da carruagem, o que o obrigava a ficar no da frente. *Maldita!* Todos na sociedade educada sabiam que uma mulher nunca deveria ficar no banco de trás. Ademais, ele odiava se sentar de costas quando a carruagem estava em movimento.

O coche disparou, mas não rápido o bastante para diminuir sua impaciência. Arthur se inclinou para fora da janela e bateu no teto com a bengala.

— Mais rápido, homem! Mais rápido!

— Relaxe, Arthur. Precisamos manter o bom senso.

Ele se ofendeu com o tom dela. Mina parecia estar falando com uma criança que comera doces demais. Para demonstrar sua raiva, Holmwood jogou para ela os pertences que havia recuperado.

Mina, talvez pela primeira vez na vida, pensou duas vezes antes de abrir a boca. Em vez de falar, preferiu se calar. Pegou as coisas e as colocou no assento a seu lado; depois, desviando o olhar, abriu o telegrama como uma desculpa para ignorá-lo.

Mina levou um susto e encarou Arthur com o rosto alterado e lágrimas nos olhos. Abriu a boca, mas nenhum som saiu.

Em todos os anos que conhecia Mina, aquela era a primeira vez que Holmwood a via absolutamente sem palavras.

Finalmente, ela disse, com suavidade:

— Van Helsing está aqui em Londres. Ele alega ter sido atacado em seu quarto de hotel por... — Mina temeu continuar.

— Quem, fale logo?!

— Drácula.

— Eu sabia! — disse Holmwood, arrancando o telegrama de Mina, para ele mesmo ler. Queria provas e as conseguia.

— Van Helsing quer que sigamos para lá sem demora — murmurou Mina com expressão vazia. As mãos estavam congeladas, como se ainda segurassem o telegrama.

O tempo parou para Arthur Holmwood. Em um instante tudo o que sabia ou achava que sabia desapareceu. Sentia medo de verdade pela primeira vez em vinte e cinco anos. Mas também entusiasmo. Lucy já não estava longe. Sangue e morte estavam próximos, e ele lhes dava boas-vindas. Na guerra, o mundo era simples. Certo ou errado, preto ou branco. Viver ou morrer. Na paz, ele se via perdido em um mar cinza. Aquele era o momento da guerra. Arthur Holmwood colocou a cabeça para fora da carruagem e gritou para o cocheiro:

— Mais rápido!

Ele retornou a seu lugar com um incontrolável sorriso de satisfação. Era óbvio que Mina não partilhava seu entusiasmo, estando perdida em pensamentos distantes, claramente perturbada. Arthur tentava entender o que deveria estar se passando na cabeça dela. Drácula vivia. Era mais que provável que tivesse sido ele o empalador de Jonathan. Ela um dia fora seduzida pelos encantos de Drácula, e naquele momento lidava com a possibilidade de ele ter assassinado seu marido. E havia Bathory, que Mina alegava ser a verdadeira inimiga. Estariam Drácula e Bathory trabalhando juntos? Será que Bathory existia? Só havia perguntas e uma única certeza: a de que a morte esperava por eles.

⚜

Com os diários de Seward e um maço de evidências nos braços, o inspetor Cotford passou apressado por filas de inspetores e policiais entediados em suas mesas. Cotford sabia que estava bufando e batendo os pés como uma criança com raiva, mas não se importava. Tinha o direito de estar com raiva. Suas teorias haviam sido sumariamente descartadas e sua integridade questionada, bem como sua sanidade. Ninguém se incomodou de ver do seu modo. Nenhum deles se importava com velhos casos ou com sua necessidade de desafiar o sistema.

Cotford jogou a pilha em sua mesa. *Ele* se importava, e por isso era amaldiçoado.

— Malditos idiotas covardes sem caráter. Eles dizem: "Por que vasculhar o passado, ainda mais com algumas teorias sobrenaturais?"

Tirando a tampa de sua garrafa de prata, Cotford esfriou sua fúria com vários goles de uísque. Só então os outros o viram. Lá estava o velho, gordo e louco Cotford quebrando mais uma regra ao beber em serviço.

Lee apareceu a seu lado e colocou uma mão no frasco, impedindo Cotford de dar outro gole.

— Inspetor, um pouco de discrição, por favor.

— A Procuradoria da Coroa se recusou a emitir um mandado de prisão para Van Helsing e Godalming! — bufou Cotford. — Eles dizem que "os escritos de um lunático viciado em morfina não são prova suficiente".

Lee ficou um bom tempo olhando. Dissera que seguiria Cotford enquanto estivesse certo. As altas patentes da Scotland Yard deixaram claro que não achavam que Cotford tinha razão. Sem dúvida Huntley faria uma queixa oficial. Não apenas Cotford prejudicara ainda mais a própria carreira, como provavelmente também abalara as perspectivas de Lee.

— Estou indo para casa, senhor — disse Lee rispidamente. — Preciso conversar com minha esposa. Tenho a sensação de que as repercussões de nossa desventura serão rápidas e duras.

Cotford se jogou em sua cadeira, tentando avaliar a ruína que o cercava. Podia ver os sinais. Sua última tolice resgataria o passado e sem dúvida chegaria aos jornais. Seus superiores iriam repreendê-lo por abalar a reputação da Yard outra vez. A aposentadoria compulsória seria inevitável.

— Um bando de patifes! — Cotford tornou a pegar sua garrafa de prata.

— Quase esqueci — disse Lee, com frieza, tirando um envelope do bolso, sobrescrito com tinta vermelha. — Isto chegou no correio da manhã. Ele deu o envelope a Cotford e saiu do escritório.

— Sem dúvida uma carta de amor de uma admiradora secreta — disse Cotford sarcasticamente.

Os policiais e inspetores se viraram e voltaram ao trabalho. Cotford rasgou o envelope e desdobrou a missiva. Antes mesmo de ler a primeira palavra ele reconheceu a garatuja sangrenta e de repente recuou vinte e cinco anos no passado. Seu coração disparou. *Deus do céu, ele estava certo!*

Cotford se levantou da cadeira e saiu correndo da sala, gritando por Lee. Alcançou o sargento na metade da escada; Cotford estava tão excitado que mal tinha fôlego para falar.

— É dele! Há vinte e cinco anos ele escreveu cartas. Provocando Abberline. Provocando a mim. Mandou até mesmo uma carta borrada com o sangue dos rins de uma das vítimas. — Cotford ergueu o envelope. — É a mesma caligrafia, assinada e endereçada da mesma forma. É ele! Nós conseguimos, sargento! Fizemos o desgraçado se mostrar!

Lee reagiu olhando-o de forma estranha.

Cotford tinha um sorriso tão largo que parecia dividir seu rosto em dois. Jogou o papel para Lee.

— Não fique olhando para mim! Leia!

Lee obedeceu, embora com cautela.

— Deve ser um engraçadinho que sabia das cartas originais do Estripador — disse ele. — Um impostor.

Lee estava sendo devidamente diligente, mas Cotford se preparara para aquilo.

— Impossível. Nossa atual investigação não chegou à imprensa. Eu só a revelei à Procuradoria da Coroa esta manhã. Essa carta foi enviada há dias, segundo o selo dos correios.

A expressão cética de Lee mudou ligeiramente. Nisso o inspetor tinha razão.

Ele leu a carta:

> *Caro senhor:*
> *As respostas que busca estão de posse de*
> *Quincey Harker. Encontre-se com ele*
> *quarta-feira à noite no Lyceum Theatre*
> *e tudo será revelado.*
> *Sinceramente seu,*
> *Do inferno*

Lee ergueu os olhos para Cotford.

— É hoje!

Cotford sorriu novamente. Seu parceiro estava de volta. Não tinha certeza de qual era o jogo do Estripador, mas voltava a fazer contato depois de um quarto de século. Dessa vez Cotford não iria tropeçar. O Estripador não iria superá-lo. De um modo ou de outro, iria acabar com aquilo naquela noite.

— Sargento Lee, reúna seus homens.

Capítulo XXXVIII

O depósito dos bastidores era um ambiente perfeito para um jogo final. Um labirinto mal iluminado de figurinos, objetos cênicos e panos de fundo. Não havia luz elétrica naquela área do teatro — os técnicos não necessitavam desses luxos. Lâmpadas a gás chiavam nos quatro cantos, lançando compridas sombras bruxuleantes.

Bathory riu consigo mesma esperando no escuro por Basarab. Ele era tão previsível; ainda achava que tinha Deus a seu lado. Viu-o mover-se para a frente, a espada de dois gumes diante de si. Basarab não tinha medo, o que era um erro. O romeno parecia não entender que Deus nunca recompensava a lealdade. *Sim, venha até mim e morra.*

Bathory gostava do jogo de gato e rato. Podia ver os olhos de Basarab procurando por ela em meio aos trajes pendurados nos cabideiros. Não era páreo para Elizabeth. Nenhum homem jamais fora. Se nem mesmo Deus conseguira destruí-la, como Basarab poderia?

Basarab se lançou para a frente, derrubando um dos cabideiros. Lançou a espada, mas Bathory, com sua velocidade sobrenatural, já havia se movido.

— Se você é tão poderosa, saia e me encare, bruxa! — rugiu Basarab.

Bathory queria saborear o momento. Ainda não era hora. Havia muitas dívidas a serem cobradas antes que aquele jogo terminasse.

— Foi você quem me procurou — provocou ela, escondida nas sombras. — Tudo o que você faz é previsível. Você é movido por sua vaidade, sua arrogância. Sinceramente acredita que, depois de tudo o que fez, Deus ainda está do seu lado.

Basarab espreitou Bathory no labirinto, gastando tempo, esperando o momento oportuno de encurralá-la e atacar.

— Achei que podia salvá-la. Trazê-la de volta das trevas que você mesma criou.

Bathory parou e ergueu a cabeça para poder ser vista através de uma das prateleiras.

— Você prometeu ser meu companheiro. Ficar a meu lado.

Ela viu Basarab se encolher. A dor do passado ainda latejava no presente. Basarab falava com sinceridade tão taciturna que Bathory quase acreditou quando ele disse:

— Sim, houve um tempo em que fui tolo o bastante para achar que poderíamos unir forças como companheiros. Cheguei a amá-la.

— Você sabia que nunca poderíamos.

— Foi sua escolha pecar contra as leis de Deus e do homem.

— Ah, foi por isso que você tentou me matar... Em seguida, Bathory rastejou de volta para as sombras. Seu jogo estava na fase final.

Basarab ergueu sua espada e estraçalhou a prateleira de madeira à frente de onde ela havia se mostrado segundos antes. Avançou furioso, derrubando prateleiras, espalhando os objetos cênicos, mas não parou.

— Quando vi o mal que consome sua alma, Elizabeth, me vi sem escolha!

Bathory se ergueu de trás de um dos cabideiros de figurinos, encarando Basarab do lado oposto da sala. Basarab se virou, espada em riste. Ele esperara um ataque, mas ela ainda não estava pronta para fazer seu movimento. O jogo estava delicioso demais para terminar antes do seu tempo.

— Seu Deus tirou tudo o que eu valorizava. Seus seguidores me perseguiram por sentimentos que eu não podia controlar. Não tive escolha a não ser me vingar de Deus e seus filhos. Saia do caminho.

Basarab deixou a espada cair a seu lado, em uma oferta de paz.

— Saia dessa cidade. Não incomode mais Quincey, sua família e seus amigos. — Ele se aproximou dela.

Bathory recuou e sussurrou das sombras:

— Quando você seduziu Seward e seus amigos para se meterem no meu caminho, deveria saber que a trilha seria pavimentada com o sangue deles.

Sempre uma jogadora, Bathory recuou para um canto iluminado por uma lanterna. Sugou o ar, contraiu os órgãos internos e fez o sangue sair pelos poros. Podia ver que Basarab estava confuso. Por que se colocara em um canto? Por que demonstrava medo? Basarab decidiu arriscar. Ele se ergueu e gritou:

— Interrompa essa matança sem sentido ou eu a destruirei!

— Você uma vez fingiu sua morte para escapar de minha ira! — disse Bathory, sorrindo. Era sua hora de cobrar a dívida por inteiro. Fim de jogo. — Agora sua insensatez terá a consequência que merece.

A compaixão de Basarab pela condessa era a armadilha; ela viu o pânico em seus olhos quando se deu conta de que fora enganado. Elizabeth poderia estar encurralada em um canto, mas era ele quem iria morrer.

Demorou apenas um instante, mas para Basarab deve ter parecido uma eternidade. Os olhos de Bathory ficaram negros. Ela rosnou como uma fera, arreganhando os lábios, revelando os caninos. Basarab brandiu a espada, mas foi lento demais. Bathory já voava pelo ar, sua mão pegando o lampião enquanto avançava. Ao passar por cima da cabeça de Basarab, o lampião se quebrou no piso. Elizabeth pousou em segurança atrás dele, e chamas brotaram aos pés de Basarab. A cauda do manto de cetim que o romeno vestia se tornou uma tocha. Ele se sacudiu e gritou enquanto o manto era tomado pelo fogo, e seus esforços espalharam fagulhas por toda a sala. Os figurinos pendurados se inflamaram e começaram a queimar. Em segundos, toda a sala estava em chamas. Basarab caiu no chão, gritando e tentando, desesperado, apagar o fogo. À medida que ele se agitava, sua carne ressecava.

Bathory riu. Depois, com toda a calma, abriu a porta e deixou seu passado queimando atrás de si.

⚜

Arthur Holmwood suspirou. Seus colegas no conselho municipal de Londres o haviam abordado anos antes pedindo uma doação particular para reconstruir a Waterloo Bridge. Seu granito da Cornualha vinha se deteriorando, e ela estava cheia de problemas estruturais. Na época, ele não viu sentido em financiar tal empreitada. Recusou o pedido do conselho, recomendando que a reforma da ponte fosse custeada por recursos públicos. Mas, com uma população já excessivamente tributada e uma secretaria de obras sem recursos, não havia opção a não ser fechar a ponte de tempos em tempos para pequenas obras. Aquele era um desses momentos.

Estando ali, tendo de se arrastar com Mina, era irritante para Arthur saber que o Lyceum Theatre estava logo ali, do outro lado da Waterloo Bridge, e que sua carruagem, junto com muitas outras e centenas de pessoas, era obrigada a desviar para a Westminster Bridge.

Assim que cruzaram a Westminster Bridge, o cocheiro seguiu pelo Victoria Embankment e retornou na direção do Lyceum Theatre. Algum tempo antes, a Savoy Street, rua adjacente que os deixaria mais perto de seu destino, fora transformada em via de mão única no sentido oposto. A carruagem teria de continuar rumo leste, passando sob a Waterloo Bridge, pelo King's College, até encontrar uma saída lateral que os levasse na direção norte até a Strand. O que teria sido uma viagem de dez minutos desde Waterloo se transformou em meia hora de frustração desesperada. Até mesmo o semblante calmo de Mina desmoronou sob a pressão. Quincey chegaria para o ensaio, e eles estariam atrasados demais.

À medida que a carruagem disparava rumo ao Lyceum, um barulho baixo e distante se transformou em alarido. Algo estava acontecendo. A rua parecia vazia, mas Mina e Arthur podiam ouvir agitação perto dali. Decerto era outro engarrafamento, mas eles não tinham escolha a não ser seguir em frente. Holmwood mais uma vez bateu com a bengala no teto da carruagem. Em resposta, o cocheiro deu com as rédeas nas ancas dos cavalos. O aumento da velocidade não aliviou a tensão de Mina.

Chegaram à esquina da Wellington Street no momento em que uma carruagem negra sem cocheiro cruzou seu caminho em disparada.

O condutor deles puxou as rédeas com toda a força, e os garanhões relincharam. Os veículos se chocaram. O cocheiro de Holmwood foi arremessado pelo ar enquanto a carruagem capotava.

Dentro dela, a última coisa de que Holmwood se lembrou foi ouvir algo se quebrar. Em seguida, a escuridão.

⚜

Pedestres na Wellington Street carregavam baldes de água. Sinos tocavam a distância. Carruagens tentavam correr pela rua para escapar, mas eram contidas pela multidão. Gritos e cinzas negras tomavam o céu.

Quincey avançou em meio à multidão de espectadores e viu o Lyceum Theatre soltando uma fumaça negra. Chamas saíam pelas janelas. Uma parte do teto desabou com um barulho assustador. O enorme incêndio iluminava o céu noturno de Londres com um demoníaco brilho vermelho-alaranjado. Atores e técnicos se arrastavam para fora do teatro enfumaçado tossindo e tentando respirar, os rostos cobertos de fuligem negra, as roupas chamuscadas. Alguns tinham queimaduras graves, a pele avermelhada já se levantando em camadas como as páginas de um livro. Os cabelos de uma mulher haviam queimado, deixando o alto de sua cabeça calva e coberta de bolhas. O ar foi tomado pelo cheiro nauseante de cinzas e carne queimada.

Quincey estava atônito. Ele finalmente viu a figura magra de Hamilton Deane sair tropeçando da cortina de fumaça. Quincey correu para junto dele e o segurou de forma rude.

— Deane! O que aconteceu?

Deane respondeu, tossindo:

— Uma mulher chegou, uma condessa... Basarab deixou o palco com ela... então... chamas... por toda parte.

— Basarab?! — Quincey sacudiu Deane pelos ombros. — Responda, homem! Ele escapou?

— Não sei. Acho que não.

Quincey o jogou de lado e correu para a entrada do teatro, ladeada por colunas.

Deane gritou atrás dele:

— Quincey! Não! É suicídio!

O calor causticante do incêndio deteve Quincey. Metade dele estava desesperada para salvar o homem em quem confiava, seu amigo e mentor. A outra metade queria acima de tudo encontrar o homem que mentira para ele e traíra essa confiança. De qualquer modo, Quincey tinha de salvar Basarab — de que outra forma todas as suas perguntas poderiam ser respondidas?

Quincey protegeu o rosto do fogo com o paletó, respirou fundo, subiu os degraus correndo e saltou para dentro do Lyceum Theatre, que ardia em chamas.

⚜

A última coisa que Mina ouviu antes de perder a consciência foi um barulho alto de algo se quebrando no momento em que Arthur Holmwood caiu sobre ela. Não sabia por quanto tempo ficou caída ali desmaiada, mas quando enfim acordou, viu-o de pé acima de si.

— Você está bem?

— Acho que sobrevivi — disse, impressionada por ser esta a verdade.

Holmwood estendeu a mão. Dessa vez, Mina aceitou e permitiu que a ajudasse a se levantar. Ele tirou Mina da carruagem virada pela janela. Seu vestido comprido dificultou a manobra.

— Eu ouvi um barulho, Arthur. Você quebrou alguma coisa?

Holmwood apontou para sua bengala, sobre o calçamento, partida em dois. Mina esticou a mão para dentro do veículo e pegou sua espada escondida.

Um gemido do cocheiro chamou sua atenção. Ele estava caído no meio da rua, contorcido. Mina e Holmwood, ainda tontos, cambalearam até ele. O osso de sua perna quebrada perfurara-lhe a pele.

— Há sangue demais — disse Mina. — Ele pode ter rompido uma artéria.

Ela tirou o xale que envolvia a espada e o amarrou apertado na perna no cocheiro, acima do ferimento, esperando conter o fluxo de sangue e salvar a vida do pobre homem. Quando percebeu que Holmwood não estava ajudando, logo supôs que era porque ele não iria sujar suas mãos ajudando um empregado de nível inferior. Mas, quando ergueu os olhos para censurá-lo, viu-o correndo para pedir ajuda e descobrir o que era o tumulto que vinha da Wellington Street.

— Fogo! — gritou Holmwood. — Parece ser o Lyceum!

Eles só pensaram uma coisa: aquele incêndio não era coincidência.

Mina disse:

— Vá, Arthur! Eu fico com seu cocheiro. Encontre Quincey!

Ele anuiu e virou a esquina correndo, entrando na Wellington Street.

Mina apertou o torniquete do cocheiro. Queria muito seguir Holmwood, mas não podia deixar o homem sozinho naquele estado.

Várias pessoas observavam pelas janelas de um prédio próximo.

— Alguém poderia ajudar? — pediu. — Este homem está muito ferido! Preciso de um médico!

Todos deram as costas e fecharam as janelas; podiam espiar o acidente, mas não queriam se envolver.

Mina olhou novamente para o cocheiro. Não tinha escolha; o temor pela vida do filho superava tudo. Assim, deixou o moribundo e saiu mancando atrás de Arthur Holmwood.

Ao passar pela carruagem preta e dourada, a porta se abriu de repente. Mina vislumbrou os cabelos escuros, a pele branca, os olhos negros e os longos caninos brancos pontudos. Sua mente mal teve tempo de raciocinar que era uma mulher que saltava sobre ela... E que aquela mulher era uma vampira.

Capítulo XXXIX

Arthur Holmwood abriu caminho em meio à multidão, jogando de lado alguns pobres pedestres. Seu um metro e noventa permitia que visse acima da massa, embora piscasse por causa da fumaça. Quanto mais avançava, com mais força a corrente humana o empurrava para trás. Era como tentar se mover por areia movediça.

Então a multidão finalmente se abriu para dar passagem aos carros de bombas a vapor dos bombeiros puxados por cavalos. Sabendo que a cavalaria abria o caminho para a infantaria, Arthur se colocou atrás da brigada. Indo à frente dos carros, ele passou pela fila de indivíduos que levava baldes de água na direção do Lyceum Theatre em chamas e, momentos depois, se viu em meio ao grupo que se reunia na base dos degraus, de olhos arregalados, como que hipnotizados pela dança das labaredas alaranjadas.

— Mexam-se! Saiam do meu caminho! — gritou ele.

Arthur foi ajudado por dois bombeiros com mangueiras que tentavam abrir caminho até a entrada principal. As chamas e o calor eram tão intensos que era improvável que houvesse alguém vivo do lado de dentro. Ele podia ver, através das janelas quebradas do teatro, paredes desmoronando. Nenhum dos bombeiros entrava: afinal, era perigoso demais. Arthur então percebeu dois deles molhando os prédios dos dois lados do teatro. Não era mais um resgate, mas uma operação de contenção. O Lyceum estava perdido. A estratégia era impedir que o fogo se alastrasse e consumisse a rua inteira.

Arthur chegou aos pés da escadaria, subiu alguns degraus para ter uma visão mais ampla e procurou Quincey na multidão. Com sorte, o garoto nunca teria entrado; mas, caso contrário, talvez tivesse tido o bom senso de sair a tempo.

Ele viu um homem pequeno de óculos, coberto de fuligem e cinzas, atravessar a multidão e falar com os bombeiros.

— Quincey Harker está lá dentro! — berrou Hamilton Deane. — Por favor, vocês têm de ajudá-lo!

Holmwood sentiu o coração apertando quando um bombeiro empurrou Deane para trás.

— Se ele está lá dentro já está morto — disse o homem.

Holmwood se sentiu impotente. Não havia sensação pior para um homem de ação. Era a mesma sensação que tivera ao ver Lucy e Quincey P. Morris morrerem. Não de novo. Não dessa vez. Não diante de seus olhos. Determinado, subiu os degraus correndo na direção do teatro ardente, as chamas tocando-o no trajeto.

Um bombeiro ordenou:

— Volte para cá! Você está louco?!

As labaredas recuaram um momento, e Holmwood correu para a frente. O calor era tão intenso que ele pensava estar derretendo. Quando se viu prestes a entrar, o incêndio furioso o expulsou. Era como se estivesse diante dos portões do inferno.

Desesperado, ele gritou:

— Quincey!

⚜

Os pulmões de Quincey queimavam. A fumaça ardia em seus olhos. Protegeu o rosto do fogo enquanto seguia para os bastidores.

— Basarab, onde você está? Basarab? Responda!

Abriu uma porta com um chute. Foi derrubado por uma explosão. As chamas escaparam da sala e foram na direção do teto, incendiando-o. Houve um estrondo alto enquanto o fogo consumia o oxigênio. Quincey estava no ventre da fera e tinha pouco tempo antes de ser comido vivo.

Engatinhando abaixo do nível da fumaça, ele chegou à sala seguinte, encostou-se na parede e tocou a maçaneta. A pele da ponta dos dedos foi queimada. Ele encolheu a mão com um grito de dor. A porta gemeu, com a madeira se expandindo, rachando, inchando. Quincey cobriu o rosto. A porta explodiu, estilhaçando-se, as chamas saindo em uma bola de fogo. Era inútil. O prédio inteiro rangia a seu redor. Estava prestes a desmoronar. Tinha de sair dali naquele instante ou iria morrer.

Quincey se levantou para correr, mas parou. Através da nuvem de fumaça, avistou um corpo fumegante coberto por entulho. A envolvê-lo, os restos em chamas do que havia sido um manto. Seu punho queimado ainda segurava uma espada de gume duplo.

— Basarab!

Ignorando o calor infernal, Quincey correu na direção do corpo. O rosto estava irreconhecivelmente queimado. Se ele pelo menos tivesse atravessado a porta correndo haveria esperança. Mas as respostas que Quincey procurava estavam perdidas para sempre. Basarab estava morto.

Quem era aquela condessa de quem Deane falara? Quincey tivera dificuldade para chorar por seu pai; mas, embora Basarab houvesse mentido para ele, agora as lágrimas corriam com facilidade. Quincey perdia rapidamente a batalha contra Drácula. As lágrimas se misturaram à fumaça, deixando-o cego.

Momentos depois, ele ouviu um estalo horrível e, mais rápido do que poderia reagir, o teto desabou. Nem sequer teve tempo de levantar os braços e proteger o rosto quando as pesadas vigas de madeira caíram sobre ele. Sentiu uma dor aguda. Uma viga atingiu suas costelas.

Estava preso.

⚜

A Mulher de Branco de cabelos escuros saiu voando da carruagem preta e dourada, a expressão selvagem, com os olhos negros e os caninos brilhando. Ela acertou Mina direto no peito, e ambas despencaram sobre o calçamento.

Ninguém na Wellington Street percebeu: todas as atenções estavam voltadas para o incêndio do Lyceum Theatre. Mina estava por conta própria. A Mulher de Branco uivou sua vitória, e as mãos com garras empurraram o pescoço de Mina para trás, expondo sua jugular vulnerável aos caninos da criatura. A vampira montou em Mina, segurando-a firme. Mina lutou; mas a Mulher de Branco era forte.

— Minha condessa transmite seu amor eterno — grunhiu a vampira, baixando os caninos na direção da garganta de Mina.

Mina conhecia o beijo amoroso de um vampiro. Aquilo era algo muito diferente. A intenção claramente era arrancar seu pescoço.

— Não! — berrou Mina. Depois de tudo o que suportara, não iria se permitir morrer naquele momento, quando Quincey mais precisava dela.

Uma nova fúria tomou conta de Mina. Sua força recém-descoberta começou a correr por suas veias. A fera que por tanto tempo estivera adormecida em seu sangue, o sangue de Drácula, foi libertada de repente. Seus batimentos aceleraram como nunca, e o sangue correu por suas veias como se tivesse vontade própria, dando a seus músculos força e velocidade antinaturais. Antes que a Mulher de Branco rasgasse seu pescoço, e antes que estivesse plenamente consciente do que acontecia, Mina arrancou sua agressora de cima de si. A vampira de cabelos escuros saiu voando pelo ar, gritando, traçando um arco elegante que terminou com uma batida contra um poste de ferro. A Mulher de Branco caiu nas pedras do chão com um baque terrível, e o poste se partiu ao meio em uma explosão de fagulhas. A metade superior do poste desabou sobre a vampira, esmagando-a com seu peso.

Mina olhou incrédula para as próprias mãos.

Desviou o olhar a tempo de ver a Mulher de Branco suspender o poste metálico tão facilmente como se não passasse de um galhinho de árvore partido e o arremessar em sua direção. Sem pensar, Mina saltou de lado, evitando o poste com surpreendente facilidade. Correu na direção da espada, caída ao lado da carruagem virada de Holmwood. Enquanto Mina agarrava o cabo, desembainhava a espada e se virava num único movimento, a Mulher de Branco saltou na sua direção. Mina esticou a espada quando a vampira chegou perto. A Mulher de Branco rosnou, o sangue jorrando de um ferimento no alto do peito.

Maldição! Eu estava mirando na cabeça! Mina brandiu a catana novamente: dessa vez iria acertar. A espada cortou o ar com um zumbido na direção do pescoço da vampira de cabelos escuros.

Soltando um rugido hediondo como o de um animal selvagem, a Mulher de Branco ergueu a mão e apanhou a espada. Sangue jorrou de um corte que acertou o osso. A fera girou a lâmina ensanguentada e a partiu em duas. Em um instante, o punho da espada foi arrancado dos dedos de Mina, que sentiu seus pés deixarem o chão. A força da vampira a arremessou pelo ar, e ela girou ao se chocar contra a roda da carruagem, estilhaçando-a. O eixo de ferro bateu na base de suas costas. Mina caiu no chão, arfando, o ar expulso de seus pulmões.

— Você luta como um homem — disse a Mulher de Branco, rindo. — Eu pensaria que um príncipe escolheria uma mulher mais delicada para amar.

Mina lutou para recuperar o fôlego.

— Nem todas as mulheres são escravas de seus mestres.

Ofendida, a Mulher de Branco rugiu. Num segundo, ela estava imóvel; no seguinte, era uma mancha. Mina ficou impressionada ao ver a vampira avançar em sua direção com velocidade inacreditável. Era a hora da morte.

A imagem de seu príncipe das trevas surgiu na mente de Mina; horrorizado, ele gritava para ela:

— Mova-se!

No segundo que faltava para a Mulher de Branco alcançá-la, Mina perdeu o controle de seu corpo. Era como se o sangue de Drácula em suas veias estivesse respondendo à ordem de seu general. Mina viu a própria mão agarrar a bengala quebrada de Holmwood e a segurar diante de si como um lanceiro enfrentando uma carga de cavalaria. A vampira estava se movendo rápido demais para conter o impulso: assim, foi cravada em seu coração a extremidade afiada da bengala quebrada. O rosto e as mãos de Mina foram cobertos por sangue gelado, o que lhe provocou calafrios. O rugido de vitória da Mulher de Branco se transformou em um uivo de morte.

Olhando para Mina, absolutamente incrédula, ela gemeu:

— Como...

— Sua senhora não a alertou? Eu sou a puta adúltera de Drácula! — disse Mina.

Ela arremessou a Mulher de Branco pelo ar, esmagando-a na lateral de um prédio.

Os tijolos se partiram com o impacto, e a vampira caiu no chão. Quando seus olhos se fecharam para sempre, seu rosto recuperou a forma humana.

Drácula a salvara, mas também havia matado seu marido; por isso, Mina experimentava uma confusão de sentimentos. Ao retornar na direção do cocheiro de Arthur Holmwood e o encontrar morto, se perguntou se, no fundo, não era tão assassina quanto o príncipe vampiro.

Os gritos e os sinos na Wellington Street interromperam seus pensamentos. *Quincey!* Mina soltou o garanhão da frente. Que se danasse a etiqueta, não havia tempo para sela lateral. Ergueu a saia, lançou a perna sobre as costas nuas do cavalo e montou no animal. Segurando sua crina com firmeza, bateu-lhe nas ancas com os calcanhares e galopou na direção do Lyceum Theatre, enfiando o grande garanhão em meio à multidão em pânico, seus instintos completamente controlados. Ninguém poderia detê-la.

O cavalo parou violentamente ao se aproximar do teatro em chamas. Mina deveria ter sido arremessada, mas novamente sua força a salvou. Ela abriu caminho na direção dos degraus do prédio, mas era inútil. O fogo já atravessara o teto, cobrindo o chão de brasas, como se a noite estivesse tomada por um enxame de vaga-lumes.

Foi quando Mina avistou vários bombeiros contendo um homem que gritava.

— Arthur!

Holmwood os empurrou e desceu cambaleando os degraus na direção dela. Havia lágrimas em seus olhos enquanto balançava a cabeça, e seu rosto pálido revelava derrota absoluta. Mina só vira aquela expressão em Arthur uma vez antes. Sentiu um aperto no coração.

— O que aconteceu? Onde está meu filho? Onde está Quincey?!

Arthur nunca recuara diante de um desafio. Mas, naquele momento, diante dela, não conseguiu sequer encará-la. Ele disse com uma voz entrecortada:

— Mina, lamento. Quincey se foi.

Capítulo XL

Já foi dito que não há maior dor para um pai do que sobreviver ao próprio filho. Não tendo herdeiro, Arthur Holmwood achou que nunca teria de comprovar essa afirmação.

Naquele momento, ele olhava impotente enquanto Mina passava exatamente por isso. Como a mulher de Ló, ela estava congelada, imóvel, incapaz de desviar os olhos do teatro em chamas. Seus olhos perderam o brilho. Arthur imaginou que o coração dela se transformara em pedra. Qualquer que fosse a raiva que ele houvesse sentido de Mina Harker, nunca teria desejado aquela tragédia. Arthur passara a gostar do filho dela mais do que admitia. O jovem era inquieto, mas ele também fora assim naquela idade. Esperara que o destino poupasse Quincey do fim que o pai dele e Jack tiveram. O fim que parecia estar esperando por todos.

A brigada de incêndio empurrava para trás a multidão naquele momento silenciosa. Os bombeiros haviam enrolado suas mangueiras e desligado as bombas d'água. Não havia nada mais a fazer a não ser aguardar o fim inevitável.

Holmwood pegou as rédeas do garanhão e tirou Mina do caminho. Ao fitá-la, pensou em algo terrível: seria ela tola a ponto de se jogar ao fogo para ficar com o filho? Caminhando junto com Mina, espiou-a com o canto do olho, tentando avaliar suas intenções.

Apenas alguns passos depois, Mina apontou para a entrada e gritou:

— Quincey!

Arthur estava certo de que Mina atravessara a fronteira para a loucura. Então, virando-se, também viu a cena inacreditável. Lá estava Quincey Harker, saindo aos tropeços da muralha de fogo. Houve um barulho alto e horrível de madeira se quebrando, começando pelo teto. Apareceram rachaduras nas paredes externas do teatro. A estrutura desmoronava. Mina desmontou do cavalo de um pulo. Holmwood subiu apressadamente os degraus do teatro, chegando à entrada ao mesmo tempo que Quincey. O jovem estava coberto de fuligem negra. Seu paletó pegava fogo, e ele parecia aturdido.

Holmwood o segurou pela lapela e o afastou do perigo.

— Corra, Quincey!

Empurrou Quincey pelos degraus a sua frente e depois pulou para salvar sua vida no momento em que o teto do prédio desabava. A multidão gritou. Uma densa nuvem asfixiante de fumaça negra se ergueu do entulho. Apenas a fachada grega do teatro permaneceu de pé.

Mina apagou o fogo do casaco do filho e, em seguida, o abriu, procurando ferimentos.

— Quincey, você está machucado?

O rapaz, sem dúvida, estava profundamente abalado por ter escapado por tão pouco. Ele não respondeu, mas não precisava. Não havia uma única marca em sua pele.

Holmwood balançou a cabeça, chocado. Vira o resultado de dezenas de batalhas, o efeito da carnificina nos corpos de jovens corajosos. Mas jamais testemunhara algo como aquilo. Não era sorte: era um milagre.

Um homem com uma bolsa de médico veio correndo, acompanhado pouco depois por bombeiros preocupados. Mina olhou para Holmwood assustadíssima. *Não deixe que vejam Quincey.*

Holmwood avançou para interceptá-los.

— Para trás. Todos vocês!

Os homens pararam.

Arthur se voltou para Mina e Quincey e gritou:

— Temos de sair daqui!

Os olhos de Quincey se encheram de lágrimas.

— Ele está morto... Basarab morreu.

Holmwood não podia permitir que Quincey perdesse tempo chorando. Ouviu o murmúrio de espanto dos curiosos enquanto ajudava Quincey a se erguer. Aqueles que estavam mais perto viram que Quincey não estava ferido. Não queria dar a eles a oportunidade de fazer uma cena. Desse modo, arrastou Quincey das ruínas do teatro enquanto Mina voltava para pegar o garanhão. Embora a multidão pudesse estar perplexa com a espantosa fuga de Quincey, Arthur Holmwood sabia muito bem a razão daquilo. A aparência jovem de Mina era consequência do sangue de Drácula em suas veias, e esse mesmo sangue passara para Quincey quando no útero de Mina.

Eles se afastaram da multidão subindo a rua. Pela primeira vez Holmwood sentiu uma leve esperança. Drácula cometera seu primeiro erro tático. Se seu sangue dava a Quincey o poder de se curar, Quincey também poderia ter herdado a força física de Drácula. Talvez o príncipe tivesse dado uma arma poderosa a ser usada contra ele mesmo.

⚜

Cotford praguejou em voz baixa. Desde que o quartel dos bombeiros de Waterloo fora fechado dois anos antes, a estação da Scotland Yard estava sobrecarregada. Seus veículos estavam sempre percorrendo as ruas, seus sinos irritantes estavam ecoando. As duas carruagens da polícia seguiam por Whitehall na direção da Strand, mas o cocheiro da carruagem de Cotford constantemente encostava para dar passagem a brigadas de incêndio. O incêndio, fosse lá onde estivesse acontecendo, deveria ser um grande espetáculo. Parecia que todos em Londres tinham saído para assistir. Somando brigadas de incêndio e pedestres, as ruas principais eram quase intransponíveis. Se Cotford queria ter seu encontro com o Estripador, ele, Lee e o punhado de policiais armados que participavam da missão teriam de encontrar algum caminho para o Lyceum Theatre.

Nervoso e impaciente, Cotford se inclinou para fora da janela e olhou para a outra carruagem da polícia, atrás. Ela também estava bloqueada pelo caos. Cotford gritou para os pedestres que tomavam a rua:

— Abram caminho! Saiam da frente!

Lee aproveitou a deixa do inspetor e se inclinou para fora da janela oposta.

— Diligência policial, abram caminho!

Cotford praguejou ao ver que a Waterloo Bridge estava novamente fechada para obras. Ordenou ao cocheiro:

— Entre à direita na King William Street. Vamos evitar a multidão subindo St. Martin e depois retornar!

Cotford se sentou de novo, com uma sensação muito familiar na boca do estômago, a mesma que tivera no dia, vinte e cinco anos antes, em que tropeçara no meio-fio, permitindo que o Estripador escapasse. Com a multidão e o desvio, seu encontro com o Estripador iria demorar mais vinte minutos. Sabia que, se as coisas dessem errado naquela noite, poderia não ter outra oportunidade de inclinar a balança a seu favor.

Empurrada pela multidão, Mina continha as lágrimas enquanto via Arthur Holmwood avançar com Quincey. Queria tanto consolar o filho! Quase perdera-o naquela noite, e ainda assim não sabia como expressar o que sentia.

— O que ela está fazendo aqui? — perguntou Quincey a Holmwood, ignorando a presença de Mina. — Achei que podia confiar em você!

Aquilo era demais. Mina agarrou o filho.

— Ainda sou sua mãe! A única que você tem, e eu o amo!

— Não temos tempo para briguinhas familiares! — disse Arthur com firmeza. — Precisamos encontrar Van Helsing! Agora!

Quincey abriu a boca para protestar, mas Holmwood o empurrou para a frente. Já haviam perdido um tempo valioso tentando chegar à Wellington Street, ao lado do teatro em chamas, mas o caminho estava bloqueado por carros de bombeiro e curiosos. Era como tentar remar num barco contra a corrente. Foram obrigados a contornar e passar outra vez diante do teatro em chamas. O garanhão recuou de medo, quase derrubando Mina. Holmwood arrancou a gravata para cobrir os olhos do animal, segurando firme o bridão. Eles seguiram rumo norte, com Quincey contando o que acabara de saber.

— Está me dizendo que uma condessa iniciou este incêndio para matar Basarab?! — perguntou Holmwood.

Quincey assentiu.

Holmwood olhou significativamente para Mina. Ela entendeu muito bem o que ele estava pensando. A condessa Bathory, as mortes de Jonathan e Seward e o telegrama de Van Helsing levavam a uma forte possibilidade: Drácula estava vivo e de volta à Inglaterra. A outra possibilidade era terrível demais para considerar: a de que Drácula sabia do segredo que ela escondera e viera reivindicar o que era seu por direito de qualquer maneira, mesmo que isso significasse trabalhar com Bathory e matá-la.

— O que está acontecendo? — perguntou Quincey, percebendo a perturbação de Mina.

— Drácula está vivo. E em Londres.

— Mina Harker! Arthur Holmwood! — gritou uma voz conhecida. — Fiquem onde estão!

Mina ergueu os olhos e se deparou com duas carruagens da polícia saindo da Tavistock Street. Cotford saiu de uma delas, seguido pelo sargento Lee.

— Vocês são procurados para esclarecimentos — disse Lee. — Não se mexam.

Vários policiais saíram da carruagem. Lee liderou a investida, usando seu corpo enorme para abrir caminho.

Não havia tempo a perder. Mina empurrou Quincey na direção de Holmwood, ordenando-lhe:

— Pegue o cavalo!

Holmwood montou em seu garanhão, tirando-lhe a venda dos olhos.

Quincey, atônito, indagou:

— O que está acontecendo?

Em resposta, Holmwood agarrou seu colarinho e o ergueu para a montaria.

— Detenham-nos! — gritou Cotford. — Não os deixem escapar!

Holmwood sacou uma arma do bolso e disparou para o alto sobre a cabeça dos curiosos. Os espectadores berraram e correram para salvar suas vidas. Um policial ergueu um rifle e colocou o dedo no gatilho. O sargento Lee levantou o cano para o céu.

— Não atire nas pessoas, idiota!

Holmwood tornou a disparar para cima.

— Você enlouqueceu?! — gritou Quincey.

— Sim, muitos anos atrás, jovem Harker — respondeu Holmwood com um brilho travesso nos olhos, batendo os calcanhares no cavalo. — Eia!

O cavalo empinou e saiu a galope rumo norte, na direção da Bow Street.

— Parem! — berrou Cotford, empunhando sua arma e apontando para as costas expostas de Quincey.

Como a multidão se dispersara, ele tinha uma boa linha de tiro. Ao que tudo indicava, pretendia aproveitá-la.

— Não! Não em meu filho!

Mina correu para a frente e se colocou entre a arma e as costas de Quincey, bloqueando a mira de Cotford.

— Maldição! — praguejou o inspetor, falando em seguida para seus homens: — Atrás deles!

Dois policiais partiram a pé, enquanto Lee e os demais corriam para a carruagem mais próxima.

Cotford deteve Price e outro jovem policial, Marrow.

— Parem. Vocês dois ficam comigo — disse o sabujo irlandês, a seguir voltando sua fúria contra Mina. — Obrigado, sra. Harker. Agora temos uma identificação positiva de seu filho. Para onde eles estão indo?

Ela se empertigou.

— Não tenho a menor ideia. E o que meu filho tem a ver com isso tudo?

Cotford fez um esgar, preparando-se para despejar sua fúria, quando um guincho penetrante paralisou a todos. Todas as cabeças se viraram para ver uma mulher correndo pela rua, berrando, horrorizada:

— Assassinato! Assassinato!

Cotford, Price e Marrow arrastaram Mina para onde a carruagem de Holmwood estava tombada.

Aquela era uma noite que Londres nunca esqueceria. Um incêndio espetacular, uma fuga milagrosa e uma mulher assassinada em público, com o coração cravado por uma bengala. Cotford examinou a bengala que se projetava de forma grotesca do peito ensanguentado da mulher morta.

Representando para a plateia, ele anunciou, triunfante:

— A arma do crime tem o brasão da família Holmwood. — Em seguida, tomando o braço de Mina e fazendo-a se virar, revelou suas roupas sujas de sangue. — Poderia fazer a gentileza de me dizer como conseguiu tanto sangue assim?

— Meu filho se feriu no incêndio do teatro.

— Senhor, veja isto! — exclamou o policial Price, pegando a extremidade quebrada da catana, toda ensanguentada.

Cotford deixou Mina com o policial Marrow e examinou a lâmina partida. *Jonathan Harker. Aliança Anglo-Japonesa*, dizia a inscrição.

— Muito inteligente de sua parte usar uma arma que tem timbrado o nome de seu marido.

Mina abriu a boca para responder, mas não conseguiu encontrar palavras que explicassem racionalmente a evidência.

— Pode acreditar, sra. Harker, eu serei minucioso — disse Cotford, sorrindo. — Vamos fazer um teste, e estou certo de que ele confirmará que o sangue nas roupas da senhora e o que se encontra nesta lâmina são o mesmo. A senhora assassinou aquela mulher.

Ele se virou para o policial Marrow.

— Chame o legista. Desta vez não haverá dúvidas. Eu mesmo supervisionarei a coleta de evidências.

Mina se esforçou para se manter impassível, mas temia que em pouco tempo fosse estar pendurada no patíbulo.

⚜

Em pé na cúpula de cobre esverdeada, em frente às ruínas do Lyceum Theatre, a condessa Elizabeth Bathory observava. A fumaça se erguia, levando junto o aroma inebriante de carne humana queimada. De onde estava, ela acompanhou os movimentos de cada um dos atores em seu grande jogo. Arthur Holmwood e o garoto pareciam ter sacrificado a mulher para assegurar sua fuga. *Muito cavalheiresco*. O inspetor Cotford seguira a trilha que ela deixara. Sua estratégia funcionava exatamente como esperara. Elizabeth ficou maravilhada com a simplicidade da mente humana. Com que facilidade os humanos podiam ser manipulados! Não espantava que Deus tivesse escolhido colocá-los acima de todas as Suas outras criações.

Soltou um riso selvagem. Ela era, sem sombra de dúvida, um ser superior. No final daquela noite, seu jogo teria terminado. Os perdedores estariam mortos, e Bathory teria outra vitória sobre Deus. Sua sobrevivência estava assegurada. Estava claro que ela era a mais apta.

Bathory olhou para as ruínas em chamas do Lyceum Theatre, desfrutando sua vitória sobre Basarab.

— Boa noite, meu doce príncipe.

Com isso, virou-se e partiu para a noite e para o grande trabalho que ainda precisava ser feito.

Capítulo XLI

Os dedos de Quincey eram como ganchos de ferro agarrados ao paletó de Arthur Holmwood, que por sua vez mal conseguia se manter sentado no cavalo sem sela. Apitos da polícia ecoavam pelo labirinto de ruas. Eles passaram correndo por um carro de bombeiros. Os bombeiros gritaram, e o motorista tocou o sino para alertar a polícia. Sem hesitar um só momento, Holmwood puxou a rédea e mudou de direção de forma ab-rupta, quase fazendo Quincey deslizar para as pedras do calçamento. Quincey se sentia desamparado, não era de modo algum o garboso guerreiro contra o mal que tanto desejava ser.

Quincey espiou sobre o ombro de Holmwood e viu um veículo da polícia indo na direção deles. Mais uma vez Holmwood puxou as rédeas e o corcel mudou de direção, passando a galope por Alexandra Gate e entrando no Hyde Park. O automóvel não poderia segui-los pela estreita Buck Hill Walk. Ao que parecia, a tecnologia tinha suas limitações.

Holmwood deteve o garanhão em Serpentine, e Quincey relaxou as mãos pela primeira vez em dezesseis quilômetros. Os olhos de Holmwood vasculharam o parque em busca da melhor rota de fuga.

— Temos de achar um caminho sem sermos detectados e encontrar Van Helsing.

— Aquele maluco me ameaçou — disse Quincey, enfurecido. — Não vou chegar perto dele.

— Não seja infantil. Van Helsing viu Drácula. Precisamos de sua ajuda.

— A polícia está por toda parte. Nem sequer sabemos onde o desgraçado está se escondendo.

Holmwood tirou do bolso do paletó um telegrama dobrado e o apresentou.

— Ele estava no Great Eastern Hotel. Tudo de que necessitamos para encontrá-lo está neste tele...

Arthur parou de repente, escutando algo, ainda baixo e distante.

Quincey teve a mesma sensação desconfortável que sentira ao sobreviver à queda do teto no teatro. Decididamente, algo estava acontecendo com seu corpo, mas ele não sabia o que era. Reconheceu o som que se aproximava muito antes de Holmwood.

— Cachorros!

— Cães de caça — completou Holmwood em seguida.

Para surpresa de Quincey, em vez de sair a galope, Holmwood desmontou e puxou o outro com ele.

— O que você está fazendo? Não temos nenhuma chance a pé!

— Um cavalo pode ser rápido, mas não é corajoso. Quando o primeiro cão aparecer, ele empinará e acabaremos com os traseiros no chão — disse Arthur, dando um grito rápido, batendo nas ancas do cavalo, que saiu num galope enlouquecido pelo parque. — Siga-me.

Arthur foi na direção norte, com Quincey atrás. Em dado momento, quebrou um galho de árvore e começou a andar de costas, apagando suas pegadas e deixando apenas a trilha do cavalo na direção leste.

— Nosso cheiro seguirá pelas duas direções. Na melhor das hipóteses, isso irá atrasar nossos perseguidores. Na pior, os dividirá.

Quincey se sentiu uma criança ignorante brincando de soldado. Como fora tolo por achar que poderia bancar o guerreiro... Seguiu os passos de Holmwood cada vez mais impressionado com a capacidade de seu companheiro de batalha.

Os dois saíram do parque, cruzaram a Bayswater Road e seguiram para a Paddington Station. Quincey não se surpreendeu ao ver as entradas da estação cheias de policiais. Eles levantaram os colarinhos ao atravessar a Praed Street. Um telefone tocou em um quiosque azul e chamou a atenção dos policiais. Um deles tirou uma chave do bolso e destrancou a porta do quiosque. Estava claro para Quincey que aquela nova tecnologia ajudava a espalhar a notícia de sua fuga mais rápido do que eles podiam correr.

Latidos distantes distraíram sua atenção. A jogada de Holmwood não dera certo. Os cães de caça continuavam na trilha. Os policiais na estação estavam atentos, olhando em todas as direções.

Holmwood agarrou o braço de Quincey e o afastou da estação, na direção de um hospital próximo. Pessoas circulavam do lado de fora, preocupadas com os parentes que estavam do lado de dentro. Quincey entendeu que Holmwood apostava que todos estariam preocupados demais com o próprio sofrimento para notar dois fugitivos entre eles. Tentaram andar o mais lenta e relaxadamente possível para não despertar suspeitas, enquanto os latidos dos cães se aproximavam cada vez mais. As pessoas olharam ao redor, seus devaneios interrompidos. O instinto de sobrevivência mandava Quincey correr.

Holmwood sentiu a tensão de Quincey, e o segurou com força, murmurando entre dentes:

— Não!

— Não vamos conseguir andar pela rua. A polícia está em toda parte.

— Não iremos andar pela rua... — retrucou seu companheiro com um sorriso — ...mas embaixo dela.

De repente, Quincey perdeu o equilíbrio e caiu, por pouco não dando de cara em uma poça fedorenta. Foi então que se viu de frente a um pequeno canal urbano. Holmwood desceu a seu lado e, sem hesitar, entrou na água pútrida, a despeito de seus belos sapatos de couro. Arthur olhou ansioso para Quincey, que espiava o canal. Ele fedia a sujeira e dejetos humanos.

Os cães latiram mais alto. A polícia se aproximava rapidamente.

Holmwood sussurrou:

— O fedor do esgoto irá tirá-los de nosso encalço. Vamos. Agora!

Quincey tapou o nariz e a boca para não sentir o fedor e foi em frente. Eles deveriam ser os heróis caçando os vilões malvados, pensou, mas lá estavam, cobertos de sujeira e perseguidos por cães.

A sorte finalmente pareceu sorrir-lhes: quando fizeram uma curva, descobriram um barco a remo deixado na margem. A inscrição desbotada na lateral dizia: "Secretaria de Obras." Assim que colocaram o barco na água, Holmwood pegou o único remo e começou a remar. Quando se aproximaram da passagem Warwick, ele surpreendeu Quincey virando à direita em vez de à esquerda, que os teria levado rumo oeste, para fora da cidade.

— Você está indo na direção errada.

Holmwood o encarou.

— Van Helsing afirmou em seu telegrama que Drácula o atacou no Great Eastern Hotel. A linha seguinte é a chave: "Renfield é meu santuário na grande casa do santo padroeiro das crianças. Ao lado da cruz do rei." Van Helsing ainda está na cidade.

Quincey não se importava. Colocou a mão no remo, impedindo o impulso de Holmwood.

— Devemos fugir enquanto podemos. Sempre será possível voltar quando as coisas se acalmarem.

Era como se um fogo queimasse por trás dos olhos de Arthur. Havia bravura ali, mas também algo mais: um toque de loucura. Quincey se lembrou do que vira nos olhos de Van Helsing.

Holmwood afastou a mão de Quincey do remo e continuou na direção da cidade.

Após algum tempo, Quincey notou um barulho de gargarejo sob seu assento. Claro. O bote havia sido abandonado porque estava furado. Quincey olhou para a água rançosa que enchia a embarcação e procurou algo com que retirá-la. Prendendo a respiração e se esforçando para não vomitar, juntou as mãos em concha e jogou a água pelas laterais. Mas ela entrava mais depressa do que ele conseguia retirá-la.

Holmwood remou o mais rápido que podia, atravessando vários túneis sob as ruas, à medida que o canal continuava em torno do Regent Park.

— Eu deveria ter entrado para a maldita equipe de remo de Oxford em vez do grupo de esgrima — murmurou Arthur.

Quincey logo se deu conta de que, mesmo com todo seu esforço, o barco não flutuaria por muito tempo. A água já estava acima dos tornozelos. Chegando à mesma conclusão, Holmwood manobrou a embarcação para fora do túnel e de novo para terra firme. Eles abandonaram o barco furado na margem junto ao depósito da companhia de gás. Holmwood caminhava vigorosamente rumo sul, os sapatos encharcados rangendo, e Quincey seguia logo atrás. O coração do jovem se apertou com a visão de uma coluna de fumaça parecida com uma serpente deslizando pelo céu noturno. O Lyceum ainda fumegava, como faria por dias a fio. O fogo destruíra seus sonhos, além do teatro. Basarab nunca mais poderia responder às muitas perguntas que queria lhe fazer. Basarab! Quincey não sabia se devia lamentar ou amaldiçoar seu mentor. Havia muitas dúvidas queimando em seu coração, e as respostas haviam sido consumidas pelas chamas. Sentiu-se arrasado e velho. A morte se aproximava, podia sentir.

Após algum tempo ele se deu conta de que Holmwood ia na direção da estação de St. Pancras. Quincey rompeu o silêncio entre eles:

— Você disse que Van Helsing ainda estava na cidade.

— O telegrama diz "a *grande* casa do santo padroeiro das crianças". Van Helsing se mudou para o Midland Grand Hotel. O que fica sobre a estação de St. Pancras. São Pancrácio é o santo padroeiro das crianças. E fica junto à King's Cross Station.

Quincey não partilhava do entusiasmo de seu companheiro por decifrar o código de Van Helsing. Para chegar ao hotel eles ainda teriam de passar por duas estações que certamente estariam repletas de policiais.

Nas proximidades do hotel, Quincey ficou espantado com seu tamanho e seu esplendor gótico italiano. "Grande" não o descrevia adequadamente. Erguendo-se contra o céu noturno, ele parecia funesto e amedrontador.

Holmwood empurrou Quincey para trás de um dos arcos quando um automóvel da polícia se aproximou. Um oficial uniformizado alto saiu dele, erguendo um desenho para que os outros policiais vissem.

— Lee... — murmurou Holmwood ao reconhecer o oficial.

Quincey percebeu a crua semelhança do desenho com ele e Holmwood. Apostaria sua vida como aquilo era obra de um dos artistas desajeitados da Strand que se ofereciam para desenhar pedestres por um xelim.

Holmwood tirou um charuto e deu a Quincey uma caixa de fósforos. Então, baixou a cabeça e se agachou na passagem para se proteger do vento. Quincey entendeu o ardil. Ele acendeu o fósforo e protegeu a chama com a mão, como se para escondê-la do vento. Policiais passaram, tendo na memória o desenho de Lee. Eles conferiram os rostos de todos os transeuntes, mas não prestaram atenção a Holmwood e Quincey. Era perfeitamente plausível dois homens dando as costas para acender um charuto com toda a calma. Holmwood soltou uma baforada e colocou a mão no braço de Quincey para acalmá-lo. Eles esperaram um momento até Lee voltar para o veículo e partir.

— Drácula nos colocou em perigo em todos os momentos — murmurou Quincey, seguindo Holmwood na direção da porta principal do Midland Grand Hotel. — Você realmente acha que esse velho maluco tem a chave para nossa sobrevivência?

— Sobrevivência?! — retrucou Holmwood, parando junto à porta principal e olhando de modo estranho para Quincey. — Desde que Drácula morra, qual a importância disso?

Sem mais uma palavra, ele entrou no saguão do hotel.

Capítulo XLII

Aqui jaz o corpo de Bram Stoker, ex-sócio do maior ator de todas as épocas, sir Henry Irving.

Bram Stoker tentou apagar a imagem, mas todas as vezes que fechava os olhos via o que certamente seria seu epitáfio gravado. A cortina estava prestes a se fechar sobre sua vida e não haveria bis. A amarga ironia não passou despercebida. Fora uma criança doentia, sempre acamada, e passaria seus últimos dias como um velho doentio, sempre acamado. Era prisioneiro de seu corpo, com o lado esquerdo paralisado, incapaz de se mover ou mesmo se alimentar. Enfrentara a vergonha de ser banhado e trocado como se fosse um bebezinho.

Orgulhara-se de ser um homem honesto e trabalhador, e não conseguia imaginar o que havia feito para ofender Deus. Para encarar tal fracasso na vida, deveria ter sido algo terrível. Ficou triste por saber que, sem sua direção na peça, seu romance *Drácula* logo estaria perdido em uma prateleira esquecida no fundo de uma livraria, enquanto *O retrato de Dorian Gray* de Oscar Wilde sem dúvida ficaria conhecido como o maior romance gótico de sua época.

Ocorreu-lhe que em algum lugar do céu Henry Irving deveria estar rindo. Irving deixara para ele o Lyceum Theatre não como uma oportunidade de realizar seu sonho, mas como um tapa na cara. Quando Bram Stoker chegasse aos portões de pérola, um Irving bêbado na certa estaria a sua espera para tripudiar, com um *scotch* na mão e uma mulher em cada braço. Ele sabia até mesmo o que Irving diria. *Eu avisei, seu idiota incapaz. Uma vez contador, sempre contador.*

Perto dali, o Big Ben começou a badalar. A cada batida consecutiva, Stoker sabia que a contagem regressiva para o fim havia começado. Nove batidas, nove horas. Sua esposa se retirara para seus aposentos, assim como a enfermeira. Era o momento que mais odiava, sozinho, incapaz de se mover, preso em seus pensamentos.

De repente sentiu frio, como se a temperatura no quarto houvesse caído dez graus. Será que o fogo se apagara? Ele lutou para se levantar e chamou a enfermeira. Só podia mover parcialmente a boca.

Stoker mal podia virar a cabeça para ver que as sombras que tomavam o quarto, criadas pela luz da lua que atravessava a persiana, começaram a se mover. Tentou gritar novamente, mas só conseguiu dar um grunhido baixo.

Os olhos de Stoker buscaram um sinal de outra alma ali dentro. Não havia nenhuma. Esforçou-se para escutar algum som de respiração, mas só ouviu a própria. Um estranho barulho rascante o fez prender a respiração. De início, pensou ser um rato passando sob as tábuas do piso, mas o som ficou mais alto, como o de um formão cortando madeira. Seu medo aumentou. Havia alguém ali. Uma sombra se destacou da parede, bloqueou o luar ao passar pela janela, e rastejou pelo pé da cama. Stoker cerrou o punho e bateu na cabeceira, lutando para gritar. Foi quando viu em impotente incredulidade a sombra começar a assumir um perfil humano. Estava certo de que estava tendo um pesadelo terrível. Virou o corpo para ficar de lado, tentando usar o braço que funcionava para pegar a cadeira de rodas junto ao leito. Se conseguisse passar para a cadeira, talvez pudesse escapar.

Quando sua mão estava prestes a alcançar o braço da cadeira, ouviu um zumbido no ar. Algo duro o acertou com força no peito, derrubando-o de volta na cama, e o ar foi arrancado de seus pulmões. Stoker lutou para respirar. Um rosnado raivoso chegou a seus ouvidos, aparentemente saído do nada e de toda parte ao mesmo tempo, como se uma alcateia houvesse cercado sua cama. A massa escura de sombra se inclinou para a frente, envolvendo-o. Ela tinha peso, como se outro ser humano o pressionasse, prendendo-o no colchão. Usando a pouca força que tinha, Stoker tentou reagir.

Ele gritou quando algo perfurou seu pescoço. Não sentiu dor, mas sabia que seu sangue estava sendo sugado do corpo. A sombra tinha vida, e ele logo estaria morto.

Stoker cometera um erro terrível. O louco que conhecera tantos anos antes no pub não contara uma reles história divertida. Aquele homem tentara alertá-lo de que os vampiros existiam.

A luz da lua que passava pela janela repousou mais uma vez sobre Bram Stoker quando a sombra se moveu. Ele pôde ver o que o atingira no peito. Era seu próprio exemplar do romance. Uma palavra estava escrita com arranhões sobre a capa, como se feita por uma garra selvagem: "Mentiras!".

Capítulo XLIII

Quincey nunca teria imaginado nada mais impressionante que a grande catedral de Notre-Dame, mas ficou estupefato com a imensa grandiosidade ostensiva do Midland Grand Hotel. Sentiu-se deslocado com seus trajes amarrotados, fedorentos e cobertos de fuligem. Encostou-se na coluna de mármore verde como para se fundir ao cenário, mantendo distância dos hóspedes que cruzavam o saguão.

Em um claro contraste, Holmwood estava tão seguro de si que marchou em meio às pessoas, cruzando o piso de mármore multicolorido na direção da mesa de recepção de mogno trabalhado. Ele não se importava com sua aparência e seu cheiro, nem mesmo com o fato de seus sapatos estarem ensopados. Ainda era Arthur Holmwood, e exigia respeito.

O *concierge*, nervoso, correu em sua direção.

— Lorde Godalming! Que grata surpresa. Se esperasse pelo senhor, teria colocado um alfaiate e um valete de prontidão.

Holmwood permaneceu inabalável.

— Um alfaiate? Bom Deus, por qual razão?

— Posso preparar um terno em menos de...

Holmwood ergueu a mão para interrompê-lo:

— Não será necessário. Estou procurando um hóspede chamado sr. Renfield.

Renfield é meu santuário. Quincey enfim entendeu o código oculto no telegrama do velho. A intenção de Van Helsing era, sem dúvida, levá-los a ele. Talvez, afinal, pudesse ajudá-lo.

Não espantava que o Midland Grand houvesse caído do pedestal de melhor hotel de Londres. Era o ano de 1912, e eles ainda se recusavam a instalar um elevador. E claro que Van Helsing, ou melhor, o sr. Renfield, escolheria um quarto no último andar, naturalmente pela vantagem de rotas de fuga pelo teto.

A subida pela grandiosa escadaria em espiral pareceu interminável. Holmwood seguiu sem parar uma única vez para descansar. Quincey, por sua vez, foi obrigado a parar duas vezes. Enquanto recuperava o fôlego, esticou o pescoço para ver um céu azul-cobalto com estrelas douradas pintado no teto, semelhante ao de uma catedral. Era como se estivessem subindo os degraus para o céu. Em um nicho debruçado sobre o patamar havia um mural em tela de são Jorge matando o dragão. Quincey achou o mural muito adequado para aquela caçada em especial.

Na metade do corredor, Holmwood parou e olhou ao redor para ter certeza de estarem sozinhos. Sacou seu revólver com discrição e verificou se todas as câmaras estavam carregadas.

— Só podemos supor que o telegrama foi mandado por Van Helsing. Caso estejamos caindo em uma armadilha, é melhor estarmos preparados.

— Segundo o sr. Stoker, você não deveria estar usando balas de prata? — perguntou Quincey.

— Você está confundindo o folclore. Assim como o sr. Stoker. Balas de prata são reservadas para lobisomens, jovem Harker. — Holmwood deu um sorriso debochado.

Quincey não partilhava da diversão dele. Se aquilo fosse uma armadilha, sua vida corria grande perigo. Holmwood podia não se importar se vivia ou morria, mas Quincey ainda dava importância à própria pele.

Holmwood foi para a porta mais distante, perto do acesso ao teto, e sussurrou:

— É esta.

Quincey estava prestes a bater na porta quando Holmwood o puxou para trás, apontando para a fresta entre a porta e o piso. Quincey se sentiu um idiota. Outro erro. Se pisasse na frente da porta, qualquer um do outro lado teria visto a sombra de seus pés. Arthur apontou para o batente da porta. Estava destrancada e havia sido intencionalmente deixada entreaberta. Não era um bom sinal. Com um leve movimento de cabeça, disse para Quincey:

— Esteja preparado.

Quincey sentia o coração na garganta, mas anuiu, a despeito do medo. Holmwood se moveu com enorme velocidade, abrindo a porta e entrando no quarto, a arma preparada. O aposento estava escuro, e a luz do corredor iluminava apenas metade da enorme suíte. Como o restante do hotel, o pé-direito do quarto era atipicamente alto. As cortinas estavam fechadas.

Quincey fechou a porta atrás de si. Holmwood sussurrou, zangado:

— Não, espere.

Quincey se moveu para impedir que a porta se fechasse. Tarde demais. Ela se fechou, eliminando a luminosidade do corredor, e eles se viram mergulhados em completa escuridão. Quincey se puniu em silêncio. *Outro erro idiota*.

As tábuas do chão à esquerda deles rangeram. Passos. Não estavam sozinhos.

— Aviso que estou armado — disse Holmwood.

Os passos se aproximaram. Holmwood se virou e engatilhou o revólver, empurrando Quincey para trás.

Quincey estava tão aterrorizado que se esquecera de respirar, de modo que quando uma mão se esticou da escuridão e tocou seu ombro, ele deu um pulo de susto.

Uma voz profunda e sofisticada ecoou ao redor deles:

— Boa noite, cavalheiros.

Holmwood ergueu a arma.

Capítulo XLIV

Considerando o tempo que Cotford levara para chegar ao teatro, não deveria ter sentido tanta raiva do legista da polícia por ele ter demorado tanto a aparecer e recolher a última vítima. Sem querer correr riscos com a evidência, Cotford seguiu a carroça do cirurgião até o hospital da Carey Street, junto à Real Corte de Justiça, onde a autópsia seria feita.

Enquanto o veículo da polícia virava rumo ao sul, Cotford saboreava seu charuto. A fumaça passou por Mina Harker, sentada em frente a ele na carruagem. Ela o olhou com ar de evidente desaprovação. A mão de Cotford tocou o punho da espada ensanguentada de forma triunfante. Ele dividia sua atenção entre aquela evidência fundamental e a sra. Harker. Logo provaria o envolvimento dela no assassinato. A Procuradoria Real se queixara de que precisava de mais evidências. Em breve Cotford as entregaria, e ele finalmente estaria vingado.

A carruagem estava perto do beco onde o marido de Mina Harker e a Mulher de Branco haviam sido atacados. Cotford estudou sua prisioneira para ver se ela reconhecia o local, mas, como no necrotério, o rosto dela não traía emoção alguma. Seria Mina Harker tão ardilosa, ou era de fato inocente? Cotford sentia nos ossos que Van Helsing orquestrara a morte de Jonathan Harker. Cotford pensou nas caixas de carvalho quebradas no beco. Estava claro que Van Helsing já não era jovem o bastante para agir sozinho. Ele sem dúvida recrutara sangue novo para levar a cabo suas empreitadas maléficas.

A carta do Estripador, sem dúvida escrita por Van Helsing, deixava claro que Quincey Harker era a chave para solucionar o mistério. Em sua investigação sobre a vida de Jonathan Harker, Cotford já havia estudado a vida e o comportamento do jovem Quincey. Cotford descobrira que Quincey era um ator fracassado que fora obrigado pelo pai a frequentar a universidade em Paris. *Interessante*. O próprio Cotford arcara com o custo de um telefonema internacional para Braithwaite Lowery, ex-colega de apartamento de Quincey Harker na Sorbonne. O sr. Lowery descrevera Quincey como um maluco, "com um parafuso a menos", que odiava o pai. Na última conversa de Lowery com o colega, Quincey dissera que conhecera "uma pessoa maravilhosa" e estava abandonando seus estudos na Sorbonne para "seguir seu novo destino". Alguns dias mais tarde, encontraram o pai odiado de Quincey empalado em Piccadilly Circus. Quanto mais Cotford descobria sobre Quincey Harker, mais ficava convencido de que o jovem era o cúmplice natural da nova sequência de crimes de Van Helsing.

Cotford estava disposto a apostar seu último tostão que a "pessoa especial" de que Quincey falara era ninguém menos que o dr. Abraham van Helsing. Quincey Harker era suficientemente impressionável para ser seduzido pelos ensinamentos distorcidos de Van Helsing. Também era jovem, forte e sem dúvida, se dependesse da sede de sangue de sua primeira morte, louco o bastante para quebrar as caixas de carvalho do beco.

Não bastasse, odiava o pai o suficiente para empalá-lo brutalmente como prova final de sua lealdade a Van Helsing. Tudo se encaixava. Cotford tinha certeza de que a Procuradoria Real concordaria.

Ao entrarem na Fleet Street, ele olhou pela janela para a cúpula familiar da catedral de São Pedro, que se projetava em meio à neblina no horizonte, e depois voltou os olhos para Mina Harker. Seu silêncio ainda era determinado, mas não por muito tempo. Ele iria interrogá-la e, em vez de fazê-lo em segredo, teria o respaldo de todo o peso da lei. Seria incansável. O sabujo estava de volta e iria persegui-la até que aquela mulher desmontasse e revelasse o paradeiro de Van Helsing e todos os crimes dele.

Fazia anos que Cotford suspeitava de que Van Helsing recrutara seguidores para suas crenças ocultas a fim de que fizessem seu trabalho sangrento. Era mais que provável que o dr. Seward, esmagado pela culpa, houvesse ameaçado revelar os crimes de Van Helsing. Cotford achava bastante possível ter sido Van Helsing o condutor da carruagem negra que atropelara Seward em Paris, eliminando assim o primeiro de seus antigos cúmplices. Isso deixava Jonathan, Mina e lorde Godalming como as únicas testemunhas vivas. Era lógico que Van Helsing tivesse decidido que todos precisariam ser eliminados um a um. A morte de Jonathan os aproximara novamente.

Cotford supunha que Quincey havia incendiado o Lyceum, talvez em uma tentativa fracassada de matar sua mãe e lorde Godalming. Cotford observou que Quincey "escapara" com Godalming e imaginava que o jovem planejava matá-lo assim que se livrasse de testemunhas. Era imperativo que o sargento Lee encontrasse Godalming antes que ele encontrasse a morte. Todas as avenidas de fuga da cidade haviam sido bloqueadas. No final ele colocaria Quincey sob custódia. Talvez tudo fizesse parte do plano de Van Helsing. Eliminar todos — inclusive seu mais novo cúmplice, para que o desgraçado pudesse escapar mais uma vez da Justiça. Tudo se encaixava. Aquela noite acabaria com os anos de fracasso. Finalmente a balança estava se equilibrando. Só faltava uma coisa para fazer daquela noite um triunfo completo. *Onde está Van Helsing?*

O policial Price segurava firme as rédeas dos cavalos que conduziam a carruagem da polícia pela Fleet Street. A estátua funesta do dragão da Fleet Street se erguia à frente deles. A névoa cercava o pilar no qual ela era cravada, criando a ilusão de que o dragão flutuava no ar com suas asas de morcego esticadas. Price olhou para o policial Marrow, sentado a seu lado, segurando o rifle. Pelo modo como seus olhos observavam cuidadosamente o dragão ao passarem, Marrow parecia estar pensando a mesma coisa.

Dados os acontecimentos atípicos daquela noite, não surpreendia a imaginação desenfreada de ambos. Pela primeira vez em suas carreiras policiais, eles levavam armas de fogo, o que não costumava ser permitido à polícia de Londres. Depois houve o incêndio no grande teatro e aquela pobre mulher brutalmente assassinada. Price ouvira o sargento Lee e o inspetor Cotford sussurrando um nome: o Estripador. Poderia ser verdade? Estaria ele envolvido na investigação dos maiores assassinatos sem solução da Scotland Yard? Era mais do que ele poderia esperar.

Com a névoa se adensando, ficava mais difícil ver a rua. Price apertou os olhos, tentando descobrir onde estava, e de repente teve a sensação opressiva de que o coche vinha sendo seguido. O policial Marrow devia estar sentindo o mesmo, pois também olhou para trás.

A rua estava vazia... Não havia uma única alma à vista. Price piscou. Seus olhos decerto pregavam-lhe uma peça, pois a neblina atrás deles pareceu ficar vermelha. Aquilo devia estar sendo provocado pela nova iluminação pública elétrica.

O coração de Price quase parou quando ouviu um som enervante, como o bater das asas de uma grande ave de rapina, talvez um falcão. Mas era mais alto... E muito maior. E vinha de cima deles.

E estava chegando mais perto...

Capítulo XLV

A arma de Holmwood estava apontada e pronta para disparar.

— Estava esperando por vocês — disse a voz com forte sotaque na escuridão.

Quincey, com a mão no ombro de Holmwood, sentiu os músculos do companheiro relaxando. *Por que ele não atirou?*

As luminárias na parede de repente iluminaram o quarto. Abraham van Helsing estava de pé diante deles, uma das mãos ainda no interruptor, a outra se apoiando na bengala.

— Professor! — disse Holmwood, guardando a arma no bolso. — Meu Deus, eu poderia ter atirado... Graças a Deus que está seguro. Arthur abraçou o velho amigo.

Van Helsing sorriu.

— Você sabe que não resisto a uma entrada dramática.

Quincey estremeceu. O arranhão em seu pescoço causado por Van Helsing apenas duas noites antes tornou a doer. Era como se seu corpo o alertasse para ter cuidado com o velho. Ficou incomodado por Holmwood parecer ter se esquecido de que o professor o atacara.

Holmwood lançou perguntas para Van Helsing, sem esperar resposta antes de fazer a próxima:

— Tudo bem? Como Drácula o encontrou? Como conseguiu escapar?

— Usando minha esperteza e uma tática que ele nunca esperaria. — Van Helsing fez uma pausa e olhou para Quincey, como se hesitando em dar a informação na frente dele.

Holmwood fez um leve gesto com a cabeça: o jovem era de confiança.

A despeito da garantia, Van Helsing deu as costas a Quincey, que se irritou com essa clara demonstração de grosseria, ficando ainda mais irritado por Holmwood não fazer nada a respeito. Ele também percebeu que o professor não havia respondido à pergunta. Como escapara de Drácula?

— É bom que tenha me encontrado — disse Van Helsing com suavidade. — Esperava que madame Mina o houvesse informado sobre meu telegrama.

Quincey estranhou o fato de Van Helsing se mostrar tão tranquilo — muito diferente do velho alucinado que encontrara no beco. Afinal, acabara de sobreviver a um encontro com Drácula. Ele notou uma mesa cheia de armas e pensou na janela com cortinas. Seu olhar se voltou para a fumaça do incêndio do Lyceum que cobria a cidade. *Por que estamos aqui, conversando?* Quanto mais esperassem, mais rápido seriam encontrados pela polícia — ou por Drácula. Tinham de planejar logo o próximo passo.

Holmwood começou a falar sobre Bathory com Van Helsing, enquanto Quincey examinava as armas sobre a mesa. Uma coleção de cruzes junto a uma bolsa de tecido, uma estaca de madeira, uma faca de caça e frascos que ele supunha que contivessem água benta. Contudo, não havia acônito nem alho. A peça central era uma besta, armada e preparada.

Quincey observou Van Helsing, que não demonstrou nenhuma surpresa à menção da nova vampira, como se já soubesse de Bathory. O velho mancou até a lateral da mesa e, com mãos trêmulas, se esforçou para abrir uma garrafa de conhaque. Ele parecia muito frágil, muito diferente do homem que superara Quincey no beco algumas noites antes.

Van Helsing, enfim, se dirigiu a ele:

— Então, jovem Harker, pelo visto você decidiu não seguir meu... *conselho*.

O modo como Van Helsing pronunciou a palavra "conselho" fez Quincey trincar os dentes. Ele retrucou:

— Minha disposição de me curvar à coerção terminou com a morte de meu pai.

— Muito bem — replicou Van Helsing com um sorriso malicioso. E serviu conhaque em dois copos. — De fato, para mim é interessante que esteja aqui.

— Por quê?

Van Helsing não respondeu. Pegou uma das taças com a mão curvada e a deu a Arthur Holmwood, que examinava a faca de caça.

Holmwood bateu com a faca na mesa e pegou o copo.

— Se eu pelo menos tivesse escutado Seward... — tomou um gole como se para apagar a lembrança — ...talvez ele, Jonathan e Basarab ainda estivessem vivos.

— Basarab? — perguntou Van Helsing, curioso.

— O ator romeno — esclareceu Holmwood.

Van Helsing se aprumou com a bengala e ofereceu o outro copo a Quincey. Ao contrário do pai, ele não bebia.

— Não para mim, obrigado.

Van Helsing pousou o copo sem comentários, mas havia algo em sua linguagem corporal que demonstrava que ele estava distante. *O professor me lembra uma criança imprudente.* Quincey achou melhor levar a conversa de volta ao que haviam descoberto sobre Basarab:

— Foi por intermédio da correspondência de Basarab com o dr. Seward que chegamos ao Drácula e à condessa Bathory.

— Basarab... — repetiu Van Helsing lenta e deliberadamente, saboreando cada letra. Voltou a dar as costas a Quincey. — Holmwood, você não aprendeu nada com nossas aventuras juntos?

Holmwood pareceu confuso.

— Do que está falando?

— Diga-me, você já viu esse Basarab pessoalmente.

— Não, professor. Apenas Quincey. Por quê?

— Engenhoso... — disse Van Helsing com um risinho.

Impaciente, Quincey quis agarrar o velho para arrancar as respostas dele. Encarou Van Helsing.

— Professor, se sabe de algo, diga-nos. Não nos mantenha no escuro.

Van Helsing ficou um bom tempo olhando para Quincey. Depois suspirou.

— Cavalheiros, a escuridão é tudo o que há. O caminho dele é o único que restou para nós.

— Caminho de quem? — perguntou Quincey.

Como se estivesse fazendo uma palestra, Van Helsing soltou uma das mãos da bengala e a levou à lapela do paletó, para cativar a plateia. O escuro de seus olhos se lançou diretamente sobre Quincey.

— Drácula é apenas o título que ele escolheu ao se tornar príncipe. Mas o verdadeiro nome de Drácula é... Vladimir Basarab.

Capítulo XLVI

— Você ouviu isso? — perguntou Price do alto da carruagem em alta velocidade enquanto seus olhos vasculhavam o céu.

O policial Marrow, com o rifle, não escutou. Sua atenção estava concentrada na névoa vermelha brilhante que se formava à frente deles.

— Que diabos é aquilo?

— Olhe! — Price apontou para cima quando as nuvens negras baixas no céu começavam a se revolver e convergir.

Marrow engatilhou o rifle.

— Algo está errado. Você já viu neblina vermelha? O medo crescente de Price ficava claro com sua voz trêmula.

— Não acho que seja neblina. Seja lá o que for, também está atrás de nós.

Marrow se virou e viu a massa vermelha enevoada se aproximando deles por trás, ganhando velocidade.

— É como se estivesse nos caçando.

— Acho que pretende nos cortar. É quase... — Price não teve a chance de concluir o raciocínio.

Os cavalos da carruagem da polícia pararam de repente, e Price e Marrow tiveram de segurar firme para não serem arremessados longe.

A carruagem do cirurgião da polícia à frente deles também parou sem aviso. Sua parelha de cavalos começou a relinchar e bater os dentes como se sentisse o perigo.

Marrow se virou.

— A neblina está nos alcançando!

Price sacudiu as rédeas.

— Mexam-se, animais!

Mas os cavalos gemeram e deram pinotes, recusando-se a avançar.

A neblina vermelho-sangue formou uma parede em frente à carruagem do cirurgião. O cocheiro sacudiu as rédeas novamente, até que os cavalos começaram a mexer as pernas e avançar.

Marrow agarrou o braço de Price.

— Acho que precisamos sair desta rua.

Eles viram a carruagem do cirurgião da polícia penetrar na barreira de neblina vermelha. Price se deu conta de que estava prendendo a respiração. Ele devia estar parecendo um idiota. Era apenas neblina.

Ou não era?

Marrow disse novamente, dessa vez com maior ênfase:

— Não estou dizendo?! Precisamos sair daqui!

Price não iria desobedecer ordens.

— Que maldição, controle-se, homem! Devo lembrá-lo, policial Marrow, de que temos nossas instruções.

Com o que pareceu o rugido de uma fera selvagem do inferno, a carruagem do cirurgião da polícia de repente saiu voando com a neblina vermelha, acompanhada pelas cabeças cortadas, os membros partidos e as entranhas soltas dos cavalos. A carruagem propriamente dita então explodiu no ar, com seus pedaços caindo no chão e deslizando sobre as pedras, produzindo faíscas e um guincho terrível na noite.

— Mexa-se! — gritou Marrow, em pânico.

Dessa vez nem Price nem os cavalos esperaram uma segunda ordem: para fugir da parede de neblina vermelha, saíram em desabalada carreira para a rua lateral mais próxima.

Price já não se importava para onde eles iam, desde que fosse para bem longe dali.

⚜

Dentro da carruagem da polícia, Cotford e sua prisioneira foram lançados para o lado em uma curva rápida e depois sacudidos para cima e para baixo com tal violência que Mina bateu a cabeça, abrindo uma ferida da qual escorria sangue.

— Que droga está acontecendo lá em cima?! — praguejou Cotford, voltando a seu lugar e olhando pela janela.

Esfregando o corte na testa, Mina desejou que a carruagem tivesse outra janela; não fazia ideia do que estava acontecendo do lado de fora, mas algo lhe dizia para ficar alerta. Mina tinha certeza de que poderia ter usado sua força recém-descoberta para fugir no momento que quisesse. Mas sua prisão servira para distrair Cotford e, com sorte, dar a Quincey e Arthur mais tempo para fugir. Segurando-se em seu assento, ela pensava se já teriam encontrado Van Helsing.

Seu coração se apertou ao pensar no velho professor. Ela era grata por ter sobrevivido, mas ficara perturbada com seu telegrama. Drácula ainda estaria vivo? Como isso seria possível? Vira, através dos olhos de Bathory, sua morte no castelo. Seria o telegrama algum ardil de Bathory? Certamente, não. Mina se recusava a acreditar que Drácula se aliaria a tipos como aquela mulher má. No entanto, se Drácula de algum modo estava vivo e descobrira o segredo de Mina, quem poderia saber o que ele faria?

A possibilidade de Quincey e Arthur caindo nas mãos de Bathory a encheu de determinação. Tinha de escapar de Cotford. Precisava resgatá-los. A carruagem sacudiu violentamente mais uma vez, e Cotford foi jogado contra uma parede. Mina, atirada em outra, descobriu que podia dar uma espiada pela janela do veículo. No momento em que viu a neblina vermelha, soube por que a carruagem corria daquele jeito. Ficou tonta de tanto medo. *Será que a névoa vermelha era manipulada por Bathory? Ou por Drácula? Ou ambos?!*

— Que porcaria está acontecendo?! — gritou Cotford.

Ele estendeu a mão na direção da porta, mas parou. Seus olhos encontraram os de Mina. De repente, sua mão foi na direção da catana quebrada que enrolara em seu lenço, e ele guardou a espada no bolso do paletó.

Mina quase riu com o gesto absurdo. Naquele instante ela era a última coisa com a qual Cotford deveria se preocupar.

De repente, eles ouvem um grito do lado de fora. Cotford se inclinou na direção da janela, e Mina, olhando por sobre o ombro dele, viu um dos policiais cair do veículo e o rifle ser arrancado de suas mãos. Cotford gritou a plenos pulmões:

— Price, o que você está fazendo?! Ordeno que pare esta droga agora!

Não houve resposta. Cotford pegou a chave e aproximou a mão da fechadura da porta. Mina chegou a sentir pena dele. O inspetor nem imaginava com o que estava lidando. Sem pensar, ela agarrou-lhe a mão.

— Se preza a sua vida, não abra essa porta!

— Como se eu fosse confiar em algo que diz, sra. Harker.

Mina sabia que não havia nada que pudesse dizer para convencê-lo do mal que se escondia nas trevas. Desse modo, soltou-o, dando a Cotford a liberdade de selar seu destino. Mina tinha de tomar suas decisões, e a vida de seu filho corria perigo.

⚜

Marrow ouviu o barulho de asas batendo, mas, antes que pudesse ver de onde vinha o ruído estranho, experimentou uma fisgada na lateral da cabeça, e depois foi arremessado pelo ar. Quando atingiu o chão enlameado, sentiu o ombro esquerdo se deslocar com o impacto. Houve um rangido de osso quebrando, e por um momento ele pensou que as rodas da carruagem haviam passado sobre sua arma arrebentada. De algum modo conseguiu se levantar. *Estava vivo!* O lado esquerdo da cabeça estava frio e úmido, latejando de dor. Ele levou a mão à lateral do rosto e sentiu um grande pedaço de escalpo com cabelos tremulando ao vento. Sangue quente escorria por sua face. Estava tocando seu crânio.

Marrow tropeçou para a frente, nauseado. Estava em Temple Gardens, ao norte do Tâmisa. Viu a carruagem em disparada, com a neblina vermelho-sangue ainda em seu encalço. Sentia dores terríveis, e seu braço esquerdo estava imprestável. Mas, considerando o destino do cirurgião da polícia e seus cavalos, tinha sorte de ter sobrevivido. Temia que Price, Cotford e a prisioneira não tivessem a mesma sorte.

O alívio de Marrow durou pouco, pois, um instante depois, a neblina vermelha foi diretamente em sua direção, e ele de novo ouviu o barulho de asas batendo. Não perdeu tempo tentando descobrir de onde o som vinha. Ainda tinha o revólver que havia recebido. Assim, sacou-o, e estava prestes a fazer pontaria quando sentiu uma rajada de vento no rosto e um puxão forte no braço. Tentou engatilhar a arma, mas sua mão não se moveu. Baixando os olhos, viu caída na grama diante de si uma mão segurando um revólver. Confuso, Marrow ergueu o braço direito e viu um coto ensanguentado onde antes ficava sua mão. Berrou quando seu cérebro, por fim, registrou a dor terrível.

O bater das asas soou outra vez acima. Por um instante, o policial pensou ter visto as garras afiadas de um grande pássaro. Em seguida, foi jogado para trás e ouviu o que parecia ser um balde de água sendo jogado no chão. Desequilibrado e sentindo frio, mirou para baixo. Havia sido rasgado do peito até suas intimidades, e suas entranhas escorriam de seu corpo. Marrow sentiu náuseas e necessidade de vomitar. Mas, ao cair para trás, constatou que já não tinha estômago para isso.

⚜

— Fique aí sentada e não se mexa! — rosnou Cotford para Mina ao destrancar e abrir a porta da carruagem ainda em movimento. Iria sair e descobrir o que era aquele absurdo.

O inspetor deixou o veículo, pisou no estribo e agarrou o teto. O vento batia com tal violência que ele achou que seria arrancado dali. Cotford podia ver Price, no assento do cocheiro, chicoteando os cavalos incansavelmente com as rédeas.

— Price! O que há de errado com você? Pare esta carruagem! É uma ordem!

Se Price o ouviu, não deu sinal disso. Cotford deslizou pelo estribo, os pés agarrando o apoio com tanta força que os nós dos dedos ficaram brancos. Quando a carruagem se inclinou para a direita, ele perdeu apoio, e seus pés ficaram balançando no ar enquanto a carruagem ganhava cada vez mais velocidade. Quando jovem, o cadete Cotford conseguia fazer cem flexões: naquele momento, só precisava fazer uma — aquela que salvaria sua vida. E não estava conseguindo.

Cotford ergueu o pé, colocou-o na lateral da carruagem e empurrou com toda a energia, de alguma forma conseguindo erguer a outra perna até o degrau de baixo e se levantar. Segurando firme o corrimão, enfrentou o vento e subiu para o assento do cocheiro. Daquela posição, Cotford podia ver as nuvens baixas girando enlouquecidamente acima de sua cabeça. Jamais antes vira uma tempestade como aquela.

O policial Price se virou em sua direção. O rosto estava salpicado de sangue, e ele tinha uma expressão alucinada.

— Continua se aproximando. Não conseguimos escapar dela.

Estava claro para Cotford que Price perdera o juízo. Ele esticou as mãos para pegar as rédeas, mas o jovem, aterrorizado, não as soltou. Lutando para arrancá-las, Cotford viu algo que o gelou. Uma neblina vermelho-sangue brilhante saiu de baixo do veículo. Cotford vira uma neblina como aquela uma outra vez na vida, e nunca contara isso a ninguém.

Price soltou um grito terrível, e Cotford se virou para vê-lo ser arrancado do assento, envolto em um cobertor de neblina vermelha. Ficou olhando, incrédulo, Price ser arremessado no ar, desaparecendo nas nuvens de tempestade em espiral.

A lembrança do falatório de Van Helsing sobre o mal pagão ecoou nos ouvidos de Cotford. Decerto algo ímpio estava acontecendo. Mas não havia tempo para pensar no que poderia ser: os cavalos corriam descontrolados, e Cotford tinha de pegar as rédeas.

⚜

O policial Price tentou gritar, mas a neblina vermelha penetrou em sua boca, enchendo-a com o gosto horrendo de podridão. Sentia como se seu corpo estivesse sendo esmagado como uma noz. Não conseguia respirar. O som de asas batendo era tudo o que podia escutar. Ele se agitou, em pânico. Seu voo pelo céu parecia durar uma eternidade, subindo cada vez mais. Achou que seu coração iria explodir de medo, mas continuou a lutar.

De repente, sentiu uma dor aguda no pescoço — e ficou calmo. Sentia-se cansado. Queria dormir. Entendeu o que estava acontecendo, mas não tinha nem força nem vontade de impedir. Seu corpo perdia sangue, e Price se sentiu leve, como uma pena flutuando no ar. Então a névoa o soltou. Seu horror foi breve. As ruas impiedosas de Londres se ergueram para encontrar com ele, e Price sentiu seus ossos estilhaçarem quando atingiu os paralelepípedos...

Em seguida, as trevas.

Capítulo XLVII

Incrédulo, Arthur Holmwood se virou para encarar Quincey Harker. A expressão de choque no rosto do garoto confirmou que ele ouvira as mesmas palavras arrepiantes de Van Helsing.

— Basarab? Não, impossível! — disse Quincey, sacudindo a cabeça, incrédulo.

— Tolos! — disse o professor, debochando deles. — Aceitem a verdade, como Seward aceitou. Como eu. Drácula não é nosso inimigo.

Holmwood recuou, como se as palavras de Van Helsing fossem golpes físicos. *Como Seward aceitou?* Se Jack de fato unira suas forças ao assassino de Lucy, então havia traído todos eles. Eles quase haviam sido mortos lutando para matar Drácula na Transilvânia. Com o que lhe restava de energia, Quincey P. Morris cravara a faca no peito de Drácula. Os sacrifícios deles haviam sido inúteis? *Mentiras. Mentiras! Tinham de ser mentiras!*

— Quincey Morris não morreu em vão! — gritou Holmwood.

— Bathory é o verdadeiro mal — retrucou Van Helsing com veemência. — Após saber de seus terríveis assassinatos, os crimes do Estripador, Drácula veio para a Inglaterra em 1888 com um único objetivo: destruir Bathory. Ele não fugiu de volta para seu castelo por medo de nós. Foi Bathory quem fugiu por medo de Drácula. Nós interferimos na perseguição de Drácula, como Bathory sabia que faríamos. Ela enganou a todos. Os ferimentos que infligimos a Drácula o enfraqueceram e permitiram que Bathory desferisse o que ela achou que seria o golpe final. Quincey Morris morreu combatendo o vilão errado.

— Drácula assassinou minha Lucy. Ele é um demônio, e deve morrer!

— A raiva prejudicou seu julgamento. — Van Helsing deu as costas a Holmwood, como se decepcionado com seu antigo aprendiz.

Holmwood agarrou o professor pelo braço com violência.

— Nunca me aliarei a Drácula! Se Bathory era o Estripador, que seja, mataremos ambos.

— Você é um tolo impulsivo. Nunca deveria ter trazido o garoto aqui — disse Van Helsing, tentando se soltar de Holmwood.

Enojado com as palavras venenosas do velho, Holmwood o soltou com um empurrão. Van Helsing tropeçou e caiu no chão com o rosto para baixo.

— Professor! — exclamou Quincey. E correu para ajudar Van Helsing. Sacudiu o velho. Sem reação. — Professor Van Helsing?!

Ele tomou o pulso do velho e olhou para Arthur, horrorizado.

— Não sinto a pulsação!

— Deus do céu! — disse Holmwood, ajoelhando-se ao lado de Van Helsing para conferir ele mesmo a terrível verdade. Seus dedos não conseguiram sentir o coração batendo.

— Ajude-me a virá-lo — disse Quincey.

Um gemido escapou dos lábios de Van Helsing. Aturdido, Quincey quase perdeu o equilíbrio. Um leve movimento do velho fez Holmwood se levantar e recuar, chocado. Tinha certeza de que não havia pulso. Van Helsing estava morto.

O professor se ergueu com seus braços raquíticos. Os longos cabelos brancos e desgrenhados despencaram para a frente, lançando uma sombra sobre seu rosto.

— Se vocês não querem se juntar a nós... — disse ele com uma voz que gelou o sangue dos dois. O velho, pelo jeito, não era tão frágil quanto eles haviam sido levados a crer.

Van Helsing se virou, os cabelos brancos agora lançados para trás, revelando a terrível verdade. Os olhos do professor eram orbes negras e seus caninos, compridos e afiados. Ele rosnou com maldade:

— ...então são contra nós!

Era tarde demais para fugir. Van Helsing saltou sobre eles.

Capítulo XLVIII

Você não será mais rápido que isso. É uma tentativa tola! — gritou Mina, embaixo.

Cotford sabia que ela estava certa. A neblina vermelho-sangue ficara para trás após Price ser levado, mas voltava a se mover, mordendo as rodas de trás da carruagem em disparada. Os cavalos estavam banhados em suor: eles não conseguiriam manter aquele ritmo frenético por muito tempo. Cotford necessitava de um plano.

Ele puxou as rédeas para mudar de direção, retornando à rua principal na esperança de encontrar uma multidão. *Vamos ver como essa ameaça vermelha reage quando exposta a testemunhas.*

De repente ouviu aquele som estranho de asas batendo. Por um instante viu o que pareciam ser as grandes garras de uma fera gigantesca descendo do alto, e tentou se proteger de uma presa afiada, mas não foi rápido o bastante. Contorceu-se de dor quando algo pontudo perfurou sua carne.

Cotford colocou a mão sobre o ferimento, logo abaixo do ombro. Era profundo, e a dor, horrível. O sangue escorria. Ele conduziu os cavalos o mais rápido que pôde pelo labirinto de vias laterais, tentando, de alguma forma, enganar a neblina carmim.

Finalmente, saindo das ruas laterais, Cotford viu seu refúgio, como uma linha de chegada em um corredor: as grossas letras pretas "Piccadilly RLY" em tijolos na fachada de um prédio. Usando cada grama da energia que restava, deteve os cavalos bem no meio da ilha em Aldwych. As poucas carruagens e os poucos carros ainda por ali pararam de repente quando a carruagem da polícia bloqueou a passagem. Pedestres pararam e olharam. Cotford saltou do assento do cocheiro para o chão. Ao se virar, viu que a neblina vermelho-sangue não os seguira até a rua principal. Ele correu para a lateral da carruagem e estendeu a mão ensanguentada para a porta aberta.

— Saia!

Mina hesitou por um momento, depois pegou a mão de Cotford, que a tirou dali. Ela olhou o ombro rasgado. Na tentativa de tocar o machucado,

Mina percebeu que não poderia estancar o sangue. Com as mãos agora cobertas, ela olhou para Cotford. Não havia nada que pudesse fazer.

— Você precisa de um cirurgião.

Cotford não estava prestando atenção a si mesmo, mas ao céu acima. As nuvens pretas se acumulavam, bloqueando a luz da lua e das estrelas.

— Venha!

Ele agarrou a mão de Mina e correu com ela para a entrada da estação do metrô da Strand. Os dois pararam ao ouvir o som de asas batendo acima deles, escondidas no redemoinho de nuvens negras.

— O metrô é a nossa única esperança! — gritou Cotford acima do rugido crescente do vento enquanto tirava do bolso um punhado de moedas e as colocava na mão de Mina. — Diga a Van Helsing que eu estava errado... Sobre tudo.

— É a mim que aquela coisa quer! — Mina tentou devolver as moedas a Cotford. — Salve-se!

— Minha cegueira colocou-a em terrível perigo, além de sua família e de seus amigos. Eu agora entendo isso. Perdoe-me.

O som de asas ficou mais alto. O monstro estava chegando.

— Vá! Agora! — disse Cotford, empurrando Mina para as escadas.

O inspetor se virou e tirou do bolso do paletó a catana quebrada. Ouviu Mina correr atrás dele, e depois, estranhamente, escutou-a sussurrar em seu ouvido, com uma voz macia e doce:

— Você está perdoado.

Durante muitos anos Cotford fora atormentado pelas mortes daquelas jovens. Enfim entendia por que sua alma ficara tão angustiada. Ele mentira para si mesmo o tempo todo, negando a verdade. O assassino não era humano. Na noite em que caíra ao perseguir o Estripador ele vira a mesma neblina vermelho-sangue. Ela o cercara enquanto ele perdia a direção e tropeçava no meio-fio. O monstro que ia em sua direção naquele momento era seu destino. Se pelo menos conseguisse salvar uma única pessoa naquela noite... Talvez o esforço de toda sua vida não tivesse sido em vão.

Descendo das nuvens, o monstro por fim se revelou. A gárgula rugiu, exibindo afiados dentes ensanguentados e os olhos vermelhos brilhantes. Sua pele era escamosa como a de um lagarto, e chifres curvos se projetavam de suas têmporas. Das costas saíam duas enormes asas coriáceas, e a cauda, comprida, forte, serrilhada e afiada, arrancava pedaços de prédios de pedra e da rua ao se agitar. Suas mãos em forma de garras se abriram quando se aproximaram dele, prontas para agarrá-lo em um abraço malévolo.

Cotford ouviu as pessoas nas ruas gritando de terror, tentando se proteger, deixando-o só. Ele rezou por sua alma imortal e pediu coragem. Era hora de equilibrar a balança.

Envolveu a toalha na catana quebrada para fazer um punho provisório enquanto avançava, erguendo a lâmina e apontando para o coração do monstro que voava acima dele. Foi lento demais. Ela voava tão rápido que o inspetor só conseguiu cravar a arma na perna da gárgula. Ouviu-a uivar de dor ao cair no chão atrás dele.

Cotford estava prestes a se virar para continuar a luta quando viu de soslaio a cauda mortal indo em sua direção.

Seu último pensamento foi o alerta de Van Helsing: "O que você não vê *irá* matá-lo."

⚜

Mina desceu as escadas correndo em direção à plataforma. Os passageiros que esperavam se afastaram com sua aproximação. Ela olhou para as mãos, que estavam cobertas com o sangue de Cotford. Seu vestido estava sujo do sangue da Mulher de Branco. Quando o apito soou, Mina pulou para o último vagão do trem que acabava de chegar. Estava prestes a entrar quando ouviu um som estranho, como o de uma criança quicando uma bola.

Mina se virou e deparou com a cabeça decepada de Cotford rolando pelas escadas. Bateu na plataforma com um som nauseante de esmagamento e continuou a rolar. Ela esperava ver no semblante do inspetor uma última expressão de terror abjeto. Em vez disso, o rosto do velho inspetor estava congelado em uma calma serena. Parecia mais em paz na morte do que em vida.

Um rugido hediondo fez Mina tremer, e ela ouviu o som de tijolos sendo quebrados. A sombra de uma fera com asas desceu as escadas.

O segundo apito soou. Mina estava cansada de correr. Queria que a batalha começasse, mas sabia que, quanto mais prolongasse a perseguição, mais tempo conseguiria para Quincey, Arthur e Van Helsing.

As portas de metal do último vagão se fecharam em frente a ela. Mina se esticou, abriu as portas com toda a força e entrou quando o trem começava a se mover.

⚜

O dr. Max Windshoeffel e sua esposa preferiram não entrar no trem após terem visto a mulher coberta de sangue e a cabeça cortada que rolara para a plataforma. Iriam esperar o último trem que os levasse de Strand a Finsbury Park. Max afastou a esposa daquela visão sangrenta, perguntando-se se deveria avisar a polícia. Como médico, era sua obrigação cívica. Seus pensamentos foram interrompidos pelo som horrendo de tijolos sendo partidos, seguido por um guincho de estourar os tímpanos.

Uma criatura com asas parecida com um dragão apareceu de repente, voando desde a escadaria. Ele e a esposa estavam assustados demais para gritar. A cauda do demônio, balançando atrás dele, rasgou os azulejos verdes e brancos da parede da estação como se fossem papel de seda. O demônio então mergulhou no túnel como se perseguisse o trem.

Max Windshoeffel tomou uma decisão. Não iria contar a ninguém o que vira.

⚜

— Saiam! — sibilou Mina para os poucos passageiros do vagão.

Ela esmagou o assento a sua frente e arrancou um pedaço de madeira pontudo. A combinação desse ato com sua aparência coberta de sangue e com o som horripilante que ecoava pelo túnel fez com que os demais passassem rapidamente para o vagão seguinte.

Mina voltou os olhos para a porta dos fundos e viu a gárgula em perseguição. Ela de repente teve uma sensação que tivera em sonhos ao longo de vinte e cinco anos. Mina podia sentir a presença de Drácula se aproximando. *É ele. Ele veio por minha causa.*

No túnel, as asas da gárgula bateram em um trecho da parede cilíndrica, deixando para trás tijolos esmagados e uma grande nuvem de poeira. A mão de Mina agarrou a estaca de madeira.

— É isso. Pode vir. O tempo não está mais do seu lado.

Houve uma forte rajada de vento quando uma das garras em punho estraçalhou a porta de trás do vagão. A pesada porta de metal caiu no piso do trem. Mina esperou ver a gárgula hedionda na passagem olhando para ela, mas para sua surpresa viu apenas a névoa vermelha brilhante cascateando para dentro do vagão. A névoa se acumulou no piso, e em meio ao redemoinho cor de sangue uma forma humana começou a surgir.

Mina começou a pensar em Drácula. Que Deus a ajudasse. E se fosse ele? A ideia de ver seu rosto depois de tantos anos a excitava, a despeito do mal que ele poderia ter praticado naquela noite. Não conseguia evitar.

Uma figura alta vestida de preto saiu da neblina, que se dissipava. A ansiedade de Mina a deixou sem fôlego.

— Príncipe Drácula... — sussurrou.

— Lamento desapontá-la — debochou Bathory.

O amor que crescia dentro de Mina imediatamente se transformou em ódio. Enquanto a condessa marchava em sua direção, ela percebeu que Cotford havia cravado a catana de Jonathan em sua perna, mas a lâmina não parecia afetá-la.

— Você não irá me violar outra vez, condessa — disse Mina, empunhando a estaca. — Agora estou preparada para você.

Bathory gargalhou.

— O sangue de Drácula pode lhe dar um pouco de força, mas não ache que é páreo para mim. Eu sou a rainha da minha espécie.

— Você é uma assassina sádica e perversa — sibilou Mina. — Por Deus, eu verei este mundo livre do seu mal, ou morrerei tentando.

— Ah, você morrerá, docinho. E morrerá sabendo que seu filho e todos os seus amigos morrerão esta noite. Eu lhe prometo, essas mortes serão brutais e impiedosas... Assim como a sua.

A referência a Quincey a enfureceu. Mina nunca deixaria aquele monstro machucá-lo. Usaria a estaca de madeira para arrancar o deboche do rosto desprezível de Bathory. Dando um grito de guerra como o que ela ouvira Quincey P. Morris dar tantos anos antes, Mina correu para o combate.

Bathory rosnou de prazer quando Mina levantou o braço e apontou a estaca de madeira para o seu coração; depois, a condessa simplesmente esticou a mão e apanhou a estaca no ar. Ela puxou com sua força incrível, e Mina foi jogada de joelhos, caindo junto aos pés do monstro. Agarrando Mina pelos cabelos, o demônio empurrou sua cabeça para trás, esticando seu pescoço alvo. Em seguida, Bathory puxou uma lâmina que Mina logo reconheceu: aquele bisturi curvo de amputação era a arma preferida de Jack, o Estripador. Seus olhos se arregalaram de terror enquanto lutava para se soltar do forte aperto de Bathory, mas quanto mais Mina lutava, mais Bathory se animava. Consumida por uma paixão diabólica, a condessa ergueu a lâmina para cortar o pescoço de Mina, saboreando cada segundo da violência que se seguia.

A despeito de sua força recém-descoberta, Mina não era páreo para Bathory. Quase quatrocentos anos servindo-se de sangue humano haviam tornado a condessa quase invencível. Mina não conseguiria proteger Quincey. Só restava-lhe rezar.

Com a lâmina preparada para o golpe, Bathory se curvou para lamber a orelha de Mina, sussurrando com doçura:

— Hora de conhecer o Estripador.

Capítulo XLIX

Van Helsing se lançou para a frente, jogando Quincey e Arthur Holmwood na parede. Estava perto deles a ponto de poder ver o próprio reflexo em seus olhos, e contente por não ser verdade o velho mito de que vampiros não têm reflexos. Também se deu conta do motivo de eles estarem paralisados de terror: sua aparência selvagem, seus olhos negros como breu e seus caninos afiados eram um contraste gritante com o velho fraco que haviam conhecido.

Quando bebeu o sangue de Drácula ele não tinha ideia de quanto se fortaleceria. Não era mais trêmulo e frágil; Van Helsing tinha a força de um guerreiro poderoso. Sentia-se novamente jovem. Estava íntegro. Ele ressuscitara.

Quincey se recuperou mais rápido que Holmwood, mas Van Helsing não lhe deu tempo para contra-atacar: apanhou-o e o lançou pelo ar como se fosse um travesseiro de plumas. Quincey bateu no armário de carvalho, quebrando o espelho.

Van Helsing riu ao ver a expressão de choque no rosto de Holmwood.

— Fui eu que contei a Bram Stoker nossa história. Minha primeira modesta tentativa de imortalidade...

— Foi *você* quem traiu nosso juramento?!

Van Helsing balançou a cabeça, desalentado. Arthur Holmwood só conseguia ver as coisas no preto ou no branco. Era como um cão adestrado. Agarrando Holmwood pela lapela, com toda a tranquilidade lançou-o pelo quarto sobre uma *chaise longue* de veludo.

Ele conseguiu toda a atenção de Holmwood.

— Você tem olhos, mas não vê. Pedir a Bram Stoker para escrever minha biografia não foi uma traição — disse Van Helsing. — Por intermédio dele, eu pretendia transmitir toda a sabedoria que acumulei. Minha biografia seria um alerta para as futuras gerações, um manual sobre como combater as criaturas sobrenaturais que enfrentei em minha vida inteira. Em vez disso, Stoker rabiscou um deboche fantasioso da verdade.

Van Helsing sentiu o movimento de Quincey a seu lado, virou-se e viu o garoto olhando para a mesa cheia de armas do outro lado do quarto. No mesmo instante teve a leve sensação de uma cadeira sendo esmagada em suas costas. Ele mal teria percebido, não fossem os pedaços de madeira caindo ao redor com estrépito.

Van Helsing voltou sua atenção para o surpreso Arthur Holmwood, que ainda segurava os pedaços quebrados de duas pernas da cadeira. Ele sentiu Quincey se mover pelo quarto na direção das armas. *Dois coelhos com uma cajadada só*. Van Helsing agarrou Arthur Holmwood e o arremessou sobre Quincey, tirando o fôlego, e com sorte a disposição, dos dois. Começava a gostar daquilo. Esperava que depois daquela dolorosa demonstração Arthur escutasse a voz da razão. Ao invés disso, Holmwood, o velho tolo, enfiou a mão no bolso e ao tirá-la brandiu uma cruz de ouro.

— Todos os dias dos últimos vinte e cinco anos eu lamentei não ter me juntado a Lucy na imortalidade. — Arthur avançou na direção de Van Helsing com a cruz erguida. — Você me impediu. Você me obrigou a destruí-la. Você me fez cravar uma estaca em seu coração para pôr fim a sua "existência malévola", como você mesmo disse!

— Lucy, Lucy, sempre Lucy... — disse Van Helsing.

Ele esticou o braço e segurou a cruz na mão de Holmwood. *Hora de ensinar uma lição a esse idiota*. Ele não era de modo algum afugentado pela cruz. Ao ingressar nas fileiras dos mortos-vivos não necessariamente se aliava ao Diabo.

Arthur ficou paralisado pela confusão.

— Por quê?

— Por que a cruz não tem efeito sobre mim? Pela mesma razão que ela não tem efeito sobre o príncipe Drácula. Só uma criatura que teme Deus temeria seus símbolos. Sua Lucy o temia — rosnou Van Helsing, arrancando a cruz da mão de Holmwood e jogando-a do outro lado do quarto. — Se Drácula chegasse a você no momento de sua morte, Arthur, qual escolha faria?

Sem responder, Arthur saltou na direção da mesa das armas.

Idiota! Van Helsing bloqueou-lhe a passagem.

— Não precisa ser assim. Você pode vir comigo. — Virou-se para mirar o perturbado Quincey Harker. — Ambos podem.

— Nunca! — gritou Quincey, investindo contra Van Helsing.

Holmwood tentou agarrar a faca de caça na mesa, mas o professor o derrubou no chão, pegou Quincey e o torceu como um trapo.

— Enfrentar a morte no calor da batalha é muito diferente de esperar que ela pise em você na velhice — disse Van Helsing. Ele empurrou a cabeça de Quincey para trás, expondo seu pescoço. — Eu tentei alertá-lo, garoto.

Van Helsing não queria machucar um jovem que ele mesmo um dia embalara nos joelhos. Arthur Holmwood estava cego demais depois de um quarto de século de raiva para raciocinar. Mas esperara convencer Quincey a se juntar a ele. Prometera ao príncipe Drácula não machucar o rapaz, mas enfraquecê-lo para que pudesse ser levado com facilidade de volta para sua mãe. Ele lambeu os caninos antecipando o gosto do sangue que iria tomar por conta própria.

— Hipócrita! — berrou Arthur Holmwood.

Van Helsing ouviu uma explosão e sentiu uma dor aguda nas costas.

Holmwood disparou uma segunda bala no ombro de Van Helsing, pegando de raspão no braço de Quincey. O rapaz gritou de dor, e Van Helsing o deixou cair no chão no momento em que uma terceira bala atravessava seu corpo.

— Você era nosso amigo! — disse Holmwood.

— Ainda posso ser — retrucou Van Helsing. — Assim como Drácula. Não é tarde demais.

— Não vou trair minha fé.

Fé? O que Arthur Holmwood realmente sabia sobre fé? Apenas quando Van Helsing abriu os olhos para o mal que caminhava sobre a Terra ele encontrou a fé. Bem, se Arthur era tão devoto, decerto sabia que Deus era o criador dos vampiros. E Deus dera aos mortos-vivos a mesma liberdade de escolha que dera ao homem: preferir o caminho do bem ou o caminho do mal.

Ele se moveu com inacreditável velocidade para desarmar Holmwood. Talvez sem uma arma na mão Arthur escutasse. No entanto, Arthur não estava disposto a largar o revólver, e numa rápida disputa dois tiros foram disparados.

O corpo de Arthur Holmwood estremeceu. Uma expressão de estupefação surgiu em seus olhos azul-claros. Os dois homens baixaram a cabeça e viram um rio de sangue escorrendo de seu peito.

Com grande tristeza, Van Helsing murmurou:

— Apenas agora, no final, você compreende o medo da morte.

— Arthur! — gritou Quincey.

Inicialmente parecia que Arthur estava anuindo, mas então seus olhos se reviraram e aquele que fora um grande homem caiu no chão.

— Não! — gritou Quincey, desesperado.

Ele atacou o professor, porém Van Helsing simplesmente o agarrou pelo pescoço e o atirou contra a escrivaninha. Mais uma vez empurrou a cabeça de Quincey para trás, expondo a jugular, e sua boca se abriu de forma antinatural enquanto ele encolhia os lábios para exibir os caninos. Em seguida, curvou-se sobre Quincey.

Capítulo L

Francis Aytown não era um homem de sorte. Nunca estava no lugar certo na hora certa. Como fotógrafo, ele trabalhara com o famoso John J. Thomson, que documentara a vida nas ruas de Londres em instantâneos gloriosos. Thomson partira para fazer o mesmo na China, mas Aytown não queria viajar para tão longe. Thomson foi sozinho e se tornou o fotógrafo do imperador chinês e depois da família real britânica. Se pelo menos Aytown houvesse aproveitado a oportunidade, sua vida poderia ter sido muito diferente.

Aquela noite havia sido uma lembrança de sua tolice. Ele ganhava a vida fazendo retratos de turistas por um xelim cada, em especial daqueles que saíam dos teatros do West End. Estava trabalhando em frente aos teatros Globe e Olympic, e não soubera do incêndio do Lyceum até o prédio ter sido reduzido a um entulho fumegante. Uma fotografia das chamas poderia ter rendido uma boa quantia do *Daily Telegraph* ou do *Times*.

Francis acabara de se instalar na esquina de Wych com a Newcastle para fotografar frequentadores saindo dos teatros próximos quando ouviu gritos. Agarrou sua câmera e correu na direção do tumulto.

Tinha havido uma violência em frente à estação do metrô da Strand. Veículos da polícia tinham isolado a entrada da estação dos trens subterrâneos. Aytown abordara um policial:

— O que aconteceu, oficial?

— Houve um assassinato. Um animal selvagem fugiu do zoológico. Um homem foi morto.

Aytown ponderou sobre aquilo. O zoológico de Londres ficava bem ao norte, no Regent's Park. Como um animal fugido poderia ter viajado tanto sem ser detido pela polícia? Algo estava errado.

Suas conjecturas foram interrompidas por uma sombra atravessando a rua. Aytown olhou ao redor. Nuvens carregadas escondiam a lua, e a sombra sinistra começara a se mover, parecendo desaparecer na entrada da estação do metrô.

Definitivamente havia algo errado.

Capítulo LI

A pressão de Bathory no pescoço de Mina parecia o cepo de madeira de uma guilhotina. O bisturi de amputação era a lâmina da guilhotina cortando o ar.

Mina ergueu as mãos para impedir o golpe mortal. Seus dedos agarraram o antebraço de Bathory como um grilhão, detendo a lâmina a dois centímetros de sua pele. Os lábios vermelho-sangue de Bathory se abriram em um sorriso, e ela deu um risinho gutural, ao empurrar o braço contra Mina, aproximando ainda mais a arma. Ela parecia estar dando exatamente o que a sádica queria: uma luta. Quanto mais Mina resistia, mais excitada Bathory ficava. Com suas forças chegando ao fim, Mina decidiu, em um último desafio, negar esse prazer a Bathory: ela fechou os olhos e abriu os dedos.

Houve um som de trovão. Mina abriu os olhos e viu o bisturi pendurado ao lado do corpo da condessa. Lascas de madeira e centelhas elétricas caíram sobre elas. Houve um barulho dentro do vagão quando algo pesado pousou no piso de madeira. A condessa, aturdida, olhava para cima. Mina seguiu seu olhar e viu que o teto do trem estava rompido. Ao baixar os olhos, encontrou uma figura escura, de quatro, no meio do vagão. A figura estava com a cabeça abaixada. Tinha uma densa cabeleira negra. Mesmo curvada para a frente era óbvio que tinha mais de um metro e oitenta. Suas mãos eram elegantes, com dedos longos como o de um pianista clássico.

Mina sentiu o coração se apertar. Conhecia aquelas mãos. Ela as vira matar, as vira cobertas de sangue. Também sentira suas carícias amorosas.

A figura se levantou lentamente, atingindo toda sua estatura, e uma ansiedade tomou conta do corpo de Mina. Não estava mais sozinha. Ele voltara para ela no momento em que mais precisava. Mas, depois de tudo o que fizera para feri-lo, será que a salvaria? Será que ainda a amava?

O homem ergueu a cabeça, os cachos negros se afastaram do rosto. Seus olhos lupinos se apertaram na direção de Bathory, e sua expressão feroz era idêntica à que Mina guardara em sua mente. Ele era ao mesmo tempo belo e terrível, gentil e impiedoso. Era amor e ódio. Mina, enfim, pronunciou o nome que ocupou sua mente durante um quarto de século:

— Drácula...

Bathory apertou mais a garganta de Mina ao ouvi-la dizer aquele nome. Concentrou seu ódio no intruso, sibilando:

— Sua capacidade de enganar a morte é perturbadora.

A despeito da dor, Mina sentiu alegria. Drácula a fitava com o mesmo desejo que ela sentia. Sua expressão confirmou o que ansiava por acreditar. Drácula de fato era um assassino, mas não era cruel. Aquele que ela amava nunca se associaria a um monstro sádico como Bathory.

Os olhos negros de Drácula se voltaram para a condessa, o rosto distorcido em pura fúria. Bathory enfrentaria toda a dor que merecia, e sua morte seria terrível. A voz dele era um grunhido profundo através dos dentes trincados:

— Aproxime-se, condessa. Aproxime-se para morrer.

Bathory ergueu o braço, e Mina foi lançada ao ar. Sentiu uma forte dor na cabeça quando atingiu a parede metálica do vagão. Mergulhando na inconsciência, Mina só conseguiu pensar: *Ele voltou*.

⚜

Bathory olhou para o homem de pé diante dela. Como aquele príncipe infernal ainda podia estar vivo? Ela o matara *duas vezes*. Sua raiva cresceu. Seu desejo de vingança nunca seria saciado. Não queria nada mais do que destruir Drácula, o cruzado de Deus, de uma vez por todas e lançar a maldição sobre ele, sobre todos os hipócritas que seguiam Deus, até mesmo sobre o próprio Deus.

Bathory saltou, voando, o bisturi preparado, apontando para os olhos de Drácula, esperando cegá-lo.

Antes que a lâmina chegasse ao alvo, contudo, o príncipe das trevas saltou para chegar a ela. Os combatentes se chocaram em pleno ar. Eles se engalfinharam no teto do vagão em movimento, desafiando todas as leis da física.

Drácula lançou o joelho contra a barriga de Bathory, que caiu do teto batendo na janela. O vidro estilhaçou. Drácula se preparou para empurrá-la para fora do túnel, mas Bathory voou de volta, esticando-se enquanto disparava pelo trem, transformada em um aríete, atingindo Drácula no tronco. Para sua grande surpresa, ele gritou de dor ao ser jogado sobre um banco comprido, partindo a madeira ao cair. Sem perder tempo, Bathory saltou sobre ele e enfiou o bisturi em seu abdome, cortando-lhe a pele como se fosse manteiga. O precioso sangue de Drácula escorreu e o cheiro da morte tomou conta dela. A condessa cravou o bisturi repetidamente na carne de Drácula, que gritava com uma dor insuportável. A confiança de Bathory aumentou. Ele ficara fraco!

Bathory sempre se considerara a rainha de sua espécie. Mas também passaria a ser rei. O defensor de Deus estava pronto para morrer. Com Drácula fora do caminho, a estrada estaria aberta para seu grande plano. Ela seria benevolente com todos aqueles com os quais Deus não demonstrara misericórdia. Os infelizes pobres, os pervertidos sexuais, os mentalmente desequilibrados, os doentes e os furiosos, os resignados da Terra, os herdeiros do mundo. Alçaria os mais inferiores a novos patamares e realizaria seus sonhos sofridos. Eles se tornariam seus servos leais. Aqueles que professavam lealdade a Deus e seus ensinamentos seriam quebrados na roda da própria Inquisição. Elizabeth se alimentaria dos ricos e poderosos como eles se alimentavam dos fracos. Exércitos seriam esmagados sob seus pés. Ela derrubaria as igrejas com as mãos nuas e enfiaria seu sangue pela garganta do papa. Estava determinada a refazer o mundo à sua imagem, e a morte de Drácula seria o primeiro golpe para marcar seu advento.

Bathory agarrou Drácula pelo pescoço. Ele não ofereceu resistência: perdera sangue demais, e estava fraco. Ela enfiou os caninos com força em seu pescoço. Sugaria todo o seu sangue; tudo o que ele sabia, tudo o que ele era, todo o seu poder, toda a sua força. Quando ela ainda era humana, Drácula a sugara e a deixara sangrando, mas não bebera a última gota. Ele não podia matá-la pessoalmente: eles eram parentes; Drácula a amava. Bathory não era afetada por esses conflitos. Planejava beber até o último suspiro passar pelos lábios dele.

⚜

Quando recuperou a consciência, Mina tinha a visão embaçada. Em meio à dor de cabeça e a névoa em seus olhos, viu duas figuras escuras se engalfinhando na extremidade oposta do vagão. Uma claramente era mais forte que a outra. Mina nunca se deliciara com assassinato, mas daquela vez a vitória era doce. Queria gritar: "Morra, bruxa, morra!" Queria que Drácula fizesse Bathory em pedaços. Isso não apagaria a lembrança do que Bathory fizera a ela, mas sua morte tornaria a lembrança bem menos dolorosa.

Mina se sentou, concentrada na luta diante de si, e descobriu que se equivocara. Os dentes de Bathory estavam cravados no pescoço de Drácula, que lutava para escapar da mordida. Ele sangrava na barriga. *Como seria possível?* Pela primeira vez Mina entendeu por que Drácula permanecera escondido: Bathory era mais poderosa do que ele. Se Drácula não podia destruir Bathory, que chance tinham ela, Arthur e Quincey, mesmo se encontrassem Van Helsing vivo?

Mina olhou ao redor, procurando uma arma. Avistou um comprido fio elétrico grosso pendurado no ponto em que Drácula atravessara o teto. Ela deu um puxão, e o fio se soltou. O que poderia fazer com um fio? Amarrar Bathory seria inútil. Mina viu a porta esmagada caída no piso do vagão. Amarrou uma ponta do fio nela e se virou para os inimigos em luta.

Com o que parecia ser o restante de suas forças, Drácula agarrou o rosto de Bathory e enfiou o polegar fundo em sua órbita. Um fluido viscoso e colorido escorreu do buraco onde antes havia um olho. Ela arrancou os caninos do pescoço de Drácula e uivou de sofrimento. Continuando a agarrar seu crânio, Drácula virou a cabeça de Bathory para trás e girou, rosnando como um animal selvagem, enquanto tentava quebrar seu pescoço.

Bathory arrancou a mão de Drácula de seu rosto. O buraco negro onde antes ficava seu olho espirrava sangue. Ela bateu o corpo dele contra o piso, erguendo a cabeça enquanto uivava de dor. Mina aproveitou esse momento de fraqueza para enrolar a outra ponta do cabo no pescoço de Bathory.

A condessa se virou para encará-la.

— Sua piranha!

Mina respondeu chutando a porta quebrada para o buraco no final do vagão, o que produziu um barulho alto no túnel escuro. À medida que o trem seguia, o contato da porta com os trilhos elétricos provocava fagulhas, até finalmente cravar como uma âncora.

Mina se deliciou com a expressão do único olho de Bathory quando a piranha se deu conta do que Mina havia feito. Elizabeth tentou correr na direção dela, mas o fio enrolado em seu pescoço de repente se esticou, e a condessa foi arremessada para o buraco do trem e finalmente para os trilhos.

Mina correu naquela direção e olhou, preparada para ver Bathory se levantar mais uma vez e correr atrás deles. Em vez disso, viu a condessa deslizar pelos trilhos até a lâmina metálica da catana, ainda cravada onde Cotford a enfiara, tocar no trilho elétrico, provocando uma explosão de faíscas.

Bathory se contorceu nos trilhos, com a eletricidade passando por ela. Seu corpo todo emitiu um azul cada vez mais brilhante, até de repente explodir em chamas. A condessa deu um grito de dor sobrenatural, sacudindo-se inutilmente, pois o fogo a consumia por completo.

Será que Mina havia feito o impossível: matar a rainha-vampira?

⚜

Francis Aytown só tinha uma última chapa fotográfica. Colocou a câmera em um tripé de madeira na esperança de surgir uma oportunidade de foto jornalística. Ele percebera que o lençol que cobria o corpo da vítima estava sujo de sangue numa das pontas. Ocorreu-lhe que a vítima poderia ter sido decapitada. Nesse caso, talvez sua sorte tivesse enfim mudado.

Aytown se colocou o mais perto possível da entrada da estação do metrô da Strand. Uma imagem do cadáver sem cabeça valeria uma boa quantia. Infelizmente, o corpo já havia sido retirado. Francis ouviu os policiais mencionarem que ninguém conseguia localizar o legista da polícia.

Um som gutural baixo surgiu a distância. À medida que se aproximava, ficava mais alto, até todos perto da estação se protegerem cobrindo os ouvidos com as mãos.

Uma explosão de chamas vermelho-alaranjadas saiu da entrada da estação do metrô. Aytown não conseguia acreditar em seus olhos. Ignorando o barulho ensurdecedor, pegou a câmera e abriu o obturador. Não teve tempo de enquadrar, e esperava ter sido rápido o bastante para capturar todo o horror do que testemunhara por sua lente. Caso tivesse, sua sorte realmente teria mudado. A foto valeria uma pequena fortuna. Aquilo não era nenhum animal fugido de nenhum zoológico. Era um dragão que cuspia fogo!

Capítulo LII

Professor, em nome de Deus, por favor! — implorou Quincey.

Van Helsing olhou para ele com grande tristeza.

— Em nome de Deus, eu imploro uma última vez que se junte a nós.

— Não posso — retrucou Quincey com voz trêmula. — Drácula é o monstro que desonrou minha mãe e matou meu pai.

O professor balançou a cabeça, desesperado.

— Você não me deixa escolha. — Com um movimento rápido, ele mordeu fundo o pescoço de Quincey.

Para sua surpresa, Van Helsing de repente se viu voando pelo quarto, caindo sobre a mesa de armas, que ficaram todas espalhadas. Quincey olhou para suas mãos, assustado com sua força recém-descoberta.

— Que Deus me proteja!

Van Helsing se sentou e ergueu os olhos, chocado, tentando entender o que acontecera. Aquele garoto realmente tinha força para atirá-lo para o outro lado do quarto? O professor aos poucos começou a entender o desejo de Drácula de manter Quincey Harker vivo. O príncipe das trevas decerto pensara que ele poderia ser um grande patrimônio na batalha contra Bathory. Mas se Quincey Harker já era tão poderoso e tão cheio de equivocado ódio, poderia se tornar um risco. Era hora de tomar uma decisão. Quincey tinha de morrer. Van Helsing esperava que Drácula compreendesse.

Pegou a faca de caça no chão e foi na direção do jovem na velocidade da luz, agarrando-o pelo pescoço e apertando-o contra a parede. Ergueu o punho para cravar a faca no coração de Quincey. Que Drácula e Deus o perdoassem.

Van Helsing ouviu um silvo. De repente soltou a faca no chão. O peso de Quincey se tornou insuportável. Ele não conseguia mais segurá-lo. *O que estava acontecendo?* O professor sentiu o conhecido aperto da Ceifadora.

— Não! *Nog niet* — disse, engasgando. — Ainda não.

Ele baixou os olhos. A ponta de uma flecha de madeira saía de seu peito. Van Helsing se virou e viu Arthur Holmwood ensanguentado apoiado na parede mais distante, segurando a besta. O sangue escorria dos ferimentos e da boca.

Van Helsing fora atingido no coração: a tristeza tomou conta dele. Voltou-se para Holmwood com lágrimas ardendo em seus olhos.

— Tenho tanto a fazer, a aprender, a ver... Não posso morrer. Não agora.

— Maldito seja, professor! — gritou Holmwood. — Maldito seja no inferno!

Dando um grito de guerra, ele soltou a besta e investiu contra Van Helsing.

— Arthur, espere! — gritou Quincey.

Tarde demais. Arthur já se lançara contra Van Helsing, e o impulso jogou os dois para fora da janela. Enquanto eles despencavam os cinco andares na direção do chão implacável, Van Helsing se deu conta de que, sem outros aliados, Drácula era fraco demais para combater Bathory sozinho. Sem rivais, a condessa iria coordenar o fim da humanidade.

Querido Deus, por que nos abandonou?

Capítulo LIII

Quando o metrô estava chegando à estação de Finsbury Park, Mina correu até Drácula, vulnerável e inconsciente, apoiado em um dos bancos compridos do vagão. Ela sabia que, embora tivesse perdido muito sangue, continuava vivo. Os ferimentos no pescoço e no abdome teriam matado qualquer mortal, mas nele já estavam se curando.

Como se recebendo uma deixa, os olhos de Drácula se abriram. Aqueles olhos negros, cheios de sentimento; como poderiam ser verdadeiramente sem alma?

Mina se ajoelhou ao lado de seu príncipe das trevas e ele estendeu a mão. Foi como naquele momento no portão do castelo na Transilvânia, quando Drácula queimava ao sol, a faca *kukri* cravada em seu coração. Ele estendera a mão para ela, e Mina o trocara por uma escolha mais terrena: Jonathan. E Jonathan estava morto. O pensamento a fez desviar o olhar.

— Você matou Jonathan.

Drácula demonstrou grande sofrimento, como se as palavras de Mina o ferissem mais que qualquer golpe de Bathory.

— Se realmente acredita nisso é porque nunca me conheceu de verdade.

Mina se lembrou de ouvir a voz de Drácula quando lutava contra a Mulher de Branco. Ele a salvara. Nunca deveria ter pensado que ele seria capaz de feri-la. Não importava quão terríveis tivessem sido seus atos, Drácula jamais mentira para ela. Drácula não mataria Jonathan. Ele a amava demais para isso.

Mina tomou as mãos dele. O frio de sua pele causou-lhe arrepios, como uma colegial tocada por seu primeiro amor. Recordou o modo como Drácula a tocara naquela noite, tanto tempo atrás, e ansiou por aquela paixão novamente. Jonathan fora o amor de sua vida, mas Drácula era a sua paixão.

Um uivo alto, inesperado, perturbou Mina. Eram apenas os freios reduzindo a velocidade do trem subterrâneo. Ela ergueu a cabeça e viu os passageiros do vagão seguinte boquiabertos. Eles logo estariam cercados de curiosos.

Era hora de fugir.

Antes mesmo de o trem parar totalmente, Mina e Drácula passaram pelas portas e dispararam pela plataforma. Ele conseguia andar rapidamente, mas não tinha equilíbrio. Mina passou o braço dele sobre seus ombros e o enlaçou pela cintura para apoiar. Estava assustada: o Drácula que conhecera era muito poderoso, e este era apenas uma sombra do antigo. Ao mesmo tempo, Mina se sentia mais próxima dele do que nunca. Pela primeira vez ficava claro que ele também precisava dela.

Após subirem as escadas com esforço, eles saíram da estação. Mina mirou o céu, sentindo o pensamento dele em sua mente.

— Sei para onde você quer ir. Não conseguiremos chegar lá antes de o sol nascer.

Drácula concordou. Ela viu uma carroça com um cavalo do outro lado da rua. Não havia cocheiro à vista, mas um cobertor de lã grossa estava na traseira. Mina o pegou, e ia colocar Drácula no banco quando foram ofuscados pelas luzes brilhantes de um automóvel sem teto.

Ela mais uma vez escutou os pensamentos de Drácula em sua mente. *Um automóvel será mais rápido.*

Mina apoiou Drácula na carroça. Deu o cobertor a ele e correu para a frente do carro, que parou cantando pneus.

— Senhora! — gritou o motorista. — Olhe por onde anda. Quase passei por...

Antes que o homem pudesse acabar de falar, Mina o arrancou de seu assento e o jogou longe. O motorista, atônito, fugiu correndo e gritando por ajuda. Mina se virou para Drácula. Ele sorria.

Mina fechou o teto do conversível e o travou, enquanto Drácula se jogava no banco do passageiro.

As pessoas na rua olhavam para eles; alguns começaram a avançar para ajudar o motorista. Era hora de partir.

Mina saltou para o banco do motorista, soltou o freio de mão, engrenou e disparou pela Seven Sisters Road, que os levaria rumo noroeste para fora de Londres.

Ao observar Drácula, ela teve absoluta certeza de que havia feito a escolha certa ao ajudá-lo. Bathory tinha de morrer, e Drácula, mesmo enfraquecido, ainda era a melhor arma. Pensou em Quincey. O destino escolhido por Drácula era taticamente brilhante. Ali eles estariam em vantagem, em terreno conhecido. Mina tinha de levar seu filho para lá; para o único lugar onde estaria seguro. O único em que todos se sentiriam seguros, mesmo que naquele momento a segurança não passasse de ilusão.

Capítulo LIV

Quincey se inclinou para fora da janela do último andar do Midland Grand. Os corpos destroçados de Arthur Holmwood e do professor Van Helsing estavam caídos em posições grotescas na rua. A parte de trás do crânio de Van Helsing explodira como uma melancia com o impacto no pavimento. Um sangue escuro se acumulava sob a cabeça do velho e escorria para o meio-fio, enchendo os espaços entre os paralelepípedos. Apesar do sangue, o rosto de Van Helsing tinha uma expressão de total serenidade. O velho parecia novamente sábio e erudito, como se finalmente houvesse encontrado a paz. O cadáver de Arthur Holmwood abraçava o corpo de Van Helsing. Sua cabeça estava sobre o peito do professor, poupando-o da indignidade de um crânio quebrado.

Em meio a lágrimas amargas, Quincey se deu conta de algo: Drácula vencera a guerra. Como um grande general, ele dividira e conquistara. Quincey subestimara o inimigo, e sua aposta custara a vida a Arthur Holmwood. No momento, o garoto tolo era o único que restara para Drácula conquistar.

Um grupo mórbido de espectadores se reunira na Euston Road. Quincey sentiu a necessidade de correr. A polícia ainda o procurava, metodicamente revistando prédio após prédio, rua após rua. A multidão reunida decerto a traria de volta para investigar o hotel.

Devastado pela dor, Quincey desceu as escadas e cruzou o saguão. A perda de sangue provocada pelo ferimento a bala no ombro o deixara tão tonto que mal conseguia se manter de pé. Mas não se sentia de modo algum fraco. Tinha de ser o maldito sangue de Drácula correndo em suas veias. Quincey perguntava-se se teria sido um dia verdadeiramente humano.

Na rua, Arthur Holmwood gemeu, tentando se mover. A multidão engoliu em seco.

Quincey gritou:

— Arthur!

Ele abriu caminho entre os atônitos curiosos, atirou-se de joelhos e pegou Holmwood nos braços, afastando-o do corpo de Van Helsing. Quincey segurou sua cabeça com gentileza e ouviu a multidão murmurar a palavra "assassinato". Sentiu alguns espectadores deixarem o grupo e correrem dali, sem dúvida para alertar as autoridades. Não havia muito tempo.

O rosto cinzelado de Holmwood estava pálido e inchado, com sangue correndo dos ferimentos no peito, do nariz, da boca e dos ouvidos. Ele era corajoso e forte, mas não conseguia esconder a dor. Lutou para respirar.

Quincey tentou em vão conter as lágrimas. Segurou a mão de Holmwood. Van Helsing acusara Holmwood de ter medo da morte, mas Quincey só via no rosto de Arthur paz e um pequeno sorriso. Seu amigo, enfim, estava conseguindo o que queria.

Era Quincey quem estava com medo e em pânico.

— Algo está acontecendo comigo, Arthur. Você viu o que consigo fazer. Estou amaldiçoado. Estou *condenado*. Se o sangue desgraçado de Drácula está em Mina, então seu sangue também está em mim. O que devo fazer? Você não pode me abandonar, Arthur. Não me abandone!

Holmwood reuniu o restante de suas forças para falar:

— Não é uma maldição. Você não entende? Pode ser uma bênção. Você é tão forte quanto ele. Pode derrotar Drácula e Bathory! — O sangue borbulhava em sua boca. Seus músculos enrijeceram, e ele deu o último suspiro. — Enterre-me com minha Lucy...

Quincey viu, impotente, a poderosa centelha que Arthur Holmwood tinha sido finalmente se extinguir. As grandes batalhas do lorde chegavam ao fim. Quincey entendeu então por que ele buscara a morte durante todos aqueles anos. Na morte Arthur realizaria seu desejo mais acalentado: juntar-se ao amor de sua vida.

Quincey olhou para suas mãos sujas de sangue. Holmwood dissera que era uma *bênção* Quincey ser tão forte quanto Drácula, pois assim poderia derrotá-lo. Mas esse poder corromperia-o como corrompera seu inimigo? O mal o consumiria enquanto tentava caçar a própria criatura que o amaldiçoara?

Onde tudo começou.

Quincey ficou chocado com o som da voz de sua mãe sussurrando em seu ouvido. Olhou ao redor, mas não a viu em lugar algum. Não havia ninguém a não ser a multidão de curiosos.

Onde tudo começou, meu filho.

Dessa vez a voz da mãe era claríssima, inconfundível. Quincey gentilmente pousou o corpo de Arthur Holmwood no chão, sem saber o que fazer a seguir. Não tinha um plano. Estava completamente só.

Onde tudo começou, meu filho. Meu amor.

O sangue de vampiro em Mina chamava por ele. O romance de Stoker descrevera a ligação mental entre Drácula e Mina. Aquela ligação mental se tornara um triângulo. Dessa vez a voz de Mina surgiu não apenas com palavras, mas também com imagens. Um decrépito mosteiro de séculos no alto de um penhasco, ao lado de um cemitério e um banco de pedra, com o mar furioso se chocando contra as rochas abaixo.

Tudo começara em Whitby, na abadia de Carfax. Mina estava com Drácula, e esperavam por ele.

Sinos de alerta começaram a soar ao redor. Ele podia ouvir as rodas das carruagens e os cascos dos cavalos no calçamento. Os curiosos que haviam se afastado da multidão retornaram, correndo ao lado de um veículo da polícia, que parou em frente ao hotel. O pulso de Quincey acelerou ao reconhecer o policial alto saindo da carruagem. Era o que tinha o desenho dele e de Holmwood. Chegara a hora de os pesadelos de Quincey acabarem de uma vez por todas.

Talvez fosse seu destino destruir Drácula. Talvez Deus tivesse lhe mostrado um modo de transformar sua maldição em bênção. A Quincey não restava mais nada a não ser buscar salvar sua alma imortal. Ele iria para Whitby, para Carfax. Tendo Deus a seu lado, enfrentaria o demônio. Se pudesse matar Drácula talvez conseguisse quebrar a maldição e salvar a si mesmo e sua mãe da danação eterna. Caso tivesse de morrer em batalha contra mal tão grande, Quincey rezava para que o gesto fosse suficiente para que Deus o perdoasse.

O policial alto avançou em meio à multidão. Era hora de partir.

Ao sair correndo, Quincey ouviu os gritos de espanto da multidão e sentiu que o policial alto estava estupefato: ele corria como o vento, mais rápido do que qualquer homem poderia correr. A maldição fora libertada. Quincey estava, enfim, livre.

Capítulo LV

O sol nascia no céu da manhã. Drácula e Mina haviam dirigido a noite inteira. Durante o silêncio da viagem, a mente de Mina se encheu de uma cascata de pensamentos aleatórios e ansiosos. Mas ela repetidamente chegava à mesma conclusão: fanatismo e obsessão só levavam a uma coisa.

Em função de suas muitas experiências na vida, ela sabia que isso era verdade, mas Mina não conseguia impedir que seu sangue fervesse de raiva ao acelerarem rumo norte. Os acontecimentos violentos da véspera não paravam de se repetir em sua cabeça. A morte e a destruição provocadas por Bathory ao longo dos séculos eram incomensuráveis; os restos humanos deixados em seu caminho, incalculáveis. Quanto mais Mina pensava na condessa, mais raiva sentia. Quanto mais raiva sentia, com mais força seu pé apertava o pedal do acelerador. Segurava o volante com tal força que os nós dos dedos estavam brancos. Bathory a violara, tentara matá-la e, pior de tudo, ameaçara a vida de Quincey. Mina já não tinha dúvida alguma. Pela primeira vez seu sangue humano se fundiu em perfeita harmonia com o sangue vampiro. Ela pretendia destruir completamente a condessa Elizabeth Bathory.

Mina acelerou o automóvel, desviando-se de uma carroça de leite puxada por um burro. O animal parou de repente, zurrou e recuou. O cocheiro gritou atrás dela. Só então Mina se deu conta de como estava indo rápido. Tinha de se acalmar e organizar as ideias de maneira racional. Era o que fazia melhor. Não podia permitir que o fanatismo e a obsessão a cegassem, pois dessa forma não seria melhor que Bathory.

No século XV um nobre precisava ser corajoso para inspirar seu povo a segui-lo. Mas não era a bravura que mantinha os camponeses na linha quando chegava o momento de pagar os impostos, e sim o medo. Os camponeses superavam as famílias nobres em cem para um. Um nobre precisava ser cruel para instilar medo em seu povo, e do mesmo modo brutal para fazer com que seus inimigos temessem atacá-lo. O sangue era barato no século XV. Assassinato e morte eram comuns. A brutalidade era uma forma de controle aceita. A única coisa que distinguia governantes amados dos tiranos era se a crueldade era ou não justificada. Bathory e Drácula eram fruto desses anos negros. Eles eram as últimas relíquias remanescentes de uma época passada.

Um coche parado surgiu de repente no meio da estrada. Mina pisou com força no freio, virou bastante o volante e tirou o automóvel da estrada, por pouco não atingindo uma árvore. Parando de modo desajeitado, ela esperou um momento para tomar fôlego e finalmente se permitir olhar para baixo, a seu lado. Embrulhado no cobertor no piso do carro, protegido do sol, Drácula não parecia ter consciência. Mina ficava muito confusa com o homem, a criatura ao lado dela. Ele era capaz de grande bravura e coragem, era leal e generoso, e ainda assim podia ser violento de forma indizível. Mina temia o que poderia acontecer caso permitisse que Drácula influenciasse Quincey. Ele talvez pudesse protegê-lo de Bathory, mas a que custo para a alma imortal de Quincey? As horas do dia eram o momento do sono de Drácula, quando ele podia se curar e descansar.

Mina tentou encontrar Bathory em sua mente, mas só achou nuvens e céu. Não tinha certeza do que isso significava. Obviamente o volume de sangue que trocara com Bathory era pequeno demais para permitir-lhe ter uma visão clara de suas ações. Sem dúvida Bathory planejara isso. Mas a condessa se queimara gravemente, e também necessitava de um tempo para se regenerar. A questão era: quanto tempo?

Mina recolocou o veículo na estrada. Teria de ir para um lugar conhecido onde pudesse se defender, onde pudesse se reencontrar com Quincey. Ou seja, ela tinha de retornar à abadia de Carfax.

Ao voltar à Inglaterra após seu casamento, Mina soube da morte de Lucy. Ela e Jonathan ainda não haviam consumado os votos matrimoniais porque Jonathan estava doente demais depois da experiência na Transilvânia, e Mina estava esmagada pela dor. Entretanto, de algum modo Jonathan reunira forças para se juntar ao grupo de heróis e encontrar e destruir os caixões de Drácula. Foi naquela noite que Drácula procurou Mina pela primeira vez. Ela ficou chocada por Drácula sofrer tanto quanto ela pela morte de Lucy. Ele culpou Van Helsing por isso.

Mina não sabia no que acreditar. Não conseguia encaixar o monstro do qual Van Helsing falava com aquele belo príncipe que a consolava. Não querendo contar a Jonathan que Drácula a procurara, Mina disse que Drácula explicara a verdadeira natureza da morte de Lucy em um sonho. Temendo que ela tivesse sido influenciada pelo monstro, Van Helsing insistiu para que não participasse de seus planos. Ela escreveu em seus diários da época:

> *Para mim é estranho ser deixada no escuro*
> *como estou agora, depois da plena confiança*
> *de Jonathan por tantos anos.*

Ela sentiu raiva de Jonathan. O relacionamento foi abalado. Ela e Jonathan estavam na casa do dr. Seward em Whitby quando Drácula a procurou tarde da noite. Ele confessara seu amor por ela e oferecera a realização de todos os seus sonhos e desejos. Enquanto Jonathan dormia a seu lado, Mina se permitiu ser erguida e foi de boa vontade com o príncipe para a abadia de Carfax. Na época, sozinha com Drácula nas ruínas da abadia, foi a primeira vez em meses que sentiu-se em paz, segura e verdadeiramente amada.

— Não ousei retornar a Whitby — disse Mina em voz alta, na esperança de que pudesse se convencer de que estava fazendo a coisa certa. — Não estive na abadia de Carfax desde a noite que passamos juntos. Quando nós...

Não conseguiu dizer as palavras por causa da avalanche de emoções que tomou conta dela. Recordou como ansiara reviver aquela noite que passara com Drácula em Carfax.

Mina achava que Drácula dormia, naquele instante, e ficou surpresa quando o ouviu dizer, de sob o cobertor:

— Bastante adequado. Terminará onde tudo começou.

Ele falou como um guerreiro. Não havia conciliação. Bathory sobrevivera séculos conspirando e recuando. Drácula, por outro lado, atacava quando outros temiam caminhar. Mas sua coragem tinha um preço, pago por todos a seu redor. Sangue sempre levava a mais sangue. A luta contínua não era um modo de vida; não era a lição de vida que ela queria dar a Quincey.

Quincey era o futuro. Mina precisava se assegurar de que o filho sobrevivesse a todos. O sangue que corria em suas veias dava a ela forças para defendê-lo de Bathory, e naquele momento ele precisava de proteção mais do que nunca. Quincey nunca testemunhara toda a força de um vampiro. Mina sentia que ele recebera sua mensagem telepática e estava indo encontrá-los. Se estivesse certa em sua previsão de que Bathory precisava de tempo para se curar, ainda havia a chance de Quincey escapar.

Se Quincey conseguisse chegar a Carfax antes de Bathory encontrá-los, Mina talvez pudesse pegar um navio para os Estados Unidos com o filho. Assim que Quincey estivesse em segurança e fora do alcance de Bathory, Mina poderia retornar e, ao invés de ser a caça, seria a caçadora. Ela e Drácula poderiam rastrear Bathory, descobrir onde ela dormia durante o dia e destruí-la enquanto estivesse indefesa em seu caixão.

Mina seguiu em disparada pelo interior da Inglaterra, o sol começando a se pôr no horizonte. Com tempo para pensar, sua racionalidade superara seus instintos primitivos. Fanatismo e obsessão eram as trágicas falhas de caráter de pessoas como Bathory, Cotford e Drácula. Não seriam as dela. Ela e Quincey sobreviveriam porque estavam dispostos a recuar. Eles viveriam para lutar um outro dia.

⚜

O sargento Lee abriu o guarda-roupa e olhou cautelosamente na escuridão. Não havia nada além de roupas penduradas. Fechando a porta, foi examinar, pela janela próxima, o céu noturno, tomado por chuva, raios e trovões distantes. Lee fechou as cortinas.

— Tudo limpo. Nada a temer.

— Debaixo da cama — sussurrou a voz atrás dele.

Debaixo da cama. *Claro*. Lee era tão alto que odiava ter de se agachar até o chão, mas, para manter a paz, obedeceu. Nada. Nem mesmo uma meia perdida.

— Tudo limpo. Não há monstros aqui — declarou ele.

Ao levantar-se, olhou o olhar aliviado de seu filho de cinco anos. Depois virou-se e sorriu para sua filha de quatro anos. As duas crianças estavam aninhadas nas camas sob as cobertas. Lee odiava mentir para seus filhos. Ninguém melhor que ele sabia que realmente existem monstros no mundo. Não do tipo que as crianças imaginavam, duendes e seres assim, mas monstros de verdade, aqueles que percorriam as ruas escuras de Londres buscando fazer mal aos outros. O tipo de monstro que ele jurara levar à Justiça. Era melhor que as crianças ignorassem esses horrores do mundo real quanto pudessem.

Lee arrumou as cobertas sobre os corpinhos dos filhos enquanto se inclinava e beijava os filhos na testa.

— Boa noite. Bons sonhos.

— Não se esqueça da porta, papai — sussurrou a menina, aflita.

— Vou deixar entreaberta, como sempre — disse Lee, sorrindo. — Amo vocês.

Seus filhos acreditavam que a luz dos candelabros de parede no corredor espantava os monstros.

Se fosse simples assim...

Lee foi para o hall ver a esposa, já de camisola e gorro, esperando para dizer boa-noite, e reconheceu o ar de preocupação em seu rosto. Ele pegou-a pelo braço e a conduziu à sala de estar. Precisava falar-lhe, e queria ter a certeza de que não seria ouvido pelos filhos.

— O que você vai contar a eles? — perguntou ela, muito preocupada.

— Não quero que se preocupe. Tudo dará certo — disse Lee.

Ele ficou louco de tristeza desde que recebera o telegrama da Scotland Yard, ainda naquela noite, e sua esposa estava à beira do pânico. O telegrama era uma confirmação oficial, mas Lee já ouvira a triste notícia do inspetor Huntley, que estivera na área próxima à estação de metrô da Strand naquela manhã. O inspetor Cotford, o legista da polícia, o policial Price e os policiais que o acompanhavam estavam mortos. O alto escalão da Scotland Yard tinha muitas perguntas sem respostas, e Lee começaria seu plantão noturno com uma convocação ao escritório do subcomissário para descrever seu papel nos atos do inspetor Cotford.

Limpou a poeira dos joelhos e vestiu sua camisa branca engomada.

Ao saber que Cotford morrera por suas crenças, o primeiro impulso de Lee fora pegar a espada da mão de seu amigo morto e continuar a luta. Mas, colocando de lado a fúria, Lee se deu conta de que não podia se permitir a vingança. Não iria ser consumido como Cotford. Ele se recusara a seguir aquela trilha sombria. Era difícil admitir, mas Van Helsing e Cotford eram dois lados da mesma moeda. Ambos haviam sido consumidos por uma perseguição sombria. No final, dizer a verdade não traria Cotford de volta nem confirmaria a identidade de Jack, o Estripador. Seus superiores iriam censurá-lo, possivelmente até mesmo dispensá-lo por tomar parte na investigação não autorizada e tola de Cotford. Não podia arriscar sua carreira contando a seus superiores o que não queriam ouvir. Sem seu emprego, como Lee sustentaria sua família? Um homem devia ser avaliado por sua capacidade de dar o melhor possível à família — não por quantos criminosos prendia. Nesse sentido ele era muito diferente do falecido inspetor Cotford. Sempre haveria delinquentes percorrendo as ruas: era uma batalha sem fim.

Lee olhou pelo corredor na direção do quarto dos filhos e os imaginou mergulhando em um sono sereno. Não se sentiu culpado quando decidiu o que tinha de fazer: iria trair o inspetor Cotford. Mentiria para seus superiores e declararia que Cotford era louco de pedra, que perdera completamente o juízo. Não seria uma completa mentira. Cotford era um fanático, e essa havia sido sua ruína. Lee testemunharia que se dera conta da tolice de Cotford, e por esse motivo se recusara a se juntar ao inspetor em sua última investigação sobre os assassinatos do Estripador. Ainda sim, ele respeitava a corrente do comando e não foi atrás do inspetor Cotford para reportá-lo a seus superiores. Afinal, Huntley dera sua palavra de que não o envolveria. Sendo um velho homem do Exército, assim como Lee, o subcomissário aceitaria essa explicação e respeitaria sua lealdade. Acreditava que esse caminho poderia até mesmo ajudar sua carreira, marcando-o como um homem confiável.

Após vestir o sobretudo, colocar o chapéu e beijar a esposa, Lee deixou-a na cama. Assim que ouviu a porta do quarto se fechar, ele foi apressado a seu escritório e destrancou a última gaveta da escrivaninha. Pegou o antigo perfil do suspeito de ser o Estripador que Cotford tirara da Scotland Yard e sentiu um arrepio ao ler o nome na pasta: "Dr. Abraham van Helsing."

Retornou à sala de estar e atiçou o fogo da lareira com a barra de ferro. O momento da verdade. Com o remorso aumentando, tentou justificar aquele ato. Deduzira, a partir das evidências no Midland Grand, que Arthur Holmwood perfurara Van Helsing com uma flecha e os dois homens despencaram para a morte. Se Cotford estava certo e Van Helsing era Jack, o Estripador, tudo havia terminado. Cotford nunca buscara a fama, mas a justiça, e a justiça fora feita.

Quanto a Mina Harker, não restava nenhuma evidência que a ligasse a qualquer crime. Lee estava certo de que Quincey Harker fora visto sobre o corpo de Holmwood do lado de fora do Midland Grand Hotel. Independentemente do que ele achava ter visto, iria se aferrar aos fatos. Os fatos eram... Que não havia nenhuma evidência contra Quincey Harker. Ademais, o caso do assassinato no beco, aquele que dera início a tudo, era do inspetor Huntley. Que ficasse a cargo de Huntley, portanto.

Lee jogou a pasta de Van Helsing na lareira e viu os papéis escurecerem, soltarem fumaça e queimarem. Estava farto de Jack, o Estripador. Implorou a Deus que o perdoasse. Certo ou errado, o papel de Lee naquela história chegara ao fim.

⚜

As nuvens se agitaram e cobriram rapidamente a lua, mergulhando a Inglaterra na escuridão. O cavalo de Quincey avançou ao longo do litoral, resfolegando, arfando e suando. Ele estremeceu com o rugido de um trovão distante. Um relâmpago raivoso rasgou o céu, fazendo a montaria de Quincey parar de repente e depois disparar. Quincey firmou os calcanhares e segurou firme as rédeas, tentando manter o equilíbrio. Quando finalmente conseguiu controlar o cavalo, deu um tapinha em seu pescoço para tranquilizá-lo. Era como se o clima lançasse tudo contra ele para prejudicar seu avanço. Stoker não mencionara em seu romance que Drácula podia controlar o clima? Quase não sobrara nenhuma alma a quem perguntar se as suposições de Stoker eram verdadeiras.

Drácula sabe que eu estou indo.

Quincey bateu com os calcanhares, mandando o cavalo à frente mais uma vez. Era o sangue. O que quer que ele soubesse, Drácula também sabia. A surpresa estava fora de questão. Quincey compreendia que as chances não eram a seu favor, mas não vacilaria em seu objetivo. Drácula tinha de morrer.

Se dois meses antes houvessem lhe perguntado sobre sua crença no sobrenatural, Quincey teria gargalhado. Naquele momento, contudo, pensava diferente. Dependia dele terminar a horrenda tarefa iniciada pelo corajoso grupo de heróis vinte e cinco anos antes.

Enquanto galopava pelas charnecas, Quincey ficou convencido de que esse sempre fora seu destino. Pela primeira vez na vida, na estrada que percorria não encontrava culpa, remorso, medo ou dúvida. Quincey estava determinado. Costuma-se dizer que aqueles que negam seu destino nunca atingem o sucesso. Ele aplicara essa lógica em sua decisão de se tornar ator. Naquele momento, as consequências eram muito maiores.

Disparou, abaixando-se sob um galho de árvore que quase o derrubou, tão perdido estava em seus pensamentos. Apenas seus sentidos recém-fortalecidos impediram que ele esmagasse o rosto. *Que forma idiota de morrer teria sido!*

Quincey nunca pensara muito na própria morte. Ele era jovem, e até poucos dias ainda se considerava invencível. Se pelo menos isso fosse verdade...

Sentiu seu ímpeto aumentar com a tempestade que se aproximava. Lembrou-se de um verso de Macbeth, papel que ele sabia que nunca teria oportunidade de desempenhar no palco: "Mas eu tentarei ao máximo. Espere, Macduff. E maldito seja aquele que primeiro chorar!"

⚜

Bathory desceu para os degraus da basílica de Saint-Denis no momento em que o céu da noite começava a se transformar no azul translúcido do alvorecer. Caso houvesse alguém acordado para testemunhar sua chegada teria parecido que uma das gárgulas de pedra tinha caído no chão. A capa preta com capuz que Bathory usava para esconder sua pele queimada se fundia quase perfeitamente com a pedra.

A condessa caminhou até a entrada da igreja. Sentia dores torturantes. As chamas queimaram fundo sua carne, fazendo com que os músculos endurecessem e se contraíssem. A cada novo movimento ela podia sentir a carne se rasgando e se esticando, devagar. Ansiava por descanso e pelo abraço amoroso de suas Mulheres de Branco. Elas estariam ansiosas para cuidar de seus machucados. Bathory sentia falta da devoção delas. No entanto, elas estavam mortas. Mais dois motivos para que Drácula e Mina sofressem.

Seu olho remanescente espiou a Trindade gravada em pedra acima da entrada. Bathory poderia ter passado pela porta como qualquer visitante, mas aquela era uma casa de Deus. Queria fazer uma entrada que lembrasse a Ele sua força. Sua mão calcinada atravessou a pesada porta de madeira e ferro. Retirando o capuz, caminhou desafiadoramente pelo enorme salão da igreja gótica conhecido como a Necrópole Real da França, local de repouso final de todos os monarcas. Seu olhar se dirigiu à estátua de Cristo na cruz. Até mesmo o filho Dele era mais fraco que ela.

Cores vibrantes surgiram no vitral quando o sol se ergueu para acariciar as janelas. Elizabeth ignorou a dor lancinante, que tomava todo o seu corpo enquanto passava pelas estátuas dos últimos Bourbon na direção das tumbas. A sala cavada de pedra tinha lápides de ônix no piso. Luís XVI devia estar sob a pedra central à direita, e Maria Antonieta, sob a pedra central da esquerda. Letras douradas na pedra preta diziam: "Marie-Antoinette D'Autriche 1755-1793." Bathory sabia que Antonieta não estava ali embaixo. Ou, pelo menos, não por inteiro.

Bathory olhou para a pedra de ônix não identificada além do túmulo da rainha morta. Raspando os caninos, enfiou seu punho enegrecido através da pedra, abrindo um buraco grande o suficiente para passar seu braço. Sua mão contorcida se enfiou no subsolo e tirou uma caixa de marfim com uma cruz gravada. A condessa sentiu lágrimas de sangue brotando de seu olho remanescente, fazendo com que um vapor subisse de sua pele, que ainda estava quente do fogo. A caixa fora um presente de alguém que Bathory um dia amara. Drácula a chamara de monstro incapaz de amar. Se ele soubesse... Na verdade ela amara tanto que quisera queimar o mundo em vingança, após perder seu amor.

A caixa continha o que um dia Bathory considerara seu bem mais precioso. Na última vez em que estivera naquela igreja, erguera a pedra de ônix e cuidadosamente colocara a caixa sob ela. Era seu presente a seu amor, um sinal de que sua morte havia sido vingada. Era também uma promessa de que o mundo inteiro — e o próprio Deus — iria pagar pelo que tinha feito.

Ignorando a dor que subia por seus dedos, Bathory abriu a tampa da caixa de marfim. O segredo ali dentro refletiu as chamas das velas. Bathory passou os dedos cuidadosamente pelo objeto: uma faca *kukri* suja de sangue seco. Era a mesma que ela cravara até o cabo no peito de Drácula vinte e cinco anos antes. Para selar a promessa que fazia a si mesma, Bathory lambeu o sangue seco da lâmina ainda afiada. Era o sangue de Drácula, e era delicioso. Aquela faca daria o golpe final em seu inimigo.

Recolocou a caixa de marfim. Errara em seu último encontro com Drácula. Ela cometera um erro de cálculo com ele e avaliara mal Mina. Não erraria novamente. Estava claro que Mina Harker tinha nas veias o sangue de Drácula, além de seu próprio. Bathory riu consigo mesma, e dessa vez não sentiu a dor em seu rosto queimado. Ela também bebera de Drácula. Iria cravá-lo na parede com a faca *kukri* e obrigá-lo a ver enquanto arrancava a cabeça de Mina do pescoço. Antes de morrer, Drácula veria Bathory se banhando no sangue de Mina.

Bathory já não tinha o luxo imortal do tempo. Para alcançar sucesso, precisaria agir rápido. Drácula ainda estava fraco, mas ela sentia que iria tentar convencer Mina a ingressar nas fileiras dos mortos-vivos. Para conseguir seu prêmio, ela teria de alcançá-los antes que isso acontecesse. Precisava atacar, e sem demora.

Deu meia-volta e marchou na direção da saída. Havia ainda outro mortal que carregava o sangue de Drácula: Quincey Harker. O filho de Mina também tinha de morrer. Sem Mina e Drácula para protegê-lo, o garoto não passava de um mosquito esperando para ser esmagado. Depois que eles partissem, não restaria ninguém para desafiá-la. O mundo de Deus seria seu brinquedo.

— *Que faites-vous?* — perguntou uma voz masculina.

Elizabeth se virou e viu um jovem monge carregando um lampião. Uma expressão de horror tomou seu rosto quando ele viu o que restara de Bathory. Ela podia sentir o medo do outro lado do salão, ao gritar:

— *C'est le Diable!*

Ele a chamara de diabo. Elizabeth sorriu. *Não exatamente*. Embora Bathory admirasse Lúcifer por ter tido a coragem de romper com o céu, ele fracassara. Ela prometeu nunca ser expulsa.

Bathory se aproximou. O monge ergueu uma cruz e gritou:

— *Sanctuaire!*

Que tolo! Não havia santuário que protegesse da condessa Elizabeth Bathory. Ela se inclinou para a frente.

— *Antichriste!*

Os caninos da condessa afundaram na garganta do monge, silenciando seu grito. Após sentir o sabor do sangue de Drácula, o do monge era como vinho de missa barato. Não importava. Ele saciaria sua sede até que retornasse à Inglaterra.

Após sugar todo o sangue daquele corpo, ela o arremessou pela nave da igreja, esmagando-o sobre as fileiras de velas votivas; depois puxou o capuz de seu manto de veludo sobre sua cabeça careca e enegrecida, para protegê-la do sol, saiu da igreja e se moveu às pressas pelas ruas de Paris. Havia muito poucas pessoas na rua àquela hora, e aqueles que a vissem não notariam mais que uma sombra de passagem.

Antes que os raios do sol enchessem o céu, Bathory estaria de volta à Inglaterra. Seus pés já haviam deixado o chão. Subindo através do cobertor de nuvens, ela viu a terra desaparecer logo abaixo, enquanto voava por sobre o canal da Mancha. Mais alguns segundos e estaria em segurança dentro de sua carruagem preta. Enquanto dormisse iria se restabelecer. Uma vez adormecida, suas éguas cruzariam em disparada o interior da Inglaterra até Whitby. Lá, em uma abadia arruinada, sua obsessão chegaria ao clímax. Que perfeito... O guerreiro de Deus iria morrer em uma catedral arruinada. Drácula e sua linhagem chegariam ao fim. Elizabeth pegaria a fagulha que Satanás um dia usara em sua tentativa de queimar o céu, a traria para a Terra e acenderia a chama que iria consumir o mundo.

Capítulo LVI

Quando passaram pela antiga casa de veraneio dos Westenra, Mina reduziu a velocidade para ver o passado. Ela em parte esperava que Lucy saísse correndo pela porta da frente.

Mina se lembrou do dia em que conhecera Lucy, quando eram adolescentes. Os pais de Mina eram donos de uma das duas lojas de Whitby, e Mina havia sido obrigada a trabalhar nela depois da escola o verão inteiro para ajudar a família. Nunca conhecera as diversões normais da infância. Lucy, por sua vez, era a garota rica da colina, mas também se sentia isolada, ainda que não fosse por falta de amigos. Lucy tinha uma curiosidade insaciável, e queria experimentar tudo o que a vida tinha a oferecer. Escapou de sua casa certa manhã quente de verão e foi sozinha à cidade para investigar como viviam as pessoas que sua mãe chamava de "comuns". Sua aventura a levara, com um punhado de moedas, até a loja dos pais de Mina com a missão de se encher de doces. De início Mina imaginara que fora a compaixão pela triste e solitária garota "comum" que levara Lucy a oferecer sua amizade; mas o coração de Lucy era mais terno que isso.

Quando o automóvel acelerou, os olhos de Mina se desviaram para o penhasco que dominava a cidade. Naquelas rochas traiçoeiras se erguia o destino deles, a abadia de Carfax. Ela viu o banco de pedra na beirada do penhasco onde encontrara Lucy sonâmbula e com o que achara serem dois furos de alfinete no pescoço, furos que Mina acreditara ter feito ao prender seu xale. Na noite terrível em que o *Demeter* encalhara e Drácula entrara em suas vidas...

O barulho de um trovão distante interrompeu a reflexão de Mina. Nuvens escuras chegavam do sul. O mar estava agitado. Uma tempestade se aproximava rapidamente. Mina precisava chegar ao alto do penhasco antes que o rio transbordasse, tomando a estrada.

O carro passou pelos cento e noventa e nove degraus que levavam ao cume do penhasco. Quando crianças, Mina e Lucy costumavam correr até o alto, Lucy normalmente tropeçando em suas anáguas, mas ainda assim vencendo. No banco de pedra do cume, Lucy contara a ela sobre seus três pretendentes. Mina pensou em Quincey Morris e no dr. Jack Seward. Que Deus cuidasse de suas almas.

O automóvel passou por um hotel instalado onde antes era a grandiosa casa de veraneio dos Holmwood. Ao começar a chover, Mina manobrou pela ponte de madeira sobre o então agitado rio Esk. Pensou novamente naquela primeira noite, quando Drácula chegara a Whitby, e começaram a surgir imagens em sua mente. Ele atacara Lucy após ter ficado preso no *Demeter* sem alimento algum. Os marinheiros haviam sido contaminados pela peste, deixando o sangue venenoso demais para que Drácula bebesse. Ele não podia sequer se alimentar de ratos, já que também eles haviam pegado a peste. Um homem faminto se tornaria um glutão depois de tanto tempo de jejum, e Drácula poderia ter sugado o sangue de Lucy até a morte. A despeito de sua fome, ele consumira apenas o suficiente para se sustentar e a deixara no banco de pedra para que Mina a encontrasse. Na lógica de Drácula, ele fora misericordioso.

A ponte apodrecida reagiu ao peso do automóvel. Mina quis dar marcha a ré. A ponte protestou ainda mais e começou a balançar. As nuvens de tempestade não haviam bloqueado inteiramente o sol, e isso significava que Mina não poderia abandonar o carro e deixar Drácula indefeso. A ponte não iria resistir muito mais, então Mina não podia demorar para agir. Estava prestes a engrenar a ré quando Drácula se esticou sob o cobertor e bateu na mão de Mina, fazendo com que o veículo fosse à frente com a máxima velocidade. O automóvel disparou pelos últimos metros no momento em que a estrutura cedia. A roda de trás mal tocara o solo quando a ponte desabou no rio. Drácula levou a mão para a proteção do cobertor.

O automóvel resfolegou ao subir a ladeira íngreme da Green Lane, até que as rodas começaram a girar em falso na estrada enlameada pela chuva. Enfim chegando ao desvio, Mina desacelerou e entrou na Abbey Lane. A visão familiar do que antes havia sido o asilo do dr. Seward chamou sua atenção. Pobre Jack. Ele havia sido a alma mais gentil.

Aproximaram-se do terreno da abadia e lá ela notou mais uma vez como as árvores haviam simplesmente desaparecido; era como se a terra estivesse a tal ponto amaldiçoada que nenhuma vida resistia. Nuvens de tempestade cobriram o céu. Mina seguiu em frente e de repente ali estava seu destino. A abadia de Carfax arruinada, assombrando o penhasco acima da cidade adormecida de Whitby. Suas torres góticas raspavam o céu e suas janelas de catedral, havia muito quebradas, vigiavam silenciosa e solenemente o cemitério enevoado ao lado. Mina colocara os pés na abadia pela última vez na noite em que dera adeus a seu príncipe das trevas, vinte e cinco anos antes. Naquele momento, estava ali para fazer o mesmo mais uma vez.

Mina repassou mentalmente seu plano. Deixaria Drácula para trás para enfrentar a ira de Bathory, ganhando tempo enquanto levava Quincey para a segurança do Novo Mundo. Entendia que Drácula não se recusaria, mas deixá-lo combater só significaria sua ruína. Ela estremeceu. Poderia ser tão fria e calculista? Pelo bem de Quincey, sabia que sim.

Parou o carro no portão oeste.

— Chegamos — disse Mina, desligando o motor. — O sol desapareceu.

Drácula passou para o banco do carro, abriu a porta e, esticando-se, saiu do carro, o cobertor puído escorregou de seus ombros largos para o chão. Erguendo o rosto para a chuva, de olhos fechados, respirou fundo, permitindo que a noite tomasse conta de seu corpo. Um raio cruzou o céu, iluminando o rosto forte de Drácula. Ele não mostrava sinais de ter um dia sido ferido, embora houvesse perdido muito sangue. A Mina ele parecia como sempre fora: régio e distante. Era como se o retorno a Carfax houvesse de algum modo rejuvenescido-o.

Um uivo solitário — um cão ou um lobo? — soou a distância, flutuando no vento. Drácula se voltou para o vento. Mina não conseguiu identificar em seu olhar de pedra se o grito era de boas-vindas ou de alerta.

A chuva caía pesada no chão quando Drácula estendeu a mão para Mina. Chegara a hora de sua temida decisão. Ela tomou a mão dele, e os dois correram sob o aguaceiro para encontrar abrigo na abadia.

⚜

A carruagem negra de Bathory disparou rumo norte. Ela se inclinou para fora e viu que a escuridão cobria a terra. A chuva caía no ritmo dos cascos de suas éguas. Ela dormira horas seguidas. O voo de ida e volta à França no vento da noite exigira um grande esforço.

Mirou-se no espelho e viu seu rosto arrasado. O sangue do monge restaurara sua forma, mas não começara a curar seus ferimentos. *Melhor assim*, pensou. Suas horrendas feridas levariam Drácula a uma falsa sensação de superioridade. Ela se valeria disso na batalha que estava por vir. Ah, como ela gostava daquele jogo!

Bathory soltou uma gargalhada. Drácula sempre tivera a si mesmo em alta conta. Na véspera ela provara que era verdade aquilo em que sempre acreditara. Drácula era e sempre foi mais fraco que ela. Ao sugar parte do sangue de Lucy Westenra, Drácula deixara uma testemunha para denunciá-lo ao grupo de "heróis". Uma lição quase fatal havia sido aprendida. Ele raramente se permitia o rico alimento do sangue humano. Era sua maior fraqueza — que não aceitasse o que de fato era. Drácula era um vampiro, mas continuava a pensar em si mesmo como humano. Tinha mais de quinhentos anos de idade e ainda não aprendera a aceitar sem culpa os poderes do morto-vivo.

A carruagem disparou pelo litoral, e Bathory sonhou com uma época em que ela reinaria sem oposição. Estava perto: ela podia sentir.

Capítulo LVII

Examinando a abadia de Carfax, Mina Harker sentiu que aquela construção era um reflexo de sua vida. Houve uma época em que fora grandiosa e bela, cheia de virtude, esperança e promessas. Mas o tempo a reduzira a uma casca vazia. Até mesmo as teias empoeiradas nos cantos tinham sido abandonadas pelas aranhas. O vento que aumentava do lado de fora fazia os corredores da abadia uivar, como se os espíritos do passado estivessem pedindo para serem libertados.

Aquelas paredes testemunharam muitos conflitos sangrentos, das guerras entre celtas e romanos e as invasões dos *vikings* até as batalhas entre saxões e normandos. Em sua juventude, Mina tivera muito medo dos tantos fantasmas que assombravam os arredores, como diziam, e então nunca se aventurava pelo terreno da abadia à noite. A grande sala de pedra em que estava no momento havia sido um dia a biblioteca onde os monges estudavam em silêncio. Fora o primeiro aposento que o príncipe Drácula tentara ocupar ao chegar a Whitby, um quarto de século antes. Móveis esquecidos cobertos de pó se espalhavam pelo espaço como fantasmas. Volumes escritos em todos os idiomas imagináveis enchiam as prateleiras de madeira apodrecidas. A camada de poeira neles era tão grossa que Mina mal conseguia discernir a cor das capas, quanto mais seus títulos.

Olhou para o espelho rachado acima da lareira. Uma jovem a encarava. Ainda assim, Mina se sentia tão velha e vazia quanto aquela abadia decadente.

Viu o baú de noiva de nogueira que levara para Whitby de seu apartamento em Londres, em 1888. Ela passara aquele verão com Lucy durante a viagem de Jonathan à Transilvânia. Depois de seu adultério com Drácula, Mina fez com que o baú fosse transportado em segredo para a abadia de Carfax, em um plano de fugir da Inglaterra com seu amante. Mas esqueceu a arca na pressa de abandonar Drácula e deixar para trás sua traição em nome dos votos matrimoniais. Era ao mesmo tempo triste e irônico que naquele momento estivesse ao lado de Drácula e do baú. Era como se seu destino fosse conhecido muito antes dela mesma.

Abriu o baú e encontrou um vestido que Lucy lhe dera. Mina nunca o usara; o estilo era provocante demais para ela. Porém, naquele momento, parecia perfeitamente adequado à mulher que se tornara.

Depois olhou para o que estava usando: um vestido preto e matronal. Vestira-se como uma mulher de meia-idade durante anos para aplacar o ressentimento de Jonathan. Já não precisava fazer isso, por isso desabotoou o vestido preto e deixou-o caído no piso coberto de lixo. Em seguida, tirou o traje jovial do baú e o vestiu, sentindo o tecido macio e elegante. Como se sentiu bonita!

Sentiu uma pontada de remorso: desejava ter se vestido daquele modo para Jonathan, mas isso teria significado jogar sal sobre uma ferida que nunca iria cicatrizar.

Fitou-se no espelho, e a pequena cruz de ouro sobre seu colo claro refletiu a luz tremeluzente da lareira.

Sem mais conseguir ver-se no espelho, Mina caminhou até a janela da catedral. Seus passos ecoaram como uma batida de tambor lenta e ritmada. Olhou para a noite. O brilho de relâmpagos iluminava o cemitério abaixo, lançando compridas sombras entre as lápides. Podia sentir que Quincey se aproximava rapidamente, e esperava que ele chegasse à abadia antes que a tempestade caísse com toda a sua fúria. Quando o filho chegasse, Mina confrontaria Drácula e colocaria seu plano em prática.

— O vestido lhe cai bem.

Mina não o ouvira entrar, e temia se virar para ele e perder a coragem. Ou pior: entregar-se a seus desejos mais profundos. Pôde distinguir a paixão louca na voz de Drácula quando ele disse:

— Você é um banquete... para os olhos.

— Encontrei meu velho baú — gaguejou Mina, baixando os olhos para suas formas voluptuosas. O vestido mostrava seus contornos. — Deixei muita coisa para trás neste lugar.

Considerando-se o desconfortável momento de silêncio, o significado das palavras de Mina não foi ignorado por Drácula. Por fim, ele disse:

— Este lar, assim como eu, pertence a você.

A voz dele era como ela recordava: melódica e hipnótica. Mina se deu conta de como sentira falta desse som calmante. *Não!* Não podia pensar em si mesma, mas sim em Quincey. A fuga de seu filho era tudo o que importava, algo que Drácula poderia não entender.

Em sua mente ela viu uma imagem de seu filho a cavalo. Suas roupas estavam sujas de sangue... Ele teria levado um tiro? Mina sentiu as chamas do ódio consumirem-na. Virou-se para Drácula como uma leoa preparada para defender sua cria.

— Como pôde expor Quincey ao perigo?! Ele poderia ter sido morto por Van Helsing!

— Van Helsing tentou assegurar seu lugar na História me chamando de vilão através de Stoker — retrucou Drácula sem um pedido de desculpas. Deu um passo na direção dela tentando reduzir a distância entre eles, mas Mina, em rejeição, virou-lhe as costas. O príncipe das trevas suspirou. — Nunca busquei me vingar de seu marido ou dos outros por tentarem me matar. Sua causa equivocada de fato era cavalheiresca, já que eles apenas tentavam proteger você. Mas Van Helsing passou dos limites.

A voz dele se suavizou ao se aproximar dela. Mina olhou por sobre o ombro e viu como os olhos de Drácula se voltaram para o horizonte escuro quando o facho de luz do farol passou sobre a janela.

— Quincey fez Van Helsing pagar por suas transgressões, Mina.

Ela sentiu o sangue gelar, entendendo o significado por trás das palavras. E o modo como ele pronunciou o nome de seu filho — podia sentir o que ele queria. Drácula tinha outros planos para Quincey.

— Você tiraria meu único filho de mim?

— Para sobreviver ao que está por vir, Quincey precisará aceitar a verdade. Ele tem de aceitar o que é.

O coração de Mina bateu forte em seu peito.

— Não cabe a nós decidir o destino de Quincey.

⚜

O cavalo de Quincey disparou pela Robin Hood Bay. Ondas batiam forte contra as rochas. O vento frio de abril estava mais violento. Trovões ribombavam e relâmpagos chicoteavam ao redor dele. O céu estava chamando para a batalha.

O cavalo de Quincey corcoveou e cambaleou, caindo em seguida na praia enlameada, arremessando Quincey no ar e depois no chão. Levantando-se da lama, ele cambaleou até o animal, com medo de que ele houvesse quebrado uma pata. Ajoelhou-se ao lado dele e viu que o cavalo estava encharcado de suor quente e arfando. Sua montaria estava à beira da morte por exaustão.

Mais uma vez um relâmpago riscou a noite. Quincey podia ver a distância as ruínas da abadia no penhasco debruçado sobre a cidade. Estava chegando.

O cavalo tentou se levantar, mas tornou a cair, suas pernas não conseguiam sustentar o próprio peso. Quincey não podia esperar que o animal se recuperasse. Acariciou-lhe a crina. Quincey estava preparado para morrer por uma causa, mas não podia pedir que o cavalo também se sacrificasse.

Sem perder tempo, continuou a pé rumo a seu destino pela trilha rochosa e escorregadia.

Capítulo LVIII

O tempo de usar crianças como bucha de canhão acabou há muito tempo. Deixe meu filho em paz — desafiou Mina.

Caminhava sobre gelo fino e sabia disso. Era perigoso referir-se ao sofrimento que Drácula suportara quando criança. Séculos atrás, o sultão turco fizera de Vlad Drácula e seu irmão mais novo, Radu, prisioneiros políticos. Os anos longe da família marcaram Drácula de um modo que ninguém podia avaliar. Drácula foi mantido prisioneiro até seu pai ser morto em batalha, e então herdou o trono da Valáquia e se tornou um guerreiro de Deus. Depois passou o resto de sua vida mortal buscando vingança. Drácula continuou a carregar a mesma bandeira em sua existência como morto-vivo, acreditando que ainda era um guerreiro de Deus, e aqueles como Bathory eram seus maiores inimigos.

Mas Mina não podia permitir que Quincey se tornasse uma baixa na guerra sem fim de Drácula.

— Quincey merece uma vida normal. É melhor que eu tire meu filho daqui. Para longe da Inglaterra. Longe de Bathory.

Drácula a fitou sem expressão no rosto. Claro que ele conhecia seus pensamentos mais profundos: sabia que o momento estava chegando. Sem interromper o contato visual, Drácula acariciou a cicatriz em seu pescoço. As marcas lembravam pouco o corte que ele sofrera dos caninos de Bathory na noite anterior. Ele se curara rapidamente.

— Bathory também bebeu meu sangue, Mina. Agora todos estamos ligados. Não importa aonde formos, Bathory nos encontrará, e a Quincey. É tempo de resistir.

— Você não está forte o bastante para enfrentá-la. Bathory quase o matou.

O olhar pétreo dele brilhou. Por um momento, Mina teve certeza de ver uma expressão de dor em seus olhos. Ele então lhe deu as costas, respirou fundo e abriu a boca. Mas não disse uma palavra. Drácula fechou os olhos, como se para reunir forças, e então disse, com muita suavidade:

— Há vinte e cinco anos eu quase fui destruído. Primeiro por Harker, e depois por Bathory. Meus ferimentos ainda não se curaram.

Ele se virou novamente para ela e abriu a camisa.

Mina engasgou de horror com o que viu.

— Meu Deus!

O peito de Drácula estava afundado de magreza; Mina podia contar suas costelas. A carne com cicatrizes se esticava, apertada sobre os ossos, revelando as marcas onde Morris e Jonathan o esfaquearam. Ela também podia identificar no corpo dele os ferimentos do ataque que vira pelos olhos de Bathory, e se lembrou da bota da condessa cravando a faca *kukri* fundo em seu tórax.

Mina não conseguia desviar o olhar do espetáculo horrendo ou impedir que lágrimas de piedade corressem por seu rosto. Pela primeira vez, Drácula revelara a ela seu medo e sua fraqueza. Mina compreendeu como deveria ser difícil para ele partilhar tal vulnerabilidade: era um ato de puro amor. Não poderia haver mais segredos entre eles. O amor de Mina por Drácula sempre fora apaixonado, mas com aquela revelação Drácula penetrara em seu coração, no espaço onde um dia Jonathan vivera.

Mina esticou os braços para seu príncipe das trevas, as mãos tremendo ao acariciar seu peito desfigurado.

— Por isso você precisava da ajuda de Seward — disse Mina, finalmente entendendo.

Todas as peças do quebra-cabeça se encaixavam. Ela acariciou com cuidado a pele destruída sobre o coração de Drácula, o lugar que a faca de Morris perfurara e de onde ela um dia bebera seu sangue. Drácula gentilmente colocou sua mão fria sobre a de Mina, e os dedos se entrelaçaram.

— Fiz tudo o que podia para proteger você e Quincey de Bathory — sussurrou ele, erguendo o queixo dela para que olhasse fundo em seus olhos negros, como se implorando que visse a alma dentro deles. — Mas agora não há escapatória. Ela nos matará, a não ser que você volte para mim, Mina.

Ele lhe dava uma escolha... Mas Mina não podia renegar sua fé. Era tudo o que lhe restava. Tinha de lutar contra seus desejos.

— Posso parecer a garotinha de que você se lembra — retrucou ela sem interromper o contato visual —, mas me tornei mais sábia nesses muitos anos. Não importa quão doces são suas palavras, ou gentil seu toque. Você é um monstro. Um assassino.

As costas de Drácula ficaram tesas, e seu semblante mostrou orgulho.

— Sou um cavaleiro da Santa Ordem do Dragão. Stoker e Van Helsing não me deixaram escolha senão...

— Não estamos na Idade Média. Você não pode simplesmente matar um homem porque ele o difamou em um livro — interrompeu Mina.

— Em vida eu fui a mão de Deus — disse Drácula, desafiador. — Lutei para proteger toda a cristandade. Brutalidade e morte foram tudo o que conheci. Eu ansiava por uma segunda vida, uma nova oportunidade. Quando a oportunidade chegou, eu a aproveitei, independentemente das consequências. Sim, ergui-me de minha própria morte, mas não mato por esporte. O sangue de que necessito para sobreviver é tirado de animais, assassinos, estupradores e ladrões. Ainda estou fazendo a justiça de Deus. — Seus olhos se arregalaram.

Mina se lembrou daquele olhar hipnotizante. Sentiu o sangue dele correr por seu cérebro e, junto, um fluxo de imagens. Drácula permitia que ela visse através de seus olhos o que ele fez em nome de Deus, os monstros destruídos, os inocentes salvos...

Depois disso, ele continuou:

— Fui criado à imagem de Deus, mas sou de uma classe superior. O lobo não se alimenta de ovelhas? Como todos os grandes caçadores, sou solitário. Não há som mais triste que o grito do lobo, sozinho na noite, desprezado pelo homem, caçado quase até a extinção.

Seus lábios se aproximaram da orelha dela, e Mina pôde sentir seu hálito gelado. Ela ansiava por um beijo daqueles lábios. Ao mesmo tempo, queria se libertar dele e correr.

— Por favor, Mina, compreenda que sem você eu estou perdido — sussurrou Drácula. — Meu único crime é ignorar o funcionamento desta época moderna. Um homem que a ama tanto quanto eu pode realmente ser mau?

Mina deu-lhe as costas, incapaz de encará-lo.

— Houve o dia, há muito tempo, em que eu teria alegremente abandonado Jonathan e partido com você. Agora só meu filho importa. Nosso tempo passou — disse, sabendo que não havia convicção em suas palavras, o que significava que Drácula também sabia disso. Mentir era inútil.

Ele a fez virar-se para que o encarasse.

— Pare com isso! Você está se enganando. Você ainda me ama. Aceite suas paixões. Venha a mim. Fique comigo. Ilumine minha vida. Apenas juntos poderemos salvar o mundo de Bathory.

— Está pedindo que eu aceite seu presente negro. Que me torne como você.

— Se você fugir para a América com Quincey, dividiremos nossas forças. Hoje estamos juntos e dominamos o jogo. Mesmo se perder esta batalha hoje à noite, deixarei Bathory gravemente enfraquecida. Embora nova, você será uma vampira fruto de meu sangue antigo. Será capaz de proteger Quincey. Seus poderes serão compatíveis com os de Bathory, que estará enfraquecida.

Mina agarrou a cruz pendurada no pescoço.

— Não posso.

Drácula afastou as mãos dela, sua expressão se tornou dura.

— Então o demônio venceu. — Virou-se ab-ruptamente e saiu da sala, deixando Mina mais só do que nunca.

Junto à janela, ela olhou para a noite sem lua. Onde estaria seu filho? Ela precisava tomar uma decisão, e seria mais fácil se soubesse que Quincey estava em segurança.

Houve o estalo baixo de um trovão. Mina nunca sentira medo de tempestades, nem mesmo quando criança. Mas estava aterrorizada, como se o trovão fosse um alerta apenas para ela.

Um momento depois, Mina identificou uma presença. Sabia muito bem o que significava. Bathory se aproximava.

⚜

Bathory sorriu ao ver dois barcos baleeiros lutando para atracar no porto de Whitby enquanto o céu se abria. Cortinas de chuva se abatiam sobre a terra. O rugir do vento anunciara sua chegada.

Os moradores correram para se abrigar, trancando as casas contra a tempestade. Elizabeth podia ouvir os conhecidos guinchos horrorizados quando sua carruagem passava pelas pequenas casas de pedra. De alguma forma, mesmo os mais baixos entre os inferiores pareciam sentir quando o poder do mal se aproximava. Através da janela da carruagem, Bathory fez contato visual com uma enrugada mulher desdentada e desfrutou a expressão de medo nos olhos da velha. A condessa adorava alimentar o pavor dos humanos: isso aquecia seu sangue, acelerava seu coração. *Revigorante. Inebriante.*

Os cavalos que puxavam a carruagem pararam de repente. Bathory se inclinou para fora e viu que a ponte de madeira sobre o Esk caíra, o que impedia suas éguas de atravessar o rio, que estava revolto. O esforço necessário para voar dali até a abadia tiraria um pouco de sua força, e ela precisava de toda a energia para a batalha que se aproximava.

Bathory lançou um olhar para as éguas, que bateram os cascos e sacudiram as crinas, compreendendo sua dona. Bathory faria a volta e pegaria o caminho mais longo até os degraus de pedra na base do penhasco. A noite ainda era uma criança.

O olho solitário de Bathory brilhou ao mirar seu objetivo — a alta abadia no cume do pico rochoso. A condessa podia ver em uma janela da ala oeste a silhueta banhada por uma luz quente, bruxuleante. Lambeu os caninos, em expectativa; ela provaria a carne da piranha e se banharia em seu sangue pela manhã.

Capítulo LIX

Mina sabia o que tinha de ser feito. Podia ouvir a tempestade do lado de fora agredindo as paredes. Carfax resistia ao ataque; ela também.

Desceu uma pequena escadaria de pedra até onde ficavam os velhos aposentos dos monges. Um corredor estreito com uma série de portas terminava em um grande portão de carvalho que levava ao que antes haviam sido os aposentos particulares do abade. Enquanto caminhava pelo corredor, suas escolhas se reduziam, todas as portas eram rejeitadas, até restar apenas uma.

Drácula alegara muitas vezes que um vampiro não era mau por natureza. Ele não acreditava que ao se tornar morto-vivo a alma estava imediatamente condenada. O bem e o mal eram as escolhas feitas por cada um. Mina, no entanto, vira que a sede insaciável de sangue de um novo vampiro podia corromper. Sabia que Lucy atraíra crianças pequenas para suas garras, mas ela nunca tivera escolha; despreparada, tornara-se um monstro. Mina rezou para que o triste destino da amiga não se tornasse o seu também.

Sentia Bathory se aproximando. Sabia que só havia uma coisa a fazer. Teria de sacrificar sua alma para ter seu filho.

Decidida, Mina apontou para o piso a lanterna que carregava e abriu a grossa porta de carvalho. Encontrou Drácula de pé diante da grande lareira com fogo crepitando. Ele se voltou para ela. O quarto estava vivo e vibrante com as chamas, a luz tremeluzente de dezenas de velas. Drácula olhou para Mina com desejo e esperança. Ela cruzou o umbral.

— O destino de Quincey pertence a ele. Você não pode escolher o caminho do meu filho — afirmou Mina, com frieza. Aquele ponto não seria negociado.

Drácula anuiu.

— Se esse é o preço, que seja.

Ele se moveu lentamente na direção dela, e o coração de Mina acelerou com a ideia de que logo as mãos dele estariam em seu corpo. Com um tremor, ela pegou a pequena cruz de ouro no pescoço e a puxou. A fina corrente se rompeu, e a cruz caiu no chão. A fome nos olhos de Drácula aumentou.

As mãos dele nos ombros dela eram frias e aumentavam o arrepio que percorria seu corpo. O beijo em seus lábios foi carinhoso. Ele a tomou nos braços, sem desgrudar os olhos dela um só minuto.

— Juntos veremos nações se erguerem e desmoronarem — sussurrou ele, os lábios acariciavam sua orelha. — Juntos testemunharemos a eternidade.

Drácula levou Mina para a cama e a deitou. Tocando-a de um jeito que Jonathan nunca a tocou, suas mãos e seus lábios exploraram suas formas. Drácula era gentil. Ele tirou seu vestido e olhou para sua nudez com uma mistura de desejo e reverência. Vivera em um mundo de trevas, mas não apagava as velas como Jonathan costumava antes de fazerem amor. Drácula desejava ver cada parte de Mina. O coração dela disparou quando ele beijou seu pescoço. Não era medo o que ela sentia, mas vontade de uma entrega absoluta. Ela o desejava.

Drácula sussurrou em sua orelha, sua boca tocava-a:

— Tomaremos o mundo pela garganta e beberemos dele o que desejarmos.

A vida inteira Mina lutara contra a repressão. Aceitar o beijo eterno de Drácula quebraria esses grilhões. Ela não seria mais freada por regras ou leis, a não ser as que criasse para si mesma.

A mão dele deslizou por entre suas pernas; ela não conseguia mais se conter; abraçou-o e o puxou para mais perto. De repente, no calor da paixão, tudo ficou claro. Todos os seus conflitos, seu dilema, desapareceram em um instante. Era como se as nuvens se abrissem revelando um céu claro. Ela amava Drácula, e de uma forma como nunca teria podido amar Jonathan. Juntos, ela e Drácula eram um único ser.

— Deus, me perdoe, mas eu ainda o desejo! — disse ela.

Drácula abriu a boca exibindo os caninos, mas Mina ergueu a mão para impedir a mordida. Não havia raiva em seu rosto quando ele parou. O príncipe queria que a escolha fosse dela.

— Há algo que tenho de lhe contar. Escondi um segredo esses anos todos.

Ele balançou a cabeça devagar.

— Eu sempre soube.

Mina sorriu, enfim livre do peso na consciência. Ela virou o pescoço, expondo a veia a seu amante.

Drácula mordeu com força. O corpo dela teve convulsões enquanto ele bebia, desfalecendo com um coquetel erótico de prazer e dor. Sentindo seu sangue ser sugado, Mina já não se importava se o mesmo acontecia a sua alma.

Drácula bebeu o líquido, e agarrou o peito, experimentando fortes contrações. Algo estava acontecendo a ele. Sentindo dor, Drácula recuou, respirando com dificuldade. Então, gritou e arrancou a camisa, rasgando-a. Seu peito emaciado e ferido se agitava, como se renascendo diante de seus olhos. Ele olhou para Mina, maravilhado.

— Meu sangue puro, o sangue que você bebeu de mim há tanto tempo, está me curando!

Mina era sua salvadora. O sangue que ela um dia chamara de *amaldiçoado* salvaria Quincey e derrotaria Bathory.

— Sangue é vida. O sangue é *nossa* vida.

Mina engasgou. Segurando a cabeça dele, fez com que Drácula cravasse seus caninos fundo em seu pescoço, convidando-o a terminar. Chegara o momento de ela morrer em seus braços e renascer. Em êxtase, Mina fechou os olhos definitivamente para sua vida humana.

⚜

Quincey abordou um pescador que amarrava seu pequeno barco de madeira.

— Abadia de Carfax! Qual o caminho?

— Abadia de Carfax? Está falando da abadia de Whitby, homem?

— Não, abadia de Carfax. Conhece? — rosnou Quincey, impaciente.

O pescador anuiu.

— Sim. Mas fique longe dela!

— Abadia de Whitby, abadia de Carfax, que seja! Qual o caminho?

O pescador fez o sinal da cruz, sem dúvida com medo. Quincey se deu conta de que deveria estar uma figura lamentável, encharcado de chuva e coberto de lama, sangue e sabe Deus mais o quê.

— Desculpe-me; é uma questão de vida ou morte! Preciso chegar à abadia de Carfax!

O velho pescador balançou a cabeça e indicou uma trilha que levava à floresta.

— Deus o acompanhe, homem!

Quincey correu na direção da trilha. O vento era tão forte que parecia empurrá-lo para trás. A chuva caía em gotas dolorosas. Quincey perguntava-se se Drácula era o responsável pela tempestade, usando o clima para tentar retardá-lo. Ele já não podia sentir os pensamentos da mãe. Isso já o aterrorizava.

Seguiu com dificuldade pela trilha em meio à floresta de Stainsacre. A chuva tornava cada passo mais difícil que o anterior, a lama escorregando a seus pés. Por fim, viu-se em frente à construção abandonada que um dia fora o asilo do dr. Seward. Uma massa de musgo, hera e trepadeiras se enrolara em torno dos restos de pedra dos prédios, como se a natureza estivesse tentando apagar o tormento que um dia existira ali. Segundo o romance de Stoker, aquele era o campo pelo qual Renfield teria corrido para encontrar abrigo na abadia de Carfax. A riqueza da família de Quincey havia sido conquistada como resultado do sofrimento do sr. Renfield. Embora seus pais amaldiçoassem Drácula, a verdade era que haviam se beneficiado diretamente de seus crimes. Quincey ficou pensando se o sofrimento que ele e sua família suportaram era a justiça de Deus.

Carfax se erguia solene na noite, muito maior do que Quincey imaginara. Uma luz tremeluzente iluminava uma única janela. Um facho de luz do farol além do litoral passava intermitentemente, lançando compridas sombras soturnas sobre as paredes em ruínas.

O vento e a chuva ficavam mais fortes à medida que ele avançava pelo campo aberto. Recusando a derrota, ele reuniu suas forças e avançou com toda a disposição. Quincey, por fim, chegou à porta de madeira decorada da abadia e se apoiou, exausto. Para sua surpresa, a porta estava destrancada, e ele caiu de cabeça no salão. Levantando-se, esforçou-se para fechar a porta da abadia, deixando a tempestade do lado de fora. Espiou pelas janelas para ver se alguém o observava, mas só viu lápides solitárias iluminadas por relâmpagos. Não havia ninguém do lado de fora, apenas os mortos.

Quincey percorreu os corredores sinuosos da abadia e em dado momento chegou a um corredor com várias portas. No final, uma porta parcialmente aberta e um facho de luz bruxuleante atrás dela. Quincey se preparou, correu na direção da luz e invadiu o quarto.

Não havia ninguém.

Dezenas de velas derretidas se transformaram em poças de cera; havia uma cama desfeita em um canto. Brasas que se apagavam eram a única iluminação no quarto. Avistou uma pilha de roupas ao lado da cama. Ao se virar, sentiu algo sob o pé. Olhou para baixo e seu coração falhou. Ele pisara no crucifixo da mãe caído no chão. Quincey tinha certeza de que ela nunca o tiraria voluntariamente. Furioso, agarrou a pequena cruz de ouro e deu meia-volta, sem saber para onde ir. Experimentou todas as portas, mas estavam lacradas de ferrugem.

Logo amanheceria. Drácula tinha de encontrar um lugar para descansar. Se houvesse alguma verdade no romance de Stoker, deveria ser onde a luz do sol não pudesse penetrar.

Encontrou a escadaria principal e desceu correndo a abadia. A escadaria estava úmida e fedia a podre, e quanto mais fundo ele descia na escuridão, mais perto se sentia do ajuste de contas.

Viu-se em um saguão cavernoso. Olhando ao redor, Quincey percebeu que estava em um mausoléu. Prateleiras tomavam as paredes. Em cada alcova havia um esqueleto. Centenas deveriam ter sido enterrados ali.

Havia uma antiga lanterna a óleo junto à entrada. Quincey a pegou. O vidro ainda estava quente. Alguém acabara de entrar ali. Vasculhou em seus bolsos os fósforos que Arthur Holmwood lhe dera, rezando para que estivessem secos o bastante para acender. Suas preces foram atendidas; Quincey levou a chama ao pavio e o lampião ganhou vida.

Foi até o centro da sala, iluminando três grandes sarcófagos de pedra. O nome no primeiro estava gravado em latim, e pertencera ao abade de Carfax.

Uma caixa de madeira mais acima estava identificada: "Propriedade de Vladimir Basarab."

Basarab! O nome se tornara um veneno. Quincey vasculhou a área freneticamente com o lampião, e seus olhos pousaram em uma pá enferrujada apoiada em um canto. Colocando o lampião sobre o sarcófago, agarrou o cabo de madeira da pá e bateu-o contra a parede de pedra, partindo-a em dois pedaços. Com sua nova estaca em mãos, Quincey se lançou sobre a caixa, usando toda a força para abrir a tampa. Quando ela cedeu, Quincey gritou de alegria.

Lembrando-se do grave erro que seu homônimo cometera na Transilvânia, permaneceu de olhos fechados para não ser apanhado pelo olhar hipnótico de Drácula e ergueu a estaca pontuda, pronto para acertar o coração do príncipe vampiro. Ao abrir os olhos no último segundo para mirar seu alvo, ficou paralisado como se seu coração houvesse parado, não conseguindo acreditar no que via.

Sua mãe estava deitada morta dentro da caixa.

Quincey jogou fora o punho quebrado da pá e esticou a mão para tocar o rosto que sorrira para ele, os lábios que o haviam beijado. Aqueles lábios estavam frios e sem vida. Nunca mais haveria uma oportunidade de reconciliação e arrependimento. Drácula vencera.

Os dedos de Quincey sangravam pelo esforço de abrir a caixa. Pequenas gotas de sangue caíram nos lábios pálidos de Mina. Em um adeus silencioso, ele colocou a mão sobre o peito de sua mãe e ficou chocado ao sentir seu peito de repente se mover. Aterrorizado, Quincey viu Mina lamber dos lábios as gotas de seu sangue. Seus olhos se abriram. Os olhos azuis e gentis haviam sido substituídos por orbes negras como piche. Seus lábios se esticaram, revelando longos caninos pontudos. O grito que escapou de sua boca era ao mesmo tempo aterrorizante e ensurdecedor.

Antes que Quincey pudesse reagir, as garras de Mina se estenderam e o agarraram pelo pescoço.

Capítulo LX

Lágrimas do céu caíam sobre a terra como se Deus soubesse que naquela noite seu reinado chegaria ao fim. As ondas do mar do Norte eram altas. Relâmpagos riscavam a escuridão. Trovões ribombavam.

A carruagem de Bathory sacudia com violência enquanto avançava em meio à chuva pelo calçamento quebrado da Church Street. As estradas que levavam à abadia de Carfax estavam enlameadas e rapidamente se tornavam intransponíveis. O veículo parou ao lado dos cento e noventa e nove degraus que levavam ao cume. A carruagem da condessa não seguiria mais. A partir dali ela teria de subir a pé os degraus escavados na encosta do penhasco.

Ela saiu da carruagem para o dilúvio. As gotas em seu escalpo nu eram uma lembrança amarga de como seus cachos retintos tinham sido queimados. A água fria em sua pele ainda quente evaporava imediatamente.

Seu olho solitário percebeu uma figura das sombras de pé em uma grande rocha, de costas para ela, olhando para o mar do Norte em fúria. Ele parecia não se dar conta de sua presença, e nem mesmo da chuva violenta. Bathory expôs os caninos. Esgueirou-se na direção dele o mais lenta e silenciosamente que conseguiu. *A chuva disfarçará o som de meus passos.*

O pensamento acabara de passar por sua cabeça quando a chuva de repente parou. As nuvens se abriram e a lua cheia iluminou a figura na rocha.

— Hora de responder por todos os seus pecados... — disse a voz de barítono de Drácula levada pelo vento enquanto ele se voltava para ela. — ...Erzsébet.

Ela odiou o som de seu nome em sua língua materna nos lábios de Drácula. Ele disse isso não como uma saudação, mas como uma maldição. Cada célula de seu corpo queria saltar sobre Drácula e fazê-lo em pedaços. Bathory esperara séculos por aquele momento. Podia permitir-se dar a ele um pouco mais de seus joguinhos: o que eram alguns poucos momentos quando a eternidade a esperava? Ela aplacou a sede cada vez maior de sangue e imaginou-se arrancando a língua frouxa de Drácula e usando-a como um pendente em uma corrente.

Quando Bathory ficou sob a luz da lua, viu os olhos de Drácula traírem uma certa preocupação. Sua nova aparência hedionda obviamente o apanhara desprevenido. Se Bathory tivesse lábios, teria sorrido. Mas, assim como seu nariz e suas pálpebras, eles haviam sido consumidos pelas chamas no metrô.

— Com palavras de amor você arrancou minha garganta e me deixou para morrer — sibilou Bathory. — Mas agora, com os poderes de todos os demônios me sustentando, esta noite eu apareço diante de você. Prometo que você não enganará a morte novamente.

Drácula permaneceu de pé na rocha olhando para Bathory, que estava mais abaixo. Ele retrucou com total confiança:

— Esteja avisada. Deus luta a meu lado.

— É a sua devoção cega a seu Deus que será sua ruína.

Drácula puxou sua capa para trás com uma das mãos e lançou algo para a frente com a outra. Um brilho à luz da lua marcou a passagem de suas espadas, que traçaram um arco na escuridão antes de se cravarem de ponta na terra.

— À moda antiga — desafiou Drácula.

Bathory olhou para as duas armas.

— A espada de seu pai? — perguntou ela, indicando a mais próxima.

— Sim. E a outra é uma das muitas que pertenceram a meu irmão.

— Fico lisonjeada.

Bathory se aproximou das espadas, examinando-as. Ambas haviam sido muito bem-feitas, em um estilo que era comum cinco séculos antes. Por conta das marcas nas lâminas, ficava claro que ambas tinham entrado em combate e derramado sangue. Muito adequado. Havia história demais entre eles para que fosse usado aço virgem.

Bathory pegou as duas, agarrando-as em suas mãos esqueléticas como garras. Uma tinha uma empunhadura de madeira com arremate em ponta que podia ser virado e usado como punhal. A outra, um punho de marfim com arremate arredondado, mas a proteção era curvada em "V", a ponta voltada para o punho. Um espadachim de alto nível podia usar a peça para enfraquecer a porção inferior da lâmina do oponente. Era a lâmina de Radu. Era a arma para ela.

Sem aviso, Bathory arremessou a outra espada para Drácula, ao mesmo tempo saltando para a frente a fim de cortar a cabeça dele.

Com uma velocidade que deixaria um relâmpago envergonhado, Drácula apanhou a espada do pai em pleno ar, jogou seu peso para um lado e evitou o ataque de Bathory. Ele assumiu uma postura de luta com o punho da espada em seu abdome e a ponta voltada diretamente para Bathory.

O rosto devastado de Bathory se contorceu em algo que se fazia passar por um sorriso, e Drácula, sempre um ator, girou a espada como se estivesse no palco.

Bathory suspirou. Pensou no segundo estranho. Seu mentor. Como Bathory gostaria que ele estivesse ali para testemunhar o fim de Drácula...

— Você já pensou, Vlad, em quem o odeia mais do que eu? — perguntou ela, incapaz de resistir à necessidade de reabrir velhas feridas.

Um rápido olhar de confusão passou pelo rosto de Drácula.

— Humano ou dentre nós mesmos, quantos inimigos alguém faz na vida?

— Todos esses anos, Vlad, você nunca pensou, após ter me deixado para morrer, em quem me colocou em minha trilha de vingança? Quem me deu o dom negro? — continuou ela.

Bathory sentiu Drácula penetrando em sua mente, buscando a identidade de seu mentor, daquele que fizera dela uma vampira. Ela não resistiu. Queria destruir a confiança de Drácula e ver sua raiva consumi-lo. Ela desfrutou aquele momento verdadeiramente.

— Não estou só em minha guerra contra Deus, sou apenas uma de muitos. Talvez você se considere corajoso para resistir sozinho ao futuro massacre. Você é um idiota arrogante por achar que pode mudar a maré do destino do mundo.

Drácula rosnou. Ele capturara na mente dela o rosto do mentor. Conhecia bem o nome dele. O ódio entre eles era lendário. A fúria brilhou em seus olhos; Drácula bradou aos céus enquanto erguia a espada bem alto e saltava da rocha quebrada para atacá-la. Bathory ergueu sua espada para enfrentá-lo. Ela se impressionou com a ferocidade daquele ataque. Drácula era movido por pura fúria. Suas lâminas se chocaram com tal força que saíram fagulhas. O metal cruzado rangeu como sinos à meia-noite, indicando o fim de tudo.

⚜

Mina podia sentir sangue humano. Abriu os olhos e foi atacada pela luz intensa de um lampião a óleo. Seus olhos estavam muito sensíveis. Mal conseguiu identificar a silhueta de um homem antes de ser obrigada a fechar os olhos novamente. Por sorte, o cheiro do sangue era tão pungente, tão inebriante, que ela conseguiu encontrar e agarrar sua primeira vítima com facilidade, mesmo não conseguindo vê-la. Mina se regozijou, antecipando. *Sangue é vida!* Iria beber até se fartar. Escancarou a boca, a língua raspando na ponta de seus caninos recém-formados. Podia ouvir-se rosnando como uma fera enquanto sentia o ritmo do coração de sua vítima orientando seu golpe. Ela recuou a cabeça como uma cobra prestes a atacar.

— Mãe?

Mina ouviu a voz trêmula. Era pouco mais que um murmúrio, mas a seus ouvidos mortos-vivos soara como um trovão. Ela parou. A voz parecia a de seu filho, Quincey. A luz da lanterna ainda a cegava, mas Mina lutou contra a dor e se obrigou a abrir os olhos. Em segundos, seus olhos se acostumaram. E ficou assombrada com o que conseguia ver. Tudo parecia mais vibrante, mais claro; até mesmo o calor que emanava do corpo a sua frente se tornava visível. A sombra deu lugar a um rosto amado. Era Quincey, finalmente ali, vivo e em segurança. Mas não seria um encontro alegre. Mina podia ver no rosto dele o absoluto horror. Na hora sentiu uma culpa e uma vergonha esmagadoras, emoções mais fortes do que suportara até então.

— Quincey, me desculpe...

Seus caninos se recolheram e sua mente se concentrou. A expressão de Quincey era de partir o coração. A necessidade de consolar o filho a esmagava. Drácula contara a ela a verdade. Se ela ainda podia sentir, se podia experimentar amor, dor e remorso, então ainda tinha sua alma. Ela não era um demônio.

— Minha mãe está morta — disse Quincey, se afastando dela.

— Não! Isso foi o que Van Helsing ensinou. Não é verdade! — A mente de Mina girava em busca das palavras certas.

Ela viu Quincey se encolher à menção do nome de Van Helsing. Podia ver o sofrimento nos olhos do filho. Tinha de fazê-lo compreender.

— Van Helsing estava errado. Ainda sou sua mãe, Quincey.

Ela abriu os braços para o filho, esperando ser perdoada.

Mina viu a energia emanada do corpo do filho de repente mudar de cor, de um branco e um azul-claro benignos para um forte vermelho quente. A expressão dele também mudou. A mente lógica de Quincey estava dominando sua emoção natural.

— Não! — gritou Quincey.

Ele a empurrou para longe.

A força foi tão grande que Mina caiu na caixa, esmagando-a, e em seguida rolou para o chão de pedra frio. Ela ainda estava fraca de sua transformação e necessitava muito de sangue.

Lutou para levantar-se, e Quincey recuou ainda mais, balançando a cabeça de incredulidade e nojo. A energia que vinha dele se tornou negra. Mina podia ver em seus olhos. Em sua mente havia apenas uma palavra: "matar".

— Quincey, não! — Mina cambaleou na direção dele. — Nem pense nisso!

Ele lhe deu as costas e recuperou a pá quebrada. Seus punhos agarraram a estaca com tanta força que o sangue dos dedos feridos começou a correr de novo. Mina se obrigou a se afastar do aroma doce.

Lágrimas correram pelo rosto de Quincey. Sem mais uma palavra, ele se virou e saiu correndo com inacreditável velocidade.

— Quincey, espere! Foi escolha minha! — gritou Mina. — Fizemos o que precisava ser feito para salvá-lo de Bathory!

Ela cambaleou mais alguns passos e desabou. Nunca conseguiria pegar o filho no estado em que estava, nem impedi-lo de cometer um erro fatal. Precisava de sangue para ganhar forças. Precisava chegar a Quincey antes que ele confrontasse Drácula, pois fizera o príncipe jurar que não levaria seu filho. Ela sabia que Drácula não quebraria sua promessa, nem mesmo para se defender. Mas temia a ingenuidade de Quincey. Em sua ignorância, Quincey poderia se aliar a Bathory na esperança de conseguir a vingança sobre Drácula que tanto almejava.

Os sentidos recém-apurados de Mina sobrecarregavam sua mente, prejudicando sua capacidade de ir atrás de seu filho. Podia sentir o cheiro dos cadáveres se decompondo nas tumbas, o musgo crescendo nas pedras, fezes de animais, a umidade do ar e o som dos passos de Quincey ecoando ao subir as escadas. Ela estava ficando surda com as pequenas gotas de água que caíam em uma poça em um canto. Entendeu como a pobre Lucy deveria ter enlouquecido com a sobrecarga de sensações.

Lucy entrara em coma depois da transfusão de sangue malfeita de Van Helsing e de repente acordara em seu caixão, confusa, desorientada e quente, com uma inexplicável sede de sangue. Ela não teve orientação. Fugindo do grupo de heróis, Drácula não pudera instruir Lucy sobre a vida dos vampiros. Mina entendeu como a amiga se banqueteara com a primeira vítima que encontrara — uma criança. A sede era insuportável, mas Mina estava determinada a continuar fazendo o que deveria ser feito. Drácula a preparara. Ela tinha consciência do que acontecia e sabia o que tinha que fazer de modo a deter Quincey.

Mas precisava de sangue. Aquela sede não era apenas em seu estômago, mas em cada centímetro de seu corpo. O veneno que a transformara estava alimentando diretamente suas células e, quanto maior o número de células assim, mais o veneno em seu coração desaparecia. O sangue do vampiro ia sendo consumido por seu próprio corpo. Necessitava de mais antes que se devorasse viva.

O barulho de pequenos roedores correndo soou em seus ouvidos. Mina virou a cabeça ao mesmo tempo que seus caninos se projetavam e seus olhos ficavam negros. Concentrou-se em um grupo de ratos. Deixando de lado o nojo, lançou-se sobre os roedores, pegando-os e rasgando suas gargantas com os caninos. Os guinchos agudos feriram seus ouvidos. Mas ela bebeu. Não tinha escolha. *Sangue é vida!*

Capítulo LXI

O violento ataque de Drácula pegou Bathory desprevenida. A potência de cada golpe a empurrava mais para trás. Cada choque do metal disparava vibrações por todo seu corpo. Mal podia bloquear os violentos golpes, e viu-se recuando para cima nos degraus escorregadios da encosta a cada movimento. Elizabeth estivera certa em sua decisão de permanecer na carruagem e preservar sua força. Precisaria de toda ela. Melhor assim. Daria tudo o que tinha para ver Drácula derrotado.

Drácula, de olhos arregalados e dentes trincados, era o louco de Deus, que empurrava Bathory escada acima. Ela trincou os dentes, mas não iria permitir que Drácula soubesse o grau de sofrimento que estava infligindo. As palavras de seu mentor surgiram em sua mente: "Nós aprendemos com a dor." Aquele não era o Drácula que ela enfrentara no metrô. Estava mais forte. Mina decerto ajudara a curá-lo. A condessa cuidaria disso depois.

A força de Bathory diminuía a cada golpe de Drácula, o que só o tornava mais corajoso. Atacando com violência cada vez maior, ele a obrigou a subir a escada, mas Bathory começou a desenvolver um plano em sua mente. Ele poderia estar mais forte que ela naquele momento, mas não seria capaz de manter o ritmo por muito tempo. E a condessa sabia que era mais rápida.

Drácula desferiu uma série de ataques selvagens. Aço mordia aço com tanta força que Bathory mal conseguia erguer o braço para deter as investidas. A expressão de vitória no rosto dele era de enlouquecer. Elizabeth não teve escolha a não ser se virar e subir as escadas correndo até o patamar seguinte, a espada arrastando atrás dela. Esperou enquanto Drácula avançava lentamente, saboreando cada momento, acreditando que cada passo o levava para mais perto da vitória. A arrogância dele era tal que já não segurava a espada à frente, deixando-a pender ao lado do corpo, como se ela não mais representasse uma ameaça.

Venha até mim. Venha e morra.

Quando Drácula chegou ao patamar em que Bathory estava, não fez menção de atacar, ficando apenas de pé ali, olhando para sua beleza arruinada.

Ela viu a raiva desaparecer do rosto de seu inimigo, deixando apenas tristeza. Elizabeth odiava admitir, mas entendia o que ele estava pensando. Quando Drácula a matasse, estaria matando uma parte de si mesmo. Eles eram frutos da mesma árvore, imortais que levavam vidas solitárias. Poderiam ter sido aliados, companheiros. Mas como Bathory escolhera dar as costas a Deus, Drácula tivera de dar as costas a ela. Ela viu sua expressão mudar, resignado a fechar o livro de sua antiga rixa. Decidira que era hora de acabar com sua vida. *O idiota!*

Drácula ergueu sua espada, em posição de cortar a cabeça de Bathory com um só golpe. Ele era bom, demonstraria a ela a misericórdia de uma morte sem dor.

No último segundo, porém, Bathory colocou seu plano em ação. Antes que o aço da espada de Drácula cortasse seu pescoço, ela se valeu de sua velocidade. Em um movimento rápido, dobrou os joelhos e curvou as costas para trás. A lâmina dele passou raspando acima de seu nariz, e ao não encontrar o alvo o jogou para a frente pelo peso e impulso. Bathory se moveu tão depressa que um olho humano não teria conseguido detectá-la, prendendo a espada de Drácula na proteção de sua arma e empurrando a lâmina dele para a terra molhada ao lado da escada de pedra. Bathory girou, torcendo a espada e expondo o peito de Drácula, e pegou a faca *kukri* dentro do casaco. Ela o dominara.

Bathory bateu com a lâmina curva no corpo de Drácula, enfiou fundo e cortou do abdome até o peito. Drácula gritou e caiu para trás, o sangue esguichando, batizando Bathory. Ele precisou colocar as duas mãos no ferimento para conter a maré vermelha.

Bathory soltou sua espada e ergueu a lâmina curva, mostrando-a a Drácula.

— Lembra-se disto?

O brilho de horror que surgiu nos olhos de Drácula era a resposta de que ela precisava.

— Sua hora chegou. Nossa batalha acabou, e eu ganhei. Finalmente governarei o mundo como o ser superior que sou. Os homens cairão a meus pés pedindo ajuda a Deus. E assim como Deus deu as costas a mim quando precisei, dará as costas aos homens. Deus me tirou tudo o que amei, incluindo meus filhos. As leis de Deus voltaram minha família contra mim. As leis de

Deus fizeram meu marido me torturar. As leis de Deus fizeram meu povo me rejeitar. Eu cuspo em Deus e suas leis. E cuspo em você, defensor de Deus. Sim, você me ajudou, mas quando eu não podia mudar o que era e buscava minha justa vingança você tentou me matar. Eu não merecia vingança? Bem, tenho-a agora. Deus não tem lugar no mundo que vou criar.

A lâmina de Quincey P. Morris não passava de metal, mas as lembranças relacionadas a ele eram poderosas. Bathory a virou, permitindo que Drácula visse claramente a mesma arma que ela usara na Transilvânia. Ele olhou como se hipnotizado. Mais uma vez, Drácula subestimara a capacidade de seu oponente.

— Desta vez a lâmina do texano vai terminar seu trabalho — sussurrou Bathory.

Drácula se afastou, apertando o ferimento. Não era apenas o medo de Bathory que o fazia recuar. Havia algo mais. Seus olhos estavam olhando para além da condessa, para algo atrás dela.

Ela se virou. Amanhecia. O tempo estava acabando para os dois.

Um grito agudo perfurou os tímpanos de Bathory. Ela se virou e viu seu inimigo correndo na direção dela. O ombro dele acertou em cheio seu tórax, jogando-a de costas na escada de pedra. Drácula pegou a espada abandonada de Bathory e se lançou no ar sobre sua cabeça, cobrindo-a com o sangue de seu ferimento ao passar. A sola de suas botas bateu na escada acima dela, e ele deu um golpe de cima para baixo, tentando abrir sua cabeça ao meio.

Ele não aprendeu nada? Bathory rolou de lado enquanto a lâmina de Drácula se cravava no degrau de pedra. O aço rachou-se, depois dos muitos golpes da batalha. A condessa se esticou na direção da espada de Drácula, ainda cravada na terra, e Drácula tirou a espada de Bathory da pedra no mesmo momento em que ela arrancava a outra lâmina. Eles haviam trocado de armas. Erguendo a espada a sua frente, Bathory se virou para correr na direção de Drácula, sabendo que a vitória estava ao alcance das mãos.

Os olhos de Drácula se tornaram reptilianos, sua pele, de um verde-acinzentado, as orelhas pontudas. A boca se expandiu, repleta de presas ensanguentadas que se projetavam em um focinho hediondo. Seu rosto ficava assim quando ele queria instilar medo em seus inimigos mortais e quando estava em perigo. Mas não teria efeito sobre Bathory. Não restara nada de mortal nela.

Bathory se lançou contra a criatura, empurrando Drácula para trás com a ferocidade e a velocidade de seu ataque. Enquanto ela o aproximava do cume, parte da rocha cedeu, expondo suas costas ao sol nascente. Os raios do sol atingiriam Drácula antes. Bathory pretendia ficar na sombra dele, protegendo-se. Naquela noite ela iria se erguer, e o defensor de Deus cairia.

Bathory sentiu Drácula se enfraquecer a cada golpe de sua espada. Ele subia a escada de costas, seu sangue escorrendo do ferimento desferido. O sol começou a bater nas costas dele. A espada de Bathory acertou sua lâmina repetidamente, cada vez mais rápido. Mais alguns poucos golpes e ela o deixaria indefeso: então acertaria seu coração.

⚜

Mina cambaleou pelos corredores sinuosos da abadia escura. Conseguia ver claramente, a despeito da escuridão. Não sendo mais uma criatura da luz, tornara-se uma predadora da noite.

Seu corpo estava agitado. Lutava contra pontadas de fome e surtos de náusea. De repente tonta, Mina se apoiou na parede fria, incapaz de ficar de pé. Sentiu uma opressão no peito e vomitou sangue. Seria seu corpo rejeitando o sangue dos ratos? Talvez como vampira nova apenas o sangue humano servisse.

Ao redor havia o barulho da tempestade, e algo mais. Estava distante, mas Mina o ouvia muito bem. Reconheceu como sendo o som de chuva e vento na madeira. A porta externa! Tinha de ser.

Mina correu, seguindo aquele som, pelas catacumbas. Podia sentir a umidade, a fumaça de velas distantes, até mesmo os ratos em decomposição que ela deixara para trás. Sentia o cheiro de Quincey. Seu filho passara por ali. Ela finalmente entendia o que Drácula quisera dizer ao falar que vampiros existiam em um plano superior ao dos mortais. Embora estivesse fraca e frágil, era muito mais do que um ser humano. Embora no medo que sentia pela vida de Quincey ela ainda fosse humana demais.

Guiada por cheiro e som, Mina encontrou as grandes portas de madeira na frente da abadia. Abriu-as e se sentiu esmagada por um medo e uma dor tão fortes que foi obrigada a recuar para as sombras. O sol! Ele estava se erguendo no céu. Seus instintos diziam-lhe para se retirar para a escuridão e se esconder da luz, mas sua necessidade de salvar Quincey a obrigou a sair novamente. Os raios do sol eram como um milhão de agulhas perfurando sua pele. Era doloroso, mas suportável.

Mina correu às cegas pelo campo até seus olhos enfim se acostumarem. Voltou a sentir-se fraca, e a náusea retornou. Tropeçou e caiu no chão. Quando ergueu os olhos viu Quincey de pé entre os túmulos e ouviu o que parecia ser uma batalha de espadas. Seus olhos queimaram à luz, obrigando-a a apertar as pálpebras. Voltou a atenção para onde Quincey estava olhando.

Duas figuras silhuetadas batalhavam na escada de pedra, digladiando--se. Mina sabia que eram Drácula e Bathory. Podia sentir que Quincey tentava decidir-se sobre o que fazer, se iria interferir ou não. Ela se ergueu com esforço. Tinha de alcançar o filho antes que ele fizesse algo.

⚜

Quincey ficou parado ali, hipnotizado pela batalha travada a sua frente. Drácula recuava. A criatura esquelética que o atacava era rápida como a luz, empurrando-o incansavelmente para o cume do penhasco, para o sol, que se erguia devagar. Tudo estava ali para que Quincey aproveitasse. Ele só precisava de coragem, mas não conseguia se mover.

A criatura calcinada que combatia seu inimigo mortal tinha de ser a condessa sobre quem Van Helsing o alertara, o próprio Jack, o Estripador. Se atacasse naquele momento ao lado dela, com Drácula em retirada, poderia conseguir a vitória. Seu instinto o alertava para ter cautela; mas a razão dizia: *O inimigo de meu inimigo é meu amigo.*

⚜

Bathory sibilou com sua boca sem lábios. Séculos de obsessão a haviam conduzido àquele momento. A vitória estava ao alcance da mão. Ela batia na espada de Drácula, sentindo que seu inimigo perdia força a cada momento em que o sol se erguia no céu. A respiração dele estava ficando mais pesada; o sangue escorria do ferimento.

Aquele era o momento do ataque decisivo. Bathory mergulhou fundo dentro de si e invocou todas as lembranças da dor e do sofrimento que suportara em sua longa existência. Enquanto se aproximavam dos últimos degraus, em direção ao cume do penhasco, ela usou sua fúria para juntar o restante de sua energia e desferir um último golpe.

O aço rachado da espada de Drácula por fim cedeu, um golpe final de Bathory partiu a lâmina e derrubou a arma no chão. Seu olho restante se projetou com a antecipação da morte. Ela sentiu o medo de Drácula. Se tivesse tempo, teria derramado lágrimas de sangue de alegria. Com a faca *kukri* ainda na mão esquerda, Bathory ergueu sua espada com a direita acima da cabeça, segurando-a como uma lança, e a baixou na direção do coração de seu inimigo.

Drácula não tinha espaço de manobra. Sua morte era iminente. Na metade do golpe, Bathory viu a expressão da criatura passar de medo para um sorriso incompreensível. Com a lâmina a centímetros de seu coração, ele avançou e agarrou a espada de lâmina dupla com o punho, desacelerando o golpe mortal. As lâminas afiadas deceparam os dedos da mão dele, que giraram pelo ar enquanto Drácula jogava de lado a espada de Bathory.

Fagulhas saíram da espada quando ela se cravou na pedra do último degrau, errando Drácula. O impulso de Bathory a lançou na direção de seu inimigo mortal. Naquele momento, o príncipe se apoiou nos calcanhares e, com a outra mão, cravou sua espada quebrada na barriga de Bathory. A lâmina partida atravessou a carne queimada e saiu pelas costas, presa pelo punho.

A condessa apostara e perdera. Onde estava sua justiça? Não era assim que deveria acontecer. Todos os seus esquemas, todas as suas maquinações, todos os seus planos não passavam de cinzas flutuando no vento do tempo. Em meio à dor inimaginável, ela se obrigou a olhar para o rosto sorridente de Drácula, novamente com a aparência humana. Ela fora enganada pelo mestre. Ele olhara dentro de sua alma e compreendera sua fúria, sua arrogância. Acima de tudo, entendera sua obsessão. Não por acaso pegara sua espada rachada; nem passara de um truque o medo fingido. Drácula desempenhara seu papel como o ator que era. Elizabeth esquecera a regra de ouro de combate de seu mentor: "Nunca subestime seu adversário."

Drácula retirou a lâmina da barriga de Bathory e jogou a espada de lado. Olhou para ela sem regozijo ou alegria.

— Depois que o desafio é lançado, nenhum cavaleiro de Deus verdadeiro pode perder um só combate para cavaleiro falso.

A menção ao nome de Deus a encheu de fúria. Com um grito saído do fundo de sua alma infernal, Bathory se obrigou a se erguer e, com a faca *kukri* em uma das mãos, cortou a garganta de Drácula. O sangue jorrou como um gêiser. Esquecendo a própria dor insuportável e a perda de sangue, Bathory caiu na gargalhada. A expressão de choque no rosto de Drácula levando a mão sem dedos ao pescoço para estancar o sangue foi preciosa demais.

O rosto de Drácula se contorceu de fúria. Ele cerrou a mão direita intacta em um punho poderoso, que cravou fundo na barriga de Bathory. Ela ouviu o som nauseante de sua carne calcinada amassar, rasgar e rachar. Podia sentir o punho dele subir por dentro de seu corpo, esmagando órgãos à medida que penetrava entre suas costelas.

— Deus amou você — gritou ele. — Você escolheu matar porque não queria aceitar seu amor. Você é responsável por seus crimes!

A mão de Drácula se fechou ao redor do coração dela e o apertou. Então, tirou o braço de dentro de seu corpo. Bathory olhou para o próprio coração negro ainda pulsando na mão dele.

Soltando um uivo mortal, ela enfiou a faca *kukri* no peito de Drácula. Sabia que não tinha força suficiente para enfiar a faca até o coração. Mas a perda de sangue dos ferimentos que ela infligira e o sol nascendo às costas decerto acabariam com ele. O duelo terminara empatado. Ambos venceram e ambos perderam.

Com seu último fôlego, recusando-se a morrer aos pés de Drácula, Bathory se atirou para trás, e caiu nos degraus de pedra. Ela ouviu seus ossos se quebrando no caminho, mas não sentiu dor. Drácula logo estaria morto e, embora Elizabeth não fosse liderá-la, ter assassinado o defensor de Deus abriria caminho para uma nova ordem mundial.

Ali, morrendo, seu último pensamento foi o de que aquela condessa, Elizabeth Bathory — ultrajada, agredida, desprezada e aterrorizada — se erguera da própria morte e se tornara a ferramenta que levaria à destruição do mundo: um adequado epitáfio para alguém a quem Deus dera as costas.

Quincey viu Bathory cair, deixando Drácula sozinho com a faca curva ainda se projetando de seu peito. Em mais alguns instantes os raios de sol incidiriam diretamente sobre ele.

Quincey apertou o punho sobre a pá quebrada em sua mão. Era hora de agir. Drácula devia morrer. Ele avançou.

— Quincey, espere! — gritou Mina atrás dele.

O som da voz de sua mãe serviu apenas para alimentar sua sede de sangue. Quincey correu. Era hora de fazer justiça com o homem que arruinara sua família.

— Drácula! Olhe para mim!

Capítulo LXII

O sol ainda não estava alto no céu e a pele de Mina já queimava. Sua mente dizia a seu corpo para se levantar e deter Quincey, mas seu corpo reagia lentamente. Usando as lápides do cemitério como apoio, ela se arrastou na direção dele. A falta de sangue fresco a deixava fraca. Desesperada, gritou:

— Quincey! Pare! Espere!

Quincey deu um grito de guerra e ergueu a ponta quebrada da pá acima da cabeça, correndo para Drácula com velocidade sobrenatural. Mas Drácula não se virou para encará-lo. Intrigado, Quincey parou. Não havia honra em desferir um golpe em seu inimigo mortal pelas costas.

Dane-se a honra, é uma questão de vida ou morte! Assim, recolheu o braço e preparou a pá para o ataque. Porém, uma dor lancinante, como um prego atravessando seu crânio, deteve sua mão. Ele ouviu uma voz em sua cabeça: *Você realmente pode me matar, Quincey? Aquele a quem você amou?*

Quincey ficou paralisado, lutando com os pensamentos confusos. Era como se ele já não controlasse seu cérebro ou seu corpo. Nuvens convergiram, bloqueando o sol, que se erguia. Quincey entendeu por que seu inimigo não o encarara: Drácula estava concentrando seus poderes no céu e no cérebro de Quincey. Só depois Drácula se virou para fitá-lo.

Na determinação em destruir o inimigo, Quincey não antecipara o fato de que, quando olhasse para Drácula, também estaria olhando para o rosto de Basarab. Com a garganta e o abdome cortados, a mão sem dedos como um coto ensanguentado e seu peito sangrando da faca *kukri*, o vampiro parecia tão fraco e frágil que Quincey de repente sentiu compaixão. Não por Drácula, que assassinara seu pai e violara sua mãe, mas por Basarab.

— É você. Van Helsing me contou... e ainda assim eu esperava.

Incapaz de seguir com a luta interior, Quincey, embora relutante, deixou a pá escapar da mão, recuando, derrotado.

— Não posso fazer isso.

A voz em sua cabeça ficou mais alta, mais confiante. *Drácula ou Basarab... Ainda sou o homem que o ama.*

A dor de Drácula era intensa, mas ele trincou os dentes e se forçou a falar:

— Lamento tê-lo enganado, mas Bathory tinha de pensar que eu estava morto. Tornei-me Basarab de modo a me esconder da vista de todos.

Imagens explodiram na mente de Quincey, mostrando-lhe a verdade, ou uma versão dela. Bathory, a condessa, era a verdadeira vilã. E as ações de Drácula, para o bem ou para o mal, tinham um objetivo: proteger Quincey e sua mãe. Ele não sabia no que acreditar. As imagens em sua cabeça eram reais? Drácula havia sido seu aliado o tempo todo? A compreensão de que Basarab mentira para ele o enfureceu.

— Eu amei você. Confiei em você! Você me usou e me traiu!

O sol se abateu sobre o príncipe das trevas. A pele de Drácula começou a secar e encarquilhar. Seus ossos se ergueram como os picos de dunas de areia sob sua carne. À medida que ele se desfazia, seus poderes ficavam mais fracos. As nuvens começaram a se dissolver.

— Pergunte a si mesmo por que não pode me matar, Quincey. Você é o que eu sou. Você não pode me matar sem matar a si mesmo.

Quincey sacudiu a cabeça para afastar a ideia; não importava se Bathory era uma vilã ou não. Se o mal de Drácula não tivesse vindo à Inglaterra, se não tivesse invadido a família de Quincey como um câncer, Bathory nunca teria vindo. Não importava se havia sido Drácula quem matara seu pai ou se fora Bathory quem o empalara de forma tão grotesca. Fora Drácula quem dera início àquilo tudo.

Não era mais o Basarab que ele amara que estava diante de Quincey, mas um cadáver vivo, absolutamente mau. Quincey enfim estava livre de qualquer confusão em sua mente. Ele agarrou Drácula pela capa e o puxou para si a fim de que se encarassem, tendo entre os dois apenas a faca *kukri*.

— Você assassinou meu pai!

Ele esperara uma luta. Em vez disso, Drácula sorriu-lhe. Pedaços de pele queimada caíram dos cantos de sua boca.

— Quincey, você não é idiota — disse ele serena e sinceramente. — Ainda não vê a verdade? Não assassinei o homem que você conhecia como seu pai, Quincey. *Eu* sou seu pai.

O choque foi enorme. Quincey soltou Drácula, e o vampiro caiu de costas na escada. Depois avançou, colocando as duas mãos no cabo da faca *kukri*.

— Você está mentindo!

Drácula não ofereceu resistência. Ao contrário, abriu os braços, oferecendo a Quincey o controle da faca *kukri* em seu peito e a decisão sobre sua vida.

— Faça, se tem coragem — desafiou.

A última demonstração de poder acabara com toda a força que restava a Drácula, pois as nuvens se abriram e os raios de sol incidiam diretamente sobre ele.

O momento sobre o qual Van Helsing alertara a Quincey chegara. Ele ainda era uma criança fraca ou um homem com sabedoria e força para fazer o que tinha de ser feito? Ele olhou para o homem que sempre considerara um inimigo; e que agora dizia ser seu pai.

Um vapor saiu de sob as roupas de Drácula e da carne exposta de seus membros. Quincey vacilou. Se ele cravasse a faca *kukri* até o fim, seria um assassino como o demônio diante de si. Era o que Deus queria para ele?

— Queria saber a verdade, não é? — disse Drácula com uma voz rascante. — O segredo que todos tão desesperadamente queriam esconder de você? Eu me deitei com sua mãe antes de seu pai. Você é fruto de minha semente. Meu sangue corre por suas veias.

A dor retornou à cabeça de Quincey, e ele caiu para trás, soltando a faca *kukri*. A voz em sua cabeça era a de Mina. *Perdoe, filho. Ele diz a verdade.*

Toda a existência de Quincey fora uma mentira. Ele olhou para Drácula. A pele do vampiro derretia, mas Quincey não era afetado pelos raios do sol. Ele ainda era humano... Isso significava que ainda era livre. Portanto, tinha escolha.

— Eu sou filho de Jonathan Harker, e filho de Deus.

Drácula olhou para Mina, resignado.

Então ergueu-se do chão, lançou-se da beirada do penhasco e explodiu em uma bola de fogo.

O sol fizera seu trabalho. A luz destruíra as trevas.

Quincey só acompanhou, impotente, o corpo em chamas de Drácula despencar aqueles noventa metros e se chocar contra o mar agitado.

Atrás de si, ouviu sua mãe gritar. Ele não sentiu nada.

⚜

Mina berrou ao ver o corpo de Drácula cair. Em um instante ele desapareceu, deixando para trás uma trilha de fumaça negra. Ela renegara por tanto tempo a verdade de seu amor por Drácula, perdera tanto tempo... O amor deles deveria ser eterno, mas tinha acabado.

Saiu fumaça de suas mãos. Os raios do sol batiam em seu corpo, infligindo uma dor lancinante. Mina cambaleou alguns passos pelo cemitério antes de seu corpo fraquejar e ela cair. Engatinhou, abrindo caminho pelo chão, tentando chegar a Quincey. Talvez sabendo toda a verdade ele compreendesse sua escolha e desse o perdão de que ela necessitava.

Mas seu filho não se voltou para ela; apenas ficou ali, mirando o penhasco, perdido em pensamentos.

— Venha comigo agora, meu amor — implorou Mina. — Há muito que preciso lhe contar. E muito mais para o que tenho de prepará-lo.

Quincey olhou para suas mãos, ensanguentadas e sujas. As palavras que disse foram mais mortais que qualquer estaca que pudesse ser cravada:

— Minha mãe está morta.

E com isso deu as costas a Mina, correndo e sem olhar para trás.

Mina o viu partir, sentindo um terrível vazio dentro do peito. Ela salvara o filho, mas a vitória tivera um preço alto. Era, contudo, ainda válida: Quincey podia escolher seu destino. No entanto, Mina estava sozinha. As únicas pessoas que amara haviam morrido. Ela não escolhera enfrentar a eternidade sem companhia. Qual era o sentido da imortalidade se não teria ninguém com quem partilhá-la?

As chamas lamberam-lhe os pés enquanto Mina se arrastava para a beirada do penhasco, mas ela não sentia dor, apenas tinha a sensação de que sua vida quase chegara ao fim. Ansiava rever Jonathan, Lucy e todos os seus amigos. Ansiava encontrar-se com seu príncipe das trevas. A jornada fora longa e dura. Era hora de ir para casa.

Ergueu os braços para o céu e entregou sua alma a Deus. Esperava que Ele soubesse a verdade em seu coração e, em Sua infinita sabedoria, pudesse perdoá-la.

Por um instante Mina oscilou na beirada. Então inclinou-se um pouco mais para a frente e, um instante depois, estava caindo.

A água e as rochas traiçoeiras subiram para se encontrar com ela. Por um instante, Mina viu seu reflexo em chamas, e depois a escuridão. Um sono bem merecido.

Capítulo LXIII

O marinheiro John Coffey estava exausto. Ficara até tarde da noite bebendo com seus colegas da tripulação embaixo do convés e estava pagando o preço.

Era um dia nublado, mas o sol lutava para aparecer. O clima deixava o mar muito agitado. Coffey perguntava-se se sua ressaca passaria caso o tempo mudasse. O enorme transatlântico estava ancorado em Roches Point, a duas milhas da costa de Queenstown, por ser desgraçadamente grande para caber no cais local. Coffey não entendia por que se construíam barcos tão grandes. Quem estavam tentando impressionar? Decerto não a tripulação: em um barco como aquele um marinheiro tinha de trabalhar mais pelo mesmo salário pífio.

Era hábito que, quando ancorada no mar, a tripulação do navio acompanhasse os passageiros no barco de transporte, levando-os ao porto e trazendo-os de volta. John Coffey tivera sorte de naquela manhã fria ter sido escalado para o *P.S. America* — um dos barcos a vapor usados para transportar passageiros. Queenstown era a cidade natal de Coffey, mas apesar de estar tão perto ele não teria a oportunidade de colocar os pés lá. Suas ordens eram fazer o trajeto o mais rápido possível. Era a primeira viagem do transatlântico, e os donos e o capitão estavam determinados a quebrar todos os recordes de velocidade até Nova York. Não havia tempo a perder.

Coffey estava no mar havia mais de dois anos, criando calos por muito pouco dinheiro. O emprego naquele novo transatlântico era o melhor que já tivera, mas ainda assim não lhe restava nada para ser guardado.

O *P.S. America* levantou âncora e se soltou do grande transatlântico, levando sete passageiros para o porto. Enquanto ele seguia de Cork Cove para o cais, os olhos injetados de Coffey foram atraídos para a catedral de St. Colman, erguida no alto da colina. A construção começara mais de quarenta anos antes. Pela aparência dos andaimes na torre do sino, ela estava quase concluída.

Ele sorriu com a visão. Aquele porto era uma passagem para a América desde 1891, quando o *S.S. Nevada* levara os primeiros de muitos emigrantes irlandeses pelo mar para uma nova vida. Coffey estivera em Nova York muitas vezes, mas sempre sentira saudade de sua tranquila cidade litorânea. Somando o insulto à injúria, o *P.S. America* iria deixar seus sete passageiros no Cais 13. Um número de azar.

Mais uma vez, Coffey quis poder fazer uma oração na igreja antes de zarpar no enorme transatlântico. Suspirou e olhou para o cais, que se aproximava, onde mais de cem passageiros da terceira classe aguardavam para embarcar no transatlântico. Homens e mulheres de diferentes países da Europa em busca de uma oportunidade de construir uma vida melhor. Só Deus sabia o que eles encontrariam ao chegar à América.

Assim que Coffey terminou de conferir cada tíquete e marcar os nomes na lista, ele e os demais marinheiros começaram a embarcar a carga.

Uma voz chamou do cais:

— Espere!

Ele ergueu os olhos e viu um camarada desgrenhado cambaleando pelas tábuas gastas na direção do barco. Pela aparência das roupas velhas do homem, Coffey apostou que era um sem-teto infeliz tentando abrir caminho para a América.

— Ei, aonde você pensa que vai? — perguntou Coffey.

— Desculpe-me — gaguejou o vagabundo.

O sotaque dele era inglês e educado, o que era surpreendente, e o homem tinha uma expressão vazia e ensandecida nos olhos. Coffey sentiu que havia algo de errado. Vira aquele olhar antes — o olhar de seu pai, que tinha ido para a guerra, visto e feito coisas terríveis. E aí veio outra surpresa: o homem entregou-lhe um papel com as familiares letras vermelhas brilhantes no centro: "Cartão de embarque."

— Convés B, primeira classe? — perguntou Coffey em dúvida, olhando para os farrapos do vagabundo. Ele leu o nome no cartão de embarque. — Está me dizendo que é o dr. Fielding?

Também notou que aquele sujeito sujo parecia ser mais jovem que ele, sem dúvida jovem demais para trabalhar como médico. Na certa, portanto, roubara a passagem do verdadeiro médico. Coffey baixou os olhos para a bolsa de aparência suspeita pendurada no ombro do homem.

— Devo acreditar que é sua maleta médica?

— Ah... Eu sofri um acidente, como pode ver por minha aparência. Perdi minha maleta médica — retrucou o camarada, segurando com mais força as tiras de couro da bolsa.

— Perdeu? Junto com sua bagagem? — Coffey esperava que o sujeito saísse correndo e o jogo terminasse.

O jovem olhou para Coffey de um modo que lhe causou um arrepio.

— Deixe-me ver sua licença e seu passaporte — pediu Coffey.

O vagabundo tirou uma carteira do bolso e a deu a Coffey. Ele ficou chocado ao ver dentro dela uma nota verde. Tinha um desenho estranho. Após um instante Coffey a reconheceu como sendo americana. Tinha o número "20" pintado em amarelo brilhante, assim como as palavras "em moedas de ouro". Coffey piscou. Seus dedos a viraram para ver se era real, e só então se deu conta de que havia cinco notas. Cem dólares. Era mais dinheiro do que ele ganhava em um ano. Coffey tornou a analisar o vadio. Aquele dinheiro era sua oportunidade de começar uma nova vida, mas a que preço? Tomou a decisão rapidamente.

— Seus papéis parecem estar em ordem — disse ele. — O senhor conseguiu, doutor. Venha por aqui.

Havia uma pilha de caixas no cais, carga a ser transportada para o transatlântico. Enquanto ajudava seus colegas marinheiros a embarcar a carga no navio, Coffey prometeu que confessaria seu comportamento pecaminoso na catedral de St. Colman antes que o dia terminasse.

⚜

O dr. Fielding desembarcou do *P.S. America* e subiu a bordo do enorme transatlântico. Subiu a grande escadaria e foi para o convés panorâmico, caminhando junto à balaustrada da popa. A elite aristocrática zombou de sua aparência. Ele ficou surpreso por ninguém tê-lo denunciado, imaginando que seria um passageiro de terceira classe que havia ido para um lugar que não era o seu.

Paz, finalmente um momento de paz. "Dr. Fielding" era um nome tão bom quanto qualquer outro para um homem que já não sabia quem era. Ele um dia fora homônimo de Quincey Morris, um homem corajoso que morrera combatendo o mal pelo bem da humanidade. Quincey Harker achava que já não merecia usar aquele nome. Ele se lembrara de ter corrido pelo que pareciam horas desde a abadia de Carfax. Lembrou-se do momento em que sentira que sua mãe estava morta, completamente morta.

Vagara sozinho sem destino durante dias, sem ideia de para onde ir ou o que fazer. Fora um milagre ou pura sorte ter visto o cavalo que roubara em Whitby após pegar um trem em Londres? Quincey demonstrara misericórdia para com o animal quando ele desabara. Não sabia como o cavalo o encontrara. Quincey não havia percebido antes a bolsa na sela do cavalo, tão concentrado estava em sua viagem. Naquele momento, Deus mostrava a ele um caminho.

Ao abrir a sacola Quincey encontrara a carteira do médico com trezentos dólares americanos e uma passagem de primeira classe em um transatlântico para Nova York. Seu primeiro instinto fora procurar o bom médico e devolver o que lhe pertencia, bem como sua montaria. Ele gostava da ideia de ser um homem de grande fibra moral, mesmo sendo filho de Drácula. A despeito disso, Quincey descobrira que, afinal, era um covarde.

Mas, de pé no convés do navio grandioso, não podia deixar de sentir que sua grande aventura estava prestes a começar.

⚜

Tendo ajudado os cem novos passageiros a passar do *P.S. America* para o transatlântico, Coffey iniciou a última tarefa da manhã. Como ordenado, ele iria passar a carga do barco para o porão do navio. Então, assim que o grande navio estivesse partindo, Coffey iria se esconder no *P.S. America* e retornar a Queenstown. Iria diretamente à igreja para se confessar e depois desapareceria para começar vida nova.

Coffey prendeu uma corda nas duas caixas que ainda precisavam ser levadas para o transatlântico. Puxou as cordas enquanto ele e seus colegas carregavam a caixa pela prancha, passando pela porta de carga do porão. Estavam gravadas nas laterais das duas caixas as palavras: "Propriedade de Vladimir Basarab. Queenstown, Irlanda. Para Nova York, Estados Unidos da América."

A tripulação fechou as portas do compartimento de carga. O momento de liberdade de Coffey chegara. Ele se afastou de seus colegas marinheiros e se escondeu no convés inferior do *P.S. America*. Ali encontrou uma lona esquecida e se escondeu embaixo dela. Tocou no dinheiro em seu bolso, aliviado por ainda estar ali. Coffey levantou a beirada da lona para espiar pela escotilha. Viu seus colegas marinheiros puxarem a prancha e entrarem no enorme navio; e então o *P.S. America* se afastou do transatlântico e rumou de volta para Queenstown. Coffey estava quase em casa.

Enquanto o *P.S. America* voltava para o Cais 13, Coffey olhou pela última vez para o nome pintado na proa do transatlântico, que ficava distante, e depois tornou a puxar a lona sobre a cabeça e decidiu esperar até escurecer para escapar. Por algum motivo ele foi tomado por uma sensação ruim. Algo dizia-lhe que o futuro do vagabundo e de todas as outras almas a bordo do navio estavam em perigo. Rezou para que o grande transatlântico, o *Titanic*, fosse tão insubmergível quanto os capitães da indústria acreditavam que era.

Posfácio

Abraham (Bram) Stoker nasceu em Clontarf, perto de Dublin, Irlanda, no dia 8 de novembro de 1847. Seu pai, John Abraham Stoker, era funcionário da administração civil britânica da Irlanda. Sua mãe, Charlotte Thornley, de Sligo, no oeste da Irlanda, era militante pelas reformas sociais. Os Stoker eram protestantes e frequentavam a Igreja da Irlanda. Bram foi o terceiro de sete filhos: teve quatro irmãos, William Thornley, Thomas, Richard e George, e duas irmãs, Margareth e Matilda.

Bram foi uma criança doente, mas nunca descobriram do que sofria. Durante seus primeiros anos, sua mãe contava muitas histórias e lendas de sua Sligo natal, incluindo casos sobrenaturais e narrativas de doença e morte. Qualquer que fosse a natureza de sua enfermidade, quando ingressou no Trinity College, em Dublin, em 1864, Bram Stoker era um homem forte, com ótimo desempenho no atletismo, especialmente futebol, corrida e levantamento de peso. Também recebeu prêmios por discurso e oratória, e foi presidente da Sociedade de Filosofia.

Após se formar ele seguiu os passos do pai e ocupou um cargo no serviço público irlandês. Nesse período fez crítica de teatro para um jornal local. Uma das críticas, de *Hamlet*, levou a um encontro com Henry Irving, que depois seria reconhecido como um dos maiores atores shakespearianos da era vitoriana. Os dois iniciaram uma amizade. Em 1878, pouco depois de seu casamento com a bela de Dublin, Florence Balcombe — que também havia sido cortejada por Oscar Wilde —, Stoker aceitou uma proposta de emprego como gerente do novo Lyceum Theatre, de Irving, em Londres, posição que ocupou até a morte deste, em 1905. Grande parte de seus textos, inclusive *Drácula*, foi escrita no pouco tempo que lhe restava entre uma atividade e outra no Lyceum.

Entre suas principais responsabilidades estavam organizar as temporadas domésticas e internacionais da companhia, fazer registros financeiros e atuar como secretário de Irving. Ele teve um papel fundamental nas oito excursões norte-americanas do Lyceum, durante as quais fez amizade com Walt Whitman, cuja poesia ele admirava havia muitos anos, e Mark Twain.

O trabalho no Lyceum com o proeminente Irving, feito cavaleiro pela rainha Vitória em 1895, colocou Stoker em contato com muitas das principais figuras da época. Entre seus amigos e conhecidos estavam lorde Alfred Tennyson, sir Richard Burton e William Gladstone. Mas foi mais significativa a influência do próprio Irving. Em *Personal Reminiscences of Henry Irving*, 1906, Stoker escreveria um longo e luminoso tributo ao homem por quem sentira grande afeto e lealdade.

Embora seja mais conhecido por *Drácula*, Bram Stoker foi autor de vários outros romances e coletâneas de contos. Ele morreu em 20 de abril de 1912, apenas cinco dias depois do naufrágio do transatlântico de luxo *Titanic*, tendo sofrido de mal de Bright e dois derrames. Seus restos cremados estão em Golders Green, em Londres. Um obituário no *Times* de Londres escreveu que Stoker seria mais lembrado por sua ligação com Henry Irving. Como sabemos, não foi exatamente assim.

Drácula foi publicado em Londres em 1897. Sabemos por suas anotações[1] que ele trabalhou no livro intermitentemente durante mais de seis anos, inclusive quando estava de férias ou em excursões com o Lyceum Theatre na América do Norte. O título original do romance era *O morto-vivo*. No dia 18 de maio, dias antes da publicação, houve uma leitura dramática no Lyceum de modo a garantir a autoria teatral. Intitulada *Drácula, ou o morto-vivo*, ela foi encenada por um pequeno grupo de funcionários do teatro e interessados. Com duração de cerca de quatro horas, era composta de grandes trechos do romance, aparentemente reunidos às pressas por Stoker. A decisão de usar *Drácula* como título foi tomada no último minuto.

Não se sabe se Bram Stoker pretendeu escrever uma sequência de *Drácula*. Houve o boato persistente de que ele "planejava levar Drácula para a América em outra história".[2] Nunca foi descoberto nada que sustente isso. Contudo, o fim do romance é suficientemente indeterminado para permitir a sugestão de uma sequência em que o conde reaparece. O modo de destruição de Drácula é diferente da receita e dos procedimentos apresentados no início do texto: uma estaca no coração seguido por decapitação.

---

[1] Ver *Bram Stoker's Notes for Dracula: A Facsimile Edition*, transcrito e comentado por Robert Eighteen-Bisang e Elizabeth Miller (McFarland, 2008).

[2] Roger Sherman Hoar, citado em David J. Skal, *Hollywood Gothic* (Faber and Faber, 2004).

Em vez disso o vampiro é despachado com duas facas: uma *kukri* e uma de caçador. Ademais, não é claro se a faca de Harker, a *kukri*, realmente cortou a cabeça de Drácula. Há outra ambiguidade na declaração de Mina de que o corpo do vampiro "se desmanchou em pó". Isso indica claramente sua destruição final ou é outra manifestação do poder do conde de mudar de forma? Outro elemento que dá margem a interpretações é que Stoker, ou seu editor, modificou o final originalmente planejado, que era fazer o castelo de Drácula desaparecer por completo em uma enorme explosão natural. A mudança teria sido feita para tornar o final mais ambíguo? Não sabemos. Claro que, como o texto de *Drácula* está repleto de inconsistências, isso pode ser fruto do desleixo ou da pressa de Stoker em concluir seu livro. Qualquer que seja a explicação, o romance gerou uma série de antecedentes e continuidades, mais uma prova de sua força e seu apelo duradouros.

Drácula, o morto-vivo é uma sequência multifacetada de um romance com muitos planos. Dacre Stoker e Ian Holt acompanham a vida e a sorte dos personagens sobreviventes: dr. John Seward, Arthur Holmwood — lorde Godalming —, Abraham van Helsing, Jonathan e Mina Harker. Todos sofreram danos irreparáveis em suas vidas pessoais e profissionais em consequência de seus encontros passados com Drácula. Seward sucumbiu completamente ao seu vício em morfina. Arthur buscou sem sucesso encontrar alívio de sua dor pela perda de Lucy em outro casamento, isolando-se dos antigos amigos. Van Helsing, então um velho, continuou obcecado em rastrear o monstro. O casamento de Jonathan e Mina foi irremediavelmente abalado pelas respectivas lembranças de Drácula.

Por intermédio das vidas atuais desses personagens revivemos alguns dos acontecimentos fundamentais de suas experiências anteriores como registrados no romance de Stoker: a morte de Lucy, a loucura de Renfield, o "batismo de sangue" de Mina, a perseguição até a Transilvânia e o confronto final com Drácula. O elemento de ligação é Quincey Harker, filho de Jonathan e Mina, cujo "fardo de nomes liga todo o nosso pequeno grupo de homens". Mencionado rapidamente na "Nota" de Jonathan Harker no final do romance, Quincey é o primeiro membro da geração seguinte.

Drácula, o morto-vivo é ambientado em 1912, uma escolha deliberada. Ele permite uma aparição do próprio Bram Stoker, que morreu em 20 de abril de 1912. Ainda mais fundamental para história é que os autores podem encaixar sua conclusão com a partida do *Titanic*, que também ocorreu em abril. Essa ligação fundamental abre caminho para uma sequência da sequência, com a clara possibilidade de Drácula finalmente encontrar seu caminho para a América.

Essa decisão obrigou a alterar as datas dos acontecimentos na narrativa original de Stoker. A história de *Drácula* foi claramente definida como se passando em 1893, com base em evidências tanto nas Notas quanto em referências do próprio texto. De modo a usar um Quincey Harker adulto como catalisador — e ambientar sua própria história em 1912 —, Stoker e Holt descobriram ser necessário retroceder a trama de *Drácula* um ano. A escolha foi 1888, tão significativa quanto 1912. Foi no período de agosto a novembro de 1888 que Jack, o Estripador assassinou cinco mulheres no bairro londrino de Whitechapel. É inquestionável que Stoker sabia desses assassinatos; de fato, ele se refere a eles diretamente no prefácio que escreveu para a edição islandesa de *Drácula*, publicada em 1901. Revelar a identidade do famoso Estripador se torna uma subtrama em *Drácula, o morto-vivo*.

O Drácula que encontramos neste romance é muito mais que o conde vampiro de Bram Stoker. Para os iniciantes ele é claramente identificado como Vlad, o Empalador, o voivoda (senhor da guerra) romeno do século XV conhecido por suas atrocidades. Fundir o Drácula de Stoker com Vlad não é novidade, tendo sido popularizado por Raymond McNally e Radu Florescu em seu best-seller *Em busca de Drácula e outros vampiros*, 1972, e saído de lá para a ficção e o cinema. Na verdade, a ligação em *Drácula* é muito mais tênue. Em nenhum momento o nome "Vlad" é mencionado no romance de Stoker — ou em suas anotações —, nem há nenhuma referência às atrocidades pelas quais ele ficou conhecido. De fato, estudos acadêmicos recentes demonstraram que Stoker sabia muito pouco sobre o Drácula real além de seu apelido, do fato de que cruzara o Danúbio para combater os turcos e de que tinha um "irmão desprezível".[3] Para muitos, o fato de Vlad ter permeado a história de Drácula de tal modo tornou os dois Dráculas inseparáveis. A presença de Vlad aqui era quase esperada.

Mas Stoker e Holt fazem algo bastante criativo com seu Vlad/Drácula.

[3] Ver Elizabeth Miller, *Dracula: Sense & Nonsense* (Desert Island Books, 2006), capítulo 5.

Em seu romance ele vai à Inglaterra como Basarab — o nome da família real à qual pertencia Vlad, o Empalador —, um ator romeno que está conquistando a Europa. Quincey leva Basarab à Inglaterra, assim como seu pai pavimentara o caminho para o conde Drácula fazer viagem semelhante. Como mostram suas anotações, a intenção original de Stoker era fazer o conde chegar por Dover, o porto de entrada usado por Basarab. A mudança para Whitby aconteceu depois que Stoker visitou a cidade no litoral nordeste da Inglaterra e decidiu transformá-la em um dos cenários principais de seu romance.

Fica imediatamente claro que Basarab é em parte uma homenagem a sir Henry Irving, cuja morte em 1905 o exclui de um papel ativo na narrativa. As semelhanças com Irving são grandes. Quincey Harker é atraído para Basarab em grande medida como o próprio Stoker foi para Irving. Quincey espera que Basarab interprete o papel de Drácula em uma versão para o palco do romance de Stoker; Stoker poderia ter aspiração semelhante. A revelação de que Basarab de fato é o conde Drácula de Stoker brinca inteligentemente com a opinião disseminada, embora rapidamente questionada, de estudiosos de que Stoker deliberadamente baseou seu vampiro no patrão dominador.

É óbvio que nem todos os personagens deste romance são tirados do *Drácula* de Stoker, embora os "informados" reconheçam muitos exemplos de referências intrigantes. Algumas são menores, como no caso de Braithwaite Lowrey, o colega de quarto de Quincey na Sorbonne. Esse nome aparece em *Drácula* como um dos nomes nas lápides mostradas pelo sr. Swales no cemitério de Whitby. Outro exemplo é um personagem relacionado em um primeiro roteiro de *Drácula* — e depois descartado — como detetive chamado Cotford. Em *Drácula, o morto-vivo,* esse personagem é ressuscitado como o inspetor Cotford, que trabalhou no caso do Estripador sob o comando do inspetor-chefe Frederick Abberline, uma pessoa real, e que continua obcecado em corrigir seu fracasso anterior.

Stoker e Holt incorporaram vários outros personagens reais a sua narrativa. O mais óbvio é o próprio Bram Stoker. Em função das limitações determinadas pela escolha do tempo da narrativa, os autores precisaram tomar certas liberdades com a biografia de Stoker. Aqui, como dono de um Lyceum Theatre ainda em funcionamento, ele durante um tempo permanece ativo, supervisionando uma produção teatral baseada em seu romance. Ele admite que *Drácula* foi resultado da fusão de sua história de vampiro com o que ele considerara uma história fantástica contada a ele por um velho, em um pub. Em um confronto com o personagem-título — que por acaso o leva a sofrer um derrame —, Stoker enfrenta o questionamento de Basarab sobre alguns dos "fatos" de seu romance, e o ator romeno acaba por atacar suas inconsistências e falsas suposições.

Outro personagem histórico que penetra no texto é Elizabeth Bathory, a condessa húngara conhecida por se banhar no sangue de virgens assassinadas. Assim como aconteceu com Vlad, o Empalador, seu nome foi associado intimamente a Stoker e seu romance. Há no caso de Bathory ainda menos evidências de uma ligação com Stoker e seu livro. Mas o surgimento dela dá a *Drácula, o morto-vivo* boa parte de sua força, permitindo aos autores transferir parte do "mal absoluto" de Drácula para outra entidade.

Entre as muitas joias deste livro estão pequenas aparições de vários personagens que claramente são referências, algumas apenas em nome, a indivíduos relacionados com o teatro e/ou a história de Drácula ao longo do século XX: por exemplo, Hamilton Deane, Tom Reynolds, John Barrymore, Raymond Chandler, Vincent Price, Peter Cushing e Louis Jourdan. Outros, não relacionados a Stoker e seu romance, localizam o texto claramente em 1912. Houve, por exemplo, uma pessoa chamada Henri Salmet, um pioneiro da aviação que voou de Londres a Paris em março daquele ano. Mas provavelmente a mais engenhosa é a inclusão do marinheiro experiente John Coffey. Embora não tenha relação com Stoker ou seu romance, ele entrou para a história como o empregado que deixou o *Titanic* em Queensland por um medo supersticioso do que estava reservado para o grande transatlântico.

Ao construir uma sequência que é enraizada em seu predecessor, Stoker e Holt tomam liberdades com fatos e ficção, do incêndio do Lyceum à localização do asilo de Seward em Whitby. Eles também criam histórias passadas para vários dos personagens do romance de Stoker, como a ligação anterior de Renfield com o escritório de advocacia de Hawkins, o flerte de Jonathan e Mina em Exeter e a criação do asilo de Seward. Em uma oportunidade eles até mesmo manipulam uma data fundamental do romance original, postergando a data da fuga de Drácula para a Transilvânia em alguns dias para que sua presença em Londres em 9 de novembro possa fazer dele um suspeito dos assassinatos do Estripador.

De fato, um purista pode eventualmente se chocar com a introdução de tais "erros" no texto original. Embora possa parecer que os autores estejam apenas sacrificando a precisão em benefício de propósitos artísticos, perfeitamente legítimos, algo mais ganha forma. Eles restabelecem o "verdadeiro" texto de *Drácula*, que por sua vez é a base desta continuação; eles ao mesmo tempo reconhecem que na continuação não há um único *Drácula*, mas muitos *Dráculas*, variando desde as primeiras anotações de Stoker até a última adaptação de Hollywood, e que as fronteiras entre eles são difusas. A necessidade de se apropriar e dar nova forma a *Drácula* é uma prova da força e da influência duradouras do romance. Para citar o professor Abraham van Helsing no romance de 1897 de Bram Stoker: "Assim, o círculo prossegue, sempre se ampliando, como as ondas produzidas por uma pedra lançada na água."

Elizabeth Miller
Toronto, fevereiro de 2009

Elizabeth Miller, professora emérita do Memorial University of Newfoundland, é reconhecida internacionalmente por sua especialidade em Drácula, tanto o romance quanto o personagem histórico. Coeditora, junto com Robert-Eighteen Bisang, de *Bram Stoker's Notes for Dracula: A Facsimile Edition*, ela também publicou *A Dracula Handbook* e o premiado *Dracula: Sense & Nonsense*. Elizabeth dá palestras dos dois lados do Atlântico e já participou de vários documentários para o rádio e a televisão. A dra. Miller recebeu no Congresso Mundial sobre Drácula na Romênia, em 1995, o título honorário de Baronesa da Casa de Drácula. Seus sites, a página de Drácula e o Dracula Research Centre, podem ser acessados em www.blooferland.com.

Nota dos autores

A história de Dacre

Sendo um Stoker, não surpreende que eu a vida inteira tenha me interessado pela obra de meu ancestral. Meu bisavô, George, era o irmão mais novo de Bram e foi, ao que parece, o parente com o qual ele tinha mais proximidade. Na faculdade, escrevi um ensaio sobre ele, investigando o que poderia tê-lo motivado a escrever *Drácula*. Minha pesquisa abriu meus olhos para como, do ponto de vista de minha família, a história do livro *Drácula* é bastante trágica.

Bram Stoker morreu sem jamais ver *Drácula* se tornar popular. As vendas do romance eram tão escassas na época de sua morte que a viúva, Florence, achou que nunca teria benefícios financeiros dos sete anos que Bram "desperdiçou" pesquisando e escrevendo. Com os outros livros de ficção e não ficção de Bram fora de catálogo, Florence estava convencida de que viveria o resto da vida com um orçamento apertado.

Foi dez anos após sua morte que a imaginação literária de Bram finalmente entrou em sintonia com a do público. O gênero vampiro/terror estava ganhando força, o que aqueceu as vendas de *Drácula*. Bram passou a ser reconhecido postumamente como o pai do romance moderno de vampiro/terror.

Em 1922 Florence teve conhecimento de que havia sido feito sem o seu consentimento um filme baseado no livro de seu falecido marido. Ela dependia do pequeno rendimento de *Drácula* e, como herdeira dos direitos autorais de Bram, deveria ter sido beneficiada por essa e qualquer outra versão para o cinema.

Florence foi à Justiça e processou a companhia alemã Prana Films por violação de direitos autorais pela adaptação não autorizada de *Drácula* para o filme *Nosferatu*. O caso era extremamente complicado e se arrastou ao longo de três anos e meio e vários recursos. Em 1925, ela finalmente ganhou o caso, mas descobriu que a Prana Films estava falida, de modo que ela recuperou seus direitos legais, mas nunca recebeu qualquer compensação financeira.

A única satisfação depois do pesadelo judicial foi saber da determinação de que fossem destruídas todas as cópias do filme *Nosferatu* — ou pelo menos foi o que ela pensou. Para seu grande desalento, ela logo descobriu que uma cópia sobrevivera e começara a ser exibida em cinemas de Londres em 1928 e nos Estados Unidos em 1929. Frustrada, Florence desistiu das ações contra o filme.

Mas ela se valeu dos direitos autorais e autorizou adaptações para o teatro, no Reino Unido, pelas quais recebeu percentuais de vendas e de direitos. Depois lucrou com a venda dos direitos para o cinema para a Universal Studios em 1930, mas a compensação financeira não viria tão facilmente.

Após o acordo com a Universal, soube-se que por alguma razão Bram não atendera a uma pequena exigência do órgão americano de direitos autorais, o que colocou *Drácula* em domínio público nos Estados Unidos a partir de 1899. Daquele ano em diante, Florence teria de se contentar apenas com os direitos autorais no Reino Unido.

Com a perda dos direitos autorais nos Estados Unidos, Hollywood, empresas americanas ou qualquer pessoa podia fazer o que quisesse com a história e os personagens de Bram. A família Stoker nunca mais voltou a ser consultada para autorizar nenhuma das centenas de versões de *Drácula* ao longo do século seguinte.

Como sou um Stoker criado na América do Norte, eu acompanhei em primeira mão o impacto que toda a questão dos direitos autorais teve em nossa família. A geração de meu pai tinha uma postura negativa em relação a tudo que dizia respeito a Hollywood e a *Drácula* — exceto, claro, o romance original de Bram. Eu não escrevi sobre essas questões em meu ensaio da faculdade, mas elas não saíam da minha cabeça. Achava vergonhoso minha família não ter o controle sobre o legado de meu tio-bisavô. Também achava importante que os Stoker pudessem de algum modo reivindicar o personagem Drácula, que era cada vez mais incorporado na cultura popular. Infelizmente, durante a maior parte da minha vida eu não tive ideia de como ajudar a fazer isso.

Apenas muitos anos depois de terminar a faculdade conheci um personagem interessante, Ian Holt, um roteirista de cinema obcecado desde a infância por tudo que diz respeito a Drácula. Sendo um verdadeiro idealista, Ian tinha um plano que me inspirou a não aceitar a história frustrante de minha família. Ele queria mudar a história. Seu plano era simples: reaver o controle criativo sobre o romance e os personagens de Bram escrevendo uma continuação que tivesse o nome Stoker. Para minha surpresa, ninguém em minha família havia pensado nisso. Intrigado, eu decidi me juntar a Ian nessa aventura, trabalhando como coautor.

Ao escrever *Drácula, o morto-vivo*, eu tinha uma forte sensação de dever e responsabilidade familiar. Esperava trabalhar com Ian apresentando a visão que Bram tinha do personagem Drácula. Nós queríamos ressuscitar os temas e personagens originais de Bram, como ele os concebera mais de um século antes. Muitos livros e filmes se desviaram da visão de Bram — de modo que nossa intenção era de algum modo, mesmo que pequeno, devolver a ele e a Drácula sua dignidade.

Tenho muito orgulho de contar com o apoio de minha família para resgatar *Drácula*. Acho que meu tio-bisavô ficaria orgulhoso por um membro da família ter tomado a iniciativa e finalmente feito justiça ao legado que ele deixou.

A história de Ian

Não tenho vergonha de dizer: eu ADORO filmes de terror. Quando criança, não havia filme de terror de que gostasse mais do que o clássico *Drácula* de 1931, de Bela Lugosi e Tod Browning. Quando tinha dez anos, minha mãe comprou para mim no Halloween um disco com Christopher Lee narrando a história do *Drácula* de Bram Stoker. Ler a capa daquele disco mudou minha vida, pois foi quando descobri que a Transilvânia era um lugar real e que Drácula era um personagem histórico. Naquele momento, eu jurei que iria viajar para aquela terra e procurar o velho conde.

Inspirado pelo disco, li a seguir o *Drácula* de Bram Stoker. Fiquei surpreso com a enorme diferença que o romance tem em relação aos filmes — e eu havia visto todos os filmes de Drácula. O romance era mais inteligente, mais astuto e mais sombrio. O romance tinha personagens mais complexos e mais interessantes do que eu poderia ter imaginado. Eu me senti enganado por Hollywood. Jurei vingança!

Quinze anos depois surgiu minha oportunidade. Certa noite, assistindo à televisão, me deparei com um programa sobre a produção do *Drácula de*

Bram Stoker, de Francis Ford Coppola. No programa, Coppola mostrava o livro *In Search of Dracula*, de 1972, dos professores Raymond McNally e Radu Florescu (descendente do príncipe Drácula). Coppola havia usado a pesquisa dos professores sobre a vida do príncipe Drácula como inspiração para a sequência de abertura do filme.

Em um piscar de olhos eu estava em um avião rumo ao Boston College para me encontrar com os professores. Após mostrar a eles algumas anotações sobre um roteiro de cinema que planejara escrever baseado no livro dos dois, os professores me venderam os direitos por US$1,00 e se tornaram parceiros, mentores e grandes amigos meus.

A amizade com McNally e Florescu deu frutos de várias formas. Eu logo comecei a viajar com os professores, fazendo palestras sobre o impacto do romance de Bram Stoker em nossa cultura. Isso levou a um convite para que eu falasse no I Congresso Mundial sobre Drácula em Bucareste, Romênia, em 1995 — uma reunião de estudiosos de Drácula e terror de todo o mundo. Eu finalmente consegui chegar à Transilvânia. Passei uma noite nas ruínas do castelo de Drácula em Poenari e fui até seu palácio em Tirgoviste — onde fiquei de pé no balcão da torre Chindia, de Drácula, de onde o príncipe contemplara sua Floresta dos Empalados. Também visitei Sighisoara, cidade natal de Drácula, e seu "túmulo vazio" no mosteiro da ilha Snagov. Eu finalmente realizei o sonho que tinha desde os dez anos.

Graças aos amigos que fiz no I Congresso Mundial sobre Drácula, fui convidado a ingressar na Sociedade Drácula da Transilvânia, uma organização acadêmica dedicada a estudar tudo o que se relaciona ao personagem Drácula. Por intermédio de amigos na sociedade conheci a professora Elizabeth Miller, maior autoridade mundial em vampiros, Drácula e Bram Stoker.

Miller me convidou a fazer uma palestra na convenção sobre Drácula de 1997 em Los Angeles, durante a qual foi festejado o centenário do lançamento do romance de Bram. Era o sonho dos fãs de terror. Foi lá que concebi uma continuação para o *Drácula* de Bram Stoker. Isso não era novidade, *mas* nunca havia sido feita uma continuação com a participação de um membro da família Stoker. Conseguir isso passou a ser o meu objetivo.

Procurei, então, o patriarca da família Stoker. Ainda feridos pelo caso dos direitos para *Nosferatu* e pelos anos em que foram ignorados e explorados por Hollywood, os membros dessa geração da família Stoker não quiseram saber de mim. Mas não desisti. Simplesmente continuei a preparar meu argumento para o filme e a estabelecer ligações com Drácula, me preparando para o momento em que a geração mais nova dos Stoker assumisse a dianteira. Cinco anos depois conheci Dacre — sobrinho-bisneto de Bram. Apresentei a ele minha ideia de uma continuação, que na época imaginava como um roteiro de cinema. Dacre ficou entusiasmado e sugeriu que o melhor caminho fosse começar com um livro. Concordei, empolgado, com uma parceria.

Dacre entrou em contato com vários membros de sua grande família e apresentou a eles nossa proposta de continuação. Assim que ficou claro que esse seria um trabalho por amor, que nossas intenções eram honrosas e que nosso plano era devolver ao mundo a concepção e os personagens originais de Bram, os Stoker finalmente deram seu apoio.

Drácula, o morto-vivo é o ápice do sonho que cultivei a vida toda e de anos de muito trabalho duro. É meu presente para cada aficionado por terror em todo o mundo. Meu maior desejo é que tenhamos escrito um livro próximo da visão gótica original de Bram — e ao mesmo tempo a modernizado. Podem acreditar, tenho noção da minha sorte. É uma grande benção que de alguma pequena forma meu nome esteja ligado ao do meu ídolo, Bram Stoker — o homem que inventou o terror moderno.

Escrevendo o romance

Dacre:

Quando Ian me convidou a participar do projeto, eu ri. Pensei comigo mesmo: *Como posso escrever um livro, ainda mais um dessa magnitude?* Ian me garantiu que eu era capaz, mesmo sendo meu primeiro romance. Nós iríamos colaborar um com o outro e dividir plenamente o trabalho de redação, sendo cada um responsável por metade do trabalho. Nossos editores iriam ajudar. Ian também conhecia um pesquisador de história premiado, Alexander Galant, que poderia nos auxiliar em nossa tentativa de nos manter fiéis ao período histórico do romance.

A missão seguinte era conceber uma boa história. Com entusiasmo e tranquilidade, Ian fundiu suas ideias de roteiro com as minhas. Essa tarefa foi muito mais fácil do que nós mesmos imagináramos — pelo fato de que ambos havíamos retirado nossas ideias do próprio Bram Stoker. Em certos momentos era como se Bram estivesse na sala conosco, nos guiando pelos muitos indícios que deixara para trás, como migalhas de pão que podíamos seguir.

Ian e eu deduzimos, a partir dos textos deixados por Bram, que ele, ou seu editor, sempre quiseram que *Drácula* tivesse uma continuação. Nossa principal prova disso é um texto datilografado do editor de Bram, recentemente vendido em um leilão, e que contém um final distinto. Nessa versão a história termina com uma erupção vulcânica e o castelo de Drácula desmoronando em um rio de lava. Essa sequência foi cortada da versão final, substituída pelo encerramento atual, mais ambíguo. Além disso, a "morte" de Drácula no final do romance de Bram não segue as "regras" apresentadas pelo personagem Van Helsing sobre como matar um vampiro. Van Helsing afirma que uma estaca deve ser cravada no coração, seguida por decapitação. No final do romance Drácula é apunhalado no coração e tem sua garganta cortada. Nós sentimos que esses eram sinais claros de que uma continuação estava nos planos de Bram.

Como um Stoker, eu sentia que Bram precisava entrar nesta história, para que finalmente pudéssemos dar a ele um lugar sob os holofotes. Ian havia lido o prefácio escrito por Bram para a edição islandesa de *Drácula* de 1901, no qual Bram alegava que os acontecimentos sobre os quais ele havia escrito "realmente aconteceram". Nós nos valemos da extravagância de meu tio-bisavô e colocamos isso no cerne de nossa história. Iríamos usar a ideia de que os acontecimentos no livro de Bram eram reais como um elemento constitutivo de nossa narrativa.

A pergunta que você pode fazer é: Por que arrastar Jack, o Estripador para uma continuação de *Drácula*? Mais uma vez, Ian e eu nos inspiramos em meu tio-bisavô. Eu cito outro trecho do prefácio de Bram para a edição islandesa de 1901: "A série de crimes [de Drácula] ainda não se apagou da memória — uma série de crimes que aparentemente tiveram a mesma origem e que ao mesmo tempo deixaram a todos horrorizados da mesma forma que os assassinatos de Jack, o Estripador." Aparentemente, Bram estava insinuando que os crimes do Estripador e aqueles de Drácula eram da mesma natureza. Nós nos valemos disso como ponto de partida para uma das facetas de nossa história, e foi impressionante a facilidade com que todas as peças se encaixaram.

Assim que soubemos que nosso vilão seria Jack, o Estripador, Ian e eu tivemos de identificar o esquivo assassino em série. Ian havia lido o conto de Bram *O hóspede de Drácula*, publicado postumamente. Muitos estudiosos acreditam que o conto originalmente fazia parte do romance mas que foi cortado pelo editor. Alguns chegam mesmo a acreditar que Bram pretendia usar o conto como base para uma continuação. Nele, o personagem Johann encontra um túmulo com uma estaca de ferro na tampa. A inscrição diz: "Condessa Dolingen de Graz, na Estíria, procurada e encontrada morta em 1801." Também está gravado em russo: "A morte viaja rápido" — um sinal claro de que há um vampiro no túmulo. Alguns estudiosos defendem a teoria de que enquanto escrevia *Drácula* Bram foi influenciado pelos feitos sanguinários da histórica condessa Elizabeth Bathory, e que deu a Drácula o título de conde com base no apelido atribuído à condessa Bathory, a "Condessa de Sangue". Alguns também supõem que a condessa em *O hóspede de Drácula* de algum modo representa a própria Bathory. Essa teoria nos pareceu atraente, e por isso decidimos expandi-la.

Uma das fontes de Ian sugeriu que Bathory era uma parente distante de Drácula. Decidimos que isso servia bem a nossos objetivos, e incorporamos a ideia. Segundo relatos transmitidos principalmente por escribas saxões, o príncipe Drácula era culpado de muitos atos sanguinários. O mesmo pode ser dito em relação a condessa Bathory, conhecida por se banhar no sangue de suas vítimas. Nós achamos interessante que os dois mais conhecidos personagens históricos que hoje as pessoas (correta ou equivocadamente) associam a lendas de vampiros pudessem ter sido parentes. Assim como Bram fez em 1897 ao nos apresentar a seu principal vilão, um conde ficcional vagamente baseado em um personagem histórico, nós fizemos o mesmo com nossa condessa Bathory em 2009.

Enquanto continuávamos a forjar nossa trama, Ian sugeriu que eu fosse ao museu Rosenbach, na Filadélfia, para pesquisar as anotações que Bram usara para escrever *Drácula*. Nelas eu encontrei um personagem que ele pretendera usar mas descartara no início do processo. Era um detetive chamado Cotford. Eu sempre ficara perplexo por Bram, sendo tão meticuloso, não ter incluído uma investigação policial sobre as estranhas mortes causadas por Drácula. Decidimos incorporar o personagem do detetive Cotford criado por Bram, e usamos seu trabalho de detetive para guiar nossos leitores pelo mistério no cerne de nosso romance.

Ian:

Dacre e eu então nos concentramos no personagem conde Drácula de Bram Stoker. Esse era um grande dilema. Quando ele estava escrevendo *Drácula*, no final do século XIX, o príncipe Drácula histórico era um personagem pouco conhecido no Ocidente, praticamente esquecido pela História. Bram coletou alguns fatos reais relativos ao príncipe e os fundiu com sua própria ficção. Bram teria feito isso intencionalmente, para distinguir seu conde Drácula do príncipe Drácula histórico? Ou será que Bram simplesmente não conseguira encontrar a história completa de Drácula em sua pesquisa e simplesmente preenchera as lacunas usando a imaginação?

Em busca de orientação, retornamos aos seus escritos. O personagem Drácula em 1897 era um ser misterioso, refinado e complexo. Exibia características conflitantes: em certos momentos parece um nobre culto e educado, em profunda sintonia com o passado de seu país; e em outros momentos, um animal selvagem que exibe instintos de sobrevivência básicos. Era um homem do século XV tentando se relacionar com o mundo do século XIX que o cercava, em certos momentos abraçando a modernidade e em outros a rejeitando. Tinha princípios morais, o que o obrigava a se esforçar para tentar justificar a necessidade de tirar vidas humanas. Ele só matava quando necessário e, segundo sua lógica, por um bem maior.

Senti imediatamente que o personagem do conde Drácula de Bram era muito parecido com as descrições do príncipe Drácula histórico. O príncipe Drácula também havia sido um homem em luta contra uma época em mutação, buscando fazer o mundo voltar aos dias negros das Cruzadas. O príncipe Drácula também sempre justificava seus feitos sombrios alegando agir como agia por não ter escolha, ou que suas vítimas, com seus atos, haviam escolhido o próprio destino.

Se Bram quisesse fazer seu conde igual ao príncipe histórico, isso teria sido impossível no momento em que escrevia seu romance. Mas ambos sentimos que as semelhanças entre o príncipe Drácula histórico e o conde Drácula de Bram não eram mera coincidência.

Desde o lançamento de *In Search of Drácula*, em 1972, a distinção entre o príncipe Drácula histórico e o conde Drácula de Bram foi irremediavelmente apagada para o grande público. E os dois se fundiram para sempre na cultura popular com a sequência inicial do *Drácula de Bram Stoker*, de Francis Ford Coppola. Em função das semelhanças entre o personagem de Bram e a figura histórica, além da consciência que o público tem do príncipe histórico, Dacre e eu sentimos que não tínhamos escolha a não ser fundir definitivamente o conde com o príncipe. Também acreditamos que se Bram estivesse escrevendo *Drácula* hoje, com a riqueza de informações históricas sobre o príncipe Drácula, sua natureza meticulosa e seu cuidado para com os detalhes resultariam em um personagem que refletisse os registros históricos.

Algumas pessoas talvez leiam nosso romance e apontem, com inteligência, que nosso personagem Drácula não é, como no romance de Bram, o vilão absoluto. No romance, Drácula só é descrito do ponto de vista de seus inimigos, dos diários, cartas etc. do grupo de heróis. Em nossa continuação, decidimos dar-lhe voz. Isso nos ofereceu a possibilidade de fundir o príncipe Drácula com o conde Drácula e apresentar o personagem de nossa continuação como um anti-herói complexo. Outros ainda o veem como o mal, mas, ao poder falar de suas próprias experiências, ele apresenta uma faceta diferente. Portanto, não mudamos o ponto de vista de Bram, apenas apresentamos outro. Isso também permitiu que nossa história tivesse frescor e vitalidade.

Já afirmamos que uma das principais razões para escrever esta continuação foi reduzir a canibalização e corrupção do romance de Bram por parte de Hollywood e outros autores. Isso não significa que não gostemos das outras versões. Significa apenas que, de um ponto de vista literário, nenhum dos filmes ou livros captou plenamente a essência do romance de Bram e seus personagens. Mesmo no clássico de Tod Browning e Bela Lugosi — o único filme que contou com a participação da família Stoker — o personagem Arthur Holmwood fica de fora, e é Renfield que viaja para o castelo de Drácula no começo do filme, em vez de Jonathan Harker.

Os problemas começaram realmente quando Hollywood quis fazer uma continuação do filme baseado em *O hóspede de Drácula*. Florence Stoker decidiu não vender os direitos se não tivesse maior participação na criação. Foi na época em que estavam ocorrendo essas negociações que o departamento americano de direitos autorais cancelou os direitos de Bram. Isso permitiu que Hollywood fizesse a continuação como quisesse. Com Florence exigindo maior controle e Bela Lugosi cobrando um grande aumento na remuneração para repetir o papel de Drácula, foi tomada a decisão de contratar John Balderston para escrever *A filha de Drácula*, eliminando dessa forma Bela e Florence do processo. O filme foi um fracasso, mas o mal estava feito. A partir daquele momento todos estavam livres para escrever um romance ou fazer um filme de Drácula como quisessem. E eles fizeram, ah, se fizeram.

Mas eis o problema: sabemos que uma *grande* parcela dos fãs só viu os filmes, sem nunca ter lido o livro, e, claro, queríamos estimular muitos desses a ler o original de Bram. Nosso maior desejo é que todos os fãs de Drácula — do livro e dos filmes — leiam e gostem de nossa continuação. Em função disso, não poderíamos negligenciar vários aspectos que nós sentimos que foram amplamente aceitos pelos fãs dos filmes e que impregnaram de tal forma a lenda de Drácula. Pedimos desculpas aos puristas da literatura, mas sentimos que essa é uma concessão necessária, feita na esperança de colocar em harmonia todos os fãs de Drácula de uma vez por todas.

As concessões são as seguintes: o romance entre Mina e Drácula; a capacidade dos vampiros de andar à luz do dia, voar e se transformar; as armas usadas para destruí-los; a localização e os nomes de certos pontos geográficos.

Quanto ao romance entre os personagens, Dacre e eu concordamos em que isso teria de ser abordado com cuidado muito maior que em qualquer filme, e que teríamos de lidar com o fato de Bram nunca ter escrito claramente que houve um romance. Tendo isso em mente, estudamos uma passagem em uma das anotações do diário de Mina no romance de Bram que consideramos bastante ambígua. O trecho vem logo após Mina escrever que acreditava que Drácula aparecera para ela em sonho: "Para mim é estranho ser mantida no escuro como sou hoje, após ter a total confiança de Jonathan durante tantos anos."

Dacre e eu achamos estranho que a reação de Jonathan e Van Helsing ao sonho de Mina fosse eliminá-la dos planos para combater Drácula, já que até então ela integrara o grupo de heróis em pé de igualdade. Isso foi antes de Mina beber o sangue do peito de Drácula. Para nós, esse era o ponto perfeito para inserir o romance entre os dois sem modificar a narrativa de Bram. Do modo como o concebemos, durante esse "sonho" Drácula procura Mina para explicar sua versão da história, na esperança de levar o grupo de heróis a desistir da perseguição. Sem querer admitir aos outros que falara com Drácula por causa de sua ligação afetiva (ainda não física), Mina alega que ele a visitou apenas em sonho. Jonathan e Van Helsing naturalmente suspeitam dela e excluem Mina de seus planos. A reação de Mina à desfeita do marido e de Van Helsing a faz voltar aos braços de Drácula e, finalmente, leva-os a ter uma relação física. Inserindo dessa forma o romance entre Drácula e Mina na trama do texto de Bram, pudemos permanecer fiéis ao romance original e aos nossos fãs literários, sem com isso afastar os fãs dos filmes.

No romance de Bram, o conde Drácula pode caminhar à luz do sol, mas é mais fraco nessas horas. Um vampiro destruído pela luz do sol foi uma invenção de F.W. Murnau, em *Nosferatu*. Mas vampiros sendo queimados e virando cinzas é algo que se tornou de tal forma parte do imaginário vampiresco que muitos que leem o romance de Bram pela primeira vez dizem que ele está "errado".

Esse aspecto, assim como muitos outros acerca de vampiros, também se transformou ao longo do último século. O conhecimento de Bram sobre vampiros já não é o maior, e tentamos lidar com isso em nossa sequência. Assim, decidimos nos voltar para a ciência e para conhecimentos a ela próximos a fim de, com grande cuidado, modernizar os vampiros de Bram e tentar elevá-los ao limite máximo do atual conhecimento sobre vampiros. Não fizemos nada aqui que ele não tivesse previsto ou mesmo esperado que um dia fosse acontecer. A prova que temos disso mais uma vez está no prefácio de 1901 para a edição islandesa: "E estou ademais convencido de que [aqueles acontecimentos] sempre permanecerão em certa medida incompreensíveis, embora a continuação das pesquisas em psicologia e nas ciências naturais possa, em anos vindouros, dar explicações lógicas para acontecimentos tão estranhos que, presentemente, nem os cientistas nem a polícia secreta podem compreender." Em outras palavras, Bram escreveu que os estranhos acontecimentos presentes em seu romance eram inexplicáveis naquele momento. E que espera que nos anos vindouros a ciência possa oferecer uma explicação lógica.

Assim, Ian e eu adotamos a posição de que um vampiro vira cinzas ao sol em função de uma reação alérgica/química ao sangue vampiro que transforma o DNA. Claro que em 1912, ano em que se passa nossa continuação, os termos "DNA", "vírus" ou "*influenza*" ainda não haviam sido descobertos. Em seu lugar usamos o termo "peçonha". O vírus vampiro transforma o DNA humano em vampiro. Parte dessa transformação é a capacidade de controlar os cerca de 70% de nosso cérebro que ainda não usamos e que não conhecemos, desencadeando dessa forma poderes sobre-humanos. Nós explicamos a transformação dos vampiros em névoa, gárgula etc. como uma ilusão telepática criada por intermédio do controle da mente. Quanto à capacidade do vampiro de "viajar rapidamente" se erguendo no ar, apelamos para os estudos de telecinesia ou levitação — a capacidade de mover objetos ou o próprio corpo com a mente. Com o poder mental aumentado em função do vírus vampiro, é fácil compreender como isso seria possível em nosso âmbito ficcional.

Também damos respostas acerca das armas que podem ser usadas contra os vampiros. Mais uma vez nos voltamos para a ciência, em alguns casos misturando-a com religião. Para explicar por que, em nosso romance, alguns ícones religiosos como a cruz servem para repelir alguns vampiros, recorremos à psicologia. Aqueles vampiros que, em vida, acreditaram em Deus mas cometeram maldades naturalmente teriam uma consciência culpada e temeriam ícones religiosos como um símbolo da condenação final de suas almas. Vampiros que não acreditaram em Deus quando vivos não temeriam ícones religiosos. Ter a pele queimada quando um vampiro "culpado" entra em contato com um ícone religioso, como também a água benta, ocorre por uma reação psicossomática.

No que diz respeito a vampiros e espelhos, não pudemos encontrar na ciência nenhuma justificativa para o fenômeno, portanto usamos nossa continuação para desacreditá-lo. Quanto ao alho, pensamos que os vampiros poderiam ser alérgicos. O mesmo vale para o falso-sene. Em relação à prata, na cultura popular moderna ela foi há muito relegada aos lobisomens, e assim a deixamos.

A última concessão é a localização e os nomes de certos pontos geográficos. Bram ambientou sua história em muitos cenários, da Transilvânia a Londres, Exeter e Whitby. Quando Deane e Balderston escreveram sua peça, foi inviável realizar tantas trocas de cenários. A solução foi ambientar a história em apenas dois locais: Transilvânia e Whitby. Essa simplificação foi reproduzida em muitas versões cinematográficas, confundindo assim os fãs durante toda uma geração. No romance de Bram não havia uma abadia de Carfax, o que é chocante para as legiões de fãs dos filmes que nunca leram o livro. O que Bram escreveu foi que Drácula comprou uma casa chamada Carfax, em Purfleet, cerca de trinta e cinco quilômetros a leste de Londres. Para aumentar a confusão, há as antigas ruínas da abadia de Whitby, nas quais Bram se inspirou enquanto escrevia trechos do romance nessa cidade. Mais uma vez esperando solucionar conflitos ao agrupar as histórias dos filmes, da peça e do romance original, nós fundimos Carfax e a abadia de Whitby em um só local: a abadia de Carfax, em Whitby.

O mesmo princípio de conciliação foi usado em relação à antiga confusão sobre a localização da casa de veraneio dos Westenra e do asilo do dr. Seward. Situamos ambos em Whitby, como na peça e em muitos filmes. Em nossa história explicamos desta forma por que o personagem Bram tomou a decisão de situar o asilo em Purfleet em seu romance: na época, ele não sabia que os acontecimentos que estava relatando eram reais. Achou que eram delírios de um louco que contara uma história fantástica em um pub. Assim, Bram se permitiu fazer as mudanças que quisesse em benefício de seu relato ficcional. Em nosso romance, Bram descobre que a história é de fato real, e as liberdades que ele tomou voltam para assombrá-lo. Literalmente.

Dacre:

Quando pesquisei as anotações de Bram no museu Rosenbach, descobri algumas novas excitantes delícias que decidimos adotar. Primeiramente, Bram rabiscou muitas ideias originais diferentes antes de decidir que o título do romance seria *The Un-Dead*. Depois, possivelmente em função de uma sugestão do editor pouco antes da publicação, ele passou a ser simplesmente *Drácula*. Isso explica a inspiração para nosso título.

Também encontrei nas anotações de Rosenbach uma lista de possíveis nomes de personagens que Bram compilou mas que por alguma razão nunca utilizou. Ian e eu decidimos dar esses nomes a alguns de nossos personagens secundários. São eles: Kate Reed, que descobre o corpo empalado de Jonathan Harker; o dr. Max Windshoeffel, que testemunha a gárgula voando para dentro do túnel do metrô; e Francis Aytown, o fotógrafo que testemunha "o dragão em chamas" do lado de fora da estação do metrô.

Incluímos no texto de *Drácula, o morto-vivo* muitas referências disfarçadas ao *Drácula* de Bram e a algumas das melhores adaptações do romance na esperança de que os verdadeiros entusiastas e estudiosos a descobrissem e se divertissem. Muitos dos personagens que aparecem em nossa continuação também são personagens reais.

Vejam o nome do colega de quarto de Quincey na Sorbonne, Braithwaite Lowery. No romance de Bram esse nome é indicado pelo capitão Swales em uma lápide em Whitby. Nosso Braithwaite Lowery menciona ser filho de um pescador, daí ser ele o neto do Braithwaite Lowery enterrado em Whitby. O nome do parceiro de Cotford, sargento Lee, é uma homenagem ao ator Chistopher Lee. Também há um tenente Jourdan Le Surte, nossa reverência a Louis Jourdan, que interpretou Drácula na excelente minissérie da BBC de 1978 — Ian e eu acreditamos ser essa a mais fiel adaptação do romance de Bram. O dr. Langella é uma referência ao excelente Drácula carregado de erotismo de Frank Langella. O inspetor Huntley é baseado no ator Raymond Huntley, primeiro a interpretar Drácula na produção de Hamilton Deane para o teatro. Para citar apenas alguns.

Quanto aos personagens históricos que aparecem em nossa continuação, há Henri Salmet, um aviador francês que fez o primeiro voo de Londres a Paris, em março de 1912. E lorde Northcote, que em 1880 foi eleito para a Câmara dos Comuns representando Exeter. Frederick Abberline foi o investigador-chefe dos assassinatos de Jack, o Estripador, em 1888. Ivan Lebedkin foi avaliador do tsar da Rússia entre 1899 e 1900. Hamilton Deane, claro, foi o autor e produtor da montagem teatral da peça *Drácula*. John Barrymore foi um lendário ator de teatro e cinema e bisavô da atriz Drew Barrymore. Tom Reynolds foi um conhecido ator de teatro britânico que, como membro da Lyceum Theatre Company, interpretou Van Helsing na montagem de Hamilton Deane. O marinheiro Coffey foi um membro da tripulação do *Titanic* que surpreendentemente teve uma premonição de perigo quando o navio estava ancorado em Queenstown, Irlanda. Coffey abandonou o barco, teve seus 15 minutos de fama e desapareceu na neblina da História. Além disso, fizemos como Bram, ao nos basear em rotas e horários reais de trens na época, nomes de ruas e locais; muitos existem ainda hoje.

O último trabalho que Ian e eu tivemos antes que pudéssemos começar a escrever foi decidir se iríamos responder muitas das questões deixadas sem solução por Bram em seu romance. Em função de suas muitas anotações em diários, cartas e outros elementos para contar a história, ele estava limitado na capacidade de explorar plenamente o passado de seus famosos personagens. Isso deixou na trama enormes buracos que os fãs têm discutido há décadas. Ian e eu achamos que era imperativo responder pelo menos às questões de como Lucy e Mina se conheceram, iniciando uma duradoura amizade; de como um texano conheceu e se tornou amigo íntimo do filho de um nobre inglês e de um médico de família de classe média; de como os três se tornaram rivais no cortejo a Lucy; de como Mina e Jonathan se conheceram e se apaixonaram; de como o personagem Renfield caiu sob a influência de Drácula e por que Renfield era tão importante para o dr. Seward e o valente grupo de heróis. Esperamos que os leitores concordem com nossa abordagem dessas questões em *Drácula, o morto-vivo*.

No final, nosso objetivo mais importante com esta continuação era consertar os erros cometidos com o clássico original de Bram. Trabalhamos duro nisso. Nesse sentido, eu, como um Stoker, e Ian, como o maior fã vivo de Drácula, esperamos nos desculpar por termos perdido os direitos autorais e o controle da magnífica e imortal história de Bram por quase um século.

Mais uma vez, todos os terríveis acontecimentos sobre os quais Ian e eu escrevemos em nosso romance podem, como Bram um dia sugeriu, ter realmente acontecido.

Bons sonhos.
Dacre Stoker & Ian Holt

Agradecimentos

Ian Holt

As pessoas mais importantes e a quem primeiro gostaria de agradecer são meus pais, Dolores e Sonny. Sem o apoio e o estímulo inabaláveis deles eu não teria superado os momentos difíceis. Amo vocês.

Gostaria de dedicar este livro à memória dos queridos Ruth e Bob Kaufman, J. Boyce Harman Jr. e ao professor Raymond McNally. Seu amor, amizade, apoio e orientação ao longo dos anos tornaram possível a realização deste livro. Todos vocês permanecem vivos em mim, eu os levarei comigo até o final dos meus dias. Que Deus os abençoe. Ao professor Radu Florescu. O senhor deu chance a um zé-ninguém. Seu brilhantismo, sua dedicação, sua confiança e sua amizade ajudaram a criar alguém.

A meus velhos amigos John Florescu e sir David Frost, que me ajudaram a perceber que é bom ser destemido e avançar com ousadia por caminhos que outros temem percorrer. Seu apoio desde o início me deu a tenacidade de nunca desistir.

À professora Elizabeth Miller, que gentilmente apresentou as pessoas que transformaram este sonho em realidade.

A Laura Stoker e ao falecido Nicolae Paduraru, fundador e presidente da Transylvanian Society of Drácula, além de ser um cavalheiro e acadêmico. Vocês foram os primeiros a acreditar.

A Jenne Stoker, que fez a convocação e reuniu todos nós.

A Dacre Stoker, meu parceiro de redação, meu sócio, irmão e amigo. Você é meu dr. "Bones" McCoy. Carne da carne original, sangue do sangue original —Nós conseguimos!

A Bela Lugosi, Tod Browning, Hamilton Deane, John Balderston, Bud Abbott e Lou Costello, por alimentar os pesadelos de um garotinho que se tornaram uma longa jornada.

A Bela Lugosi Jr., por partilhar comigo a história da dor de seu pai e suas próprias lutas infantis.

A Frank Langella, W.D. Richter e John Badham. O filme de vocês inspirou um garoto a correr riscos e estimulou o adulto a novamente imaginar Drácula como o heroico cavaleiro do romantismo que ele era.

A Christopher Lee, por fazer o filme que mudou o rumo da minha vida. O senhor dá dignidade ao gênero do terror. Eu seria deselegante se louvasse as realizações do sr. Lee sem também reconhecer os talentos de Peter Cushing e as obras da Hammer Horror.

A Jan de Bont, cuja orientação, visão grandiosa e destemor me levaram a algo ainda maior do que eu considerava possível. A Chris Stanley, da Blue Tulip: a sua tamanha visão para reconhecer um sucesso colocou tudo para funcionar.

A Ernest Dickerson, que está entre as pessoas mais agradáveis e os melhores diretores que conheço.

A Ken Atchity, Chi-Li Wong e Mike Kuciak, da AEI, meus empresários e amigos, por tanto trabalho, orientações inteligentes, experiência e ligações. Obrigado por terem sempre confiado e cuidado de mim.

A Danny Baror, da Baror International, nosso agente internacional, que fez acontecer.

A toda a equipe talentosa, brilhante, paciente, compreensiva, equilibrada e dedicada da Dutton, e especialmente a nosso destemido líder, Brian Tart, e a nossa protetora, conselheira, psicóloga, amiga e editora incomparável, a impressionante Carrie Thornton. Todo autor deveria ter a mesma sorte de trabalhar com vocês. Todos têm meu agradecimento, meu reconhecimento e minha gratidão.

A Ron Gwiazda e Amy Wagner, da Abrams Artists, meus agentes e amigos. Vocês dão uma boa imagem aos agentes — ninguém é melhor do que vocês.

A Shannon Mullholland, da MODA Entertainment, nossa guru do merchandising e agente. Você é o máximo, mulher-morcego!

A Peter Fields, nosso anjo da guarda — com você e sua equipe ao nosso lado eu não tenho com que me preocupar.

Um obrigado especial a Alexander Galant, o Spock do meu Kirk, meu parceiro de roteiros e negócios, amigo e irmão que ficou ao meu lado durante toda a intrépida viagem. Sua pesquisa brilhante, seu sacrifício generoso e seu impressionante talento foram inestimáveis para transformar este trabalho em realidade.

A Carmen Gillespie, que ofereceu o ponto de vista feminino e desenhou nosso logotipo, ressuscitando a arte vitoriana do trançado. Se você não vir o logotipo do morcego, esta não é uma mercadoria oficial Bram Stoker Dracula.

A Cynthia Galant, que me permitiu roubar seu pai por algumas horas todo dia.

A Doctor Dre, meu melhor amigo e irmão, por todo o apoio, encorajamento e sabedoria, e pelas horas que pacientemente passou ouvindo minhas preocupações nos dias ruins.

A Graig F. Weich, um dos meus amigos mais antigos e íntimos, cuja arte original realmente assustadora para este romance não sobreviveu à edição final por limitações de tamanho. Veja a arte de Craig em nosso site, em www.draculatheun-dead.com, e também confira as obras muito legais de Graig em www.beyondcomics.com.

Dacre Stoker

Gostaria de dedicar *Drácula, o morto-vivo* a todos os que carregam o sangue Stoker, originário da Irlanda e hoje espalhado por todo o planeta.

Um obrigado especial a meus filhos, Bellinger e Parker, que um dia acharão muito legal carregar esses genes.

A meu falecido pai, Desmond, e a seu irmão, Paddy, o dinossauro da família Stoker.

E a meu falecido padrinho e homônimo, Henry Hugh Gordon Dacre Stoker, o comandante de submarino da Primeira Guerra Mundial que influenciou a história em Galípoli.

Meu esforço neste livro não teria sido possível sem o apoio e o estímulo de minha esposa, Jenne, cuja pesquisa revelou um tesouro de histórias dos Stoker.

Sou grato à Bram Stoker Society por seus esforços para divulgar o legado literário de meu tio-bisavô; a Douglas Appleyard, genealogista da nossa família, e a todos os que apoiam a literatura gótica irlandesa de Dublin e mantêm acesa a tocha Stoker; a John Moore, por permitir o acesso à sua coleção Bram Stoker Dracula; a John Stokoe, da *Whitby Gazette* e dos Suttcliff Studios, por fornecer inspiradoras fotos de locações históricas; a John Stoker, pelas apresentações; e a Elizabeth Miller, a "polícia de Drácula".

Obrigado ao "grupo de Heróis" do século XXI: Ian Holt, cujo entusiasmo continua inigualável; Alexander Galant e seu extenso conhecimento da época vitoriana; e Carrie Fornton, que redefiniu os termos "paciência" e "compreensão" durante o processo de edição.

Um obrigado especial à equipe do museu Rosenbach, da Filadélfia, por generosamente disponibilizar as anotações de Bram.

Este livro foi composto em Electra LH, corpo 11,5/15,5, e impresso pela Ediouro Gráfica sobre papel pólen soft 70g/m² para a Ediouro em janeiro de 2010.